U0720586

MOUNTAIN

登自己的山

All This Wild Hope

拉美文学
第一课

不止魔幻

Más allá del realismo mágico

clases de la literatura hispanoamericana

侯健 著

广西师范大学出版社
GUANGXI NORMAL UNIVERSITY PRESS
·桂林·

图书在版编目(CIP)数据

不止魔幻：拉美文学第一课 / 侯健著. —— 桂林：
广西师范大学出版社, 2024.7
ISBN 978-7-5598-6954-8

Ⅰ. ①不… Ⅱ. ①侯… Ⅲ. ①拉丁美洲文学－文学研
究 Ⅳ. ①I730.6

中国国家版本馆CIP数据核字(2024)第098063号

BUZHI MOHUAN: LAMEI WENXUE DI YI KE
不止魔幻：拉美文学第一课

作　　者：侯　健
责任编辑：谭宇墨凡
封面设计：王柿原
内文制作：燕　红

广西师范大学出版社出版发行

广西桂林市五里店路 9 号　邮政编码：541004
网址：www.bbtpress.com

出 版 人：黄轩庄
全国新华书店经销
发行热线：010-64284815
北京鑫益晖印刷有限公司印刷
开本：880mm×1230mm　1/32
印张：12　　字数：231千
2024年7月第1版　2024年7月第1次印刷
定价：56.00元

如发现印装质量问题，影响阅读，请与出版社发行部门联系调换。

献给我的家人们，

他们让我明白了何为生活，何为爱。

如果我们能有个更舒服、更大的讲堂就好了，或是在树荫下围成一个大圈，拉近大家之间的距离，也挺不错的。

——胡里奥·科塔萨尔，《文学课》

文学可能被毁灭，但它永远不会妥协。

——巴尔加斯·略萨，《文学是一团火》

（接受罗慕洛·加列戈斯文学奖时的演讲）

尽管备课要花掉我不少时间，有时还会让我很头大，可我从第一次教课起就爱上了这份工作。每次教学都是一次富有教益的智力冒险，我认识到书本最基本的重要价值不仅在于提高人们的文化水平，也在于促使人们成为更加自由而负责的公民。

——巴尔加斯·略萨，《普林斯顿文学课》

写在前面的话

　　2023 年，我在 Bilibili 开设了课程《魔幻、爱情与权力：侯健的拉美小说课》。设计这门课程时，我们预想的授课对象是对拉美小说有兴趣，但并没有太多了解的朋友，同时按照 Bilibili 课程的整体情况，将每一讲的时长设定在 20 分钟左右。因此，我根据拉美小说的发展脉络，选择了二三十位代表作家进行了讲解。在准备这门课程以及课程上线后的后期运营过程中，我发现自己之前对中国拉美文学读者的理解并不能算十分准确：在我看来，虽然讲解的作家数量并不算少，但依然有一些优秀的作家不得不忍痛割爱，按下不讲，也有些优秀作家和作品，由于视频时长限制，不能展开讲解。可是许多读者表示课程中提到的大部分作家和作品都是他们不知道的，所以哪怕有不少遗珠，他们还是觉得内容丰富，甚至可以视作一份拉美文学的庞大书单。不过与此同时，也有读者私信提到说课程的内容有些浅，没有达到他希望的深挖作家及作品的目的。我因而有了这样的感悟：任何一门课程、一部作品都无法满足所有学习者和阅读者的要求。因此，虽然这本书缘于Bilibili的课程，但我并不希望让它仅仅成为课程讲稿的文字版，不希望让这本书只是单纯地"炒冷饭"，而是希望能够让文字作品发挥与视频课程不同的作用。

首先，由于视频课程时长的限制，也由于视频学习者的专注时长有限，视频课程的讲解速度必须适当快起来，同时尽量不在一期课程中提及太多分支要素，以能利用一讲解决一到两个问题为宜。在文字作品中，这样的顾虑可以适当减少，因为读者可以更方便地做笔记和翻找前后的内容，学习和阅读的时间及时长也更能由自己掌握。换句话说，我们讲解的速度可以适当放缓一点，细节更多一点，甚至增添部分文本细读或欣赏的内容，让学习者更好地理解各章节内容之间的联系，以及拉美文学与拉美历史、西班牙文学等其他要素之间的关系。

其次，就我本人而言，无论是做研究还是做翻译，都是以小说为主，因此视频课程集中讲解了拉美小说的情况，在这本书中，我依然计划以自己的专长小说为主要讲解对象，同时适当添加一些如诗歌、戏剧、文论作品等其他文体的内容，让读者朋友们把视线从"拉美小说"向"拉美文学"拓展。

再次，国内的拉美文学讲稿类作品的目标读者往往是西班牙语专业学习者及研究者，或是外国文学学习者，因此通常以追求全面涵盖更多作家作品为写作目标，产出的文本也更像是词典般的工具书，对重要流派、作家生平、作品内容进行罗列和概述，便于读者索引和查阅。正像刚才提到的那样，这种著述方式是由目标读

者的情况决定的。我在构思这部作品时，希望针对的人群并不仅限
于西班牙语或外国文学类专业的学习者，还有那些"对拉美文学
有兴趣，但并没有太多了解的朋友"。在 Bilibili 授课的经历让我认
识到，我们这些自认为并非困于象牙塔中的西语文学研究者实际
上依然被困其中，许多我们认为如雷贯耳、耳熟能详的文学家或作
品，对于大部分中国读者来说都是陌生的。我希望利用这样一本书，
进一步达到普及拉美文学的目的。记得曾经有位编辑朋友问我："中
国读者为什么要对拉美文学感兴趣呢？"我曾经在 Bilibili 专门录
制了一期视频谈论这个问题，这里不再展开讨论了，但还是不得
不提一下最重要的原因：美。拉美文学之美值得中国读者去体验，
就像任何一种美食一样，我们当然不能要求每个人都喜欢它，或
者每顿饭都去吃它，但品尝它的前后，我们的生活体验是不一样的。
话说回来，在设定了更加普及的目标读者群体后，这本书的写法
也就自然应该更加轻快一些。意大利的拉美文学研究专家贝里尼
曾经提到，危地马拉作家、诺贝尔文学奖得主米格尔·安赫尔·阿
斯图里亚斯曾夸赞贝里尼的《西班牙语美洲文学史》写得像一部小
说。无独有偶，秘鲁—西班牙作家、同样获得过诺贝尔文学奖的马
里奥·巴尔加斯·略萨曾用类似的话语盛赞过埃德蒙·威尔逊的《到
芬兰车站》，这是一部揭示社会主义思潮的源起和影响的作品，却
也能写得像小说一样好读。我自然不敢有与这两位作者相媲美的奢
求，但也希望能在这本书里尽量把拉美文学的发展过程和精彩之处
解释得清楚一些，希望能让读者们像听故事一样带着兴致了解这些
内容。

　　同样，在本书写作目标的框架下，我依然需要精挑细选，把最能体现拉美文学特点的作家和作品选取出来，既要给对拉美文学感兴趣的读者朋友们提供一份"书单"，也不能让这份书单变得过于冗长。如果恰好有哪位朋友想在这本书里寻找某部作品的踪影，却未寻到，责任自然在作者身上，不过这位作者同时也可以保证，只要是在本书中出现的作家或作品，就必然是拉美文学值得一读的代表。另外值得一提的是，哪怕这些作品全都值得一读，也并不意味着我们一定要把每一本都认真读完，因为对于作品的理解和喜恶与读者的背景、经历、心境等诸多因素密切相关，有可能在某一时期，我们就是读不下去某部所谓的名著，那么我的建议是，不妨把它放下，去读别的书，去找到适合那个时期的你的书，这样的书哪怕只找到一本，也能让我们受益终身。同时，哪怕你不喜欢某本书，也别急着给它差评、把它永远打入冷宫，也许再过上几年，你就会发现它的美。我们提到了"书单"这个词，实际上，我在本书的每个章节之后都附加了一份对应该章节内容的简短书单，选择的标准是：挑选该章节最具代表性作家的最具代表性的作品，而且基本上是在国内有译本的图书，版本也尽量选择方便大家购置的最新版。希望这份书单能对部分希望阅读拉美文学却不知该从什么文本入手的朋友有帮助。

　　最后还需要解释一点，拉丁美洲地区是指美国以南的美洲地区，包括位于北美洲的墨西哥，也包括中美洲、西印度群岛和南美洲，共有三十三个国家和若干未独立的地区，这些国家和地区的官方语言有西班牙语，也有葡萄牙语，还有法语、英语等。其中以西班牙语为官方语言的国家居多，它们在西班牙语界以"西班牙语美洲"的名称为人熟知，包括阿根廷、玻利维亚、智利、哥伦比亚、哥斯达黎加、古巴、厄瓜多尔、危地马拉、洪都拉斯、墨西哥、尼加拉瓜、巴拉圭、巴拿马、秘鲁、波多黎各、多米尼加共和国、萨尔瓦多、乌拉圭和委内瑞拉。除此之外，用葡萄牙语写作的巴西文学自然也是拉美文学最重要的组成部分，此外还有如1992年诺贝尔文学奖得主德里克·沃尔科特这样的重要作家，他出生于西印度群岛中的圣卢西亚。既然本书以拉美文学为名，理论上我们应该讲解该地区诸多语种的文学状况，我也曾经思考过是否应该至少把巴西文学纳入本书的讲解范围，但思前想后，还是决定放弃这样的做法，因为我并不用葡萄牙语阅读文学作品，对巴西文学也只有泛泛的了解，葡萄牙语的学者们自然更能胜任这一任务，拉丁美洲其他语种文学的情况也是同理。用《堂吉诃德》中主人公堂吉诃德的侍从桑丘·潘沙的话来说就是："人啊，最好还是干自己的老本行。"那么为何本书依然要用拉美文学为名呢？这样的做法更多考虑的是我国读者的现实情况。大部分读者也并不清楚拉美文学的概念，硬把西班牙语美洲文学这样的概念塞进来不免自大。不过，至少阅读过这段文字的读者已经对这两个概念有了一定的了解，也许再过上些年头，我们就可以没有顾虑地使用它们了。

最后，感谢包容和支持我写书、译书、讲课的家人们，感谢Bilibili的王梦熊老师发出了讲授拉美文学课程的邀约，感谢Bilibili的谢越老师在我录制讲解拉美文学的日常视频过程中提供的帮助，感谢周展编辑在线上课程内容方面提出的建议，感谢西安外国语大学的林纯可、郭晓一、杨星宇三位同学在线上课程视频录制方面提供的帮助，感谢我的妻子张琼一直以来的宽容和支持，也感谢我的女儿，她虽不太情愿，但还是勇敢地上了幼儿园，让我有了更多修改书稿的时间，也感谢本书的编辑谭宇墨凡，我们已经当了多年网友了，他在我的线上课程上线后的第一时间就联系了我，希望出版这样一部图书。感谢之外，也希望本书的读者或同仁能不吝指正书中不足之处。

补充一点特别说明。中文世界对拉美作家的流行称呼方式其实并不符合西班牙语世界称呼他人的习惯。例如将"马里奥·巴尔加斯·略萨"简称为"略萨"，但马里奥是他的教名，巴尔加斯是父姓，略萨是母性，按照西班牙语国家人士的习惯，我们可以称呼他为巴尔加斯·略萨（父姓加母性），或者称呼他全名，但不能只称呼他的母姓。加夫列尔·加西亚·马尔克斯也是如此，称呼他"马尔克斯"并不符合西班牙语国家人士的习惯，但是在中文语境下，我们已经习惯了这样的称呼方式，而且为了行文方便，我们选择采取这样的方式来称呼他们，不过还是应该加以说明。

侯健

2024 年 2 月 14 日

目 录

1

拉美文学的起源

　　贝里尼教授所撰的《西班牙语美洲文学史》以"前哥伦布时期文学"为开篇。他在该书前言中指出，"这一出发点可能会让许多人觉得不解、武断、有争议性或不公"[1]，但他依然坚持这种写法，其原因正是印第安文学，或者说隐藏于文学之中的印第安文化及思想对后世的西班牙语文学产生了巨大而深远的影响。不了解印第安文学和思想，对于理解拉美文学而言不可不说是种缺憾。

　　一种比较流行的说法认为，大约三万年前，当时亚洲和北美洲之间仍然有陆地桥连接，于是有人从亚洲沿白令海峡迁徙到美洲捕猎，然后逐渐向南移动，分散到了整个北美洲和南美洲。后来，在美洲大陆上陆续形成了规模和持续时间不等的众多文明和文化，其中最知名的当数分布在墨西哥的阿兹特克文明、分布于墨西哥南

1　Bellini, Giuseppe, *Historia de la literatura hispanoamericana*, Madrid: Editorial Castalia, 1985, p. 3.

部和中美洲的玛雅文明，以及分布于南美洲西部的印卡文明。

　　虽然美洲早期文明的特点多种多样，但有一个相似之处对于我们理解拉美文学来说至关重要，这些美洲古文明"对超自然的力量有很深的信仰，相信这些力量形成、影响并且引导着他们的生活"[1]。这大概也正是拉美文学"魔幻"特点产生的根源。

　　在这本书中大家还会看到，"文明与野蛮"是拉美文学的永恒主题之一。"出于统治的目的、狭隘的文化观念或种族偏见，殖民主义者故意贬低或者掩盖印第安文明的水平和价值，使人们长期停留于一种关于他们'落后''野蛮'的简单印象"[2]。这种刻板印象并非殖民者独有。我上大学的时候，有位热爱和平和小动物的室友，对阿兹特克文明不屑一顾，认为人祭等仪式完全是野蛮的象征。数年之后，这位酷爱读书的室友在阅读了大量与古印第安文明有关的文献后，完全改变了对阿兹特克文明的看法。他发现，对于阿兹特克这个宗教或信仰至上的民族来说，人祭是种至高无上的神圣仪式，以他者和后来者的视角去看待它，极可能产生误解。另一个相似的例子是玛雅人的球戏，这种带有竞技性质的游戏在我们接下来要讲到的《波波尔乌》一书中占有重要地位。很容易令我们不解的是，球戏获胜一方的队长将被作为人祭献祭给神灵。什么？该不会是写错了吧？确定是获胜一方的队长？当年我们也有过类似的疑惑，但这是千真万确的事情，而且球戏双方都争着抢着要获胜，

1　E. 布拉德福德·伯恩斯、朱莉·阿·查利普：《简明拉丁美洲史》，王宁坤译，世界图书出版公司，2009 年，第 13 页。

2　索萨：《拉丁美洲思想史略》，云南人民出版社，2003 年，第 11 页。

这大概就是信仰的力量，在这种信仰面前，死亡似乎也变得不那么可怕了，甚至成了神圣的事情。

阿兹特克人用纳华语创作的一首描写阿兹特克人死亡观的小诗似乎可以作为佐证：

> 有什么比得上战死光荣？
> 有什么比得上长眠于花丛？
> 啊战死者是多么幸福，
> 我的心总在期待着这种命运。[1]

对于这些没有书写文字的古文明而言，流传度最广的文体自然是便于传诵的诗歌和可以表演的戏剧。不过还有一种有趣的观点也值得我们注意，这种观点认为在美洲印第安文明中并未形成文学的概念，所谓的官方诗歌和戏剧实际上更倾向于宗教仪式，是宗教、社会和文化现象，它与古希腊戏剧的发展模式很不相同，后者很快就有了自有的、为更好地展现"美"而制定的"规则"，正是这些规则使古希腊戏剧倾向于文学而非仪式[2]。

不过我们不准备就这种充满争议的话题展开讨论，还是继续使用印第安文学的说法，然后聚焦我们在上文中提及的那部对后世拉美文学产生巨大影响的作品——《波波尔乌》。

1　李德恩：《墨西哥文学》，外语教学与研究出版社，2001 年，第 5—6 页。
2　Oviedo, José Miguel, *Historia de la literatura hispanoamericana, tomo* IV, Madrid: Alianza, 2012, p. 33.

　　我们把视线推后几百年：1920 年代，在法国求学期间，危地马拉作家米格尔·安赫尔·阿斯图里亚斯曾和古巴作家阿莱霍·卡彭铁尔一起创办《磁石》杂志，宣传超现实主义思想。可是后来他们得出结论：拉丁美洲作家要有所作为，必须彻底改变过去那种一味追随欧美西方作家的创作方向，认识到脱离本土，脱离拉丁美洲的现实，运用超现实主义那种离开一切理性控制的"无意识写作"方法，不可能创作出真正反映拉丁美洲现实的作品。拉丁美洲本土以及她那古朴敦厚然而带有神秘色彩的民族文化才具有巨大的迷人魅力，才是创作的源泉。阿斯图里亚斯在法国著名的考古学家乔治·莱纳托的指导下学习哥伦布发现新大陆以前的古印第安文化，他和一位学友合作整理了基切人的著名剧本《拉比纳尔武士》。更重要的是，阿斯图里亚斯参照乔治·莱纳托的法译本《波波尔乌》，重新翻译了这部玛雅基切人的"圣经"。

　　看看《波波尔乌》，我们可以更好地理解拉丁美洲的魔幻根源。《波波尔乌》又名"公社之书"或玛雅人的"圣经"。《波波尔乌》全书内容大致可以分为三部分，第一部分讲述世界的创造与起源。起初，世界平静无物，只有创世神存在。创世神创造了大地、山川、植物和动物。但是动物不会说话，也不懂得敬神，于是神又创造了人：神先造出了黏土人，但是黏土人遇水则散，而且没有感觉，无法理解事物，于是神就毁灭了他们的作品。他们又做出了木头人，木头人会说话，能够繁衍生息，但他们没有灵魂和思想，也不懂得感念神灵之恩，于是神又用一场洪水毁掉了木头人。最终，神用外软内硬、黄色外皮的玉米造出了他们想要的人类，这也是美洲玉米人神话的源头。第二部分描述半人半神的两兄弟乌纳普和伊赫巴朗盖同地府王国希巴尔巴中的恶神斗争的故事。语言生动流畅，内容吸引力强，用现代的眼光评判，这部分的文学性十分强，体现了《波波尔乌》的文学价值。第三部分讲述基切人的历史。

《波波尔乌》具有丰富的思想内容和相当的文学价值。我们不仅在其中看到了玉米人神话的起源，还能体察到拉丁美洲土著民族万物有灵论的信仰。不仅如此，我们读到动物、黏土人和木头人因不会尊敬、崇拜神灵而被惩罚和降罪的时候，似乎也就更多理解了被西班牙殖民者百般诟病、视为野蛮象征的活人祭祀传统。我们自然应当反对这种做法，但绝不该用简单的文明与野蛮二元对立的观点来评价它。

我们试读一下《波波尔乌》的开篇内容，体验一下这部危地马拉国宝般作品的语言魅力：

> 起初，一切平静安宁。天空的子宫内空无一物。一切静止无声。时间尚未开始。人类尚不存在。飞鸟、游鱼、螃蟹、树木、岩石、山洞、峡谷、草场、丛林，这些皆不存在。唯有天空和沉睡的水泽。
>
> 大地尚未显现。没有任何动静，没有一丝声响。唯有亘古暗夜。创世及造物者特佩乌和库库玛茨身在水中，四周清澈明净。他们披着青绿的羽衣。无所不能的天之心—地之心是他们的依托。
>
> 库库玛茨是一条身披绿咬鹃羽毛的长蛇，他与特佩乌展

开了交谈。他们共同决定：当黎明到来时，人类将被创造出来。首先，他们要规划生命的创生。就这样，他们与天之心—地之心达成了一致意见。

特佩乌和库库玛茨继续商议。他们探讨关于生命的一切：如何创造光明，黎明如何到来，由谁来提供食物。"就这样吧！没有黑暗就不会有光，没有寂静就不会有声响。让天空的子宫被填满！让水泽退去，腾出空地！让大地显现，让黎明出现在天地之间！时间必须自此而始，否则就不会有记忆。在造出人类之前，我们的创造毫无荣耀可言。只有他们会记得。"

于是，大地被创造出来。这是许多次反复尝试的结果，其间经历了无数试炼和磨难。创世及造物者也是语言的守护者，他们宣布："如此，大地成形。创世如雾，亦如云尘。水落山起，各显元神。山岳日渐高耸，峰峦连云接天。松柏随即出现，苍翠笼盖四野。"库库玛茨满心愉悦地说道："天之心—地之心，你的祝福真是恩慈。你是三位一体的神：撼动自然的胡拉坎、奇皮—卡库尔哈、拉夏—卡库尔哈，三神合一。"三位神明应声道："我等的工作业已完成。"

至此，谷地也已成形。时间由此肇始，水流很快开辟出自己的道路。现在，没有什么能阻止变革的进程。万物都处于持续的流变之中。高山上树木繁盛，万物尽善尽美。对话因思想而开始，而行动让思想成为现实。

鸟兽被孕育出来。它们是丛林的护卫，是山中的精灵：鹿、鸟、美洲狮、美洲豹、长蛇、响尾蛇，它们都是大自然的住

民和守护者。大自然从创世之初便属于它们，是它们让大自
然气象万千。

创世及造物者所言一语中的，他们说："这些动物要在树
林里独来独往吗？孤独是一种折磨。从今往后，就让它们成
群相伴吧。丛林是百兽的家园。反之，百兽也让丛林变得完整。"

想法随交谈而生。天之心一地之心为群鹿划定家园。"群
鹿啊，你们将在河边，将在胡尤伯一塔卡赫高原的峡谷中安
睡。你们将在灌木丛和百草地间生活。你们将用四条腿行走，
在丛林里繁衍生息。"此言一出，陆地上便有了群鹿的栖身之
所，它们喜不自胜。[1]

遗憾的是，西班牙殖民者到来后，他们粗暴地破坏印第安古文
明留下的一切物事，包括大部分以口头流传形式存在的文学作品。
《波波尔乌》能够在数百年后重见天日，已经算得上幸运了，可能
还有更多伟大的土著文学作品，永远湮没在了历史的长河中。据说，
在西班牙殖民者登上美洲大陆后不久，一位我们不知其姓名的印
第安人用基切语将《波波尔乌》的内容记录了下来。另有学者考证，
《波波尔乌》应写于 1544 年。1701 年至 1703 年间，在危地马拉传
教的西班牙神父弗朗西斯科·希梅内斯发现了这部手稿，把它译
成西班牙文；随后，此书被译成法文、德文、英文，流传欧洲。《波
波尔乌》的流传历程使一些学者认为，我们现在能够看到的以《波

1　依兰·斯塔文斯：《波波尔乌》，陈阳译，湖南文艺出版社，2022 年，第 17—21 页。

波尔乌》为代表的美洲印第安文学基本上都经过了发现者、记录者、翻译者的改写，而这些人中有许多都是传教士，所以这些作品并不能完全忠实地展现美洲印第安人的传统思想。它们经历了变形，夹杂着"被发现"和"被整理"的时代思想特征。面对西方文化的入侵，印第安"文学"并没有消失，而是融入、沉浸、退让，耐心而沉默地固守，等待着在未来获得重构其价值的机会[1]。

　　换句话说，无论是本章讲述的印第安文学还是下一章我们要讲到的殖民时期文学，都融合了美洲特质和宗主国西班牙的特质，是一种混血式的产物。换个角度来看，混血、多元本身就是拉丁美洲文化和西班牙文化的共有特征。

推荐阅读

依兰·斯塔文斯:《波波尔乌》，陈阳译，湖南文艺出版社，2022 年
维克多·蒙特霍:《波波尔·乌：玛雅神话与历史故事》，艾飞译，中国少年儿童
　出版社，2016 年

1　Oviedo, José Miguel, *Historia de la literatura hispanoamericana*, tomo I, pp. 35-37.

2

殖民时期也有文学

西班牙位于亚欧大陆的西南角，与非洲隔直布罗陀海峡相望，自古便有诸多民族迁居于此，凯尔特人、希腊人、西哥特人、罗马人……西班牙慢慢成了一个多元文化交融的国家。如果大家现在到西班牙南部去旅游，看到格拉纳达的阿尔罕布拉宫、科尔多瓦的大清真寺等古迹，可能会心生疑惑：一个欧洲国家，怎么会有这么多伊斯兰文化的踪影？这是因为在公元711年，来自北非的摩尔人入侵伊比利亚半岛，该地在长达七百多年的时间里一直处于南北分裂对抗的状态。1492年，西班牙帝国建立，天主教双王主政，北方的基督徒军队终于赢得了光复战争的胜利，收复了全境。换句话说，摩尔人在西班牙这片地方从中国的唐朝一直待到了明朝。

1492年在西班牙历史上是个无可比拟的年份。这一年实在发生了太多的事情，除了上面提到的光复战争胜利，第一部西班牙语语法书也是在那一年出版的。此外，双王还驱逐了不愿改宗的犹太人，这也为西班牙日后的衰败埋下了恶种。这一年还发生了一个与拉美文学关系最为密切的事件：哥伦布发现新大陆。

我上中学的时候，新航路开辟的内容是世界历史部分的必背内容，完成光复大业的天主教双王迫切希望与包括中国在内的东方国家建立贸易关系，但是朝东的商路被奥斯曼土耳其帝国切断，要想达成目标就必须另寻他法，于是，航海技术的发展、地圆学说的提出、哥伦布的游说等都成了促使双王下定决心支持哥伦布航海的重要原因。最终，在那一年的 10 月 12 日，哥伦布发现了新大陆，这个日子如今也成了西班牙的国庆日。

值得一提的是，严谨地说，"哥伦布发现新大陆"这几个字里的"发现"和"新大陆"都该加上引号，因为美洲大陆本就存在，并不是什么"新大陆"，也自然谈不上"发现"。不过这并不是本书需要展开讨论的内容。

总之，哥伦布来到美洲，之后不久，对美洲的殖民活动就开始了，拉美历史从印第安文明时期进入了殖民时期，拉美文学也随之翻开了新的一页。

2011 年的阿根廷布宜诺斯艾利斯书展上，秘鲁-西班牙作家、2010 年诺贝尔文学奖得主马里奥·巴尔加斯·略萨做了一场演讲，他在演讲中提到：

> 在长达三个世纪的殖民时期里，所有小说类作品在西班牙的美洲殖民地中都被禁止流通。那三百年间，虚构文学作品在美洲殖民地既不能被编辑出版，也不能从海外引进。[……] 这种封禁给拉丁美洲带来的既不幸又幸运的后果之一

就是：由于最擅长展现虚构能力的文学类型——小说——受到了限制，而我们人类又无法离开想象而生活，作为补偿，我们就把所有事物浸透在了虚构中：宗教自然包括在内，但还包括世俗团体、法律、科学、哲学，当然还有政治。作为可预见的结果，时至今日我们拉丁美洲人依然极难分清何为虚构，何为现实。[1]

巴尔加斯·略萨的话中切中要害的一点是：殖民时期历史的风云变幻也许的确帮助那片大陆延续了魔幻与现实交融、虚构与真实难分的文化传统。这种论述自然蕴含着小说家的浪漫情怀，不过不可完全当真，因为文学，或者说文学所代表的想象力，是无法被一纸禁令阻挡的。实际上，殖民时期的拉丁美洲也有文学，只不过多了些限制，多了些奇异的特点罢了。

从现代人的视角来看，殖民时期拉美文学最奇异的特点恐怕就是：文学作品不是文学家写的，或者说不是我们如今认定的那种全职写作的文学家写的。看看如今大部分拉美文学史类作品在描绘这一时期拉美文学样貌时不可不提的文本吧：哥伦布的《航海日记》，埃尔南·科尔特斯（征服墨西哥阿兹特克帝国的殖民领袖）的《奏呈》，贝尔纳尔·迪亚斯·德尔·卡斯蒂略（西班牙征服军士兵）的《征服新西班牙信史》，巴托洛梅·德拉斯·卡萨斯（传

---

1 亚历杭德罗·格里姆森：《阿根廷迷思》，侯健、张琼译，北京大学出版社，2022 年，第 49 页。

教士）的《西印度毁灭述略》，阿隆索·德埃尔西亚·伊－苏尼卡（出身贵族家庭的西班牙士兵）的《阿拉乌戈人》等。

这些作者基本上都是西班牙人，既有征服军的兵将，也有传教士，他们写出的这些作品最早也并未被视作文学作品，而更多被认定为历史类作品，不过历史类作品和文学类作品之间最大的区别，可能就在于"真实"的程度是多是少，也在于文本是用何种写法写成的。我们且来读读哥伦布《航海日记》里的一个片段：

　　　　远征军司令还向他们出示黄金和珍珠，某些老人相告，在一个叫波伊奥的地方此物甚丰，人人皆把黄金戴在脖子、耳朵、手臂和脚上，此外那里还盛产珍珠。远征军司令从印第安人处了解到东南方时有庞大商船来往。还获悉，在很远的地方有一种独眼人，另有一种犬嘴人皆食人肉，这些怪物凡捉到一人，即割下首级吸吮鲜血，有时还割下人的生殖器。

　　　　远征军司令决定返回帆船等待派去探听消息的两个人归来，如果他们未带回其盼望的好消息，再决定下一步去向。远征军司令说："这里人温顺，胆小，赤身裸体，不谙武器，没有立法。这里土地极为肥沃，宜种植大量'马梅'，此乃一种形似胡萝卜的植物，味如栗子。此外，当地还种植一种与吾人殊异的菜豆和蚕豆。此地多棉花，皆野生。菜豆和蚕豆一年四季皆有收获，吾亲眼见到在同一植物上有收割遗下之茬，含苞欲开之蓓蕾，以及盛开之花。吾还看见大量吾无以名状的各种果实，似均可食用。"上述乃远征军司令之原话。[1]

可以看出，这两段文字中有许多夸张的描写，例如关于黄金和独眼人、犬嘴人的部分，甚至可以让我们联想到《一千零一夜》的内容。为了让资助其航行的天主教双王感受到这片大陆的神奇与富饶，哥伦布不可能只写自己看到、摸到的事物，他必然会把道听途说，乃至自己想象出来的东西放置到文本中，这就使《航海日记》有了文学的特征和价值。说得夸张一点，是哥伦布成就了魔幻现实主义，连我们中国读者最熟悉的拉美作家加西亚·马尔克斯都一直视哥伦布为美洲"魔幻文学"的鼻祖。在马尔克斯看来，哥伦布的航行经历和《航海日记》中的文字已经足够魔幻了，比较起来，马尔克斯本人的"夸夸其谈"，只不过是美洲"神奇或魔幻现实"的一鳞半爪[2]。

再举西班牙征服军中的士兵贝尔纳尔·迪亚斯及其所著《征服新西班牙信史》为例。贝尔纳尔·迪亚斯是西班牙侵略者埃尔南·科尔特斯手下的士兵，《信史》写的则是科尔特斯征服墨西哥的全过程。然而与传统的历史著作不同的是，作者叙述时使用的是"我"和"我们"的亲历者视角，在讲述征服战争的同时，还穿插记录了大量的民间故事和印第安神话传说。在贝尔纳尔·迪亚斯笔下，

1　克里斯托弗·哥伦布：《哥伦布航海日记》，孙家堃译，上海外语教育出版社，1987年，第54—55页。

2　陈众议、范晔、宗笑飞：《西班牙与西班牙语美洲文学通史2》，译林出版社，2018年，第136页。

每个兵丁都有血有肉，他们的生活和战斗被描写得细致入微，甚至连每一匹名马的名字和毛色都会被记录下来。此外，贝尔纳尔·迪亚斯还从不掩饰自己对科尔特斯的厌恶态度。换句话说，《信史》在很多层面上不能算是一本史书，而更像是小说。于是问题出现了。如果《信使》是一部史书，那么真实就将压倒虚构。如果它是一部小说，情况就将刚好相反。可如今，它既不是史书，也不是小说，或者说既是史书，又是小说，真和假就难以分辨了。

　　传教士巴托洛梅·德拉斯卡萨斯的《西印度毁灭述略》也是如此。我们在前文中提到过西班牙是个多元文化交融的国家，抛开驱逐犹太人的做法不谈，西班牙在历史上更多展现出的是宽容的文化态度，哪怕在与穆斯林对抗的数百年中，西班牙的国王们也曾邀请大量穆斯林学者投入翻译等文化工作中。西方殖民史上，西班牙是唯一在国内讨论过殖民活动是否正义的国家，巴托洛梅·德拉斯卡萨斯就是引起类似讨论的主要人物之一，他的《西印度毁灭述略》所展现的就是西班牙殖民者在殖民地犯下的血腥罪行。如今，很多历史学家认为这本书中的许多记录有夸大其词之嫌，但不管它内容的真实性如何，那些针对殖民者暴行的细致入微的描写，无疑也具有文学特征。

　　此外，值得一提的是，这些士兵、传教士等身份各异的作者之所以能够写、愿意写，与中世纪之后、文艺复兴之时出现的所谓"新人"有密切关系。人的价值得以提升，个体也有书写的权利。那么，除了这些来自西班牙的人，在长达近四百年的殖民时期中（拉丁美洲第一个独立的国家是海地，独立年份是1804年，而西班牙丢掉自己在美洲最后的殖民地则是在 1898 年），是否有土生土长的美洲文学家出现呢？答案自然是肯定的，而且人数众多。由于篇幅限制，我们只提印卡·加西拉索·德拉维加和索尔·胡安娜。

我们都知道每年的世界读书日是 4 月 23 日，因为塞万提斯、莎士比亚、汤显祖等文豪都是在那个日子去世的，但其实在西班牙语文学界，还有一位重要作家也逝世于同一天，那就是印卡·加西拉索·德拉维加。大家如果关注塞万提斯学院组织的世界读书日文化活动的话，肯定能看到相关的纪念活动。

德拉维加是西班牙殖民军官和印卡公主的儿子，他最伟大的文学成就是写出了《印卡王室述评》一书。这本书的内容涉及印卡帝国的体制、历史、建筑、宗教信仰、风俗习惯、神话传说等，堪称印卡文化的大百科全书。有学者认为，德拉维加的功绩在于，他一方面在继承和保存印卡文化遗产方面做出了杰出的贡献，较为完整地记录了自己民族的历史状况，另一方面，他又是西班牙文化与印第安文化相结合的第一个范例，他既熟悉印第安民族的文化，又了解西班牙文化，因此他站在一个新的高度总结印卡文化，从而为美洲文化这一新的文化模式开创了先河 [1]。同《波波尔乌》一样，对于对印第安古文明感兴趣的朋友来说，《印卡王室述评》是不可错过的一部作品。

墨西哥女诗人索尔·胡安娜更是一位传奇人物，她天资聪颖，

---

[1] 赵德明、赵振江、孙成敖、段若川：《拉丁美洲文学史》，北京大学出版社，2001 年，第 42 页。

求知欲强，对语言、神学、修辞、音乐、数学、物理、历史、占星等学问均有涉猎，她曾想女扮男装进入大学学习，但未获家人同意。十三岁时，由于容貌美丽且博学多才，她进入西班牙总督府，成了侯爵夫人的侍从女官。不过她十六岁时就离开了总督府，进入修道院潜心学习、研究。在文学创作方面，她以创作诗歌见长，但也写了一些散文和戏剧。1695年，她在看护病人时感染疾病，不幸辞世。在拉美文学史上，索尔·胡安娜有两个尽人皆知的美誉："第十位缪斯"和"美洲的凤凰"。

以现代人的标准来看，胡安娜的许多行为都是超前的，在那个时代的殖民地美洲，身为女性，求知求学困难重重，但这并没有吓倒她。当时在普埃布拉任主教的曼努埃尔·费尔南德斯·德·拉·克鲁斯化名修女费洛特娅·德·拉·克鲁斯给胡安娜写信，劝她摒弃异教行为，专心投入神学研究，以求获得拯救。彼时早已隐居于修道院中的胡安娜写出了著名的《答修女费洛特娅·德·拉·克鲁斯之书》，这篇捍卫女性求知权利的作品被誉为"妇女知识解放的宣言"，索尔·胡安娜也因此赢得了"美洲第一位女权主义者"的美誉。

不止如此，在男女关系方面，索尔·胡安娜也敢于为女性发声，下面这首《对一味责备女性、自己言行不一的男人们的反诘》就是例证：

　　　　男人们何等愚蠢，

　　　　无端地责备女人，

　　　　却全然不见自己

正是责备的起因。

既以无限渴望

向她倍献殷勤，

为何引诱她失足

又要她安守本分？

她们若是抗拒

你们必定不依，

她们若是爱恋

又是放荡不羁。[1]

正如巴尔加斯·略萨指出的那样，在长达三个世纪的殖民时期里，所有小说类作品在西班牙的美洲殖民地中都被禁止流通，这使得拉美小说的根基非常不牢靠。直到拉美各国纷纷从殖民者手中独立的 19 世纪初，小说才逐渐在这片大陆发展起来。下一章，我们就离开殖民时期，进入独立时期，看看 19 世纪的拉丁美洲文学，尤其是小说的新发展。

1　赵振江：《西班牙语与西班牙语美洲诗歌导论》，北京大学出版社，2002 年，第 209—210 页。

推荐阅读

巴托洛梅·德拉斯·卡萨斯:《西印度毁灭述略》,孙家堃译,商务印书馆,
　2011 年

贝尔纳尔·迪亚斯·德尔·卡斯蒂略:《征服新西班牙信使》,江禾译,商务印书
　馆,2011 年

印卡·加西拉索·德拉维加:《印卡王室述评》,白凤森译,商务印书馆,2018 年

阿隆索·德·埃尔西亚·伊·苏尼卡:《阿拉乌戈人》,段继承译,商务印书馆,
　2022 年

3

不浪漫的浪漫主义

　　我们先跑个题，把视线移到西班牙。1492 年哥伦布发现新大陆后，短短数十年间，哥伦布眼中的那片人间乌托邦就被西方殖民者侵入、占领了，连哥伦布本人也摇身一变成了美洲的破坏者，这很讽刺。在最先"发现"美洲等诸多利好的帮助下，西班牙成了在美洲拥有最大面积殖民地的西方国家，我们有时还会给它冠上西班牙帝国的名头。16、17 世纪在西班牙历史上被誉为黄金世纪，不仅与中世纪结束相关，自然也与殖民帝国的建立有关。

　　有意思的是，在"帝国""黄金世纪"这些光鲜名头之下，一种有些独特的文学题材在西班牙兴起、发展，这就是所谓的"流浪汉小说"。仔细想想，这其实很有意思。彼时，西班牙人到新大陆寻金冒险的热情高涨，在美洲发现的财富不断被输送到宗主国西班牙国内，为什么西班牙反倒出现了与这种情况显得格格不入的流浪汉小说呢？

　　经典文学有这样一种力量，它往往能比人们更早发现所处时代和社会中的问题，并将之反映出来，不过很多时候人们无法立刻理解它所代表的意义罢了。我们在中学学习工业革命时期的历史时，西班牙是以负面典型的形象出现的，因为它挥霍了从美洲得来的财富，没有进行资本积累。不仅如此，美洲热使许多西班牙底层民众有了险中求富的想法，作为西班牙经济支柱的农业和手工业有大量从业者到美洲冒险淘金，这些人自然不会全都发家致富，而发家致富的那群人也不见得会带着钱回国。至于没有发家致富的人，可能死在了美洲丛林山河中，可能染上恶疾、身带残疾回到国内，这些人自然也就无法继续从事之前的行业，流浪汉阶层也就逐渐壮大了起来。这些东西，可能纸醉金迷的王公贵族看不到，但敏锐的文学家们都看在了眼里，所以才出现了《小癞子》《骗子外传》等杰出的流浪汉小说。

虽然拉美第一个独立的殖民地是讲法语的海地，它于1804年独立，但内忧外患的西班牙很快就开始丢掉自己的殖民地了。西班牙经济凋零，遭受法国入侵，自身难保，同时西班牙语美洲殖民地基本成了土生白人的天下。土生白人又叫克里奥尔人，顾名思义，就是在美洲土生土长的白人，他们对宗主国西班牙没有太强的认同感，又常为自己的地位和权力不如从宗主国远道而来的白人而愤懑，再加上美国《独立宣言》思想和法国启蒙思想的传播，种种因素叠加，美洲独立运动就兴起了。虽然西班牙直到1898年才失去了古巴等最后的美洲殖民地，但独立运动发展最如火如荼的时期是19世纪的前三十年。

尽管墨西哥在1821年才宣布独立，但早在1810年，随着"多洛雷斯的呼声"响起，墨西哥独立战争就开始了。在这两个年份之间的 1816 年，拉丁美洲出现了真正意义上的第一本小说——《癞皮鹦鹉》。说它是"真正意义上"的第一本拉美小说，首先是因为它的作者利萨尔迪是土生土长的墨西哥人，而非西班牙殖民者或移居美洲的西班牙人。其次，与《征服新西班牙信史》等作品不同，《癞皮鹦鹉》的文体是无可争议的小说，而且还是一部流浪汉小说！在拉美小说缺乏根基的背景下，第一部真正意义上的小说是效仿宗主国西班牙的流浪汉小说也就说得通了。

　　根据学者阿美里科·卡斯特罗的说法，"流浪汉是反英雄。流浪汉小说显然是一种反英雄冲动，随着骑士小说和神话史诗的终结而产生"[1]。总的来看，流浪汉小说有一些共同特点：(1) 主人公的身份是流浪汉，有男有女，大多用第一人称从童年开始讲述自己的经历；(2) 他们出身低微，在提到自己的出身和家庭时常表现出满不在乎的态度；(3) 行窃手段高强，常以此谋生；(4) 总想爬到社会上层，为此费尽心机，却始终改不了低贱卑微的身份；(5) 每当自以为要时来运转了，必然遭遇新的不幸，很符合我们中国"福兮祸所伏，祸兮福所倚"的说法；(6) 与充满天马行空想象的骑士小说不同，流浪汉小说的主色调是现实的。这些特点也基本反映在了《癞皮鹦鹉》中。

　　《癞皮鹦鹉》写一个外号叫"癞皮鹦鹉"的流浪汉一生的种种遭遇和冒险，反映了西班牙殖民统治末期墨西哥的社会生活。故事

1　陈众议：《西班牙文学：黄金世纪研究》，译林出版社，2007 年，第 130 页。

用第一人称叙述，从主人公的身世写起。主人公本名叫佩德罗·萨尼恩托，由于他穿的绿上衣、黄裤子，色调刺眼，皮肤上又长着许多难看的小疙瘩，人们便叫他"癞皮鹦鹉"。此人出身贫苦，受过短期教育后，父亲希望他从事一份体面职业，母亲则希望他当个学者，于是送他进了大学。因在学校受到师生的冷遇和虐待，不久他即离开学校和父母，到墨西哥城街头流浪。在同流浪汉的来往中，他染上了恶习：酗酒、赌博、斗殴、闹事。结果他被监禁。多亏一位法官帮忙，幸得出狱。后来被一位药剂师收为徒弟，做了江湖医生，幸运地和一个姑娘结了婚，婚后妻子却不幸在生产时死去。于是他出海远航，去马尼拉碰运气。但船只不幸触礁，他勉强逃到一个荒岛，然后又辗转返回墨西哥城，重新过他的流浪生活。这时，由于加入盗窃团伙，他险些被送上绞刑架。至此，"癞皮鹦鹉"经过了一百零一次冒险，方才回头，有了正当职业，结了婚，过上了幸福安定的生活。为了叫他的儿子们引以为戒，他临终之际在床上讲述了他一生的冒险故事[1]。

《癞皮鹦鹉》故事情节曲折、语言风趣，是一部早期的现实主义杰作。虽然从当下的评价标准来看，《癞皮鹦鹉》的艺术成就并不算高，但它在拉美文学史上的地位是无可替代的。不过，在拉美各国纷纷从宗主国手中独立、原西班牙殖民地的反西班牙情绪普遍高涨的背景下，效仿西班牙文学流派进行创作的做法注定难以持久。拉美小说缺乏根基，又不愿模仿宗主国西班牙，那么拉美小

1　朱景冬、孙成敖：《拉丁美洲小说史》，百花文艺出版社，2004年，第23—24页。

说该往何处去呢？要回答这个问题，也许可以写上几篇学术论文了，不过我们也许可以用虽然从学术的角度看没那么严谨，却比较通俗易懂的方式来解读一下：没有根基，那就学习，讨厌宗主国，不学西班牙，那就学别人，学西班牙的对头，学当时最流行的东西，那就是浪漫主义文学。

提到浪漫主义，我们很容易就想到花前月下的浪漫场景，这实际上是对浪漫主义文学的一种误读。实际上，浪漫主义在欧洲呈现出的最主要特点就是捍卫个人和民众的自由，它呈现出强烈的叛逆思想、独立精神，十分突出个体，认为社会生活单调无趣，因而赞赏粗犷的大自然，同时追求异国情调。为了实现这些艺术追求，浪漫主义者喜欢对民族和历史追根溯源，喜欢把视线投向遥远的过去，因而也经常流露出一种感伤情绪。

在没有互联网，没有发达交通工具的19世纪，从时间上来看，浪漫主义在拉美的发展传播必然具有一定的滞后性。如果说浪漫主义在欧洲发展最迅猛的时间段是18世纪后半叶到19世纪上半叶的话，浪漫主义在拉美发展到高潮的时间则是1830年代到1860年代。此外，浪漫主义在拉美呈现出了一些与欧洲浪漫主义不同的特点，这自然是由19世纪拉美的历史和社会背景决定的。从1808年到1825年，西班牙语美洲诸国纷纷独立，西班牙语美洲在紧接着独立战争之后的这个时期，对于浪漫主义来说，是一片奇妙的肥沃土地。旧的殖民地帝国分割而成了若干新的国家，这些国家的统治者基本曾在解放者西蒙·玻利瓦尔的指挥下作战反对西班牙压迫者。拉丁美洲特有的军阀、大地主和教会三位一体的本土化独裁制度——考迪罗制随之出现了。所谓的考迪罗实际上也是独裁者。不过，矛盾的是，这些考迪罗还同时成了拉美各国民主制度的奠基人，只是这些民主制度大多只存在于名义上。被殖民统治压迫了三百多年的美洲人民前门驱狼，后门进虎，反抗的情绪高涨，对自由的渴望强烈，恰好迎合了我们前面提到的欧洲浪漫主义的核心精神。此外，拉美拥有辽阔而原始的自然环境，那里本就有太多值得书写却没有被书写的东西，欧洲人苦心追求的异域情调，拉美人在眼前就能找到，这种情况与大约一百年后欧洲人对超现实主义的追求和拉美人近在咫尺的魔幻现实之间的对比十分相似。总而言之，无论从学习和模仿的需求上，从流行的文学潮流自欧洲向美洲的传播上，还是从拉美自身的情况方面看，那片大陆都与浪漫主义十分契合。

不过，欧洲浪漫主义的一些特点在拉美发生了变形。我们刚刚提到的，欧洲浪漫主义追求"回归自然"，"追求异国情调"，例如法国作家夏多布里昂在1801年出版的小说《阿达拉》。故事情节十分简单，描写了一堆宗教信仰不同的异族青年的爱情悲剧，这样的故事在许多小说中出现过，但作者却将故事的发生地点移到了北美洲，作品中还穿插了许多对北美洲风光和印第安人风俗的描写，新意便呈现出来了。然而拉美本就有许多未被描述的、奇特的风土人情，所以拉美浪漫主义歌颂的更多是新大陆本身的自然风貌。欧洲浪漫主义追求个体自由的特点，在拉美又加上了反对军政头领的独裁统治和争取种族平等的特点。再如欧洲浪漫主义为了追根溯源，喜欢把目光投向遥远的过去，例如中世纪，而拉美浪漫主义溯源追根之旅的体现就是对古印第安文学的发掘整理。之所以有大量美洲印第安古文明的文学作品在这一时期被发掘整理，恐怕不能单纯用巧合二字来解释，不过同时出现的还有对同时代的印第安人和混血人种的生活理想化的问题，这一点我们以后再来讲述。

*　*　*

我们刚才提到的"考迪罗"一词，是首领或领袖的意思。它开始只是指在阿根廷与布宜诺斯艾利斯省作战的拉普拉塔地区的首领，后来这个名词才逐渐传播开去，被应用到了拉丁美洲各国的军事独裁者身上。换句话说，在拉美独立运动结束之初，阿根廷是考迪罗问题最严重的国家之一，尤其是 1829 年上台的罗萨斯，他是阿根廷独立初期的第一个大独裁者，1820 年开始从事军事与政治活动，后来成为联邦派的首领。他为了夺取政权，不择手段，在攫取政权后，立刻背弃种种诺言，出卖人民群众的利益，实行大地主大资产阶级的独裁统治。他虽以联邦派为名，但上台后又与布宜诺斯艾利斯中央统一派的某些大地主和大商人勾结，以巩固其个人统治。罗萨斯的政权一直持续到 1852 年，二十三年的执政期间，他给阿根廷人民带来无数灾难。这个时期的阿根廷，出现了一批具有浪漫主义色彩反抗精神的小说，后来人们习惯称呼它们为阿根廷政治小说或社会浪漫主义小说。代表作有埃斯特万·埃切维里亚的《屠场》、何塞·马莫尔的《阿玛莉娅》和多明戈·福斯蒂诺·萨米恩托的《法昆多》等。

《屠场》的篇幅不长，因而有学者认为它是拉美文学史上第一篇真正的短篇小说，写于 1838 年至 1840 年间。那时，埃切维里亚正在从事革命活动，对抗罗萨斯政权，他在紧张的工作之余，冒着生命危险写了这篇作品。由于深刻揭露了罗萨斯政权的黑暗和残暴，本书当时未能出版，直到 1871 年才面世。

《屠场》的故事发生在布宜诺斯艾利斯一个真正的屠场中。正值 1830 年的四旬斋，教会命令教徒们吃素斋戒，而身为教徒又支持联邦党的肉商们在四旬斋期间控制了屠场，只给孩子们和教会特许开斋的病人供应肉食，因此阿根廷首都布宜诺斯艾利斯出现了肉食奇缺的现象。这时又突然下起暴雨，洪水泛滥，市民恐惧不安，怨声载道，甚至有不少医生推测，全城半数居民将因体力不支而倒下，唯一的治病良方就是让他们喝肉汤。面对这种情况，执政者不得不下令开禁，准许屠宰牲口。于是，五十头肥壮的牛被运入屠场。在人们的狂叫和喝彩声中，不到一刻钟就有四十九头牛被宰杀，屠夫身后挤满了前来捡下水、看热闹的人，场面十分混乱，甚至出现了暴力事件。意外出现，最后一头牛受惊逃跑，被挣断而飞起的套索如利刃般削掉了一个孩子的头颅。人们花了一个小时才制服并宰杀了那头牛。这时，有一个支持集权党的青年骑马经过，被屠夫们发现。他们就像一群兀鹰向他扑去，把他撞下马背，拖入屠场，推上拷打台，对他百般辱骂，残酷折磨。[1] 青年愤怒地大喊一声："我宁愿死也不让你们脱掉衣服。" 竟喷血而死。屠夫们慌了神，反倒埋怨青年把玩笑当了真，说他太较真了，最后如没事人一般散去了。

1　朱景冬、孙成敖：《拉丁美洲小说史》，第 37 页。

统治者和教会的荒唐命令，因政治阵营不同而仇深似海的人民，贪婪，暴力，欲望……《屠场》中充满对彼时阿根廷社会的隐喻。故事中那座位于布宜诺斯艾利斯市郊的屠场已不仅是一间普通的屠场，那些屠夫也许就可以被理解成罗萨斯分子；遭屠杀的不是牲口，而是广大人民，因为像孩子掉头、青年惨死的悲剧，在罗萨斯统治下的阿根廷屡见不鲜[1]，而这些人的死却可能不会找出任何需要负责的元凶来，因为杀死他们的不是牛，就是一群面目模糊的人。这些手段在后世的拉美独裁小说里屡见不鲜，真是太阳底下无新事。

我们再来看看《阿玛莉娅》一书。《阿玛莉娅》既有缠绵爱情，也有政治激情，是拉美文学史上著名的浪漫主义小说。作品的故事发生在 1840 年，那正是罗萨斯独裁统治产生严重危机的年份，法国舰队逼近布宜诺斯艾利斯，国内的起义力量也层出不穷，但独裁政权依然垂死挣扎。小说故事就发生在这一历史背景下，讲述革命青年爱德华多遭遇警探伏击，战友接连身亡，他在九死一生之际被朋友丹尼尔救下。在丹尼尔的表妹阿玛莉娅家养伤期间，爱德华多和阿玛莉娅产生了真挚的爱情。可就在他们历尽艰辛，最终决定举行秘密婚礼之际，密探警察却找上门来，爱德华多、阿玛莉娅、丹尼尔等人均死在了战斗中。可以说，《阿玛莉娅》既是爱情小说，也是政治小说，同时也是体现自由、反抗精神的浪漫主义佳作。故事发生的历史背景也是作者何塞·马莫尔彼时正

---

1 朱景冬、孙成敖：《拉丁美洲小说史》，第 38 页。

亲身经历的历史时期，他边观察，边构思，边创作，全书完成之时，恰恰是那段风云岁月刚刚过去之时，这从另一个方面证明了作家的社会责任感。此外，他还把自己的政治思想寄托到了作品之中，纯洁、勇敢、机智的爱德华多、阿玛莉娅等人似乎就是何塞·马莫尔向往的欧洲文明的代表，但他同时又认为欧洲文明无法顺顺利利地移植到拉丁美洲的语境中，我们似乎可以从这个角度理解《阿玛莉娅》的悲剧结尾。

　　和《屠场》一样，《阿玛莉娅》也以罗萨斯的恐怖统治为背景，不过少了些象征，多了几分写实。通过描写爱德华多和阿玛莉娅的爱情故事，并以他们的鲜血和爱情悲剧为结局，作者有力地控诉了罗萨斯暴政的黑暗、残忍和血腥，揭露了罗萨斯统治下阿根廷压抑危险的社会氛围。讲到这里，我想到了另一本出版时间相近（1862年，《阿玛莉娅》出版于 1851 年），主要元素也相近的小说，也包含革命、青年男女的爱情等主题，只不过是个大团圆结局，写法上也更偏向现实主义，那就是智利小说《马丁·里瓦斯》，它的作者是被誉为智利长篇小说奠基人、智利现实主义文学开拓者的布莱斯特·加纳，我们在这里就不做过多剧透了。

　　既然提到"剧透"，就不得不多说几句。我在 Bilibili 除了讲授拉美小说课程，平时也发布些小视频。我录制过一期讲解巴尔加斯·略萨小说封笔作《我把沉默献给您》（*Le dedico mi silencio*）的视频，这本书目前还没有被引入国内。虽然我在写视频稿子的时候已经很克制了，但还是有朋友认为我剧透了。写这样一本介绍拉美文学的作品，剧透又是不得不做的事情，因为我们不可能只提书名不讲内容。不过实际上，除了推理小说，文学作品的剧透并不算是洪水猛兽，尤其是经典作品，因为任何故事都可以用几句话概括它的内容，例如我们常说《堂吉诃德》讲的就是一个读骑士小说入了迷的乡绅的冒险故事，可难道我们真的可以只凭这样一句话就领略这部巨著的魅力，或者觉得已无须再读它了吗？真正经典的文学作品，它的魅力扎根在字里行间，只有阅读原作，才能体会它的美，这种美是无法通过情节概述或缩编版本完整传递的，也不会因为所谓的剧透而消失。

　　回到拉美浪漫主义文学上来。可以看出，我们在这一章开头处提到的浪漫主义的许多关键词，如个体自由、抗争等，都很好地体现在了《屠场》《阿玛莉娅》等小说里。不过，浪漫主义在拉美并非只发展出了描写社会问题的社会浪漫主义小说。实际上，感伤主义也是拉丁美洲浪漫主义小说的重要倾向。它带有风俗主义和心理描写特征。哥伦比亚作家豪尔赫·伊萨克斯的名著《玛丽亚》是这一倾向的重要代表和顶峰之作。

　　剧透来了。故事发生在19世纪哥伦比亚美丽的考卡河谷，这里有个名唤"天堂"的庄园，男主人公埃弗拉因和自幼丧母的表妹玛丽亚一同在庄园中长大，他们青梅竹马，两小无猜，感情深厚。埃弗拉因去波哥大求学，一别八年，高中毕业后，他回到美丽的故乡，惊喜地发现玛丽亚已经出落成一位亭亭玉立的少女，在优美如画的庄园和自然中，他们产生了爱情。但是埃弗拉因的父母早就知道玛丽亚患有癫痫病，他们在经历挣扎后，想出了看似巧妙的解决方法，决定送埃弗拉因去英国学医。情人远去异国，反而使玛丽亚的病情愈来愈重。当埃弗拉因闻讯从伦敦返回家中，玛丽亚已经抱恨长逝。[1]

《玛丽亚》历来被认为是拉丁美洲浪漫主义文学最重要的代表作，1867 年出版时风行一时，据说当时有许多读者边阅读边流泪。不久前，我在阅读新闻时留意到，哥伦比亚政府将 2024 年确定为纪念和推广《玛利亚》的文学年，这自然也是对这部名著的认可。

最后再回到阿根廷，看看我们刚才提到的福斯蒂诺·萨米恩托和他的《法昆多》。按理说我们在讲完《屠场》和《阿玛莉娅》后应该紧接着来讲这本书，那么为什么把它放到后面来讲呢？因为这是一本奇书，它的作者有着传奇的经历，就连书本身的文体也很难界定，有点像我们在之前讲过的西班牙士兵贝尔纳尔·迪亚斯和他的《征服新西班牙信史》。萨米恩托出生于 1811 年，从小家境贫苦，后来担任小学教师，又任中学校长、省立法人，因为言论激怒了独裁者罗萨斯，被迫流亡智利，还当过矿工。1836 年他获准回国，1840 年再次因为言辞问题被迫流亡智利。在智利期间，他积极投身文艺工作，创办了《进步报》，还成立了拉美第一所师范学校，并于 1842 年同著名作家安德烈斯·贝略展开了关于浪漫主义和新古典主义的著名论战。1855 年回国后，他活跃于政坛，最终当选阿根廷总统。

作为总统的萨米恩托在关于土著、移民等问题上的观点和政

---

1 朱景冬、孙成敖：《拉丁美洲小说史》，第 49—50 页。

策颇受争议，甚至以负面评价居多，不过近年来，人们对萨米恩托
在政治方面的表现的评价有较大改变，这是值得我们注意的现象。
作为萨米恩托文学代表作的《法昆多》是对高乔首领法昆多的生
平研究，也是对罗萨斯独裁统治的揭露和抨击，作为浪漫主义的
追捧者，萨米恩托不注重文体而强调激烈的思想、丰富的感情[1]。《法
昆多》在描写胡安·法昆多·基罗加的生平时似乎偏向小说文体，
但在描写阿根廷的自然环境、人种情况时，又像是资料报告，这与
巴西作家库尼亚的名著《腹地》有异曲同工之妙。我们常说博尔赫
斯的小说写得像散文，散文却写得像小说，看来这种文体上的模糊
性在拉美文学传统上是能寻得到渊源的。

　　除了文体上的模糊性，《法昆多》还体现了拉美文学的另一
种要素，或者说主题——"文明与野蛮"。实际上，"文明与野蛮"
恰恰是这部作品的副标题。阿根廷是拉丁美洲的"异类"，移民人
口在其人口总数中占比甚多，那么在如高乔人这样的土生民族和
从欧洲各国迁徙而来的移民之间，谁代表文明，谁又代表野蛮呢？
扩大一点说，前者代表的印第安文明与后者代表的西方文明，谁
文明，谁野蛮呢？我们是不是又回想起了西班牙人来到新大陆后，
乃至殖民时期，关于这两种文明孰优孰劣的争论了？如果大家看过
拉美最有名的一部小说《百年孤独》的话，　定会记得书里有关于
火车的描写，没有火车的马孔多和有了火车的马孔多，哪个更文明，
哪个又更野蛮呢？

1　陆经生主编：《拉丁美洲文学名著便览》，上海外语教育出版社，2009 年，第 26 页。

时至今日，关于文明与野蛮的争论也还在持续。也许我们可以多想一想，这场争论是否只适用于拉丁美洲呢？

推荐阅读

何塞·马莫尔：《阿玛莉娅》，江禾译，漓江出版社，1985年

豪尔赫·伊萨克斯：《玛丽亚》，朱景冬译，人民文学出版社，1985年

多明戈·福斯蒂诺·萨米恩托：《法昆多》，史维译，外语教学与研究出版社，2022年

4

高乔文学与秘鲁"传说"

　　拉美各国人民，尤其是印第安人的生存状况并没有随着独立运动的胜利而得到显著改善。我们提到过，作为总统的萨米恩托在关于土著、移民等问题上的观点和政策颇受争议，其中最具争议的大概就是他对阿根廷本国印第安人的负面态度了。不过更可怕的情况在萨米恩托卸任总统后（萨米恩托在任的时间为 1868 年 10 月至 1874 年 10 月）出现了。1879 年，阿根廷发生了所谓的对印第安人的"讨伐"，这是阿根廷统治者试图彻底消灭印第安人的蓄谋已久的有计划行动，由臭名昭著、凶狠残暴的军官罗加（又译罗卡）负责实施。

　　　　他所率领的军队共达八千人之多。这是一次庞大的十字军的行进，兵士与神甫并肩而行，"刀剑和十字架的代表们，乘着火车，去反对那些骑在赤裸裸的马背上的'野蛮人'"。他们到达目的地后，所遇到的却只是近两千名没有武装的印第安人。他们大肆杀戮手无寸铁的印第安人以后，将剩下的像牲畜一样运往布宜诺斯艾利斯，然后再把这些印第安人或者投入监狱，或者放逐到遥远的海岛上去；至于一些年轻的男孩和女孩，则被分配给富有的家庭做奴仆。朗克莱斯人、阿拉乌干人等印第安部落几乎被斩尽杀绝了。不但印第安人如此，连一向富有独立的、半游牧式自由生活传统的高乔人也因此失去土地，变成了大庄园主的债务奴隶。[1]

印第安人的大量土地被掠夺走了，我们现在认为阿根廷是个移民国家，为何有那么多的欧洲移民在一百多年前移居到阿根廷呢？这与当时阿根廷政府的观点和政策脱不开关系。当时阿根廷的历任统治者瞧不上印第安人，认定欧洲人更加文明开化，这种观点自然也就体现在了他们大力吸引移民的政策上，许多被掠夺的印第安人土地后来就到了这些欧洲移民手中。更有甚者，主导屠杀印第安人行动的罗加在"讨伐"行动一年之后就成了阿根廷总统，一直从 1880 年干到了 1886 年。

文学作品的一个重要功能就是记录和反映现实。在拉丁美洲这片饱受苦难的大陆上，文学的这种功能似乎体现得更加淋漓尽致。19 世纪的阿根廷，有关高乔人的文学作品兴起，因为有不少人认为高乔人是阿根廷最具"民族色彩"的人群，因为阿根廷缺乏印第安的根，这与那些"印第安国家"很不相同。高乔人性喜自由，

1　李春辉：《拉丁美洲史稿》上卷（二），商务印书馆，2009 年，第 779 页。

以放牧为生，喜欢弹琴、唱歌，勇敢不羁，处于社会边缘，是天生的反叛者。在文学领域，首先兴起的是反映高乔人生活方式和情感的高乔诗，它脱胎于高乔歌手即兴对歌和原始的高乔喜剧，而且这种诗体的发展阶段正好与阿根廷各历史阶段——独立时期、内战时期、"国家构造"时期及"文明"发展时期——相吻合，每个阶段都有各自的代表作品和诗人[1]。最有名的高乔诗大师当属何塞·埃尔南德斯，他摒弃了传统高乔诗以揶揄讥讽为核心的表现形式，写出了长诗《马丁·菲耶罗》。这部描写穷苦高乔人马丁·菲耶罗逃脱奴役、决斗杀人、流浪逃亡的长诗如今已被阿根廷人视作自己的民族史诗。

　　不过高乔文学并非只存在于诗歌文体中。阿根廷文学史上也出现了为数不少的高乔戏剧和高乔小说，其中最有名的当数里卡多·吉拉尔德斯创作的小说《堂塞贡多·松布拉》，这部出版于1926年的小说也经常被认为是高乔文学的曲终之作。故事讲述年幼的主人公法维奥·卡塞雷斯被强健勇敢的高乔人堂塞贡多·松布拉吸引，赶往后者所在的加尔万庄园，与包括堂塞贡多·松布拉在内的雇工们一同生活，后来在堂塞贡多·松布拉的指导下逐渐向真正的高乔人蜕变，五年之后，法维奥·卡塞雷斯已经长成了真正的高乔人，他也与堂塞贡多·松布拉建立了亲如父子的关系。我们略去小说里的种种曲折情节，单讲小说最后，法维奥·卡塞雷斯收到一封信，信上告知他的生父已去世，他成了财产继承人，

1　盛力：《阿根廷文学》，外语教学与研究出版社，1999 年，第 55 页。

变成了庄园主，堂塞贡多·松布拉则成了庄园的雇工。三年之后，法维奥·卡塞雷斯已不再像个高乔人，而成了"文明人"，堂塞贡多受不了约束，在高乔人喜自由的天性指引下离开了庄园，走向茫茫草原。

《堂塞贡多·松布拉》不仅为我们描绘出了彼时已经逐渐在丢失传统生活方式的高乔人的性格、习惯等特点，更重要的是探讨了传统文化与现代文明之间发生冲突的话题。这样的问题恐怕不是阿根廷独有的。这些年来，我们时常看到传统技艺无人继承而濒临消失的新闻，这实际上反映的也是同一类问题，值得我们关注和思考。此外，如果我们把《堂塞贡多·松布拉》的故事情节与我们在上一章中讲述的内容联系起来的话会发现，这个故事依然在挖掘"文明与野蛮"这一主题。狂野不羁，喜欢靠决斗解决问题的高乔人似乎是"野蛮的"，可难道他们与自然和谐共生的态度不是"文明的"吗？

可以看出，虽然拉美文学在 19 世纪的主旋律是模仿，但这种模仿主要是对流浪汉小说、浪漫主义等写法和风格而言的，拉美各国的文学家们关注的书写对象依然是本民族的东西。我们把目光从阿根廷北移，看看秘鲁的情况。

2019 年 8 月，每两年举办一次的中国西葡拉美文学研讨会召开，那年特别致敬的作家是豪尔赫·路易斯·博尔赫斯和米格尔·安赫尔·阿斯图里亚斯，两位作家都出生于 1899 年，2019 年是其诞辰一百二十周年。再往前推二年，2017 年研讨会特别致敬的作家是加西亚·马尔克斯和胡安·鲁尔福，也都是为了纪念他们的诞辰周年，前者出生于 1927 年，后者要比前者大整整十岁。我一直疑虑：这样的致敬会不会跳过了许多出生在双数年的作家？事实证明就连我的这种想法也是很片面的，因为值得我们致敬的作家实在太多了。2019 年 11 月 29 日，西班牙《国家报》刊登了一篇文章，题为《里卡多·帕尔马在西班牙》，文章开篇就说道："让人惊讶的是，今年我们国家针对去世于 1919 年 10 月的里卡多·帕尔马举办的纪念活动少得可怜。"我们这才注意到这位秘鲁作家去世已满整整百年了。不过值得欣慰的是，里卡多·帕尔马最重要的作品、中译本新版《秘鲁传说》赶在 2019 年出版了，这也可以算是一次遥远的致敬。

《秘鲁传说》是一部极为独特的作品，原书共十卷，总计 453 篇传说故事，按照传说发生的时间顺序共分为五个部分：印卡和征服时期（　—1533），6 篇；殖民时期（1533—1820），339 篇；独立时期（1821—1830），43 篇；共和国时期（1833—18××），49 篇；其他传说，16 篇。这些传说内容庞杂，出场人物数量众多：征服者、印卡人、总督、贵族、平民、宗教人士、绅士、骗子、无赖、士兵、商人、教师、工匠等无不在帕尔马笔下活灵活现。

帕尔马之所以有能力创作出这样一部包罗万象的巨著，其多样的生平经历是原因之一。他的父亲是来自北部的山区人，而母亲则自幼生活在沿海地区的农村，他的祖上有黑人血统，父亲家有印第安血统，再加上白人血统，帕尔马无疑是个不折不扣的土生混血种人。用当时的标准看，这位后来在秘鲁文学史、文化史上都占据重要地位的巨匠的出身并不好，不过这也给了他可以更好地观察秘鲁社会的独特视角。

帕尔马从小就展现出了过人的文学天赋，不到十五岁时就发表了最早的诗作，在写出一系列抒情诗后，于十八岁时发表了剧作《罗迪尔》，后来进入利马的圣马科斯大学攻读法律专业。帕尔马在怀揣文学梦想的同时，也投身政治事业，有多年政府工作经验，还参加过抗击西班牙舰队入侵的卡亚俄保卫战，后又在何塞·巴尔塔总统手下任总统秘书、洛雷托省参议员。1872年对于帕尔马而言是个重要的年份。政治上，巴尔塔总统在政变中被杀，心灰意冷的帕尔马开始脱离政治；文学上，他发表了《秘鲁传说》第一卷，从此开始摆脱浪漫主义诗人的身份。

1883年是另一个重要的年份，这一年，里卡多·帕尔马发表了《秘鲁传说》的第五卷和第六卷；同年，持续了四年的南美太平洋战争结束，智利获胜，秘鲁和玻利维亚战败，秘鲁无奈割地求和，后组成新政府，而帕尔马则被任命为秘鲁国立图书馆馆长。多年之后，博尔赫斯说出了那句名言，他认为天堂应该是图书馆的样子，可是对帕尔马而言，图书馆无论如何也不可能是天堂。智利人焚毁了国立图书馆中的大量藏书，实际上1881年利马保卫战时，连帕尔马本人的住所和藏书也都在战火中化为灰烬了。作为馆长的帕尔马的应对之策是利用自己的身份和人脉资源四处求书，他也因此获得了"乞丐馆长"的称号，国立图书馆也真的就在帕尔马求书政策的帮助下逐渐恢复了元气，秘鲁的文化传承要记其一大功。帕尔马曾经给西班牙著名知识分子梅嫩德斯·佩拉约寄去一封信，乞求他"将著作施舍给秘鲁国立图书馆"，而在落款中，帕尔马并没有写上自己图书馆馆长的职务,写的是"西班牙皇家语言学院院士"。

落款千真万确。1878年里卡多·帕尔马就被选为西班牙皇家语言学院院士。1892年,借发现"新大陆"四百周年之机,里卡多·帕尔马终于踏上了西班牙的土地,他与众多西班牙作家和知识分子会面和交流,更直接地感受了西班牙文学的氛围。实际上,早在1863年,帕尔马就游历过欧洲,《秘鲁传说》中也可以看到意大利、西班牙、法国等欧洲国家文学的影响,西班牙作家乌纳穆诺就曾评价里卡多·帕尔马是"伏尔泰式的幽默大师"。

幽默确实是《秘鲁传说》的重要特点之一,却绝不是构成这部巨著的唯一要素。《秘鲁传说》是一部奇作,它既是里卡多·帕尔马多年用心积累素材的必然结果,又是作者希望做出革新与突破的偶然产物。帕尔马在从政、战斗、游历、研究的过程中,始终注意积累秘鲁风俗传说类素材,这些素材可能是一则故事,可能是一种信仰,也可能只是一句俗话谚语,它们后来都成了《秘鲁传说》中数百篇传说的直接创作灵感来源。例如,《帕利亚-瓦尔库纳》来自万卡约地区居民对一块岩石的信仰,《女人与老虎》来自"市政会议的一部文件集和《史料集》上载有的关于X太太的翔实资料",《关于国歌的传说》则是对"一位文笔流畅的作家的一篇文章"的概括,而《利马谚语数则》的创作动机则只是"有一天我这么想,于是便开始打听"。之所以说"革新与突破",是因为里卡多·帕尔马虽然在四十岁前一直被视为浪漫主义诗人,但其本人对当时文坛盛行的模仿欧洲浪漫主义文风进行创作的风气不屑一顾,因此在创作《秘鲁传说》时刻意使用了不落俗套的写法（尽管对风俗和历史的书写实际上仍难以彻底摆脱浪漫主义的影响）。这种创新的结果就是书名中的"传说"，这里的传说并非传统意义上讲的"神话演变而来具有一定历史性的故事"，而是一种全新的文体，它"既不是历史，也不是轶事或讽刺小品，而是从三者中抽出的精华"[1]。后来，在认识到传说的独特性之后，帕尔马本人介绍了传说的写作过程："传说是民间故事又不是民间故事，是历史又不是历史。它的形式轻松而愉快，叙述迅速而幽默。我想的是一种做糖衣药丸的念头，分发给公众而自己用不着有顾虑……一点儿，一小点儿谎话，一剂从来都是极少量的真实性，加上一大堆文雅而又粗俗的文笔，这就是写作'传说'的配方。"

不过，传说是否能被归于一种文体还是有争议的。虽然在《秘鲁传说》出版后，拉丁美洲各国出现了大批模仿者，如维森特·里瓦·帕拉西奥的《墨西哥传说》、保罗·克鲁萨克的《阿根廷故事》、奥雷里奥·迪亚斯·梅萨的《智利传说与轶事》、曼努埃尔·孔查的《塞雷纳传说》等，可里卡多·帕尔马却是唯一因为传说而被尊为文学巨匠的作家，智利评论家卡洛斯·汉密尔顿甚至称他为"西班牙语美洲短篇小说之父"[2]。因此，将传说视为里卡多·帕尔马独有的写作风格似乎更为恰当。

1　阿图罗·托雷斯-里奥塞科:《拉丁美洲文学简史》，吴健恒译，人民文学出版社，1978 年，第 80 页。

2　Hamilton, Carlos, *Historia de la literatura hispanoamericana*, Madrid: Ediciones y Publiicaciones Españolas, 1960, p. 148.

里卡多·帕尔马笔下的传说确实有诸多超凡之处,这也使《秘鲁传说》这部著作能够在一百多年后的今天仍被视为文学经典。虽然传说的篇幅一般不长,通常只有三五页,却运用了许多现代小说的写作手法。

从结构上看,短小精悍的篇幅并没有影响到传说结构的复杂性。墨西哥评论家安德森·因贝特就指出,传说中的事实材料和虚构情节是无序分布的,是可变换的、自由的。因而读者无法明确地分辨出现实与虚构、真实与谎言之间的界限。有的传说之中还包含着数个小传说,极似"中国式套盒"的写法。例如名篇《母爱》讲述了堂费尔南多·德贝尔加拉的婚姻故事,堂费尔南多·德贝尔加拉沉迷赌博怒而杀人的故事,"银臂"总督及其家人的故事,以及埃万赫丽娜搭救丈夫的故事,直到故事结尾读者们才会明白题目中的"母爱"究竟所指为何,同时也就将之前数则小传说串联到了一起。此外,独立成篇的传说之间有时候还有内容或人物关系上的联系性,如《死人复活》和《罗莎的玫瑰园》中的罗莎,《母爱》和《银手臂》中的"银臂"总督等,这又体现出里卡多·帕尔马笔下宏大的社会观,他始终试图展现完整的利马(秘鲁)社会风貌。

从叙事视角上来看,帕尔马也表现得极为老练,他可以在行文中自然变换叙事者,丝毫不影响故事发展的连贯性。如《我也许愿意,也许不愿意》一篇开始部分以西班牙人的立场进行描写:"要说困境,住在库斯科的四百名西班牙人的困境更加令人揪心。印加王族曼科统率二十万大军,把这座帝国都城铁桶般围了好几个月。征服者每天被迫进行战斗,做出了英勇的、近乎神奇的努力。"在

这里，读者们似乎随着描写站到了西班牙人一边，为他们的境况
担惊受怕。可接下来帕尔马又写到了印卡王族保柳劝说妹妹嫁给
西班牙人的话："贝娅特里斯，你这么拒绝会给咱们民族招灾惹祸。
西班牙人伤了自尊心，一定会在最后一代印卡王留下的咱们这几
个后代身上进行报复。（……）妹妹，咱们是弱者，就该让步才是。"
于是读者开始对印卡后裔的命运牵肠挂肚。叙事视角的自然切换在
名篇《一吻殉节》中体现得更加明显。

> 我们在夜不能寐时，总感到在朦胧之中专注地思考着什
> 么，此时此刻他的精神就处于这种状态。（……）他热恋的纯
> 洁花朵或许已被那外国佬厚颜无耻的爱抚玷污了！而你，娇
> 嫩的奥德莱伊，天使般美丽的奥德莱伊，也感到泪水模糊了
> 你瞳孔的光辉。[1]

《一吻殉节》还体现了帕尔马高超的语言驾驭能力。《秘鲁传说》
的大部分故事都与战斗、死亡、欺骗等主题相关，《一吻殉节》讲
述的也是爱情、阴谋与死亡的故事，然而帕尔马却使用了极为细腻
的语言来描写。读完这则爱情悲剧故事后，读者内心最浓烈的感受
不是愤怒抑或悲伤，反而是美，一种纯粹的美、细腻的美。不妨试
读两段，分别写的是自然和爱情：

---

[1] 里卡多·帕尔马：《秘鲁传说》，白凤森译，四川人民出版社，2019年，第28页。

天地万物是一张七弦古琴，发出轻微的声响。顽皮的微
风吻着茉莉花轻轻吹拂，树叶被火红蜂鸟的翅膀震动得垂下
头，"图尔皮亚尔鸟"在一株白杨的树冠上唱着大概是悲伤的
歌，落日犹如一堆篝火染红了天际……黄昏将近的时分，一
切都是那么美，一切都使创造物翘首望苍天，赞美造物主。[1]

倾听着远处流淌的小溪发出的轻轻絮语，感觉着带有柠
檬花和灯芯草花散发出的馨香的微风掠过双鬓，置身在这支
大自然协奏曲中，从崇拜为偶像的美人的嘴唇、眸子和酥胸
中呷饮从内心发出的爱，这才是享受天堂的幸福……这才是
不枉此生！[2]

生死灵肉的主题并没有使《秘鲁传说》的文字显得压抑，正如
前文提到的，幽默性也是本书的重要特点之一，而帕尔马的又一超
凡之处就在于能让读者在笑声中融入严肃的主题（就如《堂吉诃德》
一般？）。如《死抠字眼》中的主人公、勇敢的派瓦上尉虽然最终
马革裹尸，可读者们却必然会一心笑他"死抠字眼"的特点；再如《玻
利瓦尔的最后一句话》写的是悲壮的英雄迟暮，谁能想到故事的最
后一段竟是玻利瓦尔的这番独白："大夫，你过来……我趴在耳朵
上告诉你……世界上三个最大的蠢人就是耶稣基督、堂吉诃德……

---

1 里卡多·帕尔马：《秘鲁传说》，第 25 页。
2 里卡多·帕尔马：《秘鲁传说》，第 25 页。

和我。"[1]（又是堂吉诃德！）

有评论家把《秘鲁传说》中的 453 篇传说分为四大类：富有戏剧性的、动人心魄的、具有讽刺意味的，以及具有传奇色彩的。但实际上这种分类是徒劳且无意义的，因为这些特点几乎在每一篇传说中都有体现。再以《一吻殉节》为例，谁能说这相爱、分离、复仇的故事没有传奇色彩、不动人心魄呢？谁能说巧计杀敌的情节不具有戏剧性呢？谁又能说故事的结局突然变成政治斗争不具有讽刺意味呢？这又是《秘鲁传说》从文学性上看能永葆青春的原因之一。经典作品之所以是经典的另一个原因就是具有普适价值，它们传递的信息并不会随着时间的推移而失去价值，看看《斗篷骑士》中的这段话即可明了：

> 有人落魄沉沦，有人飞黄腾达；有人饥肠辘辘，有人脑满肠肥——殖民地时期就是这样，共和国从成立到现在依然如此。有人当锤子，有人当铁砧，每一次政治大翻个儿的变化都服从这条规律。[2]

本文开头提到的《里卡多·帕尔马在西班牙》一文的作者维森特·莫里纳·福伊克斯在研究了七位作家的论述后发现，尽管他们对里卡多·帕尔马的评价各有不同，却一致认为他是秘鲁现当

---

1 里卡多·帕尔马：《秘鲁传说》，第 545 页。
2 里卡多·帕尔马：《秘鲁传说》，第 40 页。

代文学的奠基人。福伊克斯甚至认为他之于秘鲁，就如博尔赫斯之于阿根廷，阿方索·雷耶斯之于墨西哥或佩德罗·亨里克斯·乌雷尼亚之于加勒比海国家，他们都是拉丁美洲重要的哲学家—创作者。其实早在他仍在世时，里卡多·帕尔马的影响力就已跨越了大西洋，他提出的美洲西班牙语新词汇列表被西班牙皇家语言学院认可，加入了官方词典，以他来为我们对拉美19世纪文学的介绍收官应当是很恰当的。

推荐阅读

何塞·埃尔南德斯:《马丁·菲耶罗》，赵振江译，译林出版社，2018 年
里卡多·吉拉尔德斯:《堂塞贡多·松布拉》，王央乐译，上海译文出版社，2000 年
里卡多·帕尔马:《秘鲁传说》，白凤森译，四川人民出版社，2020 年

5

拉普拉塔河的幻想文学大师

我们先来看一个故事，这个故事的名字叫《财富和迷信》。学习西班牙语的人都知道秘鲁印加王阿塔瓦尔帕的黄金屋的故事，传说印加王阿塔瓦尔帕被西班牙人俘虏后，曾命人按西班牙人的要求收集一屋子黄金作为赎金，没想到西班牙人收到了黄金，还是杀死了阿塔瓦尔帕。在这个故事里，作者把黄金屋的传说做了细微改动，印第安人还没把一屋子黄金送到西班牙人手中，就得知了阿塔瓦尔帕被杀的消息。于是，印第安酋长把黄金埋藏在了洛孔巴高地的一个洞穴里，自己则在黄金上面自杀了，他的坟墓上盖着一层细沙，上面有一层豆荚树做的栅栏，栅栏上面又盖着一层芦苇、石块、泥土和碎砾。在芦苇中藏着一篮柳枝和一副鹦鹉的骨骼。多年之后，洛孔巴地方的神父在给一个老印第安人做临终忏悔时，后者把这个秘密告诉了他，并表示如果有一天洛孔巴教堂倾倒了，就可以挖出金子，用来修建教堂。

又有许多年过去了，到了 1833 年 9 月 18 日，地震摧毁了洛孔巴教堂，于是新任神父决定把黄金挖出来，以重新修建教堂。但是印第安人坚决不从，他们认为这是对酋长的亵渎，会招致灾祸。虽然教堂一方依旧着手动工，并且挖到了栅栏、芦苇和鹦鹉，但印第安人声称，如果继续亵渎酋长的坟墓，就要把他们杀死，于是挖掘工作中断了。又是三十多年过去了，到了1868年，印第安人的这个迷信还是无法消除，此时一位担任陆海军部长的上校来到此地，他在听说了黄金传说后，执意动工，又挖出了盛着骆马骨骼的篮子。这时印第安人更惊恐了，因为他们中间流传着一个传说，谁用亵渎的手碰触了酋长的尸骨，他的家族便会遭受灭顶之灾。在上校看来，这是无稽之谈，是迷信，最后他想出妙招，把印第安人全部灌醉，终于挖到了酋长的骨骼。一个管家扑向酋长的骨骼，想把它移开，好挖出黄金。印第安人的迷信就要破灭了。可就在此时，大地发出巨响，洛孔巴的房屋纷纷倒塌，地面裂开许多缝隙，喷出许多冒泡的臭水。人们站不住脚，野兽惊骇狂奔，纷纷跌倒，一些泥土倒落下来，又把酋长的坟墓掩蔽了。故事的最后写道：那是1868年8月13日五点一刻发生的事，对于那里的居民来说，这个日子是一个痛苦的回忆。

　　我们在听这个故事的过程中，往往会带着现实主义的视角，认为印第安人的信仰是种迷信，是不可能发生的事情。整个故事在叙述的过程中也一直在诱导我们朝着这个方向深入，直到最后一刻，迷信变成了现实，整个故事的现实程度降低了，幻想程度大幅增加了。在这里，我们似乎已经看到了"文学爆炸"主将胡里奥·科塔萨尔的幻想故事的雏形。"文学爆炸"的另一位主将巴尔加斯·略萨则将这种写法命名为"质的飞跃"，就是说故事的属性在某个时刻突然发生了巨变，而且往往是由现实转变为幻想。

《财富和迷信》这个故事出自我们在前面讲解过的《秘鲁传说》。《秘鲁传说》的作者里卡多·帕尔马出生于 1833 年，逝世于 1919 年，主要活跃在 19 世纪，但是我们却无法把他死板地划归到之前讲过的浪漫主义、现实主义作家之列。不过，虽然我们挑选了《财富和迷信》这篇具有幻想色彩的故事来介绍，我们也不能说他是幻想文学作家。借助里卡多·帕尔马和他的《秘鲁传说》的例子我们就能明白，我们在讲解文学史的过程中，很多时候为了便于理解，往往会人为地把某些"主义"套在某一历史时期上，但这绝不意味着在那一时期里就只有一种文学形式或风格存在，也绝不意味着到了下一个时期，这种形式或风格就突然消失了。它们总是同时存在的，只不过可能有时某一种风格流行了起来，又或者某种新的风格涌现了出来。

回到刚才的话题，我们认为里卡多·帕尔马算不得幻想文学作家，如果我们想要找到真正意义上的幻想文学，还得把视线南移，来到乌拉圭、阿根廷所在的拉普拉塔河地区，这里可以说是拉美幻想文学的发源地、大本营。有趣的是，刚才提到的里卡多·帕尔马有"拉丁美洲短篇小说之父"的美誉，可我们接下来要提到的这位作家也同样拥有这样的头衔，他就是乌拉圭作家奥拉西奥·基罗加。1878 年出生的基罗加，他生命中最重要的经历之一也许就是 1903 年随友人、阿根廷作家卢贡内斯到外省考察，发现了大片原始丛林，林中见闻后来成了他文学创作的丰富灵感源泉。

　　基罗加最负盛名的作品是 1917 年出版的短篇小说集《爱情、疯狂和死亡的故事》，共收录十五篇短篇小说，综合了基罗加最擅长书写的三大主题：爱情、疯狂与死亡。不过这三大主题不是分散的，在很多情况下是有机结合在一起的，而连接它们的媒介往往就是幻想。我们以名篇《羽毛枕头》为例，这个故事有些匪夷所思：女主人公阿莉西娅新婚之后日益消瘦，精神萎靡，大夫对此也束手无策，只是以贫血症进行治疗，但阿莉西娅还是不幸离世。女用人在打扫房间时发现，婚后尤其是病中的阿莉西娅一直枕的枕头上有血迹，而且过分沉重，人们这才发现了阿莉西娅的真实死因：枕头里藏着一种圆球形的吸血虫，把阿玛莉娅的血吸干了。

　　故事的最后，基罗加写道："这种鸟类的寄生虫，在平常的环境中是很小的；但在特定的条件下，它的体积会增大。人血似乎对它特别有用，所以在羽毛枕头里找到它，并不是什么罕见的事。"[1]可以看出，基罗加的幻想故事尽管夸张而恐怖，却是有现实依据可循的。换个角度看，以基罗加为代表的这一时期的某些幻想文学作家依然试图将幻想的故事合理化，他们注意到，对文学作品的成功而言，取信于读者具有不可替代的重要性，只不过这种给幻想故事增加合理性的做法略显刻意。

　　《羽毛枕头》这个故事里，死亡的主题是很明显的。死亡降临之前，阿莉西娅先陷入了疯狂的状态中，她甚至看到"一只类人

1　奥拉西奥·基罗加:《基罗加作品选》，林光译，云南人民出版社，1997 年，第 5 页。

猿用手指支撑在地毯上，眼睛直盯着她"[1]。造成阿莉西娅疯狂乃至死亡的看上去是藏身羽毛枕头里的吸血虫，但细读之下我们会发现，把阿莉西娅禁锢在羽毛枕头上、床铺上、家庭中的，不正是她与丈夫乏味的婚姻关系和爱情关系吗？故事开篇的几个段落就对这一细节有所暗示，作者写道："她的蜜月简直是一次令人不寒而栗的漫长经历。丈夫粗鲁的性格，给天使般温柔的、胆小的阿莉西娅·鲁维亚梦寐以求的当新娘的幼稚幻想，当头泼了一瓢冷水。（……）毫无疑问，她本来希望在庄严的爱情天堂里少些严肃气氛，多些开朗的和不存戒心的温柔；可是，她丈夫那种无动于衷的外貌，总是使她受到约束。"[2]以幻想为外衣，凸显的是现实的本质，拉丁美洲幻想文学的这一特点在基罗加的作品中显露无遗。

　　基罗加的故事往往色调阴暗，情节恐怖，所以除了"拉丁美洲短篇小说之父"的头衔，他还有"拉丁美洲爱伦·坡"的绰号。他的同胞费利斯贝托·埃尔南德斯尽管也是幻想文学作家，但和基罗加的文字风格完全不同。他的文字表现力很强，叙事所用的语言接近拉普拉塔河流域的方言，用词松弛而慵懒。他的小说有散文诗的特点，情节如诗，节奏如歌，叙述充满趣味，能迅速引起读者的共鸣，是拉普拉塔河流域早期"幻想文学"的杰出代表。以他最具代表性的短篇小说集《无人亮灯》为例。《无人亮灯》里的故事往往有散文气质，语言温柔精致，回忆的烟雾四起，一切都被笼罩在

1　奥拉西奥·基罗加：《基罗加作品选》，第3页。
2　奥拉西奥·基罗加：《基罗加作品选》，第1页。

复古的余晖之中。故事里的人物往往与他们所处的环境格格不入。他们出身于社会中下阶层，却因为工作关系而往来穿梭于贵族之间，于是和周遭的华丽氛围产生了一丝割裂之感。他们时而沉醉于上流社会的温柔缱绻，时而带着清醒和调侃，幽默地嘲讽着身边的人物。《无人亮灯》用悠长、精致而繁复的语言，展现了这些人物似梦似真的体验，为拉普拉塔河流域的"幻想文学"奠定了优美的基础。《无人亮灯》里的故事只可意会，不可言传，读者应该任由自己随着作家的文字进入那片幻想的世界，抛开逻辑，抛下一切，专心体验。我们看看《我的第一场音乐会》中的结尾部分：

　　　　一切都进行得很顺利，直到我开始弹奏《八音盒》这首曲子。为了演奏起来更加顺手，我把椅子向钢琴的高音区挪过去了一点，紧接着，前奏的旋律如同雨点一样洒了下来。我很确定，这首曲子弹得和之前的几首一样好。然而，我忽然听见观众席传来了一些低声的议论，到了后来，我甚至听到了一阵阵的笑声。我开始像虫子一样缩紧自己的身体，手指也变得笨拙起来——我对自己的技术产生了怀疑。就在这时，我好像看到舞台上有一道长长的黑影在移动。我迅速地瞥了一眼，发现那里真的有一个黑影，但它此时此刻静止不动。我继续弹奏着乐曲，而台下的议论声还在继续着。

　　　　尽管我没有往影子那里看，但我的余光注意到，它在动。我并没有往"那可能是怪物"的方面想，也不觉得这是某个人对我开的玩笑。在弹奏一段相对简单的曲调时，我瞥见那团影子正挥动着它那长长的胳膊。我斜着眼睛望向它，却发现它已经不在刚才的地方了。后来，我又朝身旁望了一眼，一只黑猫映入了我的眼帘。我弹奏的曲目正要进入尾声，台下的议论声和笑声变得越来越响了。我发现那只猫儿慢慢地抬起了头。我该怎么做呢？把它抱到后台去吗？真是个荒谬的想法。

曲毕，掌声雷动。就在我站起身准备向台下的观众鞠躬致意的时候，我感觉到那只猫儿正在蹭着我的裤子。我微笑着鞠了一躬，然后坐回琴凳，这时我产生了想要抚摸它一下的冲动。在演奏下一首曲子之前，我停顿了一会，心想该怎么妥善处理这只猫。我不想当着观众的面在舞台上追着它跑，那样实在太可笑了。于是，我决定继续演奏——让它留在我的身边。但我的思绪无法像之前那样发散了：我无法在脑海里将音乐塑造成不同的形状，也无法追逐某个念头，因为我的思绪已经被那只猫儿牢牢地占据了。忽然，一个可怕的想法击中了我：弹奏这首曲子中间的几个小节的时候，我理应用左手扫过琴键；而那只猫儿就在我的左手边，它很可能随着我的动作就跳到琴键上去了。在弹到那几个乐段之前，我就暗自在心里盘算道：

"如果一会儿那只猫儿跳起来，那我就能把失误怪在它的头上了。"于是，我决定冒一次险，恣意弹奏起来。那只猫儿没有跳起来。曲毕，音乐会的第一部分就这样结束了。在掌声中，我环顾舞台四周，却并没有发现那只黑猫的身影。

中场休息的时候，我的朋友们到后台来看我。没等音乐会结束，他们就迫不及待告诉我，坐在他们后面位子上的那一家人，在之前的一场音乐会上对别人的表演大肆批评，却对我的演奏赞不绝口。他们和其他观众交流了意见，并决定在音乐会结束后为我准备一个小型的午宴。

这场音乐会圆满结束。除了原定的那些曲目，观众又请我多弹了两首曲子。音乐会结束后，我走到剧院的出口，忽然听见人群中的一个小女孩说："他就是那个音乐盒！"[1]

我们依然把脚步停留在拉普拉塔河地区，把时钟拨到1940年，有位阿根廷小说家在这一年出版了一部由博尔赫斯作序推荐的小说。博尔赫斯是这样写的："西班牙语文学中，还少有理性的幻想作品。我们的古典作家擅长比喻和讽刺性夸张，偶尔也搞过文学游戏，却没有给我们留下多少脍炙人口的故事；近现代情况更糟，我所记得的只有《神秘的力量》和圣地亚哥·达波维的个别作品（可惜它们鲜为人知）。这本书给我们的大陆、我们的语言文学带来了新的希望。在同本书作者议论了所有细节之后，我以为用完美这两个字来评价这部作品将不会过分。"[2] 被博尔赫斯用"完美"二字评价的作品是小说《莫雷尔的发明》，它的作者是博尔赫斯的密友阿道夫·比奥伊·卡萨雷斯。

1　费利斯贝托·埃尔南德斯：《无人亮灯》，周好婕、侯健译，人民文学出版社，2023年，第103—105页。

2　比奥伊·卡萨雷斯：《莫雷尔的发明》，赵英译，花城出版社，1992年，第5页。

　　卡萨雷斯1914年出生在阿根廷首都布宜诺斯艾利斯，从小博览群书，七岁起开始写作，十四岁发表第一篇短篇小说，十五岁出版第一部文集。他曾在大学攻读法律与哲学专业，后决定放弃学位专心写作。1932年，他与博尔赫斯相识，两人从此成为好友，此后曾共同创作了多部小说。1990年，卡萨雷斯获得西语文学最高荣誉奖项塞万提斯奖。授奖词称卡萨雷斯的作品"通过完美的叙事结构，将现实与幻想天衣无缝地融合在一起"。卡萨雷斯于1999年病逝于布宜诺斯艾利斯，他被译成中文的作品除了《莫雷尔的发明》，还有小说集《英雄梦》和《俄罗斯套娃》。

　　《莫雷尔的发明》的主人公"我"是一个由于不知名原因被判处无期徒刑的逃亡者，这个设定也许会让我们想起卡夫卡和加缪的某些作品，不过出版于1940年的《莫雷尔的发明》比《局外人》还要早出版两年。"我"在他人的建议下逃亡到了一座据传闻流行着怪病的海岛维林斯，人得了那种怪病就会全身溃烂而死。为了在岛上生活下去，"我"探索并改造曾经由一群白人建造的某些建筑物，并发现了一些用途不明的机器。在某个晚上，"我"竟听到那些建筑物里传出了音乐声，那些不知如何登岛的人里有位姑娘，每天下午都会坐在某块岩石上看日落，"我"在不知不觉中爱上了她，但无论"我"怎样表露爱意，她都对我"不理不睬"。"我"后来发现有个叫莫雷尔的男人也在追求那个叫福斯蒂内的姑娘。我不断窥探那些人的行踪，有一天，莫雷尔召集所有人，宣读了一份文件，揭示出了所有秘密：莫雷尔用自己发明的摄录机拍下了众人于岛上一周的活动，并将之存入可以永远不间断播放的存储设备里，他希望以此使大家获得永生，但有人却表示愤怒，因为之前所有以这种方式被摄录下来的人都全身溃烂死掉了。换句话说，"我"看到的一切都只不过是莫雷尔的发明录制下来的画面。为了爱情，"我"进行了连续15天的排练，终于做到天衣无缝地搭配福斯蒂内的一举一动，于是"我"将自己也录进了机器，希望以这样的方式同福斯蒂内相爱、永生。

卡萨雷斯的《莫雷尔的发明》甚至被认为是拉丁美洲科幻小说的代表作，不过不管它被归入科幻还是幻想文学之列，我们通过故事梗概就能感受到那种虚实相交的故事氛围了。对于那个逃亡者来说，现实人生是压抑而悲惨的，他希望从中逃离，当他发现了莫雷尔的发明之后，他的逃离心愿有了变成现实的可能。对于他来说，被录制进机器，同心爱的姑娘福斯蒂内永远生活在影像中，才能带来最大的幸福和快乐，也许真如莫雷尔所言，他的灵魂永生了。人的二重性、永恒……这些哲学式的思考不正是博尔赫斯喜爱的东西吗？无怪乎博尔赫斯会用"完美"来形容这个故事了，不过我们还没到学习博尔赫斯的时候，还得等一等，先把目光从南美洲最南部的拉普拉塔河地区移开，去看看拉美其他地方的文学在20世纪初呈现出怎样的样貌。

推荐阅读

奥拉西奥·基罗加:《基罗加作品选》，林光译，云南人民出版社，1997 年

费利斯贝托·埃尔南德斯:《无人亮灯》，周好婕、侯健译，人民文学出版社，
　　2023 年

比奥伊·卡萨雷斯:《莫雷尔的发明》，赵英译，人民文学出版社，2012 年

6

大地主义・土著主义・城市小说

  讲解 19 世纪拉美浪漫主义小说和现实主义小说的一些代表作家和作品时，我们反复提及"模仿""学习"之类的字眼，其原因无非是拉美小说缺乏根基。从 1820 年代拉美各国纷纷独立到 19 世纪结束，拉美小说通过模仿和学习为自己的发展奠定了一定的基础，不过我们也曾提到，这种"模仿"和"学习"更多存在于形式层面，也就是作品的风格和写法，在内容上，拉美作家始终关注自己身边发生的事情，这种对自身的关注在 20 世纪初发展到了高潮。

  实际上，在 19 世纪和 20 世纪之交，拉美文坛发展最迅猛的文体是诗歌，在许多评论家和研究者看来，以尼加拉瓜诗人鲁文·达里奥为代表的现代主义诗歌代表着原殖民地文学第一次回过头来影响了宗主国西班牙的文学进程。甚至有学者认为由鲁文·达里奥开始，"20 世纪拉丁美洲文学繁荣、昌盛，超过了西班牙，反过来对西班牙起了促进、推动作用"。[1] 鲁文·达里奥被誉为拉丁美洲的诗圣，1888 年出版的诗文集《蓝》标志着现代主义诗歌新阶段的开端。概括来看，现代主义诗歌有以下特点：(1) 逃避社会现实，追求纯粹艺术；(2) 创造优美的形象，使用典雅的语言；(3) 憧憬虚幻的境界，抒发忧伤的情感；(4) 追求世界主义和异国情趣。[2] 让我们来欣赏一下被誉为"唯美主义的精品，早期现代主义高峰"[3] 的《世俗的圣歌》一书中的诗歌《天鹅的颂歌》，来看看有"天鹅诗人"美誉的鲁文·达里奥是如何践行上述现代主义文学理念的：

> 奥林匹斯山雪白的天鹅
>
> 嘴巴像红玛瑙一样鲜艳，
>
> 炫耀着纯洁的短翅
>
> 向太阳展开无暇的羽扇。
>
> 像一只七弦琴的手臂，
>
> 像希腊古坛的提手一般，
>
> 憨态可掬的脖子
>
> 使人想起理想的航船。
>
> 天鹅具有神圣的血缘，

1　吴守琳：《拉丁美洲文学简史》，中国人民大学出版社，1985 年，第 306 页。

2　赵德明、赵振江、孙成敖、段若川：《拉丁美洲文学史》，第 197—198 页。

3　赵振江：《西班牙语与西班牙语美洲诗歌导论》，第 304 页。

它的亲吻越过彩绸似的农田

升到勒达可爱的

玫瑰色的山巅。

卡斯塔利亚泉洁白的过往，

他的胜利照耀在多瑙河上；

洛亨格林是金发王子；

达·芬奇是他在意大利的男爵。

什么能与他的洁白媲美；

亚麻的花朵，白玫瑰的花蕾，

金羊毛骑士勋章

和圣诞节选出的羔羊。

天衣无缝的诗人

纯真无瑕的神韵，

神奇高雅的珍禽，

至死还在将灵魂化作歌吟。

生着双翼的贵族

炫耀着蓝色田野洁白的百合

在自己的羽毛上感到

潇洒可亲的蓬帕杜右手的抚摩。

在那悦耳动听的湖上不停地划桨，

美梦在那里将伤心之人盼望，

那里有一条威尼斯的金船

等候着巴比耶拉未来的新娘。

伯爵夫人啊，请将天鹅爱恋；

它们是迷人国土上的神仙，

身披着芬芳、貂皮、绸缎、

梦和黎明的光线。[1]

也许以鲁文·达里奥、何塞·马蒂等人引领的现代主义诗歌浪潮的成功、其对曾经的宗主国西班牙的文学的影响也激励了拉美小说的反思。我们发现，进入 20 世纪，拉美小说从主题上来看，越来越倾向于描写拉美特有的历史事件、自然风光和土著生活，拉美小说似乎从模仿和学习的道路上掉过头来，走向了关起门来写自己的另一个极端。我们曾经提到，文学具有记录和反映现实的功能，拉丁美洲的作家们写拉丁美洲的人和事是无可厚非的，问题就出在"关起门来"上，这扇门一旦关起来，就不可避免地会陷入故步自封的困境。作品的技巧、结构等陈旧老套，这使表现拉美特色的

1　鲁文·达里奥：《鲁文·达里奥诗选》，赵振江译，河北教育出版社，2003 年，第130—132 页。

文学作品束手束脚，施展不开，进而限制了拉美文学自身的发展。这可能是 20 世纪上半叶，尤其是前三十年中出现的墨西哥革命小说、大地小说和土著小说与"文学爆炸"时期的作品在文学质量上有距离的最大原因。

　　从描写历史事件的角度来看，这一时期拉美小说领域最具代表性的应当是墨西哥革命小说。墨西哥革命小说是指以 1910 年在墨西哥爆发的农民武装起义式的资产阶级革命为题材的小说。"19 世纪末 20 世纪初，拉丁美洲特有的争夺政治发言权和经济空间的斗争，在墨西哥没有以选举方式得以解决。从 19 世纪初罕见的混乱，到该世纪末对自由主义现代派考迪罗波菲里奥·迪亚斯的惊人忍耐，墨西哥继续代表着拉丁美洲模式的两个极端。这位独裁者拒绝向新的经济上层人士打开政治体制的大门，他们拼命要在体制中起作用的欲望，引起了与民众之间酝酿已久的争执。其结果是墨西哥革命，更确切地说是几次革命（'长期的'革命从 1910 年持续到 1940 年）。（……）但在这一爆发中，很多问题不清楚：谁赢了？谁输了？目的是什么，目的是否达到？其结果值得牺牲一百多万人的生命去获得吗？"[1] 对于这些历史中留下的疑问，或者说历史书中的空隙，文学作品负有填补的责任，这也正是墨西哥革命小说想要展现的东西。

　　墨西哥革命小说在早期最主要的代表作家和作品是马里亚诺·阿苏埃拉的《在底层的人们》。《在底层的人们》主要叙述一

1　E. 布拉德福德·伯恩斯、朱莉·阿·查利普：《简明拉丁美洲史》，第 206 页。

支小游击队起义的原因、发展和衰落，因为作者亲身参加了这一大革命，所以作品亲切、生动、质朴，带有浓厚的战斗气息。这部作品短小精悍，足以展现该时期墨西哥革命小说的魅力和价值，因此，《在底层的人们》是评论界公认的墨西哥革命小说最具代表性的作品。此外，洛佩斯—伊—富恩特斯的《印第安人》和古斯曼的《鹰与蛇》，阿古斯丁·亚涅斯的《山雨欲来》等作品虽然创作时间有一定差异，但也都是墨西哥革命小说的代表作。不同时期作家对这同一题材的兴趣一直延续到 20 世纪五六十年代，他们对于这一题材的发掘，无论是在思想内容方面还是在艺术技巧上，都在不断变化，有学者就曾总结道："在创作倾向上，前期作家偏重于革命事件和故事的描述，后期作家偏重反映革命的政治和思想影响。"[1] 实际上，我们在后文中会提及的胡安·鲁尔福的《佩德罗·巴拉莫》和卡洛斯·富恩特斯的《阿尔特米奥·克罗斯之死》也是以墨西哥革命为背景的小说，只不过那两部小说无论从主旨立意、故事内容还是写作技巧的角度来看，都更加成熟，我们一般不会把它们简单归到墨西哥革命小说之列。

　　从 1920 年代开始，所谓的大地主义小说和土著主义小说成了拉美小说领域最主要的流派。大地主义小说因集中描写某个专门地区的自然风光和乡间习俗而得名。这一派作家认为，自然界代表一种神奇的力量，地域特征决定了拉丁美洲人的性格，因此更注重描写自然风光、人与自然的矛盾和人们的风俗习惯。值得注意的是，

1　朱景冬、孙成敖：《拉丁美洲小说史》，第 167 页。

"大地"同"城市"相对，是"野蛮"的象征，因此，大地小说多少传承了19世纪"文明与野蛮"这个宏大话题，却已没有浪漫主义作家怀念和向往的那种充满自然美和母爱的景物[1]。这一派的代表作家和作品有委内瑞拉共和国前总统、著名作家罗慕洛·加列戈斯的《堂娜芭芭拉》，哥伦比亚作家何塞·欧斯塔西奥·里维拉的《旋涡》，阿根廷作家里卡多·吉拉尔德斯的《堂塞贡多·松布拉》等。可以看到，我们在前文讲解高乔文学时已经提及的《堂塞贡多·松布拉》又在这里出现了，这个例子能让我们清楚地认识到，将作家和作品归入某一流派的做法是片面而具有风险的，因为没有任何作家或作品只属于一种风格，例如在我国最受读者关注的拉美作家、《百年孤独》的作者加夫列尔·加西亚·马尔克斯，就绝不仅写魔幻现实主义的作品，这一点我们稍后会详细展开来谈。

回头看看大地主义小说对拉美文学的贡献：从此开始，拉丁美洲小说带上了浓重的本土色彩，这样就为摆脱欧洲小说的模式、开创拉丁美洲民族的道路迈出了坚实的一步。至于这种"摆脱"和"开创"的利与弊，前文已有提及，在此就不赘述了，大家可以自主思考。不过可以说，从大地主义小说开始，拉丁美洲作家描写的对象逐渐从社会上层转向社会底层：失去土地的农民、艰难维生的苦工、黑人和印第安人。可以看出，大地主义小说进一步发展的结果是推动了关注印第安人生存状况的土著文学的诞生。

我们以《旋涡》为例，来看看大地主义文学的特点。《旋涡》

1　陈众议：《西班牙语小说发展史》，浙江工商大学出版社，2022年，第58页。

全书分为三部分：《草原》《林莽》和《旋涡》，可能正因如此，我国在最早译介此书时采用的译名是很有时代气息的《草原林莽恶旋风》。故事用第一人称叙述。富有幻想的青年诗人阿图罗·科瓦爱上一个叫阿利西娅的姑娘。但是姑娘的父母坚决反对，并且买通法官和神父迫害科瓦。他们二人趁夜逃出波哥大，遁入了卡萨纳雷大草原，最后到了科瓦的朋友弗朗哥的庄园。留居庄园期间，一个叫巴雷拉的横行不法的骗子来到庄园，趁科瓦和弗朗哥去牧场的机会拐走了弗朗哥的女人格里塞尔达和科瓦的女朋友阿利西娅，并纵火烧了庄园。

弗朗哥和科瓦回到庄园，见此情景极其愤怒，决心深入丛林追捕仇人。他们闯进林莽，在印第安人部落里逗留了一段时间。后来遇到老割胶工人克莱门特·西尔瓦，听他诉说了他备受折磨、哀告无门的悲惨遭遇；还听另一个工人拉米罗讲述了他目睹的大屠杀，看到了普通工人和土著居民遭受的种种天灾人祸。

科瓦和他的朋友知道割胶工们的不幸遭遇后，决计为自己和工人们报仇。他们在橡胶园里耳闻目睹割胶工的非人生活，愤怒地写信给哥伦比亚领事馆提出控告。最后他们经过一番艰苦跋涉，终于找到并杀死了橡胶园的法国老板和骗子巴雷拉，救出了两个女人。但是科瓦和他的伙伴并没有能逃出地狱般的丛林旋涡，而是"被林莽吞没了"[1]。

变幻莫测的自然景观不仅是故事的背景，还像具体人物一样

1　朱景冬、孙成敖：《拉丁美洲小说史》，第217—218页。

能够左右故事的发展、塑造角色的性格，就像《旋涡》这样，主人公们虽然战胜了人类恶霸，却最终人定难以胜天，惨遭林莽吞没，人与自然的关系在这一时期拉美小说中的表现是前者轻后者重，这与后来以智利作家路易斯·塞普尔韦达为代表的拉美生态小说作家笔下的人与自然的关系很不一样。我推荐大家去读读塞普尔韦达的《读爱情故事的老人》，在这部小说里，熟悉热带雨林的老人为了保护村庄，不得不放下爱读的爱情小说，拿起猎枪深入丛林与豹猫进行生死对决，而那只母豹猫却是因为美国捕猎者捕杀了自己的幼崽而对人类展开报复的。

除了大地主义小说，土著文学也是在 20 世纪初流行于拉美小说领域的文学类型。土著文学系指以印第安民族生活为题材的文学作品。土著主义文学之所以能够出现，除了上文提到的大地主义文学的诱发之外，还应该考虑到从 19 世纪起便已出现的重新发掘整理印第安古文明的趋势。在文学领域，许多拉丁美洲作家主张发扬灿烂的古印第安文化，并且将其与欧洲文化加以比较；他们认为，应该从印第安内部独立发展的过程中去寻根溯源，找出区别于欧洲文化的基本特征。土著文学的代表作家和作品主要有阿尔西德斯·阿格达斯的《青铜的种族》、豪尔赫·依卡萨的《养身地》、西罗·阿莱格里亚的《广漠的世界》、何塞·马里亚·阿格达斯的《深沉的河流》等。这些作品大多以犀利的笔锋揭露大庄园主对印第安农民的欺辱、压迫和剥削，同时讴歌了印第安农民不屈不挠的反抗精神。在写法上，土著主义小说家通常采用现实主义的写法，注重描绘印第安农民所处的自然环境和社会氛围，因而和大地主义小说一样具有浓重的乡土气息。值得注意的是，在语言方面，这些作品引进了大量方言土语，使作品带有强烈的地方色彩。当然也有评论家认为，有些土著文学作品在运用方言方面过于刻意，破坏了作品的文学价值。

我们列举了多位土著主义小说家，可实际上对于这一题材的处理，不同作家之间的态度和艺术手法差别很大，不同时代的作家也不尽相同。1920年以前的土著文学大多强调作品的教育功能，企图通过消除印第安人的迷信思想来改变他们愚昧、落后的状况，这些作品认定印第安人的文化代表野蛮，是落后的象征，所以应该清除。进入1930年代，这种看法有所改变，广大受奴役的印第安民族被左翼作家看作潜在的革命力量，他们认为通过文学作品来展现印第安人悲惨的生活状况，可以激发他们的反抗情绪，进而引导他们起身反抗、推翻压在身上的各种反动势力。可以看出，无论是早期土著文学，还是1930年代后的土著文学，都在一定程度上赋予了文学作品以宣教的使命。虽然文学作品本身便具有一定的教育意义，但如果宣教成了作者进行创作时最关注的点，那么这样的文学作品是否能成为具有永恒价值的经典便存疑了，因为无论从哪个角度看，宣教性质都不该是评价文学作品质量好坏的主要标准。早期的土著文学与西班牙的露丑主义有些相似，它试图把印第安人所谓的"愚昧"表现出来，以此对印第安人进行"改良"。后期的土著文学更是希望利用文学作品激发土著群体的反抗精神，鼓动他们参与社会变革。在这些宣教目的的指导下，土著文学愈发千篇一律。写土著人的悲惨命运，写他们被无情压迫，他们要么默默承受，要么起身反抗，反抗要么成功，要么失败，要么成功之后再失败，情节走向上越来越雷同，这也就预示着这种题材走到了尽头。

不过，在上述土著主义作家中，有一位不落窠臼，他大胆探索语言风格和叙事技巧上的变化，写出了众多超凡脱俗的作品，他就是秘鲁作家、《深沉的河流》的作者何塞·马里亚·阿格达斯。阿格达斯曾长期在印第安人中间生活，深受印第安文化的影响，深切了解印第安人的痛苦生活和卑微的社会地位。一开始文学创作，他就把重心放在反映印第安人的悲惨现实上。他运用西班牙语和克丘亚语相结合的新风格，将自身的经历和生活体验同印第安人的境遇糅合在一起，反映印第安人的生活、斗争和不幸命运，最先将印第安人作为主人公写入秘鲁文学。

我们以阿格达斯的遗作《山上的狐狸，山下的狐狸》为例。作品中的"狐狸"并非真正的狐狸，而是神话中的人物。相传世界分为两部分：山区和沿海。前者为"山上"，后者为"山下"。两个狐狸是这两个世界的代表，他们曾在拉陶萨科山帕里亚卡卡神熟睡的儿子瓦特亚古里身边相遇。两个地区先后在西班牙人入侵以前和以后称霸秘鲁。作者把这两个神话人物作为两个地区的生动象征，让他们在当今的秘鲁钦博特再次相遇，象征该市的繁荣昌盛和秘鲁社会与文化的巨人变化。作品生动描绘了钦博特这个大渔港和新兴工业城市的面貌，讲述了各色人物的生活和经历：美国青年马克斯韦尔脱离美国派来的和平队，大胆深入秘鲁社会，做一个道地的秘鲁无产者；山上的狐狸扮成一个古怪的印加嬉皮士德戈先生，参观工厂，访问美国神父；山下的狐狸则伪装成红鱼厂厂长安赫尔·林孔先生；土著人阿斯特被发财的传说迷了心窍，从山上来到海港，努力适应新生活、新秩序，面对种种挑战不退缩，他在一个老板的船上打工，拿到高工资怯生生地寻欢作乐；流浪者埃斯特万出生在一个山村，从小被母亲遗弃，当过种植园工人和修路工人，辗转到了利马，当用人、当矿工，后来回家做小生意，不幸染上肺病，顽强地和死神作斗争。他的经历充满坎坷和折磨，很大程度上代表了作者的经历和秘鲁人的生活[1]。我们通过这短短的情节描述，就能发现和传统的土著主义小说相比，阿格达斯的小说是多么富有新意。这部小说已经被译成了中文，值得我们期待。

在描写乡村、丛林、土著的大地主义和土著主义小说大行其道的时候，阿根廷作家罗伯特·阿尔特却独树一帜，写起了城市小说。故事背景从农村向城市转换意味着拉美小说在发展的历程中迈出了一大步，阿尔特在其中的作用自然是无法替代的。以阿尔特的代表作《七个疯子》为例。在无数作家醉心于大地主义和土著主义题材之时，《七个疯子》却写起了在阿根廷首都布宜诺斯艾利斯三天内发生的事情，所谓"七个疯子"是指七个可悲的主要人物。外号星卜家的疯子想组织一个秘密社团，用毒气、细菌等摧毁现有社会，"拯救人类"，另一个疯子埃尔多萨因给他提供方便，出主意绑架一个曾经打过他耳光的有钱亲戚。埃尔多萨因认为他的悲惨遭遇是不公正的社会造成的，他因而决定与这个社会对抗，他找到了其他疯子、无赖、妓女，一起策划起了疯狂的计划。怎

1　朱景冬、孙成敖：《拉丁美洲小说史》，第291—292页。

么样，1930 年代，这样的构思是否足够前卫、让人瞠目呢？除了《七个疯子》，阿尔特的《喷火器》《愤怒的玩偶》《魔幻之爱》等作品也都已经有了中译本。

　　从浪漫主义到现实主义，又谈到了现代主义，墨西哥革命小说，再来到大地主义，土著主义和城市小说，我们谈了许多拉美小说中的现实因素，只是在上一章节中谈及了拉普拉塔河地区的幻想文学。实际上，从 20 世纪开始，现实文学和幻想文学就是拉美文学发展过程中的两条各自延伸的道路，甚至时有交叉，因此在这两种文学模式之间反复跳跃可能将是本书接下来的内容里时常会出现的情况。

推荐阅读

马里亚诺·阿苏埃拉：《在底层的人们》，吴广孝译，商务印书馆，2022 年

欧斯塔西奥·里维拉：《旋涡》，吴岩译，上海译文出版社，1981 年

何塞·马里亚·阿格达斯：《深沉的河流》，章仁鉴译，外国文学出版社，1982 年

罗伯特·阿尔特：《七个疯子》，欧阳石晓译，四川文艺出版社，2020 年

7

非典型拉美作家
博尔赫斯的文学天地

2010 年诺贝尔文学奖得主、秘鲁作家巴尔加斯·略萨曾经回忆过自己大学时的一段趣事，他说：

> 在利马，头号博尔赫斯书迷是路易斯·洛艾萨，他和我是同辈人，是我的朋友、同学，我们经常分享书籍、交流文学幻想。博尔赫斯是我们之间争论的永恒话题。对于我来说，博尔赫斯正是萨特教导我们要去憎恶的那种人，而且程度如化学试剂般精纯：活在自己世界中的艺术家，那个世界是纯粹由幻想和知识创造出来的；那种作家蔑视政治和历史，甚至连现实都瞧不上，除了文学之外，他们对一切都表露出怀疑和戏谑的厚颜无耻的态度；那个知识分子不仅调侃左翼的教条和乌托邦式思想，还把他的蔑视行为发展到了另一个极端，靠向了保守党一边，他的理由十分傲慢无礼，说什么绅士就该与失败的事业站在一边。

在我们之间进行争论时，我脑子里装的都是萨特教的那些东西，我竭力想要证明一个像博尔赫斯那样写作、讲话、行事的知识分子从某种意义上说应该对世界上各个社会中出现的问题负有责任，他的短篇小说和诗歌只不过是些有声响的空洞饰品，历史——那种恐怖骇人、主持正义的大写的历史，进步人士会抄起一切顺手的东西来捍卫它，刽子手的刀斧、赌徒的标记牌、魔术师的把戏——终将让他们付出应有的代价。可是，当争论偃旗息鼓后，置身于房间或图书馆那卑微的孤独之中时，我就像萨默塞特·毛姆的《雨》中的那位狂热的清教徒一样，只不过他难以抵挡的是那具他批判的肉体的诱惑，而我抵御不住的则是博尔赫斯的文学魔法。我阅读了他的短篇小说、诗歌和散文，它们让我感到眼花缭乱，心中还生出了邪恶的快感，我觉得自己仿佛犯了通奸罪，背叛了导师萨特。[1]

这可能是很多读者对博尔赫斯的印象，他的作品玄虚、难懂，可我们又忍不住想去阅读它们。这到底是怎么回事呢？

豪尔赫·路易斯·博尔赫斯1899年8月24日出生于阿根廷首都布宜诺斯艾利斯，他的父亲也是位知识分子，是律师、语言学家、心理学家、翻译家、演说家，懂英文，崇拜斯宾塞，喜欢雪莱、济慈和史蒂文森的文学作品以及东方文化。博尔赫斯的母亲具有阿

---

1 巴尔加斯·略萨：《略萨谈博尔赫斯：与博尔赫斯在一起的半个世纪》，侯健译，人民文学出版社，2022年，第43—44页。

根廷和乌拉圭血统，精通英文，曾因翻译作品获过布宜诺斯艾利斯的一个奖项，还翻译过美国作家霍桑、梅尔维尔和福克纳的一些小说。在这样的影响下，博尔赫斯有出众的语言天赋也就不足为奇了。此外，他的父亲有个拥有数千册藏书的图书室，这也帮助博尔赫斯养成了酷爱读书的好习惯。《哈克贝利·费恩历险记》《月球上最早的人》《金银岛》《堂吉诃德》、爱伦·坡的小说、格林童话，以及包括阿根廷民族史诗《马丁·菲耶罗》在内的许多本国文学作品都是博尔赫斯童年的读物。可以看出，家庭环境对博尔赫斯文学素养的培育和形成影响很大。

　　博尔赫斯在文学创作方面天赋异禀，六七岁时就开始练习写作了，他曾用英文写了一小本希腊神话集，还模仿塞万提斯的风格写了一篇题为《倒霉的帽舌》的骑士小说。大约九岁的时候，他翻译了英国作家奥斯卡·王尔德的《快乐王子》，并发表在了当地报纸上，由于署名是豪尔赫·博尔赫斯，很多人误以为译文是他父亲的手笔，纷纷登门道贺，后来才知道闹了乌龙。这次事件后来也成了一段佳话，被视作博尔赫斯文学天赋的象征。但我们也不能说博尔赫斯是个完美的天才，因为他在上学时法语考试不及格，从这个角度看，博尔赫斯离我们似乎又近了些。

　　1914 年，由于博尔赫斯的父亲要治疗家族遗传的眼疾，全家一起来到欧洲的日内瓦。1919 年至 1920 年，博尔赫斯随父亲离开日内瓦，在西班牙逗留一年，从此开始了诗歌创作。此后十数年间，博尔赫斯创作出版了大量诗集。大约在 1931 年，博尔赫斯与我们在前文中提到的阿根廷作家比奥伊·卡萨雷斯结为好友，进行多方面的文学合作活动，如编选阿根廷诗集、幻想小说集、侦探文学作品选，写评论文章和前言，评介和翻译吉卜林和威尔斯等外国作家的作品，创办《不合时宜》杂志，写电影脚本，创作大部头作品、侦探小说等。1938年，随着父亲去世，博尔赫斯第一次外出求职谋生，在一个市立图书馆担任助理。1946年由于在反对时任阿根廷总统庇隆的宣言上签字而失去图书馆的工作，他被调任市场家禽检查员。他拒绝上任而当了英语教师，后于1950年当选为阿根廷作协主席。庇隆下台后，他在布宜诺斯艾利斯大学任英美文学教授，1955年进入阿根廷文学院并被任命为国家图书馆馆长。第二年获阿根廷国家文学奖。1960年代初去美国和法国讲学。这个时候，博尔赫斯几乎已经失明，不得不靠记忆写作。1961年，博尔赫斯获福门托国际文学奖，1980年获西班牙塞万提斯文学奖，1986年6月14日于日内瓦逝世。值得一提的是，包揽文学界各大奖项的博尔赫斯却始终未能获得诺贝尔文学奖，据说这是由于博尔赫斯不够成熟的政治观。1976年，博尔赫斯不顾多方反对，接受了皮诺切特的邀请访问智利，还声称皮诺切特"是个好人"，不过作家在不久之后就后悔做出了上述评价。也有说法认为，博尔赫斯之所以未能获得诺贝尔文学奖，是因为他曾冷言嘲讽评奖委员会的成员。不管原因为何，在许多人看来，博尔赫斯未能获得诺贝尔文学奖是该奖项的损失，略萨就曾表示在博尔赫斯未能获奖的情况下领取该奖让他"觉得羞愧"[1]。

1　Ortiz Aguirre, Enrique, *La lieratura hispanoamericana en 100 pregunta*, Madrid: Nowtilus, 2017, pp. 237-239.

　　有趣的是，首先认可博尔赫斯、把博尔赫斯推向文坛高峰的是欧洲文化界。1961年，由英国、法国、西德、意大利、西班牙和美国前卫的出版商设立的福门托国际文学奖首次颁奖，获奖者为博尔赫斯和贝克特，当时贝克特早已声名显赫，博尔赫斯则依然算得上默默无闻，甚至连奖状上都错把他的国籍写成了墨西哥，不过与贝克特一同获奖的经历为博尔赫斯积攒了许多人气。真正令博尔赫斯声名鹊起的是他1963年的法国之行，他当时前往巴黎参加联合国教科文组织主办的一场致敬莎士比亚的活动，他的精彩发言震惊了所有人，用略萨的话来说，整个法国都对博尔赫斯"一见钟情"。在这之后，拉丁美洲才开始发现博尔赫斯文学作品的艺术价值。成名后，博尔赫斯依然对自己此前遭受的冷遇愤愤不平。他在1936年出版的散文集《永恒史》只卖出了37册，他经常表示自己当时想向那37位读者一一登门道谢，这当然是一句戏言。

　　博尔赫斯的创作生涯是以诗歌开始的，他曾于1921年将极端主义诗歌引入祖国阿根廷，不过同时也坚持自己的创作风格，他的第一部诗集《布宜诺斯艾利斯的激情》将哀婉的格调与阿根廷地方色彩的主题相结合，实际上并不符合极端主义重视比喻、希望讴歌现代文明的思想。总体来看，博尔赫斯的诗作形式简朴，内容却深奥复杂，将逻辑的迷宫、直观的形象和神秘的寓言融为一体[1]，而这些也恰恰是博尔赫斯短篇小说的特点。

　　是的，除了诗歌，博尔赫斯也创作散文和短篇小说。虽然

1　赵振江：《西班牙语与西班牙语美洲诗歌导论》，第358页。

1935年他就出版了短篇小说集《恶棍列传》，但其中大多是戏仿之作。学界通常认为他在1938年写出的《特隆、乌克巴尔、第三星球》[1]标志着他在小说创作中找到了适合自己的道路，这条道路也与他的诗歌风格一脉相承。

关于《特隆、乌克巴尔、第三星球》这个故事的创作灵感来源，还是一个有些沉重的故事。1938年圣诞节前夕，博尔赫斯在低头上楼梯时脑袋撞到了刚刚油漆过的铰链窗，当时那扇窗户开着，博尔赫斯的头部顿时血流不止，后来伤口感染，博尔赫斯不得不接受治疗。在大约一周的时间里，他一直高烧不退、无法入睡，而且幻觉缠身。千奇百怪的幻觉给了博尔赫斯创作《特隆》一文的灵感。后来，博尔赫斯还把那段经历加以变形，写进了题为《南方》的小说里。

因此，幻想是我们理解博尔赫斯的第一个关键词。博尔赫斯发现，幻想主义要比现实主义具有更充分、更广大的想象余地。因为世界上有许多东西和现象是人们通过理智无法理解的。从创作层面来看，幻想文学自然更加丰富。所谓"特隆、乌克巴尔、第三星球"，实际上就是个似有似无、仅在幻想中存在的理想主义世界。最能体现幻想的可能就是梦境了，因此梦幻描写也是博尔赫斯故事中经常出现的因素。例如，《两个人做梦的故事》写的是一个生活放荡

---

1 这篇小说的原文标题为"Tlön, Uqbar, Orbis Tertius"，其中"Orbis Tertius"为拉丁文，字面意思为"第三个球体""第三个地球"等。本书采用的是《世界文学》2001年第三期中《博尔赫斯，哲学的安慰》一文及《略萨谈博尔赫斯：与博尔赫斯在一起的半个世纪》一书的译法。

的开罗人，把家产挥霍后不愿自食其力，便在花园的树下做了个梦，梦见一个人对他说，他的财富在波斯，在伊斯法罕。于是他去波斯寻宝，不料被巡逻队长当盗匪抓住囚禁。审问时他交代了来伊斯法罕的目的。队长却哈哈大笑，骂他是大傻瓜，并说他也梦见开罗的一个人家的花园里的喷泉下埋着一堆钱。开罗人被赶了出来。回到家后，他果然在花园里挖出了一大笔财宝。这个故事源自一则阿拉伯传说，也体现了博尔赫斯受《一千零一夜》等阿拉伯文学作品的影响。值得我们注意的是，包括博尔赫斯、马尔克斯在内的诸多拉美重要作家都深受《一千零一夜》的影响。《圆形废墟》讲的是一个梦中梦的故事，与缸中之脑的悖论很相似。所谓缸中之脑，就是假设有人将一个人脑置于缸中，从外界刺激它，使它开始活动，产生想象，如果这是可行的话，我们每个人该如何证明自己不是缸中之脑想象出来的人呢？我们连自身的存在都证实不了。这些悖论和哲思正是博尔赫斯感兴趣，并在作品中加以思考体现的东西。

　　谈到哲学，博尔赫斯深受欧洲各派哲学的影响，尤其是叔本华、尼采等哲学家对他的影响最大，同时他还博览东西方各类经典著作，了解东西方哲学思想，作品中也往往充满哲学性的思考，所以哲学性是我们理解博尔赫斯的又一个关键词。这种哲学思考是通过奇特的时空观、人的二重性等因素体现出来的。我们在这里提到一个又一个关键词，但是大家不要割裂地看待它们，它们是彼此联系的统一体，例如上面提到的《圆形废墟》，它对于人的存在的真实性的思考，不也是一种哲学思考吗？再来看看奇特的时空观。在博尔赫斯笔下，无论时间还是空间，很多时候都会摆脱它们在现实世界中的呈现规律。在《秘密的奇迹》这个故事中，被德国人捕获的犹太作家哈罗米尔即将被处以极刑，但是他的剧本还没写完，他暗中乞求上帝给他一年时间完成剧本。没想到奇迹发生了，就在行刑的时刻，时空静止了，他真的获得了一年的时间来完成剧本。一年后，剧本写完的那一刻，子弹射杀了他。小说最后告诉我们，实际上时间只过了两分钟，那一切都是在哈罗米尔主观想象中完成的。这个故事常常让我们想到美国作家安布罗斯·比尔斯的短篇小说《枭河桥记事》，故事讲述叫法尔科的男人将要被吊死在亚拉巴马州北部一座二十英尺高的铁路桥上，可是这位被处绞刑的男子似乎幸运地逃脱了，在经历了艰苦逃亡之后，他甚至逃回家中，见到了甜美可爱的妻子。小说的最后一句话告诉我们，法尔科早已死去，他那折断了脖子的身体在枭河桥上缓缓晃荡。无论是《秘密的奇迹》还是《枭河桥记事》都在告诉我们，小说家笔下，故事中的时间必然是非客观的时间，它可能是心理时间，可能是线性时间，可能是循环时间，也可能是逆向发展的时间。

跟《百年孤独》有些相似，博尔赫斯有时也会写些关于轮回时空观的故事，这也与佛教的轮回观有关（博尔赫斯甚至写过一本有趣的小书，就叫《什么是佛教？》），如《神学家》《〈吉诃德〉的作者皮埃尔·梅纳尔》等故事都涉及这一主题。在博尔赫斯笔下，时空有时还可以无限延展，他笔下的"阿莱夫"如今已经成了"无限"的象征。谈到奇特的时空观，《小径分岔的花园》是必须提一提的，这个故事带有侦探小说的元素，主人公还是个中国人。所谓小径分岔的花园，既是一个无穷尽的迷宫花园，也是对多维时空的一种隐喻。在博尔赫斯看来，我们在每个时空节点上都可以做出选择，我们的不同选择会把我们带到下一个分岔点上。例如，大家现在在读这本书，您可以继续读下去，也可以选择不读了，出门玩玩，如果继续读下去，也可以选择站着读、躺着读、吃着东西读、跳着舞读、边吐槽边读……凡此种种。与此同时，其他人也在分岔的时空点上做着各种各样的选择。如果您选择不读了，想出门玩玩，同时您的邻居也选择出门干点事情，你们分岔的小径就可能相交，你们打开各自的房门，就可能会看到彼此。同样，我们和其他大多数人可能永远不会碰面，我们分岔的小径永远联系不到一起。故事中的几个主要人物因为战争、姓名等元素阴差阳错地使各自的命运联系到了一起，在那个时空里，有人杀死了别人，而他则会被另一个人逮捕。也许在另一个时空里，他们会成为好朋友。值得一提的是，博尔赫斯曾多次表达对中国文化的向往，他的作品中也出现了许多中国元素。然而近年来，国内学界在研究这一问题时，往往从博尔赫斯"西方作家"的身份及其从未到过中国的背景出发，基于其作品的复杂性和深邃性，认定他笔下的中国形象只是西方人想象中"他者"的形象，只是玄虚难懂的元素的堆砌。实际上，博尔赫斯虽然本人从未来过中国，但是在创作《小径分岔的花园》等名篇之前就亲自翻译过法国作家亨利·米肖的《一个野蛮人在亚洲》，亨利·米肖曾游历包括中国在内的众多亚洲国家，他将自己对中国的观察和思考写入了上书中，通过对比可以发现，博尔赫斯笔下与中国相关的迷宫、灯笼等象征物的意象大多在《一个野蛮人在亚洲》中有对应，而非仅来自毫无依据的想象。我在今年将这些观察和研究写成了题为《告别民族主义批评：博尔赫斯的中国书写及其世界主义文学思想研究》一文，感兴趣的朋友不妨找来一读。

至于人的二重性问题，大家读读《博尔赫斯与我》这篇散文就明白了。在这篇文字中，博尔赫斯直面"两个自我"，一个是普普通通的老人博尔赫斯，另一个是文坛巨匠博尔赫斯，他想保存真我，可是他所喜欢的一切都不可避免地将要脱离私密的状态，成为属于公众人物的博尔赫斯，被所有人知晓。他在文章最后感叹道："我不知道写下这篇文字的是我们两个中的哪一个。"实际上我们每个人都有过这种体会，在私密的状态中，我们是一副样子，踏出家门后我们也许又成了另一副样子，似乎人一进入社会、一接触他者就会不可避免地异化。于是我们也会时常自问：做出那件事、说出那句话的人是我吗？也许每个人体内都有彼此矛盾的多重性格。如果大家对这个主题感兴趣，感到有些意犹未尽，也许可以顺手读一读葡萄牙作家若泽·萨拉马戈的长篇小说《双生》。

再谈一个关键词：象征。博尔赫斯的书中有许多频繁出现的象征物，例如刚才提到的迷宫，再如图书馆、书籍、花园、老虎等。乍看上去让人觉得摸不着头脑，但其实每个象征物都与博尔赫斯的个人经历相关，对这个话题感兴趣的朋友可以找他的传记读一读。这里举镜子为例，在《特隆、乌克巴尔、第三星球》的故事中，博尔赫斯借卡萨雷斯和所谓的"乌克巴尔的创始人"之口表示："镜子和男女交媾是可憎的，因为它们都会使人的数目倍增。"这是我们理解镜子在博尔赫斯作品中象征恐惧、恐怖、不安的关键话语。博尔赫斯刚成年时，父亲曾带他去妓院，想让他成为"真正的男人"，但是那次失败的经历给博尔赫斯留下了不小的心理阴影，而且他大半辈子在爱情与婚姻方面都不能说成功，他对人类的性行为和生育行为都持非正面的态度。因此，很可能镜子和男女交媾的关联使得那个物体从此具有了上述象征特点。

　　我认为有必要再指出一点：很多人说博尔赫斯是个非典型拉美作家，因为他笔下的故事没有任何拉美色彩，这种评论是有些片面的。博尔赫斯小时候曾在布宜诺斯艾利斯市郊的贫民区巴勒莫区生活过一段时间，见过下层人的生活样貌，而且他十分了解阿根廷传统文学，因此高乔人、决斗、暴力、死亡这些经常被阿根廷作家乃至拉美作家书写的主题也在他的作品中有所体现。《玫瑰色街角的汉子》《结局》《南方》等都展现了阿根廷底层人民的性格和生活。不过，博尔赫斯也的确是个非典型的拉美作家。我们在前文提到过，拉丁美洲文学与那片大陆不断遭受苦难的历史进程联系紧密，到了20世纪，尤其是1959年古巴革命胜利后，拉美作家的历史使命感进一步提升。也许正因如此，加西亚·马尔克斯在1967年与巴尔加斯·略萨对谈时才会提到，在开发语言的潜能方面，他很钦佩博尔赫斯，但同时他又厌恶博尔赫斯，因为他认为后者作品中的非现实不属于拉丁美洲，是虚假的[1]。的确，作家似乎天生负有书写本民族的责任，但这是不是评价作家的唯一标准呢？博尔赫斯作品中的哲思，时间、空间、人的二重性……这种种主题都是人类永恒面

---

[1]　加西亚·马尔克斯、巴尔加斯·略萨：《两种孤独》，侯健译，南海出版公司，2023年，第66页。

对的东西，自然也包括拉美人民，当然又超脱于拉美人民。所以说，
博尔赫斯的作品是经得住时间考验的。

推荐阅读

豪尔赫·路易斯·博尔赫斯：《虚构集》，王永年译，上海译文出版社，2023 年

豪尔赫·路易斯·博尔赫斯：《博尔赫斯短篇小说集》，王央乐译，上海译文出版社，1983 年

豪尔赫·路易斯·博尔赫斯：《巴比伦彩票：博尔赫斯小说诗文选》，王永年译，云南人民出版社，1993 年

陈众议：《博尔赫斯》，华夏出版社，2001 年

埃德温·威廉森：《博尔赫斯大传》，邓中良、华菁译，华东师范大学出版社，2016 年

巴尔加斯·略萨：《略萨谈博尔赫斯：与博尔赫斯在一起的半个世纪》，侯健译，人民文学出版社，2022 年

8

终于来了，魔幻现实主义

我们在前面提到过，提起加西亚·马尔克斯，人们往往会直接想到魔幻现实主义，与此同时，我们又讲解过拉普拉塔河地区的幻想文学大师，如基罗加、费利斯贝托·埃尔南德斯等，我们讲了很多与魔幻现实主义、幻想文学有关的内容，但似乎一直没有区分二者，它们是一回事吗？实际上，二者从本质上来看都是对自然和世界本质的一种回归。差别在于，魔幻现实主义强调的是对自然和世界本质的包容，我们会在文本中体验到和谐祥和的感觉，能够觉察到对自然灵性的崇拜。幻想文学则是用实证主义和理性的态度去回归本质，所以在这个过程中，它不可避免地会跟自然的灵性发生冲突，因此幻想文学的文本中一定有极强的矛盾感和冲击感，这些因素会给读者带来惊恐、害怕、突兀等感觉。所以区分魔幻现实主义和幻想文学的方法，就是看文本中对于超自然现象的态度，是包容的、波澜不惊的、习以为常的态度，还是说会给人一种冲击感和矛盾感。从这个角度看，无论是马尔克斯还是这一章要提到的阿斯图里亚斯、卡彭铁尔、鲁尔福，似乎都可以划归到魔幻现实主义之列，而写出了《羽毛枕头》的基罗加、写出了《莫雷尔的发明》的卡萨雷斯等作家，以及我们将在本书后续章节中讲到的科塔萨尔、萨曼塔·施维柏林等则应该属于幻想文学之列。

我们已经较有系统地讲述了幻想文学的代表作家，那么现在到了学习一下那个不可绕过的概念的时候了：魔幻现实主义。实际上魔幻现实主义的概念并非源自拉丁美洲，对于拉美来说，它也是个舶来品。关于"魔幻现实主义"的描述，最早见于德国文艺评论家弗朗茨·罗于 1925 年发表的分析绘画的专著《魔幻现实主义·后期表现派·当前欧洲绘画的若干问题》，后经西班牙《西方》杂志翻译转载，这一概念才进入了包括拉美在内的西班牙语文学领域。1948 年，委内瑞拉作家乌斯拉尔·彼特里在著作《委内瑞拉的文学与人》中把"魔幻现实主义"引入了拉美文坛。次年，古巴作家阿莱霍·卡彭铁尔在《人间王国》的序言中创造出了与"魔幻现实主义"有千丝万缕联系的"神奇现实"的概念。他认为，欧洲超现实主义者们苦心追求的东西，在拉丁美洲是随时都能发现的"神奇现实"。在这篇序言的最后，卡彭铁尔自问道："整个美洲的历史不就是一部神奇现实的编年史吗？"[1]这无疑在提醒我们，无论是"神奇现实"还是"魔幻现实主义"，它想要展现的不就是那个光怪陆离的大陆的真实面貌。在这之后，包括米格尔·安赫尔·阿斯图里亚斯、胡安·鲁尔福、加西亚·马尔克斯、何塞·多诺索等

1　阿莱霍·卡彭铁尔：《人间王国》，盛力译，人民文学出版社，2021 年，第 1—9 页。

作家纷纷推出了魔幻现实主义风格的重量级文学作品。加西亚·马尔克斯后来也成了震惊世界文坛的拉美"文学爆炸"无可争议的主将之一。

值得注意的是，在现代拉美文坛上，文学流派众多，魔幻现实主义只是其中一支，还有结构现实主义和心理现实主义等。不管持何种主义的作家，他们置身于相同的拉美社会政治环境，面临共同的社会问题，都有一种使命感和社会责任感[1]。所以我们才会常常强调，哪怕是魔幻现实主义，其根基也是现实，而魔幻只是起修饰作用的形容词，而且魔幻现实主义也绝不是拉美文学的唯一表现形式。

先来看看米格尔·安赫尔·阿斯图里亚斯。阿斯图里亚斯是危地马拉著名小说家，也是拉丁美洲魔幻现实主义文学的奠基人。他的父亲是位颇有名望的法官，母亲是教师。因父亲不满大独裁者埃斯特拉达·加夫列拉的统治，少年时代的阿斯图里亚斯全家被迫迁居印第安人聚居的内陆小镇。这不但使他从小感受到独裁专断的政治氛围，而且与土著印第安人的接触，加深了他对传统文明的理解，对他思想脉络的形成和文学创作的定位都产生了深远影响，这两种影响在他的代表作《总统先生》和《玉米人》中得到了淋漓尽致的体现。青年时期，他在危地马拉城的圣卡洛斯大学攻读社会法律专业，毕业后在首都当律师。1922年，年轻的阿斯图里亚斯着手反独裁小说《总统先生》的创作。1923年，因参加反对独裁政

1　李德恩：《拉美文学流派与文化》，上海外语教育出版社，2010年，第160页。

府的活动遭受迫害而流亡欧洲。旅欧十年间，他一边攻读东方语言，研究法律和民俗学，一边潜心《总统先生》的创作和修改。

我们在"拉美文学的起源"一章中曾提到阿斯图里亚斯参照乔治·莱纳托的法译本《波波尔乌》，重新翻译了这部玛雅基切人的"圣经"。这一事件发生在阿斯图里亚斯侨居英法期间，在那段时间里，他受到欧洲超现实主义艺术风格的熏陶，同时师从著名人类学家乔治·莱纳托博士，深入研究了美洲史前人类学，尤其是古印第安人玛雅基切部族的历史和传说，同时把《波波尔乌》翻译成了西班牙语。此外，他还创作完成了《危地马拉的传说》，这部神话故事集被许多评论家认为是拉丁美洲魔幻现实主义的开山之作，全书包含《库库尔坎 羽蛇》《幻影兽传说》《文身女传说》等九篇故事，其主题和写作技巧在一定程度上受到《波波尔乌》的影响。阿斯图里亚斯敏锐地觉察到：欧洲超现实主义苦苦追寻的东西起初就存在于拉美古印第安文化传统中，尤其是古印第安文学中现实与魔幻交融的特点，成为阿斯图里亚斯文学的基石。1946 年，《总统先生》出版，阿斯图里亚斯一举成名。1956 年阿斯图里亚斯应邀来到中国，参加纪念鲁迅先生逝世二十周年的活动。1967 年，阿斯图里亚斯被瑞典皇家学院授予诺贝尔文学奖，颁奖词是："他的作品深深地扎根在拉丁美洲优秀传统和印第安民族气质的土壤之中，向世人展现了卓越的文学成就。"1974 年，阿斯图里亚斯因病逝世于西班牙首都马德里。

可以看到，阿斯图里亚斯笔下对中美洲人民反独裁、反掠夺的情绪及行动的刻画，以及他用现代的写作技巧融合古印第安人传

统习俗和神话的尝试，为拉美文学在未来发展中大放异彩的魔幻现
实主义作品和反独裁小说的出现及发展奠定了基础。

　　《总统先生》的故事是这样的：某夜，总统先生的鹰犬松连特
上校在教堂门廊下将乞丐佩莱莱激怒。佩莱莱把松连特上校杀死。
总统闻知，大为震怒。但他冷静下来后却心生邪念，觉得这是他
铲除异己的良机。于是他下令杀死那个乞丐后，随即命令手下人拷
问其他乞丐，用编造的口供将他的两个政敌卡瓦哈尔和卡纳莱斯
将军打成谋杀松连特上校的主犯。在他的指使下，前者被投入监狱，
判处死刑；后者由于深受官兵爱戴，不便关入监狱，而对他采取了
更为狡猾的策略，即密差他的亲信安赫尔诱使卡纳莱斯将军逃走，
造成畏罪潜逃的假象。将军逃到边境后组织了农民起义，后被总统
先生设计气死。与此同时，年轻的军官安赫尔在执行总统的使命时
认识并爱上了卡纳莱斯将军的女儿卡米拉，和她结了婚。总统先生
因此恼羞成怒，决定除掉这个不忠诚的心腹。于是他一面假惺惺地
派他去美国执行任务，一面暗中密令别人接替他的使命，派人在
海关将他逮捕，最后他被投入监狱，死于非命。卡米拉等了他多年，
感到失望，便回乡下去住了。[1]

　　小说大量运用了意识流内心独白、主观时间刻画、漫画式夸
张等当时仍显前卫的写作手法。此外，很多评论家认为小说里用到
了不少魔幻现实主义的写作手法。不过把《总统先生》归入魔幻现
实主义代表作的做法仍显牵强，它的反独裁小说特征要更加明显。

1　朱景冬、孙成敖：《拉丁美洲小说史》，第303—304页。

在阿斯图里亚斯的作品中，真正以丰富的内容、奇特的风格和神话的氛围被封为拉美魔幻现实主义经典之作的还要属《玉米人》。

《玉米人》由五个故事组成：加斯巴尔·伊龙酋长勇斗白人悲壮牺牲、印第安人同种植玉米的白人之间进行殊死斗争的故事；幽灵马丘洪的传说；特贡一家报复萨卡东家族的故事；盲人及其女人的传说；邮差—野狼的传说。只需简单举几个例子，大家就能看到魔幻现实主义的元素了：加斯巴尔·伊龙酋长水火不侵，有好几颗心脏，能与兔子交流；萤火虫法师库兰德罗可以变成一只梅花鹿；被囚禁在海港城堡里的凡人三分像人，七分像鱼。这些体现了印第安人万物有灵论思想的设定也在古巴作家阿莱霍·卡彭铁尔的名作《人间王国》中有所体现。

出生于1914年的古巴作家卡彭铁尔的首部小说《埃古—扬巴—奥！》（*Écue-Yamba-Ó!*）尽管聚焦黑人文化，却似也可归入土著主义小说之列，但卡彭铁尔并未在土著主义的文学阵营中停留太久。多年之后，他甚至拒绝承认自己的这部小说处女作，因为他认定它并不成熟，略萨用四个字评价了卡彭铁尔的这一态度——"极度明智"。1923年，卡彭铁尔与同处巴黎的阿斯图里亚斯一道加入了布勒东的超现实主义阵营，还携手创办了第一份西班牙语超现实主义刊物《磁石》。"否定父辈，回归祖辈"的魔咒似乎就要再现，这两位此后拉美小说史上响当当的作家就要再次走上模仿学习他者的老路了，然而此时二人不约而同地停下了脚步，朝着美洲的方向回望过去。

卡彭铁尔后来表示，他当时发现自己不会给超现实主义运动增添光彩，产生了反叛情绪，生出了表现美洲大陆的强烈愿望。实际上，在拉丁美洲，表现拉美、理解拉美的愿望并非只存在于文学领域。墨西哥哲学家何塞·巴斯孔塞洛斯在 1925 年提出的"宇宙种族"理念颇有代表性："将要出现的是具有决定性的种族、合成的种族，换句话说，完整的种族，它由所有民族的才智和血统造就，因此更有可能具备真正的兄弟情谊和世界性目光"，这种笼罩着乐观主义色彩的理念"实质上是一个掩盖了深层次矛盾的神话，是一个遥不可及的梦想"。巴斯孔塞洛斯的"宇宙种族"理念虽说更趋近于梦想，但其产生的根基却是真实存在的：白人、黑人、黄种人、印第安人、混血种人……拉美是一片混血的大陆，拉美文化是多元的文化，这是拉美小说家们的作品中未曾穷尽的东西。超现实主义成了一种反作用力，它帮助卡彭铁尔发现了属于美洲大陆的"神奇现实"：那些在欧洲人眼中处处透着魔幻神奇色彩的东西，却是美洲人习以为常的，换句话说，美洲现实本身就是"神奇的""魔幻的"。

这种反思的成果就是 1949 年出版的《人间王国》。在这部小说里，神话与历史交织，现实与虚构交织，人间世界与神鬼世界交织，"神奇"元素随处可见：大主教的幽灵现身审判暴君克里斯托夫，麦克康达尔能变化成鬣蜥、蝴蝶、鲣鸟、山羊、蜈蚣，蒂·诺埃尔则能变化成胡蜂、蚂蚁、驴、鹅等，长廊两旁的人形雕塑似乎有了生命、开始活动……

神奇有了，现实何在？不妨来看看反抗殖民的黑人领袖麦克康达尔被处火刑的场景：

　　麦克康达尔被捆在柱子上。刽子手用钳子夹起炭火。总督用前一夜对着镜子反复练习过的姿态抽出利剑，下令执行判决。火苗升腾，朝独臂人身上舔去，烧灼着他的腿。这时，麦克康达尔（……）用嗥叫般的声音念起奇怪的咒语，身躯猛地向前一倾。捆在身上的绳子落到了地上，黑人的身体腾空而起，在一些人的头上飞过。（……）那天下午，奴隶们一路笑着回到各自的庄园。麦克康达尔履行了诺言，永久地留在了人间王国。白人们又一次被另一个世界的至高无上的神灵所嘲弄。晚上，头戴睡帽的勒诺芒·德梅齐老爷向他那位虔诚的妻子大发议论，说什么黑人目睹同伴受刑而无动于衷。他还从这件事中引出一些关于人种差别的带哲理性的结论。[1]

　　黑人果真愚昧冷漠吗？这段文字实际上恰恰反映出西方人对美洲"神奇现实"的漠视和无知。因为印第安文化传统本就相信万物有灵，人鬼世界是相通的，其间并无鸿沟，而且印第安人的传统巫术也有"变化"之法。在对此深信不疑的黑奴眼中，麦克康达尔变化飞升是真实的，而哪怕他真的死去了，他也绝不会离开这人间王国。对他们来说，这就是现实。

　　从首批殖民者来到美洲大陆开始，这种漠视和无知就在逐步蔓延，甚至引发了拉美文化和文学史上持续不断的对"文明与野蛮"话题的讨论，关于这一点，我们已经论述过多次。殖民者看到印

---

[1]　阿莱霍·卡彭铁尔：《人间王国》，第30—31页。

第安人用活人祭祀，无比血腥恐怖，就认定这是残忍野蛮的表现，他们此后"以暴制暴"的行径仿佛也因此获得了伦理支撑。实际上，我们早在解读《波波尔乌》时就已指出，该书记载的创世神话为我们理解印第安人的行为提供了某种可能。我们通过该书得知，在印第安人的信仰中，人之所以成为世间主宰只不过因为有赞美创世神并为之献祭的能力，一旦人类停止了这种活动，便会像先于人类被创造出的其他动物一样受到神的严厉惩罚。因此，印第安人的活人献祭是他们的信仰的体现，这也是美洲的神奇现实。

那么兼具神奇和现实的《人间王国》，或者说卡彭铁尔的全部小说作品，如果只是立足于展现美洲特有事物的话，它与上文提到的大地主义小说、土著主义小说又有什么区别呢？二者的差异主要体现在写作技巧层面。在前人的作品中，故事中的人物和环境大多是单纯为主题服务的，为了表现矛盾关系，土著主义小说（尤其是后期的土著主义小说）中的印第安人大多善良、老实、本分，白人则暴虐不仁，大地主义小说中的环境要么是塑造人物性格的背景（如《堂塞贡多·松布拉》中的潘帕斯草原与高乔人），要么是某种刻板特点的代名词（如《旋涡》中最终吞噬掉主人公们的可怕丛林）。比起这些作家和作品来，卡彭铁尔更进一步的地方就在于通过精心设计，他使小说的主题与技巧达到了完美的契合。试看麦克康达尔下毒的段落：

毒物在北部平原扩散，侵袭牧场和牲畜圈。谁也不知道它是如何在绊根草和苜蓿中扩散，又如何混进成捆的草料并

落进牲口槽的。（……）很快传来了可怕的消息：毒物已进入
宅院。（……）总在伺机进攻的毒物潜伏在小桌上搁着的杯子
里，隐藏在汤锅、药瓶、面包、酒、水果和盐里。不祥的钉
棺材声随时可闻，送葬的队伍随处可见。（……）银十字架在
路上来来往往，绿色、黄色、无色的毒物在它的庇护下，继
续像蛇那样爬行，或经由厨房的烟囱落下，或从紧闭着的门
的缝隙里钻进屋内。[1]

卡彭铁尔在这里隐去了下毒人的活动，将毒物蔓延的动作发
出者写成了毒物本身，毒物仿佛有了生命一样自由活动、自主攻
击，这正与上文提及的印第安人万物有灵信仰相契合（同理，书
中拉费里埃城堡中的三门大炮被取名西庇阿、汉尼拔和哈米尔卡
也就不只是个幽默桥段了）。这种被略萨称为"选择性隐藏材料法"
（即选择性地隐藏某些重要信息，在这里被隐去的是操纵物体的人
类）的写法贯穿小说始终，读者在阅读的过程中很难察觉到这一
点，但是在读完全书之后则会留下这种印象：小说中的动物植物、
装饰摆设无比"鲜活"，仿佛全都有了生命［注意《波波尔乌》中
的某些句子："当高山被创造之时，河流在山谷之间找到了它们的
源头"；"'你们让我们受了许多苦，还把我们的肉当食物吃，现在
轮到我们吃你们了！'狗和其他动物说。石磨指责他们说（……）；
狗随声附和道（……）；甚至玉米煎锅和饭锅也开始斥责木头人"］。

---

1 阿莱霍·卡彭铁尔：《人间王国》，第 20—21 页。

读者在潜移默化中就接受了印第安文化某些最本质性的特点。

墨西哥文豪卡洛斯·富恩特斯曾指出宽泛意义上的"乌托邦"概念关注的是"某个不可能存在的空间"，但拉丁美洲的"乌托邦"却只能是一个时间概念，人们似乎始终在追忆着某个不可再现的黄金时代。创作时，卡彭铁尔也在"时间"因素上费尽了心思，如《溯源之旅》（又译《回归种子》）等时间因素占显著地位的名篇自不必说，《人间王国》的时间设计也同样别出心裁。在《人间王国》里，无论是白人还是黑人抑或是混血种人，一旦成为统治者，最终都会走向暴政。乍看上去，故事时间对应的是 1751 年至 1830 年间海地历史的真实时间，故事似乎是按照线性时间发展的。可再细想一番，会发现这种"压迫—反抗—上台—暴政—压迫"的首尾衔接模式反复出现，似乎没有尽头，故事又像是按照《百年孤独》那样的环形时间结构来设计的，似乎拉美历史真的是在不断画着圆圈、回到原点。可是再细细一看，《人间王国》每个部分（从第一部到第四部）之间并没有明显的文字连接，而是跳跃发展的，甚至每个部分前都似独立小说一样拥有不同的文前引言，卡彭铁尔极致细腻的巴洛克式描写又使每个部分的故事发展时间极度缓慢，几近停滞，仿佛是慢镜头扫过一幅又一幅画面，这难道不正是拉美历史的另一面吗？原地踏步，仿佛从未前进。

卡彭铁尔之后，拉美"文学爆炸"的作家们之所以能够轰动世界文坛，并非单纯依靠凸显拉美元素的异域主题或新颖技巧，而是二者的完美结合，这实际上正是卡彭铁尔给拉美小说带来的最重要启示，卡彭铁尔能被誉为"'文学爆炸'的先驱""大师中的大师"，原因正在于此。当下，随着经济和城市化的快速发展，年轻一代体验着看似超现实的生活（如加入超现实主义阵营的卡彭铁尔一般），他们迫切需要的是不是回归种子、溯归本源呢？他们必须做的又是不是去思考和发掘实现这种回归的路径呢？这正是卡彭铁尔带来的思考，也是卡彭铁尔的文学作品的永恒价值所在。

理解了印第安文化的信仰和传统，我们也就能更好地理解神奇现实、魔幻现实主义等风格的文学作品了。同样的情况也适用于我们理解墨西哥作家胡安·鲁尔福的名著《佩德罗·巴拉莫》。前几年很火的电影《寻梦环游记》让许多人明白了墨西哥人的生死观，在他们眼中，死亡也许并没有那么可怕，死去的亲人会在另一个世界继续生活，据说每年亡灵节，墨西哥人都要把亲人的骸骨带回家中。了解了他们的这种信仰后，我们就不会再对这种做法感到不解和恐惧了。

胡安·鲁尔福1918年出生，他五岁丧父，九岁丧母，不得不进入瓜达拉哈拉的孤儿院生活，这也许是他孤僻性格形成的原因之一，也可能是他的作品中不乏死亡元素的原因之一。1935年，鲁尔福来到首都墨西哥城，在国家移民局及其他政府部门工作，业余从事文学创作，还在大学里旁听艺术史和文学课程。鲁尔福一生只出版过《佩德罗·巴拉莫》《燃烧的原野》和《金鸡》三部作品，但足以令他成为拉美文学史上最重量级的作家之一。鲁尔福酷爱摄影，晚年从事研究工作，深居简出，于1986年在墨西哥城逝世。

《佩德罗·巴拉莫》写的是科马拉地方的庄园主佩德罗·巴拉莫暴虐无道的一生。佩德罗·巴拉莫是老庄园主卢卡斯的儿子。少年时家道中落，父亲被雇工杀死，他怀恨在心，一怒之下将参加葬礼的人统统杀死。为了免去欠账，夺取地产，他和最大的债主普拉西亚多结婚，却始终不爱她。普拉西亚多被抛弃，死在他乡。他软硬兼施，巧取豪夺，成为拥有万顷良田和成群牛羊的暴发户和大地主。他倚仗权势，蹂躏妇女，私生子多得互不相识。他唯一的恋人是少年时的女友苏姗娜。二人青梅竹马，两小无猜，一块游泳，一起放风筝。后来苏珊娜和别人结了婚，不久守寡。佩德罗·巴拉莫杀死了苏珊娜的父亲，总算得到他朝思暮想的意中人并与之成婚。但后者已精神失常，最终撒手人寰。佩德罗·巴拉莫下令教堂为她鸣钟三天三夜。在他的诅咒下，科马拉村在饥荒中败落。后来佩德罗·巴拉莫本人也被私生子砍死。过了一段时间，巴拉莫的前妻普拉西亚多派儿子胡安去科马拉寻父，他看到的不是美丽的故乡，而是一片死寂和一些游荡的幽灵。后来，胡安也死在了科马拉，成了幽灵中的一员，这个故事正是通过死后的胡安之口讲述给读者的。

《佩德罗·巴拉莫》采用了倒叙手法，也有评论家将这种写法称作"非时间"[1]，整部小说在胡安·普拉西亚多寻父、青年佩德罗·巴拉莫与苏珊娜相恋、胡安同鬼魂的对话、晚年佩德罗·巴拉莫的生活、佩德罗·巴拉莫发家致富的过程等发生在不同时空的情节的相互交织中推进发展。这部出版于1955年的小说在时空布局上穷尽心思，已经可以看出作者对叙事结构的重视程度。有学者还指出，

1　朱景冬、孙成敖：《拉丁美洲小说史》，第 358 页。

在这样的结构框架下，作者鲁尔福真正想要表现的主题是对天堂的执着追寻，无论是佩德罗·巴拉莫、苏珊娜还是普拉西亚多母子，乃至于科马拉村，都是对不同形式的天堂的隐喻，整部作品就是在循环的时间内寻找天堂的故事[1]。

　　正如上文提及的《佩德罗·巴拉莫》与《寻梦环游记》的对比所揭示的，在我们眼中看上去可怖可惧的未知的亡者世界，在墨西哥文化中有时却充满温情。胡安·鲁尔福在《佩德罗·巴拉莫》中采用了量变引起质变的写法。在故事开头，读者都会觉得这是个同《燃烧的原野》中的故事一样的现实主义故事，可是在阅读的过程中，我们隐隐会觉得有什么东西不对劲，到了某个时刻恍然大悟，原来书中人物大多都已死去，一直在说话交谈的竟是些鬼魂，难怪《佩德罗·巴拉莫》一书最早被译介到我国时曾有过《人鬼之间》的译名。换句话说，这种魔幻的现实并不是在某个时刻突然出现的，鲁尔福的文字就像涓涓细流，慢慢载着我们进入了那片文学天地。多年之后，在墨西哥城，著名作家阿尔瓦罗·穆蒂斯抱着一摞书找到马尔克斯，把最顶上的一本扔给后者，说了句："读读这玩意，妈的，学学吧。"这本书就是《佩德罗·巴拉莫》。据说马尔克斯翻来覆去地阅读此书，按照他本人的话来说，这是唯一他既能正着背，也能倒着背的书，虽然有些夸张，却可以看出《佩德罗·巴拉莫》对马尔克斯的深刻影响。我们可以合理地推测，后者并非灵光一现，

1　郑书九：《胡安·鲁尔福小说〈佩德罗·巴拉莫〉中对天堂的执著寻找》，外语教学与研究出版社，2015 年。

发觉应该用外祖母小时候给他讲故事的方式去写《百年孤独》。《百年孤独》语言风格的形成也有胡安·鲁尔福的功劳。至于马尔克斯笔下粗犷、贫穷、荒芜的哥伦比亚乡村，谁能说没受到鲁尔福的短篇小说集《燃烧的原野》的影响呢？

推荐阅读

米格尔·安赫尔·阿斯图里亚斯：《总统先生》，董燕生译，云南人民出版社，
    1994 年

米格尔·安赫尔·阿斯图里亚斯：《玉米人》，刘习良、笋季英译，上海译文出版社，
    2013 年

阿莱霍·卡彭铁尔：《人间王国》，盛力译，人民文学出版社，2021 年

阿莱霍·卡彭铁尔：《光明世纪》，刘玉树译，人民文学出版社，2021 年

阿莱霍·卡彭铁尔：《时间之战》，陈皓译，人民文学出版社，2021 年

胡安·鲁尔福：《佩德罗·巴拉莫》，屠孟超译，译林出版社，2021 年

胡安·鲁尔福：《燃烧的原野》，张伟劼译，译林出版社，2021 年

9

"拉丁美洲的陀思妥耶夫斯基"
胡安·卡洛斯·奥内蒂

我们在前面指出，把某位作家或某部作品归入某种流派之中只是为了讲解上的方便，我们要避免它成为一种限制式的认知，仿佛作家毕生只写某一类型的作品，或者某部作品只具有某一种特定风格。我们可以把这个问题扩大化一点，扩大到地区的概念上去。虽然此书以西语美洲文学为主要内容，但实际上拉美各国的文学都各有风采，甚至各国内部的不同区域、不同时空的文学也呈现出千奇百怪的风姿，当然，这是很容易理解的。因此，我们虽然在前文提到过拉普拉塔河沿岸地区，或者说主要是阿根廷和乌拉圭两国以盛产幻想小说而著称，但这绝不意味着这一地区只有幻想文学，或者说幻想文学就一定写得比现实文学要好，类似的"非此即彼"的极端概念是必须摒弃的。我们马上要提到的这位乌拉圭作家的作品就与神魔幻想无涉，虽然也有许多非现实的因素存在，但我们通常还是会把他归入现实主义作家之列，他就是胡安·卡洛斯·奥内蒂。

　　两三年前，我接下了翻译奥内蒂三部小说的任务，我知道我在西班牙的博士阶段导师罗莎很喜欢奥内蒂，于是发邮件把这个消息告诉了她。她果然十分激动，不过在恭喜我之余，也善意地提醒了我，她说奥内蒂的作品就像一口深井，读着读着就会不自觉地坠下去。她让我在翻译时小心，不要让自己坠下去，换句话说，不要让自己过于压抑、悲伤和绝望。这正是奥内蒂几乎所有小说带给读者的感觉，没错，压抑、悲伤和绝望。可能正因如此，奥内蒂被很多人喻为"拉丁美洲的陀思妥耶夫斯基"。不过我们也不必太把这个称呼当回事，因为我们之前讲过的阿根廷作家阿尔特也有同样的绰号。

　　说句实话，当时看过那封邮件后，我并没有太在意，因为我在上大学时读过奥内蒂的名作《造船厂》，当时并没有留下太多印象，只是后来读过奥内蒂的一些短篇故事，才逐渐喜欢上了他，尤其是《欢迎，鲍勃》一文，令我感到十分惊艳。可是，真的开始翻译后，尤其是重译了《造船厂》后，我对奥内蒂的感觉只有"五体投地"这个词可以形容了。人们都说，翻译是最好的阅读，读奥内蒂，就要一字不漏地慢慢读，慢慢体会，你才能感受到他文字的细腻，那诸多伏笔，然后进入那个令人感觉无路可走的文学世界。

　　奥内蒂小说的这些特点，以及他沉默、内向的性格，大概与他的生活经历有一定关系。奥内蒂1909年出生于乌拉圭首都蒙得维的亚，童年时代生活幸福，后因家道中落，中学毕业后即开始谋生。他大约二十岁时前往布宜诺斯艾利斯求职，当过校对、编辑、记者；1940年代初任路透社驻布宜诺斯艾利斯办事处主任，同时为《民族报》《号角报》和《前进》杂志撰稿。他从 1950 年起任阿根廷《请看请读》杂志编辑部主任，后又主编《冲动》广告杂志。1954年，乌拉圭举行大选，路易斯·巴特莱·贝雷斯获胜。奥内蒂回国，执政党的朋友们请他主持其机关报《行动》的工作，他欣然接受，但数年后辞职。1957 年他任蒙得维的亚图书馆馆长、艺术与文学博物馆馆长兼国家戏剧院领导委员会委员。1974 年在担任《前进》杂志小说评奖委员会成员时，由于同意将该奖授予一篇"影射警方"的作品而受到牵连，他被拘捕送入精神病院监禁三个月。同年，西班牙文化学院的友人为了搭救他，向乌拉圭政府发出邀请，希望他出席在马德里召开的巴罗克代表大会，奥内蒂因此得以逃出乌拉圭，随后定居马德里。直到 1994 年患病逝世，他再也没有回到自己的祖国。

除了文论文章，奥内蒂以创作长短篇小说为主。他最重要的小说大多以虚构小城圣玛利亚为背景，文学史上习惯称这些小说为"圣玛利亚系列小说"，他创造的圣玛利亚也与鲁尔福的科马拉、马尔克斯的马孔多等地一样，被视为拉丁美洲虚构文学的圣地，这自然受到了福克纳创造的约克纳帕塔法的影响。圣玛利亚最早出现在奥内蒂于 1950 年出版的《短暂的生命》中，这本小说也与上面提到的《造船厂》一起被视为奥内蒂的代表作。同样堪称奥内蒂代表作的还有在 1967 年首届罗慕洛·加列戈斯文学奖评选中惜败给略萨《绿房子》的《收尸人》。这三本小说通常被视为圣玛利亚系列小说中最重要的三部曲。

《短暂的生命》的主人公布劳森是个失意的中年人，他的爱人赫尔特鲁迪斯接受了乳房切除手术，两人的夫妻关系名存实亡，后来妻子也真的抛下他回老家跟母亲一起生活了。在很长时间里，布劳森唯一的生活乐趣就是趴在墙上偷听生活在隔壁的一个妓女盖卡发出的动静。布劳森工作也不如意，他在一家广告公司工作，但最后被辞退了。在被辞退前，一位同事委托他写一个剧本，给他画了很多大饼，那个剧本成了他改变生活的唯一希望。虽然最后连那项委托也无疾而终了，可布劳森并没有停止创作那个剧本。在剧本里，他创造出了名唤圣玛利亚的小城，同时也创造出了迪亚斯·格雷医生等一系列人物。在现实生活中，他伪装成妓女盖卡前男友的朋友，闯入了对方的生活，他给自己也创造出了一个虚构的身份。再到后来，盖卡被她的前男友在卧室中杀死，布劳森竟主动提出帮助对方逃亡，两人逃到哪里了呢？逃进了一个沿河小城之中，那个小城就是圣玛利亚。没有任何交代，圣玛利亚所代表的虚构世界就和布劳森所处的现实世界交织到一起了。何为虚构？何为现实？我们似乎想到了博尔赫斯在《圆形废墟》中涉及的人的存在的主题，这也是奥内蒂在写作时持续关注的东西。

虽然《收尸人》比1961年出版的《造船厂》晚出版三年，但它的故事内容先于后者，被认为是奥内蒂小说里政治元素最浓的一部。"收尸人"是这两部小说共有的主人公拉尔森的绰号。拉尔森始终抱有"崇高的理想"：他想在圣玛利亚开办一家妓院，而且是家能给人带去幸福的妓院。于是，圣玛利亚的男人分成了两派：一派支持建立妓院，如药剂师巴特，他也是在市议会里纵横捭阖，希望建立妓院的提案获得通过的人；一派不喜欢，如神父贝尔格纳，他代表的是天主教会势力或传统思想。女人也分为两类：一类是"好女人"，如合作行动社的年轻女性；一类是"坏女人"，如拉尔森带来的三个妓女。于是，圣玛利亚就成了明争暗斗的战场，表面上看，人们争执的是道德层面的问题，可实际上这却是传统势力和新兴势力的斗争，是争权夺利的斗争。拉尔森带去的三个妓女一旦走上街头，就会遭人冷眼。在妓院的主线之外，小说还讲述了青年豪尔赫的故事，他受到家庭的禁锢，压抑着青年人懵懂的性渴望，时常想做出逾越常规的举动。他虽然总是缺乏勇气，却同时与寡妇嫂子胡莉塔保持着暧昧关系。

主人公拉尔森似乎总是难逃失败的厄运。他总抱有一些不切实际的幻想，但终究是徒劳；在《收尸人》里，他幻想建立一家完美的妓院，让自己成为"穷妓女们的收容者"，他几乎自认是个英雄，认定自己具有才能，只是时运不济。但是幻想毕竟是幻想，他命中注定是个失败者。故事最后，他被驱逐出了圣玛利亚。

> 早在五年前，当执政官决定把拉尔森（或者叫"收尸人"）驱逐出省之时，就有人半开玩笑半信口胡说地预言说他会回来，延续那百日王朝，那是我们这座城镇历史上饱受热议又激动人心的篇章，尽管如今已经几乎为人忘却了。当时很少有人听到那句戏言，可以肯定的是当时因溃败而颓丧、被警察押解出城的拉尔森很快就忘掉了它，他当时放弃了回到我们身边的任何希望。
>
> 不管怎么说，在那件轶事尘埃落定五年之后，拉尔森在

一天早晨从自科隆开来的公共汽车上走了下来，把手提箱在地上放了会儿，把丝绸衬衫的袖子往指关节的方向拉了拉，在雨停后不久开始慢慢悠悠、摇摇晃晃地走进圣玛利亚，他似乎变得更胖更矮了，长相已经有些难以辨认了，神情十分温顺。

这两段文字是我所译的《造船厂》的开头，也就是说，这部小说的故事晚于《收尸人》的故事五年。回到圣玛利亚的拉尔森认识了造船厂的主人佩特鲁斯。此人经营无方，船厂最终倒闭。他把船厂交给拉尔森管理，任命后者为总经理。拉尔森上任后尽职尽责，决心振兴造船厂。他还追求佩特鲁斯那半疯半傻的女儿安赫莉卡，安抚着厂里的两个几乎食不果腹的职员。他想在事业上取得成功，想使自己的生活过得有意义。他还打算以船厂作阶梯，进而成为那个体面、富有、能够给他带来他在圣玛利亚人面前从没有过的威望的家庭的主人。然而他万万没有想到，佩特鲁斯由于暗中打着船厂的招牌行骗，被总管加尔维斯告发后锒铛入狱。拉尔森如大梦初醒，面对破灭的美梦和不可推卸的责任，他想逃走，但是太迟了。故事给了我们两个结局，拉尔森一死一生，他的结局和他的命运一样缥缈难测。

在《收尸人》和《造船厂》中，圣玛利亚已经成了无比现实的故事背景地了。《造船厂》中有段对圣玛利亚城中心广场的描写，《短暂的生命》中那个落魄职员主人公布劳森在此时再次现身了："拉尔森坐在一个长着潮湿幽暗的绿植的圆形广场边缘的长椅上，地面铺着裹着苔藓的旧砖头，周围坐落着许多玫瑰色和奶油色外墙的老房子，窗户上竖着栏杆，被封得严严实实的，每下一场雨，墙壁上的斑点就会更深一些。他盯着那尊传奇人物的雕像和一行文字，让人惊讶的是上面只写了寥寥几个字：'建城者—布劳森'。"《短暂的生命》中的虚构天地如今已经完全压倒了现实、变成了现实。

我们再来看看奥内蒂的细腻。带着希望初进造船厂的拉尔森面对厂子里仅剩的两个职员加尔维斯和昆茨时说道："今天下午我会拍几份电报，给布宜诺斯艾利斯那边打电话。今天各位想干什么就干什么吧。明天八点我会到办公室，好好安排下各种事情。"加尔维斯则答道："九点吧，我们从来没在九点之前到厂子里过。"在死气沉沉的造船厂里工作过一段时间后，又出现了一个时间描写："拉尔森很快从早晨模糊的梦境中醒来，又似乎没有真正中断做梦，他在八点或九点钟的时候来到了办公室，面对前一天挑选出来的记录着已然逝去的往事的一堆卷宗，他无奈地摇了摇头。"在造船厂工作的时间越久，绝望感也就越强，可无论是拉尔森，还是加尔维斯、昆茨，抑或是老板佩特鲁斯都不说破，大家依然在演着各自的戏，活在虚幻的希望、虚假的人生中。这个时候，细节就更显重要了。"那天早上，拉尔森快到十点的时候来到造船厂，冲着侧着身子的昆茨打了招呼，后者正伏在绘图桌上检查一本集邮册，打完招呼后，他就不安地走进办公室了。"看看这些描写，奥内蒂并没有直白地描写拉尔森的情绪，他依然以总经理自居，依然每天翻看早已成为废纸的卷宗，依然在漫无目的地忙碌着，哪怕他从没拿到过工资，造船厂也从没真正好起来，可是他到达造船厂的时间变化暗示了他心境上的变化，从八点到九点到十点，到得越来越晚，绝望就越来越深。这就是我在这一章开头处提到的，读奥内蒂的作品，我们一定要慢下来，观察细节，融入情境，进入那个阴暗的世界。

《造船厂》中还有一个情节，令人久久难忘。我们在介绍《造船厂》的故事情节时曾经提到，为了进入佩特鲁斯那看似富有的家庭，拉尔森决定追求佩特鲁斯那半疯半傻的女儿安赫莉卡。拉尔森一直想进入佩特鲁斯家的那栋带有象征性质的房子。那栋房子被几根柱子撑得高高的，官方说法是为了避免河水上涨时遭水灾，但似乎也象征了贫富阶级的差异，象征着那个家庭曾经是多么高不可攀。拉尔森想从空间上走进那栋大房子，似乎只要走进去，他也就成为那家的一员了。可是他每次和安赫莉卡都只能在房子外花园里的凉亭中约会。讽刺的是，在故事的最后，老佩特鲁斯被捕入狱、安赫莉卡生病无法下床之时，他终于走进了那栋他心心念念的大房子，却只是进到了女仆的房间，和女仆何塞菲娜发生了关系。奥内蒂这样描写道："何塞菲娜急匆匆地出去了，把门关上，没发出一丝声响。此时拉尔森感觉他在整趟旅途中，从在造船厂里经历过的那让人迷离的最后冬日感受到的凉意，就在刚才渗入他的骨髓，然后又从骨髓里往外渗，浸满他所在的房间，使那里充盈着永恒的寒冷气息。他笑得更浓了，忘得更多了。他又愤怒又激动地开始查看那个女仆的房间了。他移动得很快，碰碰这个，摸摸那个，还把一些东西拿起来细看，以此作为弥补，获得宽慰，缓和悲伤，鼻子里闻到的却是人死之前嗅到的土地的天然气息。他又看到了那些老旧家具，有张金属床，栏杆已经松动了，一碰就叮当作响。大脸盆和绿色陶罐上的水生植物花纹微微凸起。发硬发黄的薄纱罩在镜子外面。圣母和圣徒的印花，漫画人物和歌手的照片，一个粗厚的椭圆形相框里框着一张用铅笔画的已经死去的老女人的肖像。屋子里还有股永远驱散不掉的多种气味混合在一起的怪味，监狱的味道，女人的味道，油炸食物的味道，尘土的味道，香水的味道，衣柜里存放的廉价布料的味道。"清晨，在离开他心心念念的房子时，奥内蒂是这样描述拉尔森的状态的："不可思议的宁静依旧笼罩在那里，月亮却已经不见了，无论是在吻别之前还是之后，他都不想转身再看一眼那栋不可触及的宅子了。"

　　奥内蒂笔下的人物基本都是仿佛注定要迎接失败命运的小人物，他们压抑、挣扎，却似乎永远摆脱不了"不幸"厄运的束缚，拉尔森也是如此。可是，与此同时，我们如若留心便可发现，奥内蒂笔下的人物总是会露出笑容，不管他们在做的到底是什么事，也不管他们究竟身处何时何地。笑容是迎合现实的工具，在不合时宜的时候微笑，实际上就是在作戏，就是虚假的体现。人物们一次次微笑，也正是在一次次凸显奥内蒂最喜欢描写的"人生如戏"的主题。这就是奥内蒂的世界，也许也是他所处的乌拉圭和拉丁美洲的样貌。

　　也许我们还可以想得更深入一些。可能我们大多数人，大多数普通人都是这样的，我们需要有目标，有希望，这样才能生活下去，而现实和希望之间的桥梁也许就是想象和虚构。所以我们人人都是布劳森，人人都是"收尸人"拉尔森，人人都在虚构，人人都在扮演着人生这场游戏中注定由我们扮演的角色，哪怕只是些微不足道的小角色。

推荐阅读

胡安·卡洛斯·奥内蒂:《请听清风倾诉》，徐鹤林译，云南人民出版社，1995 年

胡安·卡洛斯·奥内蒂:《造船厂》，赵德明译，人民文学出版社，2010 年

胡安·卡洛斯·奥内蒂:《短暂的生命》，侯健译，作家出版社，2024 年

胡安·卡洛斯·奥内蒂:《造船厂》，侯健译，作家出版社，2024 年

胡安·卡洛斯·奥内蒂:《收尸人》，侯健译，作家出版社，2024 年

10

"文学爆炸"，不止魔幻

加西亚·马尔克斯的文学人生

如果仔细观察的话就能发现，流行于 20 世纪前 30 年的大地主义文学、土著主义文学等在思想内涵、技巧结构等方面都与在 20 世纪四五十年代左右推出重量级作品的博尔赫斯、鲁尔福、奥内蒂等作家的作品存在巨大差异。可以说，博尔赫斯、卡彭铁尔、鲁尔福、奥内蒂等作家为发生于 1960 年代初至 1970 年代初的"文学爆炸"奠定了良好的基础。

加西亚·马尔克斯和巴尔加斯·略萨这批作家出现之前，虽然博尔赫斯、卡彭铁尔、奥内蒂、鲁尔福这些作家已经足够优秀了，但拉美文学并没有达到震惊全世界的地步。拉美文学真正走出拉美、走向世界，"文学爆炸"起到了决定性作用。这是文学家作品质量提高、拉美城市化程度提高、读者受教育水平和阅读能力提高、西班牙出版方的推动等综合作用的结果，另外还不可忽视 1959 年古巴革命的胜利在团结拉美作家方面起到的重要作用。

我有时候会说，"文学爆炸"的大门是加西亚·马尔克斯和巴尔加斯·略萨一起打开的，首先是因为在 1962 年和 1963 年，略萨凭借《城市与狗》斩获了西班牙的简明丛书奖，从此越来越多的拉美作家开始受到包括西班牙在内的欧美国家的关注。"文学爆炸"这个词源自英语的"boom"一词，许多人曾经表示不喜欢这个概念，因为它的潜台词似乎是说拉美文学是突然之间凭空出现、没有积淀的，这一点我们已经在前文中做过解释了。不过就略萨的例子来看，他倒真的像是神兵天降一般突然出现在了西班牙文坛，要知道《城市与狗》的手稿也曾被多次拒稿，略萨之前只在秘鲁国内出版过短篇小说集《首领们》，发行量也很小。所以《城市与狗》荣获简明丛书奖，我认为算是打开了"文学爆炸"的半扇门。后来像《跳房子》《三只忧伤的老虎》等作品虽延续了拉美文学的热度，但是真正把那扇门完全打开，让全世界竖起大拇指的，还得算是 1967 年出版的《百年孤独》。同年，巴尔加斯·略萨也凭借第二部长篇小说《绿房子》获得了首届罗慕洛·加列戈斯文学奖，后来在很长时间内，这个奖项都被认为是拉丁美洲最重要的文学奖。也是在 1967 年，两人还进行了唯一的一次对谈。所以我说"文学爆炸"的大门是他们两个一起打开的，时间就是 1967 年，这也是"文学爆炸"发展到最高潮的时间。

至于"文学爆炸"大门的关闭，从理性的角度来看，多数评论家认为是在 1970 年代初，当时古巴"帕迪利亚事件"引发拉美作家群体分裂。彼时，古巴革命政府以反革命罪逮捕了诗人埃贝托·帕迪利亚，这一事件使原本志同道合的朋友们走上了不同的道路，其中就包括加西亚·马尔克斯和巴尔加斯·略萨。从感性的角度来看，

2023 年年底，八十七岁高龄的略萨突然宣布封笔，在最后一部小说《我将沉默献给您》之后，他会再出版一部关于萨特的文论作品，然后就不再继续出书了。令人没想到的是，在去世十年后，马尔克斯的遗作《我们八月见》竟然能在 2024 年 3 月于全球同步发行，这个时间点几乎恰好与略萨宣布封笔的时间点相距不远。从这个角度来看，"文学爆炸"的大门似乎又是他们二人一起关上的，时间大概就是 2024 年。

"文学爆炸"有公认的四大主将：阿根廷的胡里奥·科塔萨尔、哥伦比亚的加西亚·马尔克斯、秘鲁的巴尔加斯·略萨和墨西哥的卡洛斯·富恩特斯，我们会在后面的内容中一一讲述。我们以马尔克斯作为开端。

提到加西亚·马尔克斯，大家自然会想到魔幻现实主义。实际上，无论是马尔克斯的人生还是他的作品，都是魔幻和现实两种因素的集合体，只不过我们很容易更加关注魔幻，而忽视现实。所以在讲解马尔克斯时，我会尝试从魔幻和现实这两个关键词出发，帮助大家更全面地了解马尔克斯的文学世界。

马尔克斯曾经多次提到，他在许多年里一直在构思《百年孤独》这本书，却始终找不到讲述那个故事的风格，直到有一次在墨西哥，他开车带全家到阿卡布尔科度假的路上，突然灵感涌现，说了一句："我知道该怎么讲那个故事了，就像外祖母给小时候的我讲那些奇异故事那样讲。"于是他调转车头，回到墨西哥城的家中，闭关创作起了《百年孤独》。他对妻子梅塞德斯说："给我六个月时间，绝对不要打扰我。"可他最终用了十八个月才把书写出来，梅塞德斯为了贴补家用，已经将能卖的东西都卖得差不多了，据说他们仅剩的钱也只够把半部《百年孤独》寄给出版商。当然也有一种说法，说当时马尔克斯并没有调转车头，而是在阿卡布尔科度假完后才回家进行创作的。这不是我们深究的东西，换句话说，这种真真假假，虚虚实实的感觉一直萦绕在马尔克斯的人生和他的作品中。

我们回到马尔克斯的那个灵感上来，回到外祖母讲述奇异故事的马尔克斯的童年生活。外祖母是在哪里讲述那些故事的呢？是在外祖父家的宅院里。在我看来，小马尔克斯度过童年生活的那座老宅才是他魔幻思想的根源，实际上，马尔克斯的回忆录《活着为了讲述》的开头也正是他陪着母亲去出售老宅的场景。那座老宅里也的确发生了许多似真似幻的轶事。小马尔克斯本就敏感、善幻想，他小时候睡觉的床边摆放着跟真人一样大的家族圣像，他总觉得那些圣像在盯着他看，因而心生恐惧。多年前，小马尔克斯外祖母的姐姐死在了老宅里，外祖母一直声称自己姐姐的鬼魂就在老宅里游荡。家中的几位女眷经常在老宅中闲聊，谈论的正是巫婆、妖魔、"哭泣女人"的传说这样的奇闻轶事，小马尔克斯就在旁边一边玩着玩具，一边听她们聊天的内容。老宅里还有一间所谓的"死人屋"，一个委内瑞拉人曾在那个屋子里上吊死去，家人们说他的鬼魂仍会时常出现，在那个屋子里咳嗽。马尔克斯后来回忆说，他有一次跑进厕所，正看到一个鬼魂坐在马桶上。对于小孩子来说，在他面前的本就是个神奇的世界，讨论这些奇思妙想是真是假并没有什么意义，我们只需要注意到，这些童年时期的奇异经历和想象影响了马尔克斯一生。据说在他长大成人之后，他依然不敢关灯睡觉，也许这也是个很好的例子。

在一段漫长的岁月里，马尔克斯反复构思一部书名为《大屋》的长篇小说，那部小说在正式出版时书名定成了《百年孤独》，《百年孤独》也就成了马尔克斯脑海中挥之不去的那些奇思妙想的汇聚之处。《百年孤独》以加勒比海沿岸小镇马孔多为背景，描绘了布恩迪亚家族七代人百年的历史变迁，将布恩迪亚一家人的生活及命运与众多宏大主题联系到了一起，如土地的开发、外来文明的到来、自由党和保守党的长期内战、美国联合果品公司与"香蕉热"、种植园工人大罢工、对香蕉工人的屠杀，等等。书中不乏极具魔幻色彩的描写，我们来看看"俏姑娘"雷梅黛丝升天一节，书中写道：

> 直到三月的一个下午，菲南达想在花园里折叠她的粗麻布床单，请家里的女人们帮忙。她们刚开始折叠，阿玛兰塔就发现俏姑娘雷梅黛丝面色白得透明。
>
> "你不舒服吗？"阿玛兰塔问她。
>
> 俏姑娘雷梅黛丝抓着床单的另一端，无可奈何地微微一笑。
>
> "不，恰恰相反，"她说，"我从来也没有像现在这样好过。"
>
> 她刚讲完，菲南达觉得有一阵发光的微风把床单从她手中吹起，并把它完全展开。阿玛兰塔感到衬裙的花边也在神秘地飘动，她想抓住床单不致掉下去，就在这时，俏姑娘雷梅黛丝开始向上飞升。乌苏拉的眼睛几乎全瞎了，此时却只有她还能镇静地辨别出这阵无可挽回的闪着光的微风是什么

东西。她松开手，让床单随光远去，只见俏姑娘雷梅黛丝在朝她挥手告别。床单令人目眩地扑扇着和她一起飞升，同她一起渐渐离开了布满金龟子和大丽花的天空，穿过了刚过下午四点钟的空间，同她一起永远地消失在太空之中，连人们记忆所及的、飞得最高的鸟儿也赶不上。[1]

不过，哪怕如此魔幻的情节，也有现实依据。在 1967 年于秘鲁首都利马同巴尔加斯·略萨对谈时，马尔克斯本人就曾这样解释道：

> 《百年孤独》里还有个很引人注意的情节，一个很漂亮又很傻的姑娘到花园里收床单，可突然之间她就飞上天了。要解释这个情节实际上非常简单，事实要比人们想象的单纯得多。《百年孤独》里的"俏姑娘"雷梅黛丝是有原型的。现实中的那个姑娘和一个男人私奔了，她的家人不想蒙羞，就以无比平静的口吻对外宣称他们看见她在院子里收床单，然后就升天飞走了……在写作时，我实际上更喜欢那家人提供的那个版本，也就是家人们为了免遭羞辱而扯的那个谎，比起现实来，我更喜欢那个版本，因为姑娘和男人私奔这种事每天都在发生，没什么趣味可言。[2]

1　加西亚·马尔克斯：《百年孤独》，范晔译，南海出版公司，2011 年，第 208—209 页。

2　加西亚·马尔克斯、巴尔加斯·略萨：《两种孤独》，第 40—41 页。

　　在后来被收入《两种孤独》一书的那场精彩绝伦的访谈中，马尔克斯坚定地表示自己是个现实主义作家，而且他认为自己的现实主义倾向在《百年孤独》中表现得最为明显。这后半句话我们大可不必完全当真，这是作为虚构文学作家的马尔克斯擅于操纵语言的表现。不过他紧接着说的话，我们却不能忽视，他说："我觉得在拉丁美洲一切都是可能的，都是现实的。（……）我们的生活中到处都是奇妙的东西。（……）我认为我们得花功夫去研究下语言，研究下写作技巧和形式方面的问题，这样才好把拉丁美洲现实中所有那些奇幻的东西融入我们的作品，也才好让拉丁美洲的文学真正能够反映拉丁美洲的生活，这里每天都在发生着最奇妙的事情。"[1]

　　马尔克斯提到了萨尔瓦多的一位他记不起名字的独裁者，此君发明了一种摆锤，可以测出食物是否被下了毒，他用这种摆锤来测试自己的食物。如果摆锤往左摆，他就不吃，如果往右摆，他就吃。这人还大搞迷信；当时萨尔瓦多国内爆发了天花病，他的卫生部部长和顾问们告诉了他正确做法，可他却说："我知道该怎么做：用红纸把全国的路灯都包起来。"于是有一段时间，萨尔瓦多所有的路灯都被裹上了红纸。在马尔克斯看来，拉丁美洲每天都在发生这样的事情，只不过这样的事情看上去太魔幻了，不仅外人不把它们当作现实，连拉美作家也认为它们不够真实，因而总想着改造它们，以一种更合理的方式把它们呈现出来。2019 年 10 月，我曾到巴尔加斯·略萨位于马德里的家中对其进行专访，后者提到，对于作

1　加西亚·马尔克斯、巴尔加斯·略萨：《两种孤独》，第 42 页。

家来说，"真实性"是非常重要的，如果作家写出来的东西让读者感到不真实，甚至虚假，那就绝对是部失败的作品[1]。面对这一难题，马尔克斯之前的许多拉美作家选择的是一条捷径，他们不敢把拉丁美洲现实的神奇性质如实展现出来，因而在用文字描绘它们之前，先用合理性把它们改造一番。马尔克斯的应对方法则是花功夫琢磨语言问题、技巧问题。

我们不妨再来看两个《百年孤独》中的例子。第一个例子：

> 巨人刚打开箱子，立刻冒出一股寒气。箱中只有一块巨大的透明物体，里面含有无数针芒，薄暮的光线在其间破碎，化作彩色的星辰。何塞·阿尔卡蒂奥[2]·布恩迪亚茫然无措，但他知道孩子们在期待他马上给出解释，只好鼓起勇气咕哝了一句：
>
> "这是世上最大的钻石。"
>
> "不是，"吉卜赛人纠正道，"是冰块。"
>
> 何塞·阿尔卡蒂奥·布恩迪亚没能领会，伸出手去触摸，却被巨人拦在一旁。"再付五个里亚尔才能摸。"巨人说。何

---

1 安赫尔·埃斯特万、安娜·加列戈：《从马尔克斯到略萨：回溯"文学爆炸"》，侯健译，生活·读书·新知三联书店，2021年，第389页。

2 本书中关于《百年孤独》的引文都出自范晔译本，该译本中将布恩迪亚家族第一代人何塞·阿卡迪奥·布恩迪亚译为"何塞·阿尔卡蒂奥·布恩迪亚"，不过范晔老师在译本出版后曾多次指出"阿卡迪奥"一名与传说中的乌托邦"阿卡迪奥"有联系，因此如果有可能，希望改动译本中的"阿尔卡蒂奥"为"阿卡迪奥"。因此，本书在引用《百年孤独》时遵循目前版本的"阿尔卡蒂奥"译法，在非引用时则使用"阿卡迪奥"译法。

塞·阿尔卡蒂奥·布恩迪亚付了钱，把手放在冰块上，就这样停了好几分钟，心中充满了体验神秘的恐惧和喜悦。他无法用语言表达，另付了十个里亚尔，让儿子们也体验一下这神奇的感觉。小何塞·阿尔卡蒂奥不肯摸，奥雷里亚诺却上前一步，把手放上去又立刻缩了回来。"它在烧。"他吓得叫了起来。但何塞·阿尔卡蒂奥·布恩迪亚没有理睬，他正为这无可置疑的奇迹而迷醉，那一刻忘却了自己荒唐事业的挫败，忘却了梅尔基亚德斯的尸体已经成为乌贼的美餐。他又付了五个里亚尔，把手放在冰块上，仿佛凭圣书作证般庄严宣告：

"这是我们这个时代最伟大的发明。"[1]

第二个例子：

他问了好几个吉卜赛人，但他们都听不懂他的语言。最后他来到梅尔基亚德斯惯常扎帐篷的地方，遇见一个神情郁郁的亚美尼亚人在用卡斯蒂利亚语介绍一种用来隐形的糖浆。那人喝下一整杯琥珀色的液体，正好此时何塞·阿尔卡蒂奥·布恩迪亚挤进入神观看的人群向他询问。吉卜赛人惊讶地回望了他一眼，随即变成一摊热气腾腾散发恶臭的柏油，而他的回答犹自在空中回荡："梅尔基亚德斯死了。"听到这个消息，

1　加西亚·马尔克斯：《百年孤独》，第15—16页。

何塞·阿尔卡蒂奥·布恩迪亚惊呆了，他竭力抑制悲恸，而人群渐渐被别处的机巧吸引过去，那一摊亚美尼亚人的遗存物也彻底消失。后来，别的吉卜赛人向他证实梅尔基亚德斯的确在新加坡的沙洲上死于热病……[1]

这两个例子都出现在《百年孤独》第一章结尾的部分。大家有没有发现，在第一个例子里，没有任何超现实的事物出现，但我们读完之后，却能对书中人物的那种心潮澎湃感同身受，这是因为马尔克斯使用了许多夸张、过度的描写。在第二个例子里，吉卜赛人喝下某种液体，竟变成一摊热气腾腾散发恶臭的柏油，他的声音却能继续在空中回荡，这本是再魔幻不过的东西了，可马尔克斯却用极为平淡的笔触描写这一切，甚至连故事中的人物也没觉得这事有什么稀奇之处，都被"别处的机巧吸引过去了"。换句话说，马尔克斯用文字在给拉丁美洲的现实做着平衡，在现实过于平淡和真实时，他的语言就夸张而有感染力，在现实过于超出常识时，他的语言就如涓涓细流般平淡。这样一来，拉丁美洲的神奇现实被保留住了，读者既不会觉得故事乏味无趣，又不会觉得故事不真实。大家如果对这个话题感兴趣，可以找来阅读巴尔加斯·略萨的博士论文《加西亚·马尔克斯：弑神者的历史》，一定能有很大的收获。

实际上，哪怕马尔克斯被奉为魔幻现实主义的代表人物，他的文学道路也并非从魔幻这一因素开始的。在他最早出版的作品

1　加西亚·马尔克斯：《百年孤独》，第15页。

《枯枝败叶》和《没有人给他写信的上校》中，我们几乎看不到任
何魔幻的事物，直到后来的短篇小说集《格兰德大妈的葬礼》（中
译本选取这本短篇小说集中另一个故事的标题《礼拜二午睡时刻》
作为书名）和长篇小说《恶时辰》，魔幻因素才开始显露头角，并
最终帮助马尔克斯找到了讲述《百年孤独》故事的方法，马尔克斯
也借此书一跃成为拉美"文学爆炸"四大主将之一，并在 1982 年
斩获诺贝尔文学奖。

　　对于凭借《百年孤独》成为具有世界级声望作家的马尔克斯
来说，如何超越自己便成了摆在他面前的新难题。我们可以发现，
在《百年孤独》之后，马尔克斯刻意降低魔幻因素在自己作品中出
现的频率，1970 年代出版的短篇小说集《纯真的埃伦蒂拉和她残
忍的祖母令人难以置信的悲惨故事》（中译本选取这本短篇小说集
中另一个故事的标题《世上最美的溺水者》作为书名）和长篇小说
《族长的秋天》里，尽管魔幻色彩仍在，但我们可以明显感觉到它
与《百年孤独》中魔幻因素的差异。从 1980 年代开始，马尔克斯
最成功的几部小说，如《一桩事先张扬的凶杀案》《霍乱时期的爱
情》《迷宫中的将军》等，无一不是现实压倒魔幻的作品。言至于此，
两种在中国读者圈里根深蒂固的想法可以被我们抛弃了：拉美文学
只有魔幻现实主义，加西亚·马尔克斯只写魔幻现实主义的作品。

　　不过，破而后就是立，既然马尔克斯并非只写魔幻现实主义
的作品，那么更加完整地了解他的作品样貌就成了急需处理的工
作。且让我们继续把这项工作进行下去，看看他的作品中偏向"现
实"的一面及其来源。

　　我们在上文中提到了马尔克斯外祖父的老宅，提到了在老宅里谈论奇闻轶事的外祖母和众多女眷，唯独没有提到老宅的主人——马尔克斯的外祖父。实际上，外祖父对马尔克斯产生的影响并不亚于外祖母，他们就像是硬币的两面，缺一不可，分别从"魔幻"和"现实"两个层面影响着马尔克斯的创作。

　　举一个例子，马尔克斯曾经回忆说他家有个很大的花园，里面有小喷泉，青蛙会聚集在喷泉周围，夜里听见青蛙叫的时候，他的外祖母就会说："那肯定是个巫婆；尼古拉斯在外面有女人，她把巫婆弄我这儿了。"外祖父听到就会到工作间去把钳子烧得通红，然后用钳子逮住可怜的青蛙，把它们弄死。大家看到了，外祖母把现实生活中遇到的问题、心中生出的不快，以魔幻的方式投射到了无辜的青蛙身上，而外祖父则显得有些心虚，赶紧去把青蛙弄死了。据说，马尔克斯的外祖父在外面有十二个私生子，甚至十九个，最少九个，既然如此，我们也就理解他为何如此心虚了。奇思异想的外祖母对马尔克斯创作的影响，我们已经有所提及了，那么外祖父呢？我们自然也能想到《百年孤独》里奥雷里亚诺·布恩迪亚上校的十七个私生子，其源头不就在外祖父的影响吗？同时，我们可能会再次感到吃惊，为什么马尔克斯的外祖父的私生活如此混乱？在那个时代的哥伦比亚，私生子被称为"自然的孩子"，虽然他们处于社会边缘，很多时候不为人接受，但"自然的孩子"这个称呼本身就说明婚外家庭在彼时彼地有其自然性，是一种"潜规则"般的存在。这似乎又一次证明了拉美地区的魔幻是与现实紧密联系在一起的。

　　马尔克斯的外祖父尼古拉斯·马尔克斯·梅西亚曾任上校，在千日战争，也就是哥伦比亚建国初期保守党与自由党之间历时千余天的内战之中立下过战功，后来他成了马尔克斯的出生地阿拉卡塔卡的镇长兼财政官。由于有这样丰富的经历，外祖父经常给小马尔克斯讲述关于内战的故事。因此我们看到，马尔克斯的作品中不断有上校这样一个人物出现，也不断有关于内战、保守党和自由党之争的情节出现。我们不只是在谈论《百年孤独》，也是在谈论《没有人给他写信的上校》，根据马尔克斯官方传记作者杰拉德·马丁的描述，外祖父带着小马尔克斯出门闲逛时，总喜欢在周四到邮局去，看看是否有政府承诺给退伍老兵发放的抚恤金的消息，这正是马尔克斯认为自己写得最好的作品《没有人给他写信的上校》的灵感源泉。此外还有数不胜数的短篇小说，也涉及了这些话题。

　　上面提到，尼古拉斯·马尔克斯上校家族在阿拉卡塔卡算得上名门望族，家境富裕、声望显赫，过着远离喧嚣的生活。可是仿佛一夜之间，阿拉卡塔卡挤满了来自四面八方的淘金者，那是香蕉热的时期，人们怀着发家致富的梦想涌入此地，带来了外部世界的许多事物，但也改变了小镇原本平静的生活气息。阿拉卡塔卡的原住民因此苦不堪言，尤其是像尼古拉斯·马尔克斯上校他们家这样的上层家庭，他们给那群淘金者起了个带有蔑视意味的称呼——"枯枝败叶"。熟悉马尔克斯的朋友们可能已经想到了，马尔克斯的首部长篇小说《枯枝败叶》的创作灵感正源于此。

　　有趣的是，马尔克斯的父亲加夫列尔·埃利西奥·加西亚恰恰也是"枯枝败叶"中的一员。这个小伙子因为经济情况不佳从大学辍学了，只好专心谋生，就像刚才提到的那样，那时哥伦比亚大西洋沿岸地区正处于香蕉热的鼎盛期，国内外四面八方的各色人等都涌入位于香蕉产区的那些城镇中去，想要捞一桶金。加夫列尔·埃利西奥在那片区域的核心位置谋得了一份差事：在阿拉卡塔卡任电报报务员。他在那里爱上了阿拉卡塔卡的一位出了名的美女：路易莎·圣地亚加·马尔克斯·伊瓜朗，她正是尼古拉斯·马尔克斯上校的千金。可想而知，他们的爱情是不被上校一家接受的，上校想到的办法是：在省内亲朋好友的家中来回转移自己的女儿。我们可以看到，马尔克斯的外祖父母在一百年前就已经发现异地恋的可怕了。不过他们忽略了一点：那个叫加夫列尔·埃利西奥的小伙子是个报务员，不管他们把女儿转移到哪里，当地的报务员都在帮助两位深陷爱河的年轻人，帮他们互相传递信件。

　　说到这儿，我们再来讲个故事：有个叫阿里萨的小伙子，是家里的独子，母亲开了间小百货店，父亲是有名的船主。在父亲去世后，阿里萨辍学进邮局当了学徒，在送电报时遇见了一个叫费尔米娜的姑娘。阿里萨对她一见钟情，神魂颠倒，如痴如醉，他抄写爱情诗献给费尔米娜，每天晚上到她的住处外面拉小提琴，还写了封长达七十页的情书给她。但是他的求婚遭到了费尔米娜父亲的拒绝，后者还不许他再登家门。这是马尔克斯的名作《霍乱时期的爱情》中的一些情节，阿里萨和费尔米娜身上是不是有马尔克斯父母的身影呢？

　　既然提到了被誉为"爱情百科全书"的《霍乱时期的爱情》，我们再来看看书中的一个桥段："乌尔比诺医生抓住鹦鹉的脖子，发出一声胜利的感叹：总算好了。但随即又放开了它，因为梯子在他脚下滑了出去。他在空中悬留了片刻，意识到自己来不及领受圣体，来不及为任何事忏悔，来不及向任何人告别就要死掉了，死在神圣降临节的星期日下午四点零七分。"[1]我们再来看看马尔克斯的外祖父尼古拉斯·马尔克斯上校去世的场景："出事那天，鹦鹉飞出了笼子，落在花园大树旁边高高的蓄水罐上。外公当时已经七十二岁高龄了，他登梯子去抓鹦鹉，脚下一滑，仰面摔倒在了地上，伤着了内脏。"外祖父去世时，小马尔克斯只有九岁，他曾表示自打外祖父去世之后，自己的生活中就再没发生过什么重要的事了。虽说这样的表述有些夸张，但从上面的例子不难看出，外祖父对加西亚·马尔克斯的文学创作产生了持久的影响，要知道，1985 年出版《霍乱时期的爱情》时，马尔克斯已经五十八岁了，外祖父去世也已四十九年了。

1967 年与巴尔加斯·略萨进行对谈时，马尔克斯曾经提到过一位哥伦比亚评论家的观点，那位评论家说马尔克斯书里的女性都代表安全，拥有常识，是她们在维持家庭运转，保证家庭的理智，而男人则做着各种各样的冒险，去打仗、探险、建立村镇，最终总会招致戏剧性的失败，多亏那些女性角色在家里维持传统和基本价值，男人们才能够去打仗、建立村镇、大规模地垦殖美洲的土地。马尔克斯惊讶地发现那位评论家说的是事实，可这一切都是无意识的产物。也许这一切都源自马尔克斯对女性的看法。学校放假的

1　加西亚·马尔克斯：《霍乱时期的爱情》，杨玲译，南海出版公司，2012 年，第 47—48 页。

时候，小马尔克斯会替父亲跑跑腿，或者把别人欠父亲的钱要回来。十二岁那年，在讨债的路上，马尔克斯去一间叫"时光"的妓院收债，遇见了一个妓女，那是马尔克斯第一次与女性发生肉体关系。又过了一年，马尔克斯拿着奖学金到离哥伦比亚首都波哥大不远的一所寄宿学校进行中学阶段的学习，在寄宿学校，马尔克斯对女性的兴趣更加浓厚了。他承认跟女人在一起会比跟男人在一起感觉更舒服一点。他说："我相信我跟女人之间有秘密的沟通纽带，跟女人在一起让我更舒服、更自信。我认为女人让这个世界得以维持下去，而我们男人是野蛮的。"马尔克斯对女人的看法竟与贾宝玉如此相似，只不过他们一个是虚构人物，一个是世界文豪。马尔克斯与他未来的妻子梅塞德斯曾经当过邻居，他在学生舞会上向梅塞德斯求婚时只有十八岁，而梅塞德斯则只有十三岁，求婚自然是戏言，据马尔克斯本人所言："我当时向她求婚，只是想让她当我女朋友的措辞，那时候和女孩子交朋友有太多麻烦琐碎的事儿了，我就是想绕过那些麻烦。"

马尔克斯对女性的看法、同女性的关系、对爱情的执着也许可以帮助我们理解他的笔下为何有那么多让我们难忘的女性角色，或者说在他的几乎所有小说里，女性都发挥着不可替代的作用。我们来看看《爱情和其他魔鬼》的故事梗概：德劳拉神父做了一个奇怪的梦：一个长发及地的少女，坐在一扇无始无终的窗户前吃葡萄，窗外是大雪覆盖的原野，女孩每吃掉一颗，葡萄串上就又长出一颗新的来。他被派往克拉拉修道院为一个女孩驱魔，十二岁生日前夕，她被一条疯狗咬伤了脚踝。踏进修道院，神父愣住了：

和他梦中吃葡萄的女孩一模一样！在那间幽暗破败的牢房里，他们
疯狂地相爱了。再来看看《苦妓回忆录》：一个老记者为了庆祝自
己的九十岁生日，给妓院老鸨打电话，要找一个处女过夜。他信誓
旦旦要重温旧年激情，但不知为何，当真正面对少女时却无动于衷。
更荒唐的是，他发现自己疯狂爱上了她。在这个沉睡的美人儿面前，
他回忆起自己一生的风流与荒唐，历历在目的情欲与混乱之爱的轨
迹，拼成了他的一生：堕落而孤独。马尔克斯的遗作、中篇小说《我
们八月见》又是一个与爱情和欲望相关的故事：女主人公安娜·玛
格达莱纳·巴赫每年八月十六日都要乘船去往一座海岛，购买一束
剑兰花给母亲上坟，可是在岛上的某个时刻她二十七年的婚姻生活
被打乱了：她有了情人。她该如何选择？母亲又为何要葬在岛上？
她的家庭是怎样的？我们姑且不再剧透，不过也许理解了爱情，我
们就离马尔克斯更近了一些。此外，无论是《霍乱时期的爱情》《爱
情与其他魔鬼》还是《苦妓回忆录》或《我们八月见》，爱情的主
题始终与"衰老"联系在一起。在《霍乱时期的爱情》出版的几年
之前，也就是二十世纪八十年代初，马尔克斯曾尝试与父亲拉近关
系，两人的关系虽说不至于像我们接下来要讲到的略萨与其父亲
一样水火不容，但也十分疏远，不过经过双方的努力，马尔克斯
和父亲的关系真的逐渐变好，然而天意弄人，父亲却在此时去世了，
而马尔克斯也仿佛是突然发现，自己和身边的友人们也大多将近
六十岁了，已经不再年轻了。所以我们在阅读上述这几部作品时，
不应该把创作《百年孤独》的壮年马尔克斯的形象套用上去，而
应该这样理解：这些作品的作者是一位老人，他关注爱情的主题，

也关注衰老的主题，或者说，他在反复思考这样一些问题：人在老去之后，还有没有爱的权利与能力？或许从这个角度出发，我们可以更好地理解他在晚年创作的这一系列故事。

1951 年 1 月 22 日，马尔克斯的挚友卡耶塔诺·亨蒂尔在苏克雷被人砍死，起因是他让当地一个姑娘失去了贞洁，羞辱了姑娘的家庭，于是姑娘的兄长以捍卫尊严为名杀死了卡耶塔诺·亨蒂尔。三十年后，在亨蒂尔的母亲去世之后，马尔克斯出版了根据那场事件写成的小说《一桩事先张扬的凶杀案》。为什么这桩凶杀案经过了"事先张扬"，最终还是发生了？以名誉为名犯下凶案，难道便可以逃脱法律的制裁吗？被杀的圣地亚哥·纳赛尔是无辜的吗？马尔克斯借这部小说质问了哥伦比亚的传统道德观念。

换个角度来看，虽然如描绘布恩迪亚家族七代人荣辱兴衰的《百年孤独》、描写爱情百态的《霍乱时期的爱情》等名作看上去都在描写个体的故事，但都对哥伦比亚乃至拉丁美洲各国社会中的弊病进行了讨论，可以看出，加西亚·马尔克斯是个有社会责任感的作家。

可能正是出于这样的责任心，他用了很长时间去构思一部独裁小说。早在 1967 年，墨西哥作家卡洛斯·富恩特斯就曾在给巴尔加斯·略萨的信中多次提及由多位作家合写独裁小说的想法，虽然他的天才设想并没有变成现实，但的确有许多作家以此为主题，创作出了伟大的作品。早在那个提议出现前，米格尔·安赫尔·阿斯图里亚斯就出版了《总统先生》，后来，巴拉圭作家奥古斯托·罗亚·巴斯托斯、古巴作家阿莱霍·卡彭铁尔相继在 1974 年出版了《我，

至高无上者》和《方法的本源》，巴尔加斯·略萨也在 2000 年写
出了名作《公羊的节日》。加西亚·马尔克斯自然也没有落在后面，
他在 1975 年写出了带有浓郁巴洛克文风的独裁小说《族长的秋天》。
这部小说刻画了某共和国总统、独裁者尼卡诺尔的一生。这位暴君
采用种种阴险手段，清除政敌，镇压反抗者。他的私生活荒淫无度，
有无数个情妇，共生了五千多个儿子；母亲去世，他命令全国举哀
一百天，诰封她为俗圣、护国至尊、神医、鸟仙，又把她的诞辰定
为国庆日。他实行家庭统治，他的老婆莱蒂西娅控制着政府各部门，
就连他刚出生的儿子也被授予少将军衔。他横征暴敛、穷奢极欲、
倒行逆施，终于招致毁灭的命运。也许这部小说，再加上描写拉美
解放者西蒙·玻利瓦尔生命最后轨迹的小说《迷宫中的将军》，是
加西亚·马尔克斯对拉丁美洲宏大历史的最直接的反思。

推荐阅读

加夫列尔·加西亚·马尔克斯的所有作品

杰拉德·马丁：《加西亚·马尔克斯传》，陈静妍译，中信出版社，2014 年

加西亚·马尔克斯：《加西亚·马尔克斯访谈录》，许志强译，南京大学出版社，
  2019 年

杨照：《马尔克斯与他〈百年孤独〉》，新星出版社，2013 年

许志强：《马孔多神话与魔幻现实主义》，中国社会科学出版社，2009 年

加西亚·马尔克斯、巴尔加斯·略萨：《两种孤独》，侯健译，南海出版公司，
  2023 年

罗德里戈·加西亚：《一次告别》，杨玲译，南海出版公司，2024 年

11

经典作品总能无限解读

我经常能在教学的过程中听到同学们提出这样一个问题：什么样的文学作品才能算得上经典？我们很难提出某个放之四海而皆准的标准。在这方面，甚至连诺贝尔文学奖也代表不了什么。以西班牙语获奖者为例，第一位获得该奖的西班牙语作家、剧作家何塞·埃切加赖（1904 年获奖）如今已经鲜有研究者问津了，更不用提普通读者了，换句话说，他的作品没有经受住时间的考验。也许我们会再进一步发问：什么样的作品才能经受住时间的考验呢？这同样是个难以给出确切答案的问题。不过，如果每一代新的读者，或者说经历不同、背景不同的读者，都能从同一个文本中解读出不同的东西来，那么这部作品能够继续流传下去的可能性就大得多了。在我看来，加西亚·马尔克斯的作品恰好属于此类。我们姑且以他在创作精力最为旺盛的时期创作的代表作《百年孤独》和创作于生命最后阶段的小说遗作《我们八月见》为例，来看看解读其作品的无限可能。

　　下文中我们会提到阿根廷作家、"文学爆炸"四主将之一的科塔萨尔写的《跳房子》，科塔萨尔本人在书前就给读者指明了不同的阅读方式，用每种阅读方式读出来的感觉都是不一样的。马尔克斯没给我们列过类似的导读表，不过这种无限可能其实就潜藏在这些文学巨匠的每一部作品中。

　　我们拿起《百年孤独》，当然可以只看个热闹，把它读成一个家族七代人的故事，读成一个家族的兴衰史。也可以把它和作者的生活联系到一起，从中窥探马尔克斯本人。这种读法当然也是可行的，因为影响《百年孤独》创作的既有马尔克斯的人生经历，如外祖父母的影响，老家的宅子，从阿拉卡塔卡到波哥大求学的经历，记者的经历等，还有经典文学作品对马尔克斯的启迪，如骑士小说、《圣经》故事、古希腊罗马神话故事、灰姑娘等童话故事、海盗故事、《一千零一夜》等，还有拉美同行写的作品，如《光明世纪》《跳房子》《阿尔特米奥·克罗斯之死》等。在《百年孤独》中甚至还出现了马尔克斯本人、他的妻子梅塞德斯以及他们的两个儿子。

　　还有一种读法，是把《百年孤独》与拉丁美洲的历史结合起来去读，这也并非牵强附会，因为马孔多布恩迪亚家族七代人的经历似乎恰好与拉丁美洲印第安文明时期、征服时期、殖民时期、独立时期及独立后时期的历史相匹配。

　　何塞·阿卡迪奥·布恩迪亚率众创立马孔多小镇的情节很有代表性：

　　　　那天晚上，何塞·阿尔卡蒂奥·布恩迪亚梦见那个地方

耸立起一座喧嚣的城市，家家户户以镜子为墙。他询问这是
什么城市，得到的回答是一个他从未听说，也没有任何含义
的名字，但那名字却在梦中神秘地回响：马孔多。第二天，
他说服众人相信永远也找不到大海了。他又下令在河边最凉
爽的地方砍伐树木辟出空地，就在那里建起了村庄。[1]

　　许多评论家曾指出这一情节与《圣经》之间的关联，不过它
似乎也与墨西哥印第安文明阿兹特克人的祖先建立特诺奇蒂特兰
城（今墨西哥城）的故事十分相似。传说阿兹特克人的祖先迁徙
到了特斯科科湖中央的岛屿，太阳神启示他们应在鹰停歇在仙人掌
上的地方建立城市，他们当真在那里看到了这一景象，于是就定居
建城了。我们不必费力争论马孔多的建立到底是与西方传统有关，
还是与印第安传统关联更密切，因为时至今日，拉美文化已经是自
成一体的多元混血文化了，《百年孤独》中马孔多建立一节似乎也
可理解成对这种文化的展现。

　　后来，西方中世纪文化中的许多元素出现在了马孔多的发展
过程中，例如令何塞·阿卡迪奥·布恩迪亚着迷的炼金术。有趣的是，
何塞·阿卡迪奥·布恩迪亚用磁铁进行挖掘的唯一成果是一副15
世纪锈迹斑斑的盔甲，这个细节不禁令我们联想到哥伦布"发现"
新大陆的时间正是15世纪的1492年，这副盔甲似乎就此成了征
服时期的象征物。

1　加西亚·马尔克斯：《百年孤独》，第22页。

　　关于殖民时期的隐喻也有很多，例如何塞·阿卡迪奥·布恩迪亚不时抛却炼金术而回归理性，似乎准确体现出了拉美人民在殖民时期面对自身传统与西方文明时的彷徨。此后，马孔多居民患上了失眠症，开始遗忘许多司空见惯的东西，这是不是在暗喻在西方文化的侵袭和破坏下，拉美人民逐渐遗忘了许多珍贵的传统事物呢？里正的到来是否代表宗主国派遣而来的总督呢？神甫留在马孔多的意象就更加明显了。值得注意的是，在《百年孤独》前三章（印第安文明时期？）中，马孔多无人死去，可是从第四章开始，死亡开始出现，而且一发不可收，这是不是在指代征服和殖民给拉丁美洲带来的苦难呢？

　　堂阿波利奈尔为奥雷里亚诺·布恩迪亚政治启蒙，奥雷里亚诺·布恩迪亚成为上校并发动32场武装起义等情节，很明显在对应拉美独立战争时期及哥伦比亚独立后的内战时期。阿卡迪奥的"独裁统治"、战败及被处刑，奥雷里亚诺·布恩迪亚在一段时间内变成类似残酷首脑的角色，乃至后来的开辟水路、铁路，美国人及香蕉公司的到来等，自然对应着拉丁美洲独立后的历史现实，拉美人民没有迎来真正意义上的新生，而是不断遭受本土考迪罗及英美等外国势力的侵害。

　　那么《百年孤独》还有别的读法吗？答案是肯定的。马尔克斯很迷人的一点就在于，他是诺贝尔文学奖得主中少有的畅销作家。他的畅销是偶然吗？在文学的世界里，恐怕没有缺乏必然性的偶然。所以我们也可以从他的作品中寻觅一些大众读者喜欢的元素，例如类似于"宫斗剧"般的男权与女权的斗争元素。

实际上，男权与女权，男系氏族与母系氏族的对立似乎贯穿《百年孤独》的始终，只不过时常是以难为人察觉的隐藏线索的形式存在的。例如全书开头乌尔苏拉穿贞操裤的情节，实际上在中世纪的欧洲，贞操裤就已经流行开来了，圣战骑士习惯给自己的女人穿上贞操裤，以此保证在自己远征时不会"后院失火"，这是男性对女性掌控力的体现。可是在《百年孤独》中，主动选择穿上贞操裤的是乌尔苏拉和她的父母，这是一种权力倒置的体现。这种权力倒置的现象直到何时才中止呢？正是何塞·阿卡迪奥·布恩迪亚真正展现了"男性雄风"的时候：他杀死了另一个男人。我们不禁想到美洲许多部落的风俗：男子要想娶回已经定亲的女子，必须在没有他人帮助的情况下独力捕杀一头大型动物。何塞·阿卡迪奥·布恩迪亚杀死普鲁登西奥的行为难道不是与这种展现男性实力的传统做法很相似吗？值得注意的是，他杀人时使用的武器是原始的长矛，而且在杀人后还用长矛指向乌尔苏拉，最后"将长矛插到地上"，这些都是印第安男性展现魅力的标志性动作。于是，权力再次回到了男性手中。

这样的例子还有很多，例如何塞·阿卡迪奥·布恩迪亚曾率领二十个人外出冒险，勘测马孔多四周的情况，可是到了最后，把他绑在树上的同样是二十个人，这是否意味着权力的丧失？由于篇幅的限制，我不准备举太多例子了。如果带着这种视野去观察布恩迪亚家族中男性和女性的活动，我们可能会读出一些不一样的味道来，甚至某些人物的形象都会发生巨大的变化。下面这个例子就很值得我们玩味：

　　那间简陋的实验室，除了大量的小锅、漏斗、蒸馏瓶、滤器和滤网，还备有一座简陋的炼金炉，一个仿照"哲学之卵"制成的长颈烧瓶，以及一套由吉卜赛人按照犹太人玛利亚对三臂蒸馏器的现代描述制作的蒸馏过滤设备。梅尔基亚德斯还留下了对应七大行星的七种金属的若干样品，摩西和索希莫的倍金配方，以及"超绝之精"系列笔记和草图，如果参悟成功就能炼出点金石。何塞·阿尔卡蒂奥·布恩迪亚见倍金配方很简单便着了迷，接连几个星期都央求乌尔苏拉挖出她的殖民地金币，说水银能分割多少次，金子就能翻上多少倍。乌尔苏拉像往常一样，在丈夫无可动摇的决心前让了步。于是，何塞·阿尔卡蒂奥·布恩迪亚将三十枚多卜隆金币投入一口坩埚，与铜屑、雌黄、硫黄和铅一起熔化，然后倒入盛满蓖麻油的锅里用旺火煮沸，直到熬出一摊发出恶臭的浓浆，看起来更像是劣质的糖浆而非美妙的黄金。在令人忐忑和绝望的蒸馏过程中，经过与七种行星金属冶合，再放入玄妙的水银和塞浦路斯的硫酸盐中炮制，又用猪油替代萝卜油回锅熬炼，乌尔苏拉宝贵的遗产最后变成一坨碳化的油渣，死死粘在锅底。[1]

　　我们在阅读这一情节时，自然会代入乌尔苏拉的视角，为她感到惋惜，脑海中似乎浮现出了一个对任性丈夫无可奈何的小女

---

[1] 加西亚·马尔克斯：《百年孤独》，第6—7页。

人的形象。然而，如果阅读原文的话我们会发现，我在上述引文中用楷体强调的"小锅"和"坩埚"在原文中都是"cazuela"一词，这个词最核心的含义就是砂锅或做饭用的锅，在南美洲方言里也有"炖鸡"的意思。那么如果我们在这里用"砂锅"替代"小锅"和"坩埚"，是否会显得突兀呢？我觉得也许不会，因为彼时马孔多才建立不久，物资本就匮乏，吉卜赛人留下的也都是些简单的实验器皿。可是这一个单词的译法差异可能就会对我们理解书中人物形象产生巨大影响。

值得注意的是，黄金的熔点是 1000 摄氏度出头，而坩埚能耐受的最高温度大概是 1400 摄氏度，而砂锅可能只有 400 摄氏度左右。马尔克斯是个很注重细节的作家，他的许多用词都值得我们思考琢磨。那么，他为什么在原文中使用了表示砂锅的"cazuela"而没有使用代表坩埚的"crisol"呢？他是不是在暗示我们何塞·阿卡迪奥·布恩迪亚压根无法用熔点比黄金还低的砂锅去熔化金子呢？如此一来，我们甚至可以推断出一个有些"阴谋论"般的结论：乌尔苏拉给丈夫的并非真的金币，她并不是个无可奈何的受气包，而是个持家有方的女人。

大家也可以注意到，我在上面的分析中使用了很多疑问句，也就是说这些解读并不是唯一的解读，也不是绝对正确的解读，只是可以提醒大家，我们对马尔克斯这样的大师创作的作品可以有无限多种解读的可能性。他的遗作《我们八月见》也是如此。

《我们八月见》的前言里，马尔克斯的两个儿子贡萨洛和罗德里戈坦陈马尔克斯在世时曾表示过对这本书不满意，希望他们把书毁掉，因此此书出版后，在全世界范围内都引发了巨大的争议。不过，从读者和研究者的角度来看，《我们八月见》的面世是个好事情，因为它可以帮助我们看到作者的创作生涯全貌，哪怕他的儿子们提到作者本人对这本书不满意，这一信息本身也有很高的价值，他们并没有隐藏这一看似负面的信息，我觉得这是值得肯定的。不过他们在其他一些访谈里也提到，加西亚·马尔克斯做出这一判断时已经是 2012 年之后了，那时候作家本人处于一种什么样的状态呢？除了妻子梅塞德斯之外，他几乎已经认不出其他人了，他有时会在家里读文学书，但他甚至已经分辨不出哪些作品是自己写的了。所以在这样一种情况下，我认为加西亚·马尔克斯不同意此书出版的决定源自对自己高要求的一种惯性。作家曾经在一些访谈中戏言称自己每天写长篇小说只能写半页，写短篇小说只能写一行，虽然很夸张，但这是作家对自己作品高标准严要求的一种反映。所以我不认为《我们八月见》是本不应该存在的书，也许对作家来说是这样，但对于我们这些读者来说没有理由这样认为。它虽然无法与《百年孤独》《霍乱时期的爱情》这样的巨著媲美，但它是具有文学价值的，我们也会在下文中展开探讨一下这一点。

　　乍看上去，《我们八月见》写的是一个出轨的故事，所以这部作品也和《霍乱时期的爱情》一样，遭受过许多道德方面的批评。不过我们要明白的一点是，文学作品天生具有反映现实的职责，哪怕它所描写的东西再不堪，在文学世界里也是合法且合理的，它并不代表作家本人的伦理观和道德观，所以对文学作品进行道

德批判无益于我们欣赏文学，也无益于我们利用文学来推动自己
思想的进步。

实际上我们该问的是：主人公安娜为何要出轨？全书第一章
实际上已经给我们做出了解释：安娜四十六岁，结婚二十七年，"在
毫无恋爱经验、还没取得文学艺术学位之前就以处子之身嫁给了
他"[1]。换句话说，安娜既没有体验过丰富的爱情生活，也没有在社
会上展现自我价值，而她丈夫的情况则完全与她的情况相反。故
事开始时，两人已经有了不服管教的一双儿女，在长达二十七年
单调乏味的婚姻生活的束缚下，出轨只是安娜试图打破禁锢她的
生活的一种方式。书中对于这种禁锢式的生活有多处暗示，例如
安娜在岛上酒店中卸下的婚戒和戴在右手的男士手表等。《我们
八月见》中还有许多马尔克斯惯用的象征手法，这些象征大多与
安娜的命运和行动相匹配，例如剑兰，它的花语是八月之花、怀
念之花，也是幽会之花。再如蓝鹭，这种鸟一年大部分时间都习
惯独居，只有每年繁殖期抵达一个地方寻找交配的机会。又如安
娜母亲坟前的木棉树，既代表如火的爱情，也代表怀念和珍惜。
甚至连安娜喜欢阅读的超自然小说，似乎也隐喻了她试图突破常
规生活束缚的行动。

岛是安娜逃离常规生活的避风港，每当来到岛上，她总会觉
得自己仿佛恢复了青春，又有了生机和活力，与之相对应的是，
她来到岛上的主要目的是给母亲上坟，于是生与死共生对立的主

1　加西亚·马尔克斯：《我们八月见》，侯健译，南海出版公司，2024 年，第 7—8 页。

题自小说开头便出现，一直持续到故事结束。在小说开始时，安娜来到酒店，"用双手手掌边缘向后拉紧脸颊的皮肤，试图回忆起自己年轻时的样子。她假装没看到脖子上那早就难以修复的皱纹"。她追求生命力，追求活力，惧怕生命力的丧失，惧怕死亡。不过到了故事最后，安娜经历蜕变，打开了母亲的棺材，终于勇敢直面死亡。

在多次出轨的过程中，安娜选择的出轨对象始终是与丈夫完全不同风格的男人，他们全都对音乐一窍不通，而安娜的丈夫则是个音乐家，这里也能看出安娜试图挣脱束缚的努力，她拒绝的两个男人，一个是代表那种常规生活的老相识，另一个则出现在故事结尾，安娜的心态发生变化时。这种心态上的变化源自她对母亲秘密的发现：原来母亲之所以要求葬在岛上，也是因为她在岛上有一个情人。可这个情人除了时常出现在母亲墓旁并铺满鲜花之外，并没有其他的举动，甚至在安娜多次扫墓时，看到的墓园是萧瑟破败的。这一发现使安娜意识到自己的所谓"反抗"和"逾越"实际上并不能真正令自己获得自由，这可能也是她在小说最后挖出母亲骸骨的主要原因。

在故事结尾，女主人公把母亲的骨殖背回家，这个结尾令许多读者感到震撼，同时也让我们感到有些不解。实际上，马尔克斯在《我们八月见》的第五版手稿封面上写了一句"Gran ok final"（最终版棒极了），那么我猜测他本人对于这个结尾还是很满意的。在我看来，马尔克斯在这里再次用到了我们之前提到的"隐藏材料法"，而且是全部隐藏法。他把安娜的这个举动写了出来，但是不在书中明确告诉我们她这么做的原因是什么，这也是被马尔克斯认定为自己文学导师的海明威常用的技巧，这个技巧的好处就在于能使读者对同一个情节内容产生无数种解读。我们可以认为这是安娜回归家庭的选择，而且这种回归是双重意义的，既是自己的回归，也是母辈的回归，她断绝了自己与那座海岛的一切牵绊。我们也可以认为这是安娜对自己宿命的一种反叛，因为我们发现安娜似乎一直在重复母亲的生活轨迹，来到同一座海岛，也同样有了情人，等等，甚至安娜的女儿在一次失踪时去的也是那座海岛。

在同一个家庭中，或者放大了说，在整个人类社会中，女性的生活似乎不断处于这样的循环、继承的状态中，女性似乎注定要做某些事情，例如生儿育女，料理家务等，所以这个行为似乎也可以理解成安娜对于某种既定命运的反叛。或者更深一层，这一选择是对自己之前以出轨反抗命运的反叛行为的再反叛。因为这种出轨行为归根到底只是一种逃避，而将骨殖带回家中的安娜直面了最令自己恐惧和厌恶的两种事物：常规的生活和死亡。哪怕我们只提这两种可能性，也会发现按照不同的理解方式，安娜的人物形象和性格特点就会显得截然不同，一种是追求自由之后回归传统的形象，另一种是不断反叛抗争的形象。这也许就是伟大作家创作的伟大作品的魅力。

如果我们更深入地去思考一下就会发现，这种受困、反抗、失败后再反抗的行为难道不是我们每个人都在经历的事情吗？故事中的男性，无论是被安娜拒绝的阿基雷斯博士，还是安娜看似功成名就的丈夫，不也是各有各的痛苦，各有各的挣扎吗？所以安娜所代表的又不单单是女性，而是我们所有人。

我们所有人都是安娜·玛格达莱纳。

推荐阅读

加夫列尔·加西亚·马尔克斯的所有作品

12

别忘了，拉美还有非虚构文学！

加西亚·马尔克斯另有一部有趣的作品：《一个海难幸存者的故事》。

1955 年，哥伦比亚发生了一件震惊世人的事件。那年 2 月，二十岁的船员贝拉斯科在随哥伦比亚海军驱逐舰"卡尔塔斯"号从美国驶向哥伦比亚途中，与其他七位船员一起遭遇海难。他的朋友们全被大海吞没，而他在一个筏子上漂流十天，活下来了，吃了一只海鸥，一条鱼，还和鲨鱼搏斗过，最后在哥伦比亚南部上岸。贝拉斯科的家人乃至全国都感到震惊，因为此前他已被宣布死亡。后来，马尔克斯对贝拉斯科进行了为期三周、令人筋疲力尽的采访。后来，采访内容以第一人称叙述的方式，从 1955 年 4 月 5 日起，在哥伦比亚著名报刊《观察家报》上连载十四天。

原本大家都认为，船舰沉没是天灾，可是根据贝拉斯科的证词，船舰倾覆是因为超载装运了冰箱、洗衣机、电视机等走私商品。哥伦比亚当局立刻通过官方渠道对此加以否认，可《观察家报》

随即在特别副刊上刊登了航行中的"卡尔塔斯"号的照片，证实了贝拉斯科的说法，狠狠打了哥伦比亚政府的脸。最终政府恼羞成怒，查封了《观察家报》。在被查封前，为了保护文章作者马尔克斯，《观察家报》委任他为驻欧洲记者，派他去了欧洲，官方说法是派他报道当时看来很可能会发生的教皇庇护十二世辞世的事件，但不承想庇护十二世一直活到了三年后的1958年。于是马尔克斯便在那些年里游历欧洲，还在著名的罗马电影试验中心学习了导演课程，这一经历后来促使他在1980年代中期在古巴设立了一所电影学校，还为《梦中的欢快葬礼和十二个异乡故事》提供了创作素材。这是后话，不过也提醒我们，除了对于魔幻与现实的理解，电影艺术也是我们打开马尔克斯文学天地的一把钥匙。此外，还有一把钥匙，就是他与新闻行业的联系，《一个海难幸存者的故事》就是很好的例证。

那场系列访谈虽然是在1955年做成的，但是这部作品以单行本的形式出版已经是1970年的事了。这部作品很好地体现了马尔克斯的非虚构文学创作功底。传统的新闻写作虽然有信息量大、行文准确的特点，但与小说相比，也有文字不够具有吸引力等缺点。所谓的非虚构写作、新新闻主义等恰恰是在解决这一问题，把虚构文学创作手法和非虚构的题材相结合，使纪实报道等文体也有了写作技巧上的构思，文字更加生动、吸引人，但这一切依然是以真实性为基础的，也就是说，非虚构写作在保留了自己精神内核的同时，又利用虚构文学最吸引人的武器弥补了自身的缺点。这样看来，《一个海难幸存者的故事》无疑可以代表这种写作风格。

我们来看书中的一个段落：

　　他们离筏子不到三米远。我想，只要他们能稍微再靠近一点，我就可以把一根船桨伸过去让他们抓住。可就在这个时候，一个大浪打来，筏子被抬到了半空。从那个巨大的波峰之上，我看见了驱逐舰的桅杆，它正在离我们而去。等我重新落下来的时候，胡里奥·阿玛多尔，连同挂在他脖子上的埃德瓦尔多·卡斯蒂约，两人都不见了踪影。只剩下路易斯·任希弗还在两米远的水中镇静地向筏子游着。

　　我也不知道自己为什么做了这件荒唐事：明知划不动筏子，我还是把桨插进水里，好像是想让筏子别晃来晃去，让它就这么钉在原地。路易斯·任希弗实在累得不行了，他停下来歇息了一会儿，扬起一只手，就仿佛还举着那副耳机似的，他又对我高声喊道：

　　"往这边划，胖子！"

　　风是从他那边吹过来的。我高声对他说顶风划不动，让他再加一把劲。可我感觉他根本听不见我的话。那些货箱都已经不见了，在波浪冲击下，筏子团团乱转。有那么一小会儿，我离路易斯·任希弗有五米远，他又从我眼前消失了。可他又从另一侧露出头来，他还没有慌乱，为了不被浪头卷走，还时不时没进水里。我站起身子，把船桨伸过去，希望路易斯·任希弗再游近一点儿，能抓住这支桨。可这时我看得出来，他已经精疲力竭，失去信心了。沉下去的时候他又一次向我高喊："胖子！胖子！"

　　我使劲儿划着，可……还是一点用都没有，和先前一模一样。我做出最后一次努力，想让路易斯·任希弗抓住船桨，可是这一次，那只曾经高高举起、那只几分钟前还高举耳机不让它沉默的手，在离船桨不到两米的地方，永远地沉了下去……[1]

　　我们看到，马尔克斯笔下的海难并非只有几人死亡、几人失踪之类的冰冷数字。他虽然是采访者、聆听者，却选择用第一人称叙述，这就能让读者更有身临其境的感觉，而且在这段描写中，他又精心设计了许多细节，让读者的心情和落水船员一同起起伏伏，或紧张，或绝望，很好地把海难的残酷展现给了读者。

　　实际上，拉丁美洲有着悠久的非虚构文学创作历史，并且在20世纪取得了长足的发展。20世纪初，如鲁文·达里奥、何塞·马蒂等现代主义文学家为拉丁美洲的非虚构文学创作提供了美学基础，而在1960年代，拉丁美洲非虚构文学作家又从美国新新闻主义中汲取养分，使拉丁美洲非虚构文学得到了全新的发展。自20世纪中叶以来，非虚构文学在拉美文坛的地位日益提高，该地区不仅创办了诸多专注于非虚构文学的刊物，还设立了多个非虚构文学奖项，甚至有研究者认为在该地区已经出现了"非虚构文学爆炸"。

1　加西亚·马尔克斯：《一个海难幸存者的故事》，陶玉平译，南海出版公司，2017年，第41—42页。

我们在这里不讨论这个学术性话题，不去判断拉美是否迎来了"非虚构文学爆炸"，但至少拉美"文学爆炸"的代表性作家都有重要的非虚构文学写作实践经历。除了马尔克斯的《一个海难幸存者的故事》，胡里奥·科塔萨尔还写过关于尼加拉瓜革命的报告文学作品；埃内斯托·萨瓦托则是对阿根廷军政府时期犯下的暴行进行调查的调查团队成员之一，也是调查报告《永不》的执笔者；巴尔加斯·略萨除了为 1980 年代发生在秘鲁的乌楚拉凯屠杀事件撰写调研报告之外，近年来还曾赴伊拉克、以色列、巴勒斯坦等地实地考察，写出了两部报告文学作品。

在拉美非虚构写作传统中，阿根廷一向占有重要地位。作家鲁道夫·沃尔什被认为是拉美非虚构写作的先行者之一，他描写 1956 年阿根廷军政府屠杀平民事件的《屠杀行动》于 1957 年出版，比杜鲁门·卡波特的《冷血》这部公认的美国新新闻主义名作还要早九年。

提到拉美的非虚构写作，我们不能不提一提阿根廷的另一位作家马丁·卡帕罗斯。他的《饥饿》是我翻译的第一本书，在那之前，我从来没听过这位作家的名字，得到翻译机会后，经过一番研究，我发现他早已是声名显赫的作家和记者了。据说当时《饥饿》这本书是出版公司领导层中的一位西班牙籍出版人坚持引进的，由此也能看出这部作品在西班牙语母语人士心中的价值。

马丁·卡帕罗斯 1957 年 5 月 29 日出生在阿根廷首都布宜诺斯艾利斯，父亲安东尼奥·卡帕罗斯是一名心理分析师、精神病学专家。1973 年，马丁在《消息报》开始了他的记者生涯，却在几年后逃离了自己的祖国，前往欧洲。他先是在巴黎生活，后来又移居马德里，在那里一直生活到了 1983 年。也是在马德里，他写出了自己的第一本小说，同时还致力于翻译，并和西班牙《国家报》以及几家法国媒体有合作，继续着自己的记者生涯。后来，他回到了祖国阿根廷，在《阿根廷时代报》找到了工作。此后，他一直奔波于欧洲和美洲之间，有时是为了工作，有时则是为了生活。在已出版的众多作品中，卡帕罗斯最成功的作品无疑就是《饥饿》，这本书试图告诉我们：为何时至今日，在全球粮食产量足以养活两倍于当下的人口时，饥饿问题依然存在。

马丁·卡帕罗斯的生活经历中至少隐藏着三条使其写作《饥饿》一书成为可能的线索：第一，国际视野。马丁的生活轨迹让我想起了拉丁美洲"文学爆炸"的那一代作家，无论是马尔克斯、略萨、科塔萨尔还是富恩特斯，无一不具有类似的国际视野。他们不仅常年居住在海外，更以福楼拜、福克纳、海明威这样的非西语作家为标杆，向他们学习写作的技巧和态度。如果那一代作家还是固守在大地小说和土著小说的条条框框之中的话，他们的作品恐怕也不会获得像现在这样广泛的承认和肯定。我记得许多拉美作家常挂在嘴边的一句话就是："离开拉丁美洲，反而让我更好地理解了拉丁美洲。"要描写饥饿这样一种世界性问题，视野的国际化就不再是锦上添花的东西，而成了必不可少、无可替代的了。

第二，马丁·卡帕罗斯不是把自己锁在象牙塔里进行构思和创作的作家。他最主要的职业其实是记者，而当一名记者往往就意味着要身先士卒地出现在我们这个世界中最阴暗可怖的角落里，而饥饿无疑是这些阴暗可怖的角落中最阴暗可怖的主题之一。因此我们可以看到，为了写作此书，他的足迹遍布亚非拉，走访了数个各具特色的国家。读毕《饥饿》一书，你会发现饥饿实际上是一个万花筒，里面的图形离你很近且五花八门，而一个人很难只是逛逛街、看看电视就了解到并且真正理解饥饿的一切形式。因此，马丁·卡帕罗斯的记者身份就同样变得不可或缺了。

　　第三点同等重要。我们需要思考，创作一本以饥饿为主题的书将会遇到的最大困难是什么。联系我们在上面提到的非虚构写作的创新之处，我给出的答案可能会是语言，因为我们从来都不喜欢别人用生硬的语言对着我们说教，那么如果这部几百页厚的《饥饿》单纯是数字的堆砌或是苦大仇深的控诉，它还能成为我们想要的那本书吗？所以马丁·卡帕罗斯的身份又成了写作本书的一大优势：他不仅是记者，还是翻译家，更是一位文学家。他运用了一种相当口语化的语言来处理饥饿这样一个严肃的话题，他的口气时而诙谐、时而冷峻、时而平淡、时而激昂，得益于此，我们在阅读的过程中的感受更像是在听一位老友讲述异彩纷呈的故事，而不是在听一位古板的老师板起脸来背书。马丁·卡帕罗斯就用这样一种奇特的语言风格使饥饿这个话题如丝丝细雨般慢慢洒遍你身体的每一寸肌肤，有时你甚至会享受这种滋润的感觉，但当回过神来，则会狠狠地打几个寒战。这同马尔克斯书写《一个海难遇难者的故事》的方法是否有异曲同工之妙呢？

　　全书开始时有位叫作艾莎的尼日尔姑娘，当作者问她"如果你有机会向一个全能的法师索要随便一个什么东西的话，你会要什么？"时，她的答案仅仅是"一头奶牛"，而在作者再次强调"随便什么东西"之后，她却战战兢兢地问道："那么，两头奶牛？"对于她而言，美好生活是以奶牛的数量来衡量的，而拥有奶牛，哪怕只有一头，也意味着饥饿的终结。可是饥饿真的终结了吗？真正的饥饿不仅仅是肉体上的，同时也是精神上的。这是一个恶性循环：因为饥饿，人们的眼界受到了局限；又因为思想上的贫瘠，他们永远摆脱不了饥饿。然而仅仅如此吗？不饥饿的人就能更清楚地认识饥饿的本质吗？以"正确的方式"试图摆脱饥饿的人就一定能如愿以偿吗？

因此，阅读《饥饿》一书，就是一个产生问题，解决问题，再产生新问题的过程。这也是拉丁美洲一代又一代非虚构写作者想要做到的事情。就马丁·卡帕罗斯本人来说，他描写气候变化问题的《对抗变革》、探析西班牙语美洲问题的《西拉美洲》以及从未来视角思考我们这个时代各方面问题的《那时的世界》都是值得一读的非虚构文学作品。

拉丁美洲非虚构文学的发展势头迅猛，涌现了不少优秀作家和作品。如墨西哥女作家埃莱娜·波尼亚托夫斯卡就是个中好手，她的《特拉特洛尔科之夜》等名作都能代表拉丁美洲非虚构文学的风范。再如乌拉圭著名作家爱德华多·加莱亚诺，1971年，受"依附论"激发，他写出了《拉丁美洲被切开的血管》，这是一部真正意义上的拉丁美洲苦难史，它的苦难就源自丰饶，资源的血管不断被殖民主义者切开。在这部作品中，加莱亚诺试图从另一个角度揭示拉丁美洲孤独百年的真相，似乎与马尔克斯的《百年孤独》

遥相呼应。不过，值得注意的是，晚年的加莱亚诺似乎经历了思想上的转变，尽管依然是左翼代表，但他认为自己应该对《拉丁美洲被切开的血管》中的许多议题展开新的探讨，如果一定要指出这部作品的缺点，可能就在于它将拉美苦难历史的生成过多地归结在外部因素上，对独立之后拉美各国内部问题探讨的力度相对较弱。目前,加莱亚诺的《火的记忆》《爱与战争的日日夜夜》《颠倒看世界》等作品都已经有了中译本，足以令我们更全面且深入地理解加莱亚诺的创作生涯以及拉丁美洲非虚构文学的发展面貌。

推荐阅读

马丁·卡帕罗斯:《饥饿：全球食物分配体系崩坏现场》，侯健、夏婷婷译，广西师范大学出版社，2024 年

爱德华多·加莱亚诺:《拉丁美洲被切开的血管》，王玫等译，南京大学出版社，2018 年

爱德华多·加莱亚诺:《火的记忆》，路燕萍译，作家出版社，2021 年

爱德华多·加莱亚诺:《爱与战争的日日夜夜》，汪天艾译，百花文艺出版社，2018 年

爱德华多·加莱亚诺:《颠倒看世界》，张伟劼译，百花文艺出版社，2020 年

13

日常中的幻想

胡里奥·科塔萨尔的虚构世界

　　我们再从拉丁美洲的非虚构文学跳回到 19 世纪六七十年代，继续看看"文学爆炸"的代表作家和作品。实际上，尽管我们经常听到"文学爆炸"这种说法，但它依然是个没有明确定义的文学现象。关于它的起止时间也没有明确的说法，我们在讲解加西亚·马尔克斯之前曾提到，人们一般认为"文学爆炸"发生于 1962 年或 1963 年，也就是《城市与狗》获简明丛书奖，《城市与狗》《阿尔特米奥·克罗斯之死》《跳房子》等"文学爆炸"代表作同时出版的年份，结束于 1970 年代初作家们与古巴革命的关系发生变化之时。所谓"爆炸"，既是作家的"爆炸"，也是读者的"爆炸"，还是作品的"爆炸"，因为它们都是义学的组成部分，是不可分割的。

　　我们也提到过，"文学爆炸"本来就是多种因素综合作用的结果。从文学的角度看，拉美文学，尤其是小说，经过一百年的学习和积累，已经到了开花结果的时候。从政治的角度看，古巴革命的胜利团结了拉美作家，增强了作家们的"拉丁美洲意识"。从出版的角度看，处于佛朗哥统治下的西班牙本土文学出版陷入瓶颈，给了拉美文学借西班牙的出版机构绽放光彩的机会。当然也要考虑到超级文学代理人卡门·巴塞尔斯、编辑卡洛斯·巴拉尔等人的个人努力。同时随着拉美城市化发展、文盲率降低，读者增多，阅读水平也在提高。总之还是那句话，"文学爆炸"是多种因素综合作用的结果，也许这些因素缺一不可，所以它是独一无二、不可复制的。智利作家何塞·多诺索曾经在他的《"文学爆炸"亲历记》一书中提到，"文学爆炸"有四把固定的交椅：阿根廷作家胡里奥·科塔萨尔、哥伦比亚作家加西亚·马尔克斯、秘鲁作家巴尔加斯·略萨和墨西哥作家卡洛斯·富恩特斯。还有一把交椅，一会儿是阿根廷作家埃内斯托·萨瓦托来坐，一会儿是何塞·多诺索本人来坐。我们在前面已经详细介绍过马尔克斯了，那么接下来的几章，我们就重点看看另外几位作家。

先从科塔萨尔入手，他是"文学爆炸"四主将中最年长的一位。科塔萨尔1914年出生于比利时首都布鲁塞尔，父母都是阿根廷人。1918年科塔萨尔随家人迁回布宜诺斯艾利斯郊区。六岁时，他的父亲弃家而去，母亲把他和妹妹抚养长大。小学毕业后，他进入首都的一所师范学校学习，1935年获该校文学师范导师称号。进入大学后他主修文学和哲学，但一年后因为经济困难辍学，到布宜诺斯艾利斯省一个小镇当中学教师。据说那里的授课科目靠抽签决定，于是科塔萨尔就成了地理课的老师。此后，他应门多萨省库约大学的聘请，在大学讲授法国文学。1944年起他参加了反对庇隆主义的政治斗争。1946年庇隆竞选总统获胜后，科塔萨尔辞去大学职务，回到首都，在阿根廷书籍委员会工作。其间，他潜心翻译美国作家爱伦·坡的作品，后来还翻译了爱伦·坡的小说。仔细留意的话就会发现，拉丁美洲的很多大作家同时也是文学译者，科塔萨尔是如此，博尔赫斯也是如此，奥克塔维奥·帕斯甚至还从英文转译了许多中国古典诗歌。当然所译文本也与作家本人的文学兴趣相关。1951 年起，科塔萨尔与妻子侨居法国首都巴黎，在联合国教科文组织担任译员。

1959 年古巴革命的胜利使科塔萨尔的思想和心态发生了巨大转变，他开始重新关注和审视在自己的故乡阿根廷及拉丁美洲发生的事情。1983 年科塔萨尔回到阔别三十余年的祖国。1984 年 2 月科塔萨尔于巴黎逝世，享年七十岁。科塔萨尔的作品主要由短篇小说和长篇小说组成，也写了不少文论作品和部分诗歌作品。国内目前已经完整出版了他的四卷短篇小说集，他的长篇小说《中奖彩票》和《跳房子》也有中译本，长篇小说《装配用的 62 型》(*62/Modelo para armar*) 和《曼努埃尔之书》(*Libro de Manuel*) 则没有中译本。

无论是拉美文学的爱好者还是研究者，提到科塔萨尔时的第一反应可能都是：他是幻想文学作家。包括我们在前文中也是这样定义他的，这主要是因为他的短篇小说大多属了幻想文学之列，而且深入人心。不过，如果要深究的话，这样的归类方式还是有些简单粗暴了。科塔萨尔曾经在给美国加州大学伯克利分校授课时总结了自己的作家生涯，他认为自己的创作之路可以划分成三个阶段：

美学阶段、形而上学阶段和历史阶段[1]。我觉得这种划分方式对于我们全面理解科塔萨尔的创作来说是十分有帮助的。

年轻时的科塔萨尔和当时许多阿根廷年轻的文学爱好者一样，深受唯美主义影响，专注于文学，重视文学作品的美学价值和诗学价值。在那个时期的科塔萨尔作品中，历史是缺席的，他以置身事外的视角理解发生在身边的事情，在心灵上也与它保持着距离。科塔萨尔说："我们从来没有意识到，作为作家，作为个人，我们的使命远不止单纯的评论，或是对某个抗争群体的单纯的同情。（……）在这个世界里，我们得付出所拥有的一切，一切资源，一切知识，来达到尽可能高超的文学水准。这是一种美学的提议，一种美学的应答；对于我们来说，文学活动就是文学本身。"[2]也就是说，为了追求美学价值而进行创作。这一时期的科塔萨尔"总是因为受到偶然或者一系列巧合的触动而写作"[3]，在科塔萨尔看来，创作灵感会像一只从窗户飞进来的鸟一样飞向他。这就是所谓的"美学阶段"，他的大部分幻想类短篇小说都是这个阶段的成果。

从创作短篇小说《追求者》开始，科塔萨尔逐步进入了形而上学阶段。这一时期，人物变成了他最感兴趣的对象，在移居巴黎后的深刻孤独中，他在《追求者》故事的主人公乔尼·卡特身上看到了自己的影子。于是他开始了一种缓慢、艰难而又原始的自我探寻，这种探寻的对象是人，不是单纯的有生命、能活动的生物，

1　胡里奥·科塔萨尔：《文学课》，林叶青译，南海出版公司，2022 年。

2　胡里奥·科塔萨尔：《文学课》，第 4 页。

3　胡里奥·科塔萨尔：《文学课》，第 5 页。

而是哲学意义上人类的存在，是命运。在科塔萨尔看来，短篇小说是个完美的球体，它很少产生问题，长篇小说是个多面体，它提出问题，并常常试图解决问题。所以在这个阶段，科塔萨尔开始尝试写长篇小说了。如果说《中奖彩票》还是试水之作的话，那么《跳房子》就真正地把对个体存在问题的思考引向了顶峰。

个体之后是集体，是民族，是文明，这些正是科塔萨尔历史阶段创作的核心词。随着诸多历史事件的发生，尤其受到古巴革命的影响，科塔萨尔突然得到了某种启示，他觉得自己不只是阿根廷人，还是拉丁美洲人。他意识到，成为一名拉美作家就意味着首先要成为一名书写拉美的作者。他开始将文学当作参与阿根廷、拉美乃至世界历史进程的一种方式。长篇小说《曼努埃尔之书》（1973）是这一阶段的科塔萨尔文学特点的最佳体现，遗憾的是我还没听说国内目前有将其引进的计划。

我们刚才提到了幻想小说，提到了人的存在问题，大家可能很容易想到我们之前讲过的博尔赫斯，想到他的短篇名作《圆形废墟》。尽管从这些关键词的角度来看，科塔萨尔与博尔赫斯有许多相似之处，但二者实际上差异很大。科塔萨尔不像博尔赫斯那样沉溺于哲学式的、玄学式的思考和想象，就像刚才提到的那样，他的灵感来自日常生活，灵感往往像小鸟一样飞到他的眼前。所以科塔萨尔的幻想故事往往来自普通人的日常生活，来自寻常可见的事物。举个例子，科塔萨尔有个很有名的短篇故事，叫《被占的宅子》，讲述兄妹二人住在一栋大宅子里，可是突然有一天，从某个房间里传来异响，原来是宅子里的某个房间被侵占了。随着故事展开，被占的房间越来越多，最终兄妹二人只能惊慌失措地逃出家门。大家发现了，这个故事的情节十分荒诞，但是并没有出现任何超自然的因素，它留给读者十足的想象空间。科塔萨尔有个理论，叫"同谋读者"理论，就是说故事应该留下足够的空白，让读者自行思考、填补。我们会想：是谁、出于何种目的侵占了兄妹二人的宅子？这两兄妹为何不去调查清楚，为何要落荒而逃？这个故事的创作灵感来自科塔萨尔的一场噩梦，他梦到自己身处一所宅子，还在梦里听到了某种古怪的声音，他非常害怕，被吓醒了，立刻去写下了这篇故事。有人认为这是个恐怖故事，占领房子的是妖魔鬼怪。有人认为这个故事是个隐喻，它象征着那对兄妹有不伦的关系。还有人认为这是篇政治寓言，比喻庇隆统治下人们的紧张情绪。各有各的道理，科塔萨尔也从未真正给出过解答。当然了，作品一旦写出来，作者就不拥有对它的唯一解读权了，这也正是这些优秀文学作品的魅力所在。

《夜，仰面朝天》[1] 是另一则我很喜欢的科塔萨尔的幻想故事，它讲述了一个中年男人在街头骑着摩托出了事故，被送去了医院，他在医院总是出现幻觉，自己好像变身成了印第安人，在躲避敌对部落的追捕，但每到危急时刻，他总能从噩梦中醒来，据说这是仰面睡觉的缘故，这种睡姿容易让人做噩梦。故事的最后，他被敌对部落抓住，就要被献作人祭了，可是他却无法再"醒来"了，他原以为他胯下的那头金属怪兽能把他带到另一个没有战争的世界，

1　可参见胡里奥·科塔萨尔《游戏的终结》，莫娅妮译，南海出版公司，2020年，第183页。

可是他错了，他终究会被杀死，会被献祭。与《被占的宅子》一样，整篇故事没有任何超自然元素出现，没有妖魔鬼怪，也没有神仙幻术。我们一直被科塔萨尔的文字引导，以为只是有个受伤发烧的病人因为仰面睡觉而连做噩梦、出现幻觉，可是到了故事的结局我们发现，原来做梦的不是现代社会骑摩托的男人，而是那个被俘获的印第安人，是他梦到了在某个未知时代骑着所谓的钢铁怪兽的自己。也就是说，在故事的最后，随着谜底揭开，这个原本符合逻辑的现实故事一下子变成了不可思议的幻想故事，我们通常管这种变化叫"质的飞跃"[1]。我觉得，只靠故事内容综述的方式很难让我们真正理解这种"质的飞跃"。请容我全文引用科塔萨尔的一则短小精悍的短篇故事《公园续幕》，它不仅能帮助我们更好地理解"质的飞跃"，也能使我们更好把握科塔萨尔大部分短篇小说的风格：

> 他几天前便开始看那本小说了，后来因为生意上有急事，就暂时搁下了。乘火车回庄园时，他又打开了那本书，不禁被小说情节、人物形象慢慢吸引住。那天下午，他写了封信给他的代表律师，跟管家谈了谈有关田契的问题，之后，他便在书房中又读起了那本书。书房一片静谧，面朝着栎树公园。他惬意地靠坐在最喜欢的扶手椅上，背刭着门，因为看着门就似乎意味着会有什么东西突然闯进来，这会让他不痛快。他左手不自觉地一次次抚过扶手的绿色天鹅绒，读起了

---

[1] 巴尔加斯·略萨：《给青年小说家的信》，赵德明译，人民文学出版社，2021年，第99页。

最后几章。他还牢牢地记得主人公们的姓名和形象，几乎立即就沉浸到小说的情境中去了。一行又一行，他渐渐抽离于周遭的一切，却又同时感到自己的头正舒服地靠在高靠背的绿色天鹅绒上，感到香烟仍然触手可及，感到落地窗外晚风正在栎树间轻舞；他享受着这种几近变态的快感。一字接一字，他被主人公的下流勾当所蛊惑，被那些逐渐眉眼鲜活、栩栩如生的形象所吸引；他仿佛目睹了山上茅屋中最后的会面。首先是女人走进来，她满心惊惶；然后是情夫到来，他的脸被树枝刮伤了。她试图用亲吻魔法般地止住流血，但他却拒绝这种爱抚，他这次来可不是为了躲在枯叶和密径中重玩这偷情的把戏。抵在胸前的匕首已热，其下悸动的是被羁绊住的自由。热烈的言语在书页间如毒蛇般疾速地穿行交错，一切都仿佛是早已注定。就连牵绊着情夫身体的万种缠绵，似乎想挽留他、劝阻他的千般爱抚，都讨厌地勾勒出那另一个必须毁灭的人的轮廓。一切尽在盘算之中：不在场证明、意外的情况、可能的错误。从那一刻开始，每一秒都有精确的用场。两人冷酷无情地进行着最后的核对，只偶尔停下来轻抚彼此的脸颊。天开始黑了。

两人都有等待着他们的任务缠身，于是，他们不再两两相望，而在茅屋门口分开了。她应该走上往北去的小径，他在反方向的小路上回头看了一眼，看着她跑远，长发四处飞扬，然后，他也在树丛和篱笆的掩映下跑了起来，直到他在迷蒙的绛色晚霞中看见通往大屋的杨树林荫道。狗不应该吠叫，它们确实没叫。管家这时候应该不在，他确实不在。他走上门廊的三级台阶，进了屋。血流仿佛在他的耳中奔腾，女人的话萦回其中：进门先是一间蓝色前厅，然后是一道走廊，再是一条铺着地毯的楼梯。上完楼梯，有两扇门。第一个房间里没有人。第二个房间里也一样。接着，是书房的门，于是他手握匕首，看到落地窗外的光线，看到绿色天鹅绒扶手椅的高靠背，看到扶手椅上那正读着小说的男人的头颅。[1]

除此之外，我们还会发现，科塔萨尔的幻想故事中，往往会存在某个媒介，借助它，故事才得以在现实和幻想之间切换，这种媒介通常是日常生活中随处可见的某种东西。例如在这个故事里，媒介是一种睡觉的姿势，在《被占的宅子》里，媒介是一栋房屋，在其他故事里，媒介可能是一扇门，可能是一座桥，可能是几只兔子，也可能是一辆公交汽车，而在上面这篇《公园续幕》里，媒介无疑就是主人公手中的那本小说，或者说是其中的故事。这就是科塔萨尔的幻想故事，于无声处起惊雷。

我们还必须讲一讲"形而上学阶段"的代表作《跳房子》，这部小说出版于1963年，被视作"文学爆炸"的代表小说之一。《跳房子》没有贯穿始终的中心情节，只有一个中心人物奥利维拉。小说主要描写他在巴黎和布宜诺斯艾利斯两座城市的生活和遭遇。全

---

[1]　胡里奥·科塔萨尔：《游戏的终结》，莫娅妮译，人民文学出版社，2012年，第3—4页。

书分为三大部分。第一部分描写奥利维拉"在那边"，即在巴黎的生活。奥利维拉只身从阿根廷来到巴黎，他四十多岁，学识丰富，耽于思考，视巴黎为精神的天堂。在巴黎，他与迷人的姑娘拉玛伽过了一段幸福生活。拉玛伽不像奥利维拉那样学识丰富，但是天性率真，在后者身处逆境时，她总是给他力量，鼓励他坚强地生活下去。奥利维拉和一些朋友组织了一个名唤"蛇社"的俱乐部，大家总是在蛇社里天南海北地畅聊，聊文学、哲学，也聊绘画、音乐等。后来，奥利维拉在街头目睹一起车祸，一位老人身受重伤，此人就是小说中的作家莫莱里。最后，奥利维拉和拉玛伽分手，拉玛伽带着没有父亲的儿子罗卡玛杜（这一角色甚至出现在了《百年孤独》的最后一章中）也病死了，奥利维拉因和一个女流浪汉共枕而被警察拘捕，被逐出法国。

小说的第二部分写奥利维拉"在这边"，即在布宜诺斯艾利斯的生活。回到祖国后，奥利维拉仿佛换了一个人，他把在巴黎的朋友聚会和空泛无聊的争论忘在脑后，把兴趣完全放在翻阅皇家词典和钉子、长木板、马戏团的猫等东西上。他与昔日好友特拉维勒重逢，认识了后者的妻子塔丽姐。奥利维拉先是以推销呢料为生，后来又在特拉维勒的介绍下进入马戏团工作。奥利维拉始终忘不了拉玛伽，竟至把塔丽姐当成了拉玛伽，最后在精神危机中亲吻了塔丽姐，随后就返回自己房间，用水盆和细绳布置了几道防线，防备特拉维勒前来报复。故事最后，或者说在这一部分最后，奥利维拉坐到阳台上，向楼下望去，故事情节以这样一幕结尾：

一种和谐感不可思议地持续着。奥利维拉简直找不出话
语来对下面那两个站在跳房子游戏的格子旁看着自己，同自
己谈话的人的好心肠表示感谢。塔丽妲不知不觉地站在了第
三格里，特拉维勒则把一只脚踩进了第六格，而奥利维拉却
只能向他们挥挥右手，羞怯地向他们致意，并盯着拉玛伽和
特拉维勒告诉他们：三人终于互相了解了，尽管这种互相了
解只能持续一小会儿，但这一小会儿是多么甜蜜啊，在这一
小会儿中，毫无疑问最为理想的应该是向外一倾身，让自己
落下去，啪的一声，一切就都结束了。[1]

第三部分题为"在别处"，乍看上去像是可以省略不谈的章节，
甚至连作家本人都戏称它们是"可以放弃阅读的各章"，其中包括
若干作家和学者的引文，关于文学和哲学的注释，还有前两部分的
故事片断。上述关于文学创作及人类生存的见解和论述都出自一个
对小说情节并不重要的人物莫莱里之口，实际上他是科塔萨尔的理
论代言人[2]。

这三个部分和跳房子游戏中的人间、天堂和其他房间相对应：
"这边"是人间，"那边"是天堂，"别处"是其他房间。作者以跳
房子作隐喻，展现的是对人生的思考，人类向外并持续追求天堂般
的生活，但似乎总是在往返跳跃，有无望，也有希望，据说曾经有

1　胡里奥·科塔萨尔：《跳房子》，孙家孟译，重庆出版社，2008 年，第 365—366 页。
2　胡里奥·科塔萨尔：《跳房子》，第 3 页。

个想要自杀的姑娘在朋友家连夜读完《跳房子》后放弃了自杀的想法，这似乎在告诉我们，当我们抛下现实的失落感，认真思索自身的存在问题，我们也许可以豁然开朗，看到跳房子游戏中的"天堂"一格。

同其他"爆炸"时期作家一样，科塔萨尔也注重小说结构上的革新，他在《跳房子》全书之前附上了一个导读表，告诉读者可以按照章节顺序读小说，也可以按照导读表的指示，像做跳房子游戏一样跳着阅读这部小说，从第73章跳到第1章、第2章，再跳到第116章……这样一来，全书第三部分的内容就有机地融入主线情节之中了。乍看上去，科塔萨尔似乎想同时为两种不同类型的读者写作，第一类读者是对哲学式的思考不感兴趣、只想阅读故事内容的"雌性/阴性读者"，另一类则是与之相反的"雄性/阳性读者"，后来，科塔萨尔曾对这样的命名方式道歉，认为自己的定义并不恰当，我们在这里暂不讨论这一命名问题。在《跳房子》的译者孙家孟老师看来，加入导读表的写法实际上使这部小说有了两种截然不同的风格和内涵。他举了下述对比实例。

第一种读法是这样开篇的："我能找到拉玛伽吗？"富恩特斯评论说，这个问题已经给奥利维拉那令人难以置信的、没完没了的寻觅求索提供了答案。这个问题以一种引人入胜的方式导出了整个故事。故事以奥利维拉的口气（第一人称）叙述：内省、沉思、讽刺、讥诮（时而只自嘲），有时亦柔情脉脉，充满诗意，尽管主人公似乎总是羞于坦率地直接表达感情。第二种读法始于第73章，也以提问开始："对，可有谁能治愈我们那无声之火，治愈我们那夜晚走出斑驳的大门和狭小的门道，在于歇特路上奔跑的无色之火，治愈我们那舔着石块，在门框中窥视的无形之火呢？"这一章是关于人类生活一系列重大问题的抒情表达，它涉及反抗、服从、焦虑、二元论、选择、发明、习惯、写作等颇值得探讨的问题，这既超越了主人公的个人界限，又把读者置于一个更为宽广的人文背景之中。[1]

　　正如我们在前文中提到的那样，"文学爆炸"也是一场读者的"爆炸"，对于科塔萨尔《跳房子》写法的必要性的讨论一直存在，但也许我们更该思考的问题是：我们应该当哪种读者？作为读者的我们是否也应该承担起思考关乎人类生存的重大问题，进而为人类的进步、社会的进步、文化的进步做些什么呢？

推荐阅读

胡里奥·科塔萨尔：《被占的宅子》，陶玉平、李静、莫娅妮译，南海出版公司，2017 年

胡里奥·科塔萨尔：《南方高速》，金灿、林叶青、陶玉平译，南海出版公司，2017 年

胡里奥·科塔萨尔：《有人在周围走动》，陶玉平、林叶青译，南海出版公司，2018 年

胡里奥·科塔萨尔：《我们如此热爱格伦达》，陶玉平、林叶青译，南海出版公司，2019 年

1　胡里奥·科塔萨尔：《跳房子》，第 4 页。

胡里奥·科塔萨尔:《文学课》，林叶青译，南海出版公司，2022 年

胡里奥·科塔萨尔:《跳房子》，孙家孟译，重庆出版社，2008 年

胡里奥·科塔萨尔:《中奖彩票》，胡真才译，云南人民出版社，1993 年

14

用文学改变社会

巴尔加斯·略萨与秘鲁

　　我们终于要讲一讲 2010 年诺贝尔文学奖得主、秘鲁－西班牙作家巴尔加斯·略萨了。略萨是我本人最喜爱的作家，这与我个人的阅读和学习经历有关，我曾经将相关经历写在了《普林斯顿文学课》和《从马尔克斯到略萨：回溯"文学爆炸"》两本书的译后记里，为了便于感兴趣的读者查阅，我将这两篇文章附于本书后。不过我还是要先收拾心情，避免滥用感性的笔触，先来客观地介绍略萨的文学创作情况。

　　1936 年 3 月 28 日，略萨出生在秘鲁南部城市阿雷基帕，从小跟着母亲家族生活，母亲朵拉·略萨来自一个名门望族，家里甚至出过秘鲁总统，生活条件自然是很优越的。不过出生次年，略萨的外祖父就借机把全家带到玻利维亚的科恰班巴生活了。据说，搬家主要是因为全家人不堪流言蜚语之扰。从略萨出生起，他的父亲就没有出现过，街坊邻里自然少不了看热闹编谣言的人。那么他的父亲到底去哪儿了呢？家里人对小略萨说他的父亲是个飞行员，在执行任务时殉职了，他们还把父亲穿着军装的帅气照片摆在略萨床头，略萨每晚睡觉前都要对着照片说晚安。略萨在玻利维亚度过了八九年快乐的童年时光，家里人宠爱他，他在五岁时学会了阅读，他认为这是自己一生中最重要的事情[1]，他沉浸在了人猿泰山等冒险故事的世界里，逐渐喜爱上了文学。

1946 年，外祖父被任命为秘鲁北部城市皮乌拉的执政官，于是全家一起搬回秘鲁，搬到皮乌拉居住了。1946 年底或 1947 年初，在略萨身上发生了一件影响深远的事情：父亲再次出现了。他这才知道父亲并没有死，在未来他还会知道，父亲在那几年里去了美国，还在那里娶妻生子了。父母在没有跟家人打招呼的情况下就开车把略萨带去了首都利马，略萨美好的童年结束了。因为父亲是一个控制欲极强的人，他的出身不好，因此在与略萨母亲朵拉·略萨的交往过程中始终持自卑心态，甚至敏感多疑、脾气暴躁。他经常打略萨，不许他出门玩耍，有一次，略萨父亲的弟弟、略萨的叔叔带略萨回家玩耍，晚上送他回家时，略萨父亲竟在门口和叔叔大吵了一架。他还不许略萨做跟文学相关的事情，阅读也不行，因为他觉得那不是正经事，认为略萨母亲家族把略萨养成了懦弱的娘娘腔。

1947 年到 1949 年间，略萨就读于拉萨耶中学，满十四岁时，父亲就把他送进了莱昂西奥·普拉多军事学校。这其实也是略萨和父亲共同决定的事情，两人各自打着不同的算盘。父亲希望军

---

1 Vargas Llosa, Mario, *Elogio de la lectura y la ficción: discurso ante la Academia Sueca*, Madrid: Punto de lectura, 2011, p. 11.

校生活能够改变略萨的性格,让他长成男子汉,略萨则希望借住校来摆脱父亲的掌控。无论如何,军校生活都让略萨成长了起来,他的视野拓宽了。因为他发现,军校就是个微型的秘鲁世界,这里有白人,也有黑人、混血种人,有山里人,也有沿海地区人,秘鲁社会森严的等级秩序在军校里体现得淋漓尽致。高年级生会压迫低年级生,打斗冲突不断。在军校里,略萨不仅更自由地进行阅读,还第一次见识到了文学的力量,他用文字在那个弱肉强食的世界里立足了。在五大三粗的士官生周围,他不靠拳头说话,而是拿笔替别人写起了情书,还创作出了一些色情读物,因此得到了一定的地位。所有这些离奇的经历都被他写进了他于1963年出版的第一部长篇小说《城市与狗》中。我曾经问略萨,为什么《城市与狗》里没有亚裔,他愣了一下,赶忙说:"这是个疏忽,绝对是无心之失,实际上军校里有许多亚裔。"这算是个有趣的小插曲。《城市与狗》正是我读的第一本略萨的作品,读完之后大感震惊,"小说竟然还可以这么写!"。小说以士官生"奴隶"在军事演习时死去为高潮,串联起了前后两部分内容。小说运用了多人称叙事、意识流、隐藏材料法等精湛的创作技巧,以壁垒森严的牢笼般的军事学校比喻腐朽黑暗的秘鲁社会。

军校毕业前一年,略萨在报社做起了见习记者,他与报刊媒体的联系一直持续到现在,他至今仍然每隔两周给西班牙《国家报》撰写一篇专栏文章,他的专栏叫"试金石"。当年,略萨在报社的刑侦版块当见习记者,每天出入利马城最污秽的地方,这自然又开拓了略萨的眼界,让他接触到了之前没有机会了解的人和事物,但要注意，当时的略萨还只是个未成年人。所以有一次，在舞厅寻找素材的时候，他遇见了母亲家族里的某个舅舅，舅舅大吃一惊：大家从小溺爱的略萨怎么会出现在这种地方！全家如临大敌，终于主动和略萨父亲交涉，后者也让了步，于是略萨从军校退学，回到了秘鲁北部的皮乌拉，在秘鲁国立圣米格尔中学完成了中学学业。在此期间，他创作的剧本《印加王的逃遁》还被选为皮乌拉市戏剧节的表演剧目，这可能是略萨第一次看到自己的文学作品开花结果。

当年的皮乌拉市郊外是一片荒沙大漠，奇怪的是，与略萨同龄的同学们无一例外地被家人们警告，不允许他们接近荒漠地区的一个绿色的建筑。好奇的小伙子们自然跑去侦查了起来，他们发现进入绿房子的都是男性，而且都醉醺醺、摇摇晃晃地出来。后来略萨才知道，那是一家妓院。于是，妓院绿房子的形象就这样印刻在了他的脑海中。

数年之后，略萨曾有机会赴秘鲁丛林地区考察，他看到了丛林地区印第安人的生活风貌，他得出结论：秘鲁有一个远比他通过莱昂西奥·普拉多军事学校看到的更为广阔、更为可怖的世界。以这些经历为基础，他在1966年出版了自己的第二部长篇小说《绿房子》，这部小说在结构布局上比《城市与狗》更加精致，它主要讲述了五个故事：被驱逐的印第安修女鲍妮法西娅的故事；丛林区日本恶霸伏屋的一生；安塞尔莫的故事与绿房子的兴衰史；土著酋长胡姆率众反抗压迫的故事和利图马及二流子们的故事。五条线索齐头并进，最后逐渐汇合，五变四，四变三，三变二，二变一，直至结束。青年略萨在进行文学创作时，非常注重小说风格、结构和技巧方面的革新问题，他早期的每部小说在这些方面都极具新意。《绿房子》和我们接下来要看到的《酒吧长谈》类似，故事情节、时间和空间被切割、打乱，读者在初读时会感到吃力、迷惑，但只要坚持阅读下去，就会逐渐成为作者的同谋，像做拼图游戏一样慢慢把故事拼凑起来，继而恍然大悟，回味无穷。

　　1953 年，巴尔加斯·略萨要上大学了。当时秘鲁最有名的两所大学，一所是天主教大学，秘鲁上层阶级家庭的孩子往往会到这里上学，另一所是圣马科斯大学，这里的学生出身多样，而且有悠久的抗争传统。家人们自然希望略萨进入天主教大学学习，但彼时一腔热血、受法国思想家萨特的思想激励的略萨执意考入了圣马科斯大学，主修文学与法律专业。略萨的大学生涯同样丰富多彩，他师从秘鲁历史学名家贝雷内切阿教授，担任教授的助理，丰富了自己的历史知识。同时，由于当时秘鲁处于奥德里亚将军独裁统治之下，略萨还曾短暂加入过共产党组织卡魏德，与志同道合的同学们一起进行秘密抵抗。1957 年，他以短篇小说《挑战》获得了法国某杂志举办的短篇小说比赛一等奖，奖品是到巴黎参观游历半个月。我们前面提到的《城市与狗》其实并不是略萨出版的第一本书，他在 1959 年就曾出版过包含六个短篇小说的小说集《首领们》，《挑战》就是那六个故事中的一个。略萨自幼热爱法国文学，视巴黎为世界文学之都，他奔赴巴黎的梦想终于实现了。略萨后来写了许多与法国文化文学相关的文章，还写出过研究福楼拜、雨果等法国作家的专著。2023 年，略萨正式获选加入法兰西学院，

成为该学院历史上第一位从未用法语进行创作的"不朽者"。他的
数部作品还入选了法国的七星文库，这样的殊荣在拉美现当代作家
中只有博尔赫斯获得过，这是后话。

巴尔加斯·略萨把自己的大学经历与奥德里亚将军独裁的历
史相结合，于1969年创作出版了名作《酒吧长谈》。据说这部小
说的初稿长达数千页，如何削减篇幅、让情节更加紧凑就成了略萨
必须解决的问题。实际上，很多学生、读者都在反复问我《酒吧长
谈》为什么要那么写，为何要以对话引出情节的形式写成。在《普
林斯顿文学课》中，略萨本人给出了答案，我认为有必要在此引述，
他是这样讲的：

> 我想写一本独裁小说，来反映奥德里亚将军治下的秘鲁
> 社会的状况，或者说，我想展现那个时期秘鲁社会各个阶层
> 的情况。（……）刚开始我写了一些彼此没什么联系的片段，
> 出场的都是些不同的人物——一个保安，一个女佣，一个成
> 功的企业家还有一个中产阶级家庭的年轻人——而且我在写
> 作的时候是很迷茫的，因为当时我完全不知道该怎么把那些
> 材料联系到一起。我思考了很久，走了很多弯路，后来我有
> 了主意，我想用一组对话来做小说的中心线索，不过那组对
> 话需要时不时地被打断，因为还有其他许多组对话要插进去，
> 后来小说就这样写下去了。

> 这就是《酒吧长谈》的结构：以萨瓦利塔和安布罗修的
> 对话为主要线索，后者是前者父亲的司机、保镖兼秘密情人。

对话发生在萨瓦利塔到市政打狗队解救自己的宠物狗并偶遇安布罗修之后，而安布罗修彼时已经沦落到社会最底层，以打狗为生。两人决定到打狗队总部旁边一家名为"大教堂"的小酒吧喝上一杯。故事就这样展开了：他们之间的对话出现了，之后会突然中断，在插入其他许多线索之后会再次出现。从这个中心线索出发，又衍生出了许多其他的情节，它们发生在不同的时空之中，涉的人物也不尽相同。一个出现在萨瓦利塔和安布罗修对话中的人物可能会促成另一个人物出场，进而使得二人回忆起之前经历过的某个事件，然后再次回到核心谈话，再有其他人物出场，如此循环往复。

萨瓦利塔和安布罗修之间的谈话就像是树干，在上面会长出许多枝叶，它们会慢慢共同组成一棵大树，也就是小说的全貌。我不担心这会使读者感到疑惑。相反，我认为那种疑惑对于让这个故事保持真实性而言是不可或缺的。如果故事的一切线索从一开始就明白无误，那么读者是不会接受它的。小说里发生了许多可怕的事情，有的看上去很夸张，所以最好通过一种模糊的方式把它们展现在读者面前，这样会激发读者的好奇心，他们会带着想知道真相的愿望慢慢用创造性的方式把故事建构出来。

我希望读者能把每个角色摆在他们应该在的位置上，进而在脑海中逐渐拼凑出完整的故事，就像做大型的拼图游戏那样。在我所有的小说里，《酒吧长谈》可能是我下功夫最多的。我在《酒吧长谈》之前创作的小说是《绿房子》，那部小说受福克纳的影响很大，小说的语言就像是个显眼的角色一般存在于读者和故事之间。我不想用同样的方式去写《酒吧长谈》，可能正是因此在这部小说里语言变得透明化了，只起着功能性作用，更极端地说，就像是故事自己在讲述自己，不受语言的限制。我当时一直在寻找一种完全隐形的语言。我用不同的方式去写这本小说，然后把与情节发展无关的话语全都删掉。所以《酒吧长谈》最早的几版草稿要比最后出版的版本多很多东西。后来我慢慢删减，去掉了许多东西，努力隐去语言本身，这些尝试在《绿房子》和《城市与狗》里我都未曾做过。

那种结构还有一个好处：如果我按时间顺序把整个故事完整地写下来的话，那可能就不是写一本书的事了，我得把它写成一套书，因为这部小说里包含了太多不同的事件，许多都可以独立成篇。但是采用以一组对话作为中心线索的结构之后，我就可以讲述每个事件中最重要的部分，然后再运用隐藏材料法进行创作，把大量的情节及其所引发的后续结果隐匿起来，让读者自行想象，然后逐渐把完整的事件拼凑出来。[1]

我们在前文中已经提到过了："文学爆炸"主要发生于1960年代，略萨正是凭借《城市与狗》《绿房子》和《酒吧长谈》三部发

1　巴尔加斯·略萨:《普林斯顿文学课》，侯健译，人民文学出版社，2020年，第57—59页。

表于这个时期的作品跻身"文学爆炸"四大主将之列的。这三部
作品也是略萨最具野心、最接近他对"全景小说"追求的作品。
所谓"全景小说"，就是在同一部作品中尽可能全面地展现组成
我们人生的各种元素，如爱情、友情、战争、家庭，等等，既有
悬疑，又有情爱，有喜悦，有悲伤，也许这样宏大的目标永远无
法真正实现，但六十年代的略萨为此不断努力，也真的给我们奉
献出了三部伟大的小说。

　　略萨把他的大学生活写进了《酒吧长谈》，但生活是多姿多彩
的，他并没把大学时期所有有趣的事情都放进那部小说。有一件
发生在同一时期的人生大事，被他作为主题写成了另一本小说《胡
莉娅姨妈与作家》。

　　1955年，十九岁的略萨与长他十岁的姨妈胡莉娅·乌尔基迪
相恋结婚，引发轩然大波。胡莉娅姨妈是玻利维亚人，当时刚刚离
婚，是来利马治疗情伤的，但是追求胡莉娅姨妈的人很多，于是家
人们派略萨当了姨妈的小跟班，没想到竟促成了这样一段姻缘。据
说略萨的父亲认定姨妈勾引了略萨，给姨妈寄去一颗子弹，姨妈不
得不暂时逃出秘鲁，到智利避风头去了；另外由于略萨未到法定结
婚年龄，两人的婚姻注册也费了番周折。这些经历都经过了略萨加
工创作，出现在了1977年出版的《胡莉娅姨妈与作家》中。不过
此时略萨已经和姨妈离婚了。两人的婚姻持续到1964年，当时姨
妈已经和略萨前往欧洲，在巴黎生活了，略萨的表妹帕特丽西娅·略
萨赴巴黎求学，住在表兄家中，两人竟日久生情了。在和姨妈离
婚之后，略萨又和表妹帕特丽西娅结了婚，他们一共生了三个孩子。

2015 年，就在两人庆祝完金婚纪念日后不久，略萨表示自己爱上
了别人，于是与帕特丽西娅的婚姻告终，略萨和菲律宾裔社交名媛
伊莎贝尔·普瑞斯勒走到了一起。这段关系持续到 2023 年，目前，
虽然没有公开复婚，但略萨又与帕特丽西娅在多种公开场合同出同
入了。关于作家的私人生活，我们只是简单提一提。

　　说回《胡莉娅姨妈与作家》这部小说。略萨和姨妈离婚后，
在十多年里依然保持着相对友好的关系，略萨还把《城市与狗》的
版权收益权转让给了姨妈。但是《胡莉娅姨妈与作家》的出版激怒
了姨妈，她认为小说的内容是对她的诋毁，她甚至写了本题为《小
巴尔加斯没说的话》（*Lo que Varguitas no dijo*）的小书，揭露了两
人婚姻关系中的许多秘闻。略萨也因此收回了《城市与狗》的收益
权。在这本小说里，略萨开始使用后来被他应用到众多作品中的单
双数章节写不同故事的写法，单数章节讲述主人公同姨妈的爱情故
事，双数章节是一个个短篇小说，乍看之下似乎这些内容毫无联系，
但读完全书我们就会发现，所谓的短篇小说其实是书中重要人物、
广播剧作家佩德罗·卡马乔播报的广播剧的内容，把这些内容联合
到一起，一个更加广阔的秘鲁社会全景图就出现了。

　　不过《胡莉娅姨妈与作家》并不是略萨的第四部长篇小说，
而是第五部。1973 年，略萨还曾出版过长篇小说《潘达雷昂上尉
与劳军女郎》，更早之前，1967 年，还出版过中篇小说《崽儿们》
（*Los cachorros*）。在这两本小说里，我们能够看出略萨在寻求自己
写作风格上的改变，另外也可以看出，他对全景小说的追求意愿
不再那么强烈了。《崽儿们》被认为是拉丁美洲最出色的中篇小说

之一，它讲述了一个秘鲁少年因意外事故失去男性生殖器后的悲惨一生。略萨在这个小说里十分注重运用利马口语化的西班牙语，许多评论家认为这部小说要用朗读的方式去阅读，这样才能更好地把握它的音乐性。至于《潘达雷昂上尉与劳军女郎》，它是一部篇幅不长，但内容有趣的小说。故事讲述在秘鲁亚马孙雨林地区，频繁发生驻军强奸当地妇女的事件，官方不但没有依法对此进行调查处理，反倒组织了一支由妓女组成的劳军女郎队伍，还选择了军队中最正直的军人潘达雷昂上尉领导她们，浩浩荡荡地向雨林区进发。略萨不仅在这个小说中大量插入了报告、公文、函件、电台评论、新闻报道、讣告等文献，用它们推动小说情节，更重要的是，略萨第一次把幽默元素运用到了自己的小说之中，在此之前，略萨一向认为幽默和严肃文学是对立关系，他改变了自己的看法，让自己的作品焕发出了新的生机。

大学毕业后，略萨便远赴欧洲生活了，先是在西班牙首都马德里，后来又去了他心中的文学之都巴黎。1962 年，在被拒稿多次之后，他把《城市与狗》的手稿寄到了西班牙的赛伊克斯·巴拉尔出版社，没想到在历尽周折后，该社主编卡洛斯·巴拉尔发现了那份手稿，当即决定出版它，后来还把首届简明丛书文学奖颁发给了《城市与狗》。由此开始，拉丁美洲众多小说家的作品开始在西班牙获得了出版的机会，所以学界通常将《城市与狗》获奖的 1962 年或正式出版的 1963 年视为“文学爆炸”开始的年份。略萨经常在世界各大高校兼职教书，我们在上文中引用过的《普林斯顿文学课》一书就是他在美国普林斯顿大学授课的内容实录。1960

年代末，超级文学代理人卡门·巴塞尔斯女士给正在伦敦教书的略萨打去电话，邀请他搬到巴塞罗那定居，同时全心投入写作事业。略萨接受了邀请。于是，1960年代末到1970年代初的巴塞罗那成了"文学爆炸"的大本营，西语文学的首都。

略萨在1970年代曾经接受派拉蒙影业的邀请，与某知名导演合作，给一部筹拍中的电影当起了编剧。那部电影聚焦19世纪在巴西腹地卡努杜斯发生的一场带有宗教性质的农民起义运动。后来，电影没有拍成，略萨就利用自己的阅读和调研成果写出了一部精彩的历史小说，也是他的第一本不以祖国秘鲁为背景的小说——《世界末日之战》。据略萨本人所言，这部小说是他写得最好的小说。不过我们也不必太过当真，因为他还曾说过，如果他只能从大火中救出一部自己的作品来，他会救出《酒吧长谈》。值得注意的是，略萨来我国访问期间，其作品的多位中文译者有机会与其当面交谈，这时有人发问，《世界末日之战》这部作品的书名究竟应该译成《世界末日之战》还是《世界尽头之战》，因为原书名里的"fin"本身就有"尽头"之意，这个词在西班牙语里可以指时间概念，也可以指地理概念，由于此书写的是发生在巴西腹地、偏僻的卡努杜斯地区的故事，取"世界尽头"之意似乎亦无不可。巴尔加斯·略萨本人答道：这两种含义皆有。但是这样的一语双关很难在中文书名中体现出来，译事之难，可见一斑。

1980年代中叶，秘鲁安第斯山区发生了农民杀害数位记者的恶性事件，很多人怀疑这起案件背后隐藏着秘鲁政府及军方，他们出于某些原因策划杀害了那些记者。于是，包括巴尔加斯·略萨在内的调查团队出发调查，结论是：当地居民长期深受恐怖组织侵害，他们当时把记者误认成了恐怖组织成员，因而将他们打死了。这就是"乌楚拉凯事件"。后来，略萨利用这些调研经验，以秘鲁安第斯山区为舞台，把当地居民的信仰和习惯以类似侦探小说的形式呈现了出来，这就是1993年出版的《利图马在安第斯山》。

不过，这部小说出版之前，准确地说是在1987年到1990年间，巴尔加斯·略萨因抗议反对时任秘鲁总统阿兰·加西亚将银行业国有化的政策而被推上前台，参加了秘鲁总统大选。正直的略萨在政治这潭死水中艰难前行，最终却离奇地在第二轮大选中败给了名不见经传的日裔候选人阿尔韦托·藤森。后来，那次竞选的经历以及对藤森政府的长期关注帮助略萨写出了两部作品：1993年出版的回忆录《水中鱼》和2016年出版的长篇小说《五个街角》。

《水中鱼》虽然是回忆录，但依然采用了略萨擅长的单双数章节不同故事的形式，单数章节从小略萨初遇父亲写到青年略萨离开秘鲁奔赴欧洲，双数章节则把略萨三年大选的经历记录了下来。《五个街角》以藤森执政末期、蒙特西诺斯掌握实权时期为背景，由八卦媒体《大曝光》曝出一系列性爱照片及其主编惨死街头为引子，呈现出了一个混合了情爱、悬疑、政治、假新闻等多重元素的精彩故事，尤其是第二十章《乱象》一节，略萨又老到地运用起了各种叙事技巧，很有《酒吧长谈》的影子。

进入21世纪，略萨笔耕不辍，又写出了多部精彩绝伦的作品，其中2000年出版的《公羊的节日》和2019年出版的《艰辛时刻》可以被视作姐妹篇，是这一时期略萨的代表性作品。《公羊的节日》

的背景是加勒比海国家多米尼加共和国，讲述的是该国著名的独裁者特鲁希略施行残暴统治及遇刺身亡的故事，故事中穿插了女主人公乌拉尼亚的视角，让故事更加立体，也更加恐怖。无论从小说体量、技巧写法还是内容情节来看，评论界普遍在《公羊的节日》身上看到了略萨早期作品的影子，如《城市与狗》《绿房子》《酒吧长谈》等，对全景小说的追求似乎时不时地会出现在略萨的创作计划中，《公羊的节日》也被认为是略萨晚年的小说代表作。

2016 年，巴尔加斯·略萨再次来到了《公羊的节日》中故事发生的舞台多米尼加共和国，他还曾在这里的大学教书。他在那里参加了一场大型晚宴活动，然而他并不喜欢类似的场合，于是默默坐到了靠近门边的座位上，准备一有合适机会就起身离开。但是还未等他行动，一个留着小胡子、体型微胖的男人就坐到了他的身边。对方和他攀谈起来，他一开始并没有认出对方，过了一会儿才辨识出此人是记者、历史学家、诗人托尼·拉夫尔。托尼·拉夫尔对他说道："马里奥，我有个故事想让你写。"巴尔加斯·略萨礼貌性地笑了笑，想用句玩笑话搪塞过去："天啊！但是别人想让我写的故事我是绝对不会写的！"可他后来还是把故事写了出来，这本书就是《艰辛时刻》。

托尼·拉夫尔曾经写过一本叫《罪行狂想曲》的历史书，写的是 1957 年 7 月 26 日危地马拉总统卡斯蒂略·阿马斯被刺杀身亡的事件。经过调查研究，托尼·拉夫尔认为多米尼加共和国独裁者拉斐尔·特鲁希略是那场刺杀事件的幕后黑手，这个结论成了《罪行狂想曲》的主要线索，也是他给巴尔加斯·略萨讲述的主要内容。

曾经让特鲁希略以主要人物的身份出现在《公羊的节日》中的巴尔加斯·略萨立刻对此产生了兴趣，于是他开始了习惯的写作准备：阅读参考书目、制作大量写作卡片、实地走访调研……他阅读了近年出版的很多研究著作，惊讶地发现特鲁希略插手卡斯蒂略·阿马斯遇刺事件的观点在史学界已经不是新鲜事了，更令他震惊的是史学家们还证实了另一处细节：在卡斯蒂略·阿马斯遇刺当晚，特鲁希略的左膀右臂乔尼·阿贝斯·加西亚就从危地马拉逃到了萨尔瓦多，后回到多米尼加共和国，与他同行的竟然还有卡斯蒂略·阿马斯的情人。

巴尔加斯·略萨认为自己在写文论作品时能有意识地控制、掌握、表达自己的想法，可写小说则不同，他总是不确定写成的小说是否真正展现出了自己想要表达的东西。他能够确定的是小说可以更好地传递情感、直觉和激情，因此，他始终认为自己对小说并没有真正意义上的完全掌控力，这本关于危地马拉的小说也是一样。首先，他从未想过自己会写一本关于危地马拉的小说，可他写了，在调研的过程中他发现，危地马拉是世界上最美的国家之一，可同时它的历史也是一部世间罕见的暴力史；其次，在写作过程中，他的写作计划总是会被打乱，笔下的人物仿佛真的有了生命一般，会牵引着他下笔。

在巴尔加斯·略萨最初的设想中，这本小说的主角应该是阿贝斯·加西亚。这是个早在《公羊的节日》中就曾出场的关键人物，他的完整命运将会在这部小说中得到披露。然而在最终成书时，阿贝斯·加西亚却成了次要角色，那位在刺杀之夜和他一起逃走的女人、卡斯蒂略·阿马斯的情人（在书中化名玛尔塔）却摇身一变，成为这本小说真正的主角。巴尔加斯·略萨发现这个人物身上充满谜团：她是怎样成为卡斯蒂略·阿马斯的情人的？她和刺杀事件到底有无关联？她是同谋还是无辜的幸存者？包括历史学家在内，没人知道这些问题的答案，而这正是小说家应当去做的事情：用想象力来填补历史的空隙。

玛尔塔在逃到多米尼加共和国后成了当地很有名的广播电台主播，她在节目中捍卫拉丁美洲所有独裁者，同时一再指控危地马拉军方，后者认为是一个同样在当晚死去的士兵为报父仇杀死了卡斯蒂略·阿马斯，而她认为这是个弥天大谎。巴尔加斯·略萨费了很大力气才让那个如今已上了年纪的女人见他，他们约定在她位于美国的家中会面。巴尔加斯·略萨发现她的家中还挂有卡斯蒂略·阿马斯的画像，而她则解释说她有过十个丈夫，而且他们全都是她亲手埋葬的，可她这辈子最爱的男人还是那位危地马拉上校、共和国总统卡洛斯·卡斯蒂略·阿马斯。

随着谈话的深入，巴尔加斯·略萨发现这是他这辈子做过的最艰苦的一次对谈，因为那个女人十分狡黠，总是能巧妙地避开他提问的重点。在多米尼加共和国生活期间，某日，傀儡总统"黑特鲁希略"突然召见她，在前者的办公室里，那个女人拿到了一张空白支票，"你给自己估个价，你估的价值就是我估的价值"，"黑特鲁希略"肯定以为这次和往常没什么不同，他同样可以随意玩弄眼前的女人，可她却发狂似的猛兽般扑到了他的身上，和他扭打到了一起，甚至用牙齿撕扯他的耳朵。"这是真的吗？"巴尔加斯·略萨问道。她笑了起来："我的嘴上现在还留有那只斗牛犬的耳朵的味道呢！"巴尔加斯·略萨心想：在这种情况下，"黑特鲁希略"无疑会杀她泄愤，虽然特鲁希略后来要求傀儡总统向她道歉，但这一行为也明白无误地证实了特鲁希略才是那个国家真正的掌权者，她又多了被灭口的风险。"您不得不立刻离开多米尼加共和国的时候，很快就获得允许来到了美国，而且先是有了长期居留，后来几乎立刻就获得了美国国籍，很多人认为这些正是您为美国中央情报局做过许多有价值的工作的证据。"巴尔加斯·略萨终于抛出了最重要的那个问题。可是这个问题惹恼了她，她的态度变了，整个谈话的氛围也变了。谈话结束，巴尔加斯·略萨并没有得到答案，可是这种神秘感使得她对他的吸引力有增无减，于是他改变了她的名字、外形和住处，她逐渐从次要角色变成了故事的主人公之一。

　　另一个吸引巴尔加斯·略萨的人物是阿本斯总统。在搜集刻画这一人物的资料时，许多往事涌上巴尔加斯·略萨的心头：他想起大学时期自己和周围的年轻人们对阿本斯政府的支持，也想起阿本斯政府被推翻后大家一起走上街头示威游行的场景。"因为阿本斯想要做的是和平改革，是要在不流血的情况下让危地马拉变成民主国家，这些都是我们拉丁美洲人早就希望出现的东西，因此阿本斯的改革是一种范例，是对我们的理想的检验。"然而这场改革，尤其是农业改革，却触及了美国人的利益。美国联合果品公司早在阿本斯的前任总统阿雷瓦洛执政时期就感受到了威胁，于是他们决定反击农业改革计划：在"冷战"背景下，联合果品公司出其不意地利用自由派媒体制造舆论，使上至美国政府、下至美国平民全都相信危地马拉是苏联设置在拉丁美洲的桥头堡。最终，美国政府策划并支持了卡斯蒂略·阿马斯的颠覆行动。危地马拉人的理想破灭了，包括巴尔加斯·略萨在内的拉丁美洲人的理想也破灭了。

2019 年 10 月 28 日晚，马德里拉美之家举办了巴尔加斯·略萨新小说的发布会，上文所记录的一切都是我在发布会现场从作家本人口中听到的信息。当时的我对 1954 年和 1957 年在危地马拉发生的事情了解不多。可是在发布会现场听过作家讲述小说的创作过程之后，直觉告诉我这肯定是部杰作，我在接下来的几天里把书读完，进而验证了自己的想法：无论在情节上还是在技巧上，这部小说都堪称巴尔加斯·略萨自此书姐妹篇《公羊的节日》出版后，在新世纪里创作出的质量最高的作品。

回到发布会现场，让我们补全刚才遗漏的一处重要信息。在巴尔加斯·略萨看来，为自己的作品选择好的书名是件十分重要的工作，可是这部作品的名字却一直难以确定下来。同样的困境，作家在三年前创作《五个街角》时也曾遇到过，那时的巴尔加斯·略萨在深入利马城内最危机四伏的五个街角街区后才灵光乍现，决定以该街区的名字命名自己的那本小说。这次的书名灵感则来自阅读：某日，巴尔加斯·略萨在阅读阿维拉的圣特雷莎所写的信件时看到了这样一句话："这是艰辛时刻！"就是它了！《艰辛时刻》！还有什么比"艰辛时刻"四个字更能刻画出拉丁美洲在 1950 年代经历的那段历史呢？

在阿本斯政府垮台后，拉丁美洲的诸多改革派人士得出结论：

和平改革是行不通的，拉丁美洲要改变落后的现状，只能走武装起义的道路。古巴革命的胜利进一步激化了这种思想，于是在拉丁美洲各国纷纷爆发了武装革命运动，然而古巴模式是难以复制的，那些革命不仅没有取得成功，反而激起了传统势力、军人团体的反扑，拉丁美洲的许多国家陷入了比以往更加残酷的独裁统治之中，甚至连该大陆上最具有民主传统的哥斯达黎加、智利、乌拉圭等国也难逃厄运。

发布会开始时，丰泉出版社主编庇拉尔·雷耶斯在致辞时有过一句精彩点评，她说："如果说《酒吧长谈》探讨的问题是'秘鲁是什么时候倒霉的'的话，那么《艰辛时刻》的核心主题就是'拉丁美洲是什么时候倒霉的'。"已著作等身、功成名就的巴尔加斯·略萨依然在思考拉丁美洲的历史和命运问题，他依然是那个在弱肉强食的军校中观察秘鲁社会的士官生，依然是那个和奥德里亚将军独裁统治做斗争的有志青年，依然是那个远赴欧洲追寻文学梦的写作者，依然是那个出政治淤泥而不染的总统候选人，依然是那个为自由和民主疾呼的思考者，也依然是那个"勇敢的小萨特"。

除了上文中已经提到的作品，2002年出版的《天堂在另外那个街角》和2006年的《坏女孩的恶作剧》也是值得一提的佳作。《天堂在另外那个街角》继续采用了单双数章节不同故事的写法，但其主题却是统一的，换句话说，略萨使用的各种结构和技巧一定都是为更好地呈现故事服务的，绝对不是在炫技。这本小说的单数章节写的是世界上最早的女权主义者之一弗洛拉·特里斯坦的奋斗故事，她希望改善女性的处境，希望在文明社会中寻找天堂。双数章节讲述的则是弗洛拉·特里斯坦的外孙、画家保罗·高更的故事，高更也在寻找天堂，但他寻找天堂的地点则是与世隔绝的塔西提岛。人们努力、挣扎、执着地寻找天堂，但天堂也许总在另外那个街角。

《坏女孩的恶作剧》讲述的则是一个曲折的爱情故事。所谓"坏女孩"，是一个出身秘鲁下层家庭的漂亮姑娘，她为了改善自己的社会地位、改变自己的命运，利用美貌和肉体不断改头换面，努力向上爬，她一会儿成了智利少女，一会儿是古巴革命女战士，一会儿又成了日本黑道老大的情妇，爱慕她的男主人公里卡多总是对她念念不忘，却不断被她抛弃，两人却又总能再次相遇。在我看来，这是可以媲美《霍乱时期的爱情》的爱情主题佳作。

2010 年，巴尔加斯·略萨终于获得了迟到的诺贝尔文学奖，比他曾经的好友马尔克斯的获奖时间晚了二十八年，也成了"文学爆炸"一代作家中第二个也是迄今为止最后一个获得诺奖的作家。但实际上，略萨已经不需要用诺奖来证明什么了，尤其在2014 年马尔克斯去世之后，略萨当仁不让地成了西班牙语文学界的领军人物。

因为篇幅的限制，我们还有许多略萨的重要作品没有提到。小说方面，有写秘鲁政治的《玛伊塔的故事》《谁是杀人犯？》，同时被文学界、人类学界和神话学界视为经典的《叙事人》，情爱文学姐妹篇《继母颂》和《情爱笔记》，写当代秘鲁社会图景的《卑微的英雄》，以爱尔兰人罗杰·凯瑟门特为主人公的《凯尔特人之梦》等。

　　2023 年底，略萨突然宣布自己将封笔，该年 10 月出版的小说《我把沉默献给您》也就成了他的小说封笔作，我们在这里简单介绍此书，可以让大家更加清晰地看到略萨在晚年关注的主题和思考的领域。

　　小说的主人公是一个叫托尼奥·阿斯皮利奎塔的音乐评论家，父亲是意大利移民，母亲在他很小的时候就去世了，但是受母亲的影响，他从小就喜爱上了秘鲁民族音乐，后来还进入了圣马科斯大学学习秘鲁音乐专业。我们在前文中曾经提到过，圣马科斯大学也是作者略萨的母校。托尼奥收藏了大量绝版的秘鲁民族音乐唱片，在学校里成绩优异，他的老师曾主动表示希望自己退休后由托尼奥来接任自己的教职，没想到老师人是退休了，但这个专业却被撤销了。后来托尼奥结了婚，过着穷困的生活，靠写音乐评论勉强维持生活，不过在秘鲁音乐圈内他也算是小有名气的评论家。直到有一天，这也是小说开头第一章的内容，一个有名的音乐人给他打来电话，请他在第二天去听一个名不见经传的秘鲁民族音乐演奏者拉洛·莫尔菲诺的演出，后者在演出后将随同这位音乐人的乐队一同赴智利演出。拉洛的演奏十分精彩，震撼了包括托尼奥在内的全场听众，全场寂静、沉默，久久回味。托尼奥完全被拉洛的音乐打动了，他认为拉洛是秘鲁有史以来最棒的民族音乐演奏家。但是当晚他没有机会结识拉洛，而很快拉洛就去智利演出了，托尼奥坚定地认为拉洛能够打动智利人，让秘鲁文化走出去。但奇怪的是，日子一天天过去，没有任何相关的报道出现。直到有一天，托尼奥在咖啡馆偶遇那位音乐人，这才知道那次智利之旅遭遇了失败。拉洛是个不合群的怪人，除了音乐对什么也不感兴趣，对别人理也不理，所以乐队产生了裂痕，分崩离析了。这个音乐人也赔光了钱，他还告诉了托尼奥一个惊人的消息，拉洛在不久前已经因为肺病死了。再后来，托尼奥通过调查得知，因为无人认领尸体，拉洛被葬在了不知名的集体公墓里，连遗骸都无处寻找了。托尼奥不甘心秘鲁音乐史上最伟大的演奏者就这样被人遗忘，于是他着手搜集资料，想要为拉洛写一部传记。后来这部传记的内容逐渐丰富，慢慢与秘鲁音乐史乃至秘鲁的命运产生了关联，托尼奥的这部作品的核心思想是：只有民族音乐能团结不同阶层、不同种族的秘鲁人，能填补秘鲁社会的裂痕，能拯救秘鲁。未承想，书出版后获得了意外的成功，托尼奥成了名人，收入翻倍，圣马科斯大学甚至为他重启秘鲁音乐专业，请他回去当老师。但是托尼奥不满足于此，面对质疑和批评，他进一步发展自己的理念，认定以音乐为代表的艺术是拯救拉丁美洲的唯一途径，他为自己的著作扩充了近百页的内容，想要以这部作品警醒秘鲁人民、拉美人民。但他失败了，作品滞销，选课人数过少，专业再次被撤销。托尼奥用音乐、艺术拯救秘鲁，拯救拉美的乌托邦式的梦想破灭了。书的最后，托尼奥和一位女性好友共进早餐，后者发现托尼奥又在写新的东西了，但是托尼奥并没有透露新书的内容。这部小说最终以托尼奥登上公交汽车，踏上回家的道路为结尾。

这部小说可以说是略萨所有小说里最缓和、最柔情的一部了，书中几乎没有出现任何与政治、权力、暴力等略萨常写的主题相关的内容，只是恐怖组织"光辉道路"作为时代背景出现了几次，这本书更多关注的是以托尼奥、拉洛等为代表的个体，他们追逐梦想的过程，他们希望通过音乐来拯救秘鲁的努力，所以在我看来，它也代表着略萨对自己文学生涯的一次反思。年轻时的略萨被称为"勇敢的小萨特"，深受法国存在主义哲学家萨特的"介入文学"理念的影响，认为文学能够介入现实，改造现实。只不过在这部小说里，起到这个作用的是音乐，当然也可以理解成艺术，或者文化，也就是人文学科关注的东西。这种想法自然带有乌托邦式的色彩，这一点略萨肯定也心知肚明，所以主人公托尼奥最后才迎来了失败，但这种思想依然值得身处科技大发展、大进步时代的我们来深思，在当今社会，人与人之间的联系是更加紧密了，还是更加疏远了？如何拉近人与人之间的距离？也许文学也好，音乐也好，绘画也好，的确是我们忽视已久的关键要素。

从技巧上来看，这本小说中几乎没有太多略萨常用的复杂结构，不过例如中国式套盒法、隐藏材料法等技巧还是有所体现。正是因为这些技巧的运用，读者一直被略萨的文字吸引，一旦进入故事，就想把它读完，看看后面到底发生了什么。读者会不断自问：托尼奥的书有没有写成？出版后是成功了还是失败了？那位最棒的秘鲁民族音乐演奏者拉洛的出身究竟如何？诸如此类。这部小说一共有三十七章，前三十章还是略萨惯用的单双数章节讲不同故事的结构，只不过有趣的是，双数章节的内容是单数章节的主人公托尼奥所著的那部作品中关于秘鲁民族音乐发展史的文字，所以更像是文论而非小说，从第三十一章开始，两部分内容合二为一，直到最后。

结合本章对略萨生平和创作轨迹的介绍大家可以看出，《我把沉默献给您》的主人公托尼奥身上很有略萨本人的影子，二人都希望通过艺术来改造秘鲁社会，他在创作生涯的最后阶段依然在关注与拉丁美洲命运相关的宏大主题，这与马尔克斯的遗作《我们八月见》所展现的私人生活的主题很不相同。可以说"文学爆炸"最具代表性的两位作家始终在以不同的写作内容给我们带来美的享受和对人生的思考。

推荐阅读

巴尔加斯·略萨：《城市与狗》，赵德明译，人民文学出版社，2021 年

巴尔加斯·略萨：《绿房子》，孙家孟译，人民文学出版社，2022 年

巴尔加斯·略萨：《酒吧长谈》，孙家孟译，人民文学出版社，2021 年

巴尔加斯·略萨：《潘达雷昂上尉与劳军女郎》，孙家孟译，人民文学出版社，2021 年

巴尔加斯·略萨：《世界末日之战》，赵德明、段玉然、赵振江译，人民文学出版社，2011 年

巴尔加斯·略萨：《谁是杀人犯·叙事人》，孙家孟译，时代文艺出版社，1996 年

巴尔加斯·略萨：《公羊的节日》，赵德明译，人民文学出版社，2021 年

巴尔加斯·略萨：《坏女孩的恶作剧》，尹承东、杜雪峰译，人民文学出版社，2022 年

巴尔加斯·略萨：《艰辛时刻》，侯健译，人民文学出版社，2023 年

张伟劼：《拉丁美洲的多维现实：巴尔加斯·略萨小说研究》，南京大学出版社，2024 年

15

全景小说、连通器与中国套盒

　　我们在上一章节中结合人生经历，较为细致地解读了略萨的小说类作品。实际上，除了小说家的身份，略萨还是拉美重要的戏剧作家，他的剧本《塔克纳小姐》《琼加》《凯蒂与河马》《阳台上的疯子》《美丽的眼，丑陋的画》《一千零一夜》等多次被搬上舞台，略萨本人也曾出演其中的角色。有趣的是，略萨的小说《坏女孩的恶作剧》还被改编成了戏剧在中国上演，主演是《甄嬛传》中浣碧的饰演者蓝盈莹。

　　此外，略萨数十年来一直为各大报刊媒体撰写专栏文章，这些文字都是我们了解全世界政治、经济、文化等多领域内容的宝贵财富，我目前正在翻译他关于文学、电影等主题的文章集《想象的火焰》（*El fuego de la Imaginación*）以及关于法国文化的文集《一个野蛮人在巴黎》（*Un bárbaro en París*），希望能早日与我国读者见面。

　　略萨还有更多的文学身份，他还是当代拉丁美洲最重要的文学评论家之一，他的文论作品部部精彩，我们不仅能够借助它们了解他所分析的知名作家的作品，如马尔克斯、福楼拜、雨果、奥内蒂等，还可以通过这些文学评论作品中的观点了解略萨本人的创作秘诀。我尤其推荐阅读他的《给青年小说家的信》，这是帮助理解现代小说手法的易读佳作。我们接下来就将他的文学评论作品与他本人的文学创作结合起来，来看看这位以写作技巧著称的文学大师的文论思想及其写作技巧的具体内涵。

略萨在文学评论领域不仅著作数量多，而且内容质量高。除了眼光专业，略萨身上还有许多帮助他成为优秀文学评论家的特质，"不断修正自我"就是其中之一，略萨评写博尔赫斯也是这一特质的绝佳体现。此外，略萨评价文学作品时一向以"文学性"为首要参照标准，很少考虑其他非文学因素可能带来的影响。他于1970年代初写成的《加西亚·马尔克斯：弑神者的历史》（*García Márquez: historia de un deicidio*）被认为是"一部里程碑式的著作，直到现在为止，没有任何一部研究那位哥伦比亚诺贝尔文学奖得主的著作能超越它"[1]。在文人相轻之风盛行的文坛，"更常见的是同行之间在背后捅刀子"，写大部头专著盛赞与自己同时代作家的"慷慨"举动就更为罕见了[2]。此外，略萨在评价文学作品时还排斥随波逐流、人云亦云的做法，始终保持自己的思考和判断。同样是在略萨读大学期间，在一堂西班牙文学课上，授课教师在讲述西班牙骑

1　Armas Marcelo, J.J., *Vargas Llosa: el vicio de escribir*, Barcelona: Debolsillo, 2008.

2　安赫尔·埃斯特万、安娜·加列戈：《从马尔克斯到略萨》，第 120 页。

士小说时一笔带过，认为那些小说"毫无价值"。"难道那些流行如此之久的作品真的毫无价值吗？"带着这个疑问，略萨一头扎进图书馆，开始一本接一本地读起了骑士小说。他最喜爱的作品是《骑士蒂朗》，认为这是一部文学价值极高的巨著，于是在他来到西班牙、发现《骑士蒂朗》早已被西班牙读者遗忘之时，他用自己的文字宣传起了这部骑士小说。在他的努力下，这本小说最终得以重获关注，甚至在多年之后有了中文译本，而略萨评论它的文字也以《替白骑士蒂朗下战书》（*Carta de batalla por Tirante el Blanco*）为名结集出版。用文学评论的方式来拯救一本图书，这大概是评论家能完成的最伟大的壮举之一了。

我们在上一章中提到，略萨曾表示，他在写文学批评类作品时，能感到自己对笔下的文字有十足的掌控力，他有把握自己写出来的东西可以真正反映出他的想法和信仰，相反，他在写小说或是戏剧的时候就没有那种十足的掌控力，或者说那种根本性的掌控力会弱很多[1]。也就是说，略萨的文学批评并非兴之所至、肆意为之，而是缜密思考的产物。略萨重视小说的内容，认为"现实世界比起小说家编造的生活不知要庸俗多少。优秀的文学鼓励这种对现实世界的焦虑，在特定的环境里也可能转化为面向政权、制度或者既定信仰的反抗精神"[2]，但他同样重视形式，认为"形式就是让虚构凝结在具体作品中的东西"，而"与文学形式相比，主题的分量要小得

1 安赫尔·埃斯特万、安娜·加列戈：《从马尔克斯到略萨》，第 398 页。
2 巴尔加斯·略萨：《给青年小说家的信》，第 9 页。

多"[1]。因此，略萨在《略萨谈马尔克斯：弑神者的历史》《永远的纵欲：福楼拜与〈包法利夫人〉》《古老的乌托邦：何塞·玛利亚·阿格达斯与土著主义文学》《给青年小说家的信》《不可能的诱惑：雨果与〈悲惨世界〉》《虚构之旅：胡安·卡洛斯·奥内蒂的文学世界》等评论作品中论及的如"连通器法""中国式套盒法""质的飞跃""人的物化／物的人化"等写作技巧就成了我们理解略萨本人的文学创作乃至现代小说写作的重要途径。正如略萨在《给青年小说家的信》中所做的结构设计一样，略萨的所有文学评论作品都像是在自问自答，他给自己设问，然后提出虚构文学创作的理念，并最终将之运用到自己的小说创作中。

我们不妨从两个方面解读这种"设问—解答—运用"的模式：(1) 文学创作的宏观态度；(2) 文学创作的微观技巧。鉴于略萨素有"结构现实主义大师"的美誉，其文学创作技巧是学界不断研究探索的重要主题，我们在对其文学创作的宏观态度进行介绍的基础上，将把讲述重点放在对文学创作的微观技巧的讨论上。

在自己的文学评论作品中，略萨不止一次提到了创作虚构文学的态度和理念，总体看来包括：(1) 文学抱负；(2) 小说和现实间的关系；(3) 主题来源。

从文学抱负这一层面来看，略萨一向被看作介入文学的代表人物，他试图以文学为武器，对抗权力滥用及社会不公。早在 1967 年在委内瑞拉首都加拉加斯领取拉美文学最高奖项罗慕洛·加列

1　巴尔加斯·略萨：《给青年小说家的信》，第 19—21 页。

戈斯文学奖时，略萨就给自己的领奖词配上了"文学是一团火"（La literatura es fuego）的标题，他提到："文学是一团火，文学意味着不妥协和反抗，作家存在的理由就是要抗议，要唱反调，要批评。"有必要向这种社会说明："没有中间道路可走，要么是社会一劳永逸地消灭人类这种艺术创造的能力，彻底消灭作家这种社会捣乱分子；要么就允许文学的生存。"[1]

类似的论述在三十年后出版的《给青年小说家的信》中也有提及："文学抱负不是消遣，不是体育，不是茶余饭后玩乐的高雅游戏。它是一种专心致志、具有排他性的献身，是一件压倒一切的大事，是一种自由选择的奴隶制——让它的牺牲者（心甘情愿的牺牲者）变成奴隶。"[2]

从《城市与狗》对秘鲁社会等级观念的刻画，到《酒吧长谈》《公羊的节日》等作品中对拉美独裁政府的描写，到《五个街角》中对腐败政府及其帮凶的抨击，再到《艰辛时刻》对"拉丁美洲是什么时候倒霉的"这一问题的思考，及至《我把沉默献给您》中视艺术为救世利器的思想表达，这种"文学是一团火"的文学抱负始终被略萨视为自己的文学创作准则。在这种文学抱负的指引下，略萨自然对现实主义的创作手法情有独钟，而从不涉猎如幻想文学等与现实保持了一定距离的文学体裁。因此，在略萨看来，"小说和现实之间的关系就是：(1)出发点是真实的现实（我看到的一切），

1　巴尔加斯·略萨：《顶风破浪》，赵德明译，时代文艺出版社，2000年，第68页。
2　巴尔加斯·略萨：《给青年小说家的信》，第11页。

最广泛意义上的生活（我看到的可能是我听到、读到、梦见的）；(2)
但是这个材料从未得到"准确的"讲述，总是"被改变"，"变得完美"，
小说家为现实增加某种变成创作材料的东西，这种增加的因素是其
作品的新奇处，它赋予虚构的现实以自主性，它使虚构的现实和真
实的现实不同[1]。然而，哪怕小说家是靠虚构、靠"谎言"来编织故
事的，略萨也认为这种谎言应该是"以本来面貌出现的谎言"。总之，
在略萨看来，文学创作的源泉应该是现实，而非凭空的假象或虚构。

那么这种作为文学创作源泉的现实具体应从何处寻觅？或者
说虚构文学创作的主题来源为何？略萨也在《给青年小说家的信》
中给了我们答案："至于主题，我认为小说家是从自身吸取营养的，
如同卡托布勒帕斯一样，（……）卡托布勒帕斯是一个从足部开始
吞食自己的可怜动物。从非肉体意义上讲，小说家当然也是在不断
挖掘自己的经验，为编造故事而寻找机会。"[2]也就是说，略萨坚持
认为作家的创作灵感应从自身的生活经历中寻觅。实际上，纵观略
萨的全部小说作品就可以发现，它们的创作灵感来源大概可以分成
两类：或者以略萨本人人生经历为基础，或者以略萨本人搜集资料
和实地考察所获得的材料为依托。但无论是哪种模式，实际上都是
在践行略萨所说的"小说家应当不断挖掘自己的经验"的创作理念。

我们下面重点来看略萨文学创作的微观技巧，首先是我们在
前文中已经有所提及的"全景小说"理念。早在1971年出版的《加

---

1 巴尔加斯·略萨：《无休止的纵欲·致青年小说家》，施康强、赵德明译，时代文艺
   出版社，2000年，第108页。

2 巴尔加斯·略萨：《给青年小说家的信》，第17页。

西亚·马尔克斯：弑神者的历史》中，略萨就提到过"全景小说"的概念。他在评论《百年孤独》一书时，就用到了"全面的现实、全面的小说、全面的材料、全面的形式"等说法，并且说"书中描写了一个封闭的世界，从其诞生至其灭亡，而且描写出了组成这个世界的一切秩序：个人与集体，传奇与历史，日常与神话。从形式上来看，就和填充于其中的内容一样，它的书写与结构也有一种不可重复且自给自足的独特自然性"[1]。在《替白骑士蒂朗下战书》一书中，略萨则更详细地解读了"全景小说"的概念。中文版译者朱景冬在该书的译者前言中说道："作者马托雷尔无所不能，他为他的创作利用了一切；他无所不在，他置身于他的世界最隐秘的地方和最暴露的地方。因此，要将此作归类，略萨认为最确切的概念就只能是'总体小说'，或'全面小说'了。"[2] 实际上，略萨在该书中还分别从技巧和主题两个层面对"全景小说"的概念进行了具体剖析。

在技巧层面，"全面小说"，就是从各个层次、各个角度反映现实的方方面面。正如略萨指出的，"伟大的小说不是抄袭现实，而是把现实分解，再适当地加以组合和夸张。这样做并非为了标新立异，而是为了把现实表现得更富有多面性"。在文章中，略萨以蒂朗到达君士坦丁堡受到皇帝隆重欢迎、蒂朗和卡梅西娜公主恋

1　Vargas Llosa, Mario, *Obras completas VI: ensayos literarios I*, Barcelona: Galaxia Gutenberg, 2006, p.534.

2　巴尔加斯·略萨：《首领们　替白郎·蒂朗下战书》，尹承东、朱景冬译，时代文艺出版社，2000年，第173页。

爱这个情节为例，详细分析了小说的"全面"特点。在他的分析下，这个情节共分为"演说层面""客观层面""主观层面""象征的或神话的层面"这四个方面。然后他总结说："现实就这样在整个情节里蔓延，呈现出组成它的各个层面，这些层面通过突变或飞跃不断变化，彼此丰富。因为每个层面所特有的张力和性质都沿着其他层面流动，就像液体在一组连通管里流动一样，因为在每个层面上发生的事情只有从其他层面的角度去看才可以理解，这种牵制着常规、行为、感受和象征的有力的相互作用把它们变成了一种整体的不可分离的因素。"[1]

在主题上的特点则是："略萨说这部小说'既是虚构的小说也是现实主义小说，既是风俗主义小说也是战争小说，既是宫廷小说也是性爱小说，既是心理小说也是冒险小说，同时是这一切，又不只是这一切。也就是说，它是一部以现实的面貌虚构的小说。'"[2]简而言之，"全景小说"的核心概念就在于"全"字，既是主题的"全"，又是技巧的"全"。如《世界末日之战》这样的小说，不也恰恰"既是风俗主义小说也是战争小说，既是宫廷小说也是性爱小说，既是心理小说也是冒险小说，同时是这一切，又不只是这一切"吗？再考虑到这部小说中平行发展的多条叙事线索、不停切换的叙事视角等写作技巧的运用，是不是可以说《世界末日之战》也可以算得上是"全景小说"呢？

---

1 巴尔加斯·略萨：《首领们　替白郎·蒂朗下战书》，第 173 页。

2 巴尔加斯·略萨：《首领们　替白郎·蒂朗下战书》，第 175 页。

　　我们再来看看前文中已经多次提及的隐藏材料法。如同科塔萨尔的"共谋读者"理论所倡导的一样，略萨也认为作者的职责绝非将故事发展的大小细节全部写出，而应该点到为止，在恰当处留白，留给读者进行想象、参与创作的空间。略萨在《给青年小说家的信》中提到："海明威笔下最好的故事里都充满了意味深长的沉默，即精明的叙述者有意回避的材料，之所以这样处理是为着让无声的材料更加有声并且刺激读者的想象力，使读者不得不用自己臆想的假设和推测来填补故事留下的空白。让我们把这种手法称为'隐藏的材料'吧。"[1]

　　可以说，略萨对于"隐藏的材料"手法的运用是无处不在的。原因之一就是对篇幅的考量，略萨在回答为什么自己要在《酒吧长谈》中以对话串起故事时曾经说道，如果以时间发展顺序把所有细节都正常写出的话，故事将冗长而不可控制。第二个原因则如上述引文中所提到的那样，是"为着让无声的材料更加有声并且刺激读者的想象力"。例如在《城市与狗》中，作为故事高潮和串联全书故事的"奴隶"之死的真实情况略萨从未在书中正面写出，读者只能不断通过作者留下的蛛丝马迹进行猜测。值得注意的是，隐藏材料法又可分为两种：作者会在作品中的某处揭示出答案的部分隐藏法，以及不在作品中揭露答案的全部隐藏法。刚才提到的《城市与狗》中"奴隶"之死的情节便属于全部隐藏法。略萨的《谁是杀人犯？》一书的开头便是对一具可怖尸体的描写："他妈的，这

1　巴尔加斯·略萨：《给青年小说家的信》，第 123 页。

些婊子养的！"利杜马嘟嘟哝哝地说道，他感到自己恶心得快要吐出来了，"瘦子啊，瞧他们把你折磨的这副样子。"

> 那年轻人被绞死在一棵豆角树上。身体被穿在树枝上，姿势极为难看，与其说是一具尸体，不如说是一个被剖了腹的稻草人，或是双腿被劈开的狂欢节用的纸人。在杀死他之前，也许是在杀死他之后，那些人极为残酷地折磨了他。鼻子、嘴都打裂了，浑身都是血痂，青一块，紫一块，抓痕满身，到处是香烟烫的痕迹，更有甚者，利杜马发现凶手们还企图阉割他，因为尸体的睾丸一直垂到腿际。尸体赤着双脚，下半身光着，上身的背心也被撕得一缕一缕的。死者很年轻，身材细长，皮肤黝黑，瘦骨嶙峋。一群苍蝇在他的面孔周围飞来飞去，显露出死者那漆黑的鬓发。一个小孩放牧的几只山羊也挤在周围，在那片空地上刨石寻食。利杜马想道：这几只山羊随时都会啃到尸体的双脚。[1]

作者通过对可怖尸体的形象的描写，成功吸引了读者的注意，引发读者自问：死者是谁？凶手是谁？为何要以这种方式行凶？这些问题的答案均在小说开头被作者刻意隐去，却均会在下文中一一揭晓，这便是部分隐藏法。

再来说所谓的"连通器法"。就是"在一个场景里，发生了两

---

[1] 巴尔加斯·略萨：《谁是杀人犯·叙事人》，孙家孟译，时代文艺出版社，1996年，第7页。

件（甚至三件）不同的事情，被用交叉的方式叙述出来，互相感染，又在一定程度上互相修正。在这种结构中，这些不同的事件因为是连接在一个连通器系统中，就会互相交流经验，并且在它们中间建立起一种互相影响的关系；有了这种关系，这些事件就融合在了一个统一体中；这个统一体把这些事件变成区别于简单并列故事的某种东西。当这个统一体成为某种超越组成这个情节的各部分之和的时候，就有了连通器"。[1]

对于"连通器法"最好的应用无疑是略萨在《酒吧长谈》一书中设置的四组对话：圣地亚哥和安布罗修的对话、圣地亚哥和卡利托斯的对话、安布罗修和堂费尔明的对话，以及安布罗修和盖姐的对话。这四组对话就如同四组连通器，将全书诸多的人物、纷乱的时间乃至现实与过去的交错时空连接到了一起，不仅缩减了原本难以掌控的小说篇幅，更增添了小说的可信度。让我们来看看《艰辛时刻》中运用连通器法的一个例子：

> 现在可以了，已经六点整了。就在此时，用指关节轻轻敲门的声音传了过来。元首的助手之一、脸上始终挂着谦卑微笑的克里索斯托莫抬起了长满银发的头颅。
>
> "是阿贝斯·加西亚吧？"元首说道，"让他进来吧，克里索斯托莫。"
>
> 过了一小会儿，那人走了进来，他走路的方式还是像以

---

[1]　巴尔加斯·略萨：《给青年小说家的信》，第137页。

前一样奇怪，就好像是某只脚脱臼了似的，似乎每走一步都有断掉的危险。他穿着格子外衣，打着条有点滑稽的红色领带，鞋子则是棕色的。真得教教这家伙怎么穿衣打扮才行。

"早上好，陛下。"

"坐吧，"特鲁希略下了命令，然后立刻进入正题，"我叫你来是要交给你一项非常重要的任务。"

"听您吩咐，陛下。"阿贝斯·加西亚的嗓音倒堪称完美：是当过播音员的缘故吗？也许是的。元首知道这事有段时间了，阿贝斯·加西亚曾经在一家该死的电台里当播音员，还喜欢评论时事。他真的入了红玫瑰十字会吗？这意味着什么呢？好像他用来擦鼻子的那条红手帕就是那个教派的东西。

"一切都按计划进行，陛下，"卡斯蒂略·阿马斯上校说道，"就差华盛顿那边发出开始行动的指令了。我召集了大批人马。我们在尼加拉瓜索摩查总统提供的庄园和小岛上训练。洪都拉斯也有我们的人。我们本打算在萨尔瓦多也部署人手，但是奥斯卡·奥索里奥总统有些犹豫，还没给我们答复。不过，美国人已经在向他施压了。现在我们最需要的就是现金。在这方面，美国的那群清教徒们有些抠门。"

他笑了，特鲁希略看到那个危地马拉人微微咧开嘴巴，露出了牙齿，没出声地笑。他那老鼠般的眼睛里闪过一丝喜悦的光芒。

"是关于那个婊子养的卡斯蒂略·阿马斯的任务，"特鲁希略说道，一提起他的敌人，他的眼睛里就开始射出寒光，"由于我的帮助，他已经在位两年多了，可是他答应我的事情一件都没做。"

"您只管吩咐，我一定照做，陛下，"阿贝斯·加西亚点了下头，说道，"我会把该做的事情做好的。我保证。"

"你会以陆军武官的身份被派往危地马拉。"特鲁希略盯着他的眼睛说道。

"陆军武官？"阿贝斯·加西亚吓了一跳，"可我不是军人，陛下。"

"从今年初开始你就已经是了，"特鲁希略说道，"我把你编入军队了，军衔是上校。证件都在这里。咱们的大使莫里略·索托会在那边接应你，我想你是知道他的。"

他看到阿贝斯·加西亚的眼神由惊讶转为喜悦、满足和惊奇。他像狗一样表达出谢意。天啊，这个可怜的魔鬼竟然穿了双蓝袜子。那也是红玫瑰十字会信徒的习惯吗？把彩虹上的所有颜色都融入穿衣打扮中去？

"你需要的武器我都可以提供给你，"特鲁希略对那个危地马拉人说道，就像是在谈论某件无足轻重的事情，"你要的现金也是一样。你已经知道了，我提前在那个袋子里给你准备了六万美元的小见面礼。不过我还是要给你一个建议，上校。"

"当然，当然。洗耳恭听，陛下。"

"不要再和伊迪戈拉斯·富恩特斯将军较劲了。你们应该体谅对方。别忘了，你们现在可是一条绳上的蚂蚱。"

"完全同意，陛下。"卡斯蒂略·阿马斯低声说道，他没想到一切会来得如此容易。他本以为自己得向特鲁希略逢迎拍马、虚与委蛇，就算不必痛哭流涕，也得摇尾乞怜。"蜘蛛"在指令上盖了印章。"我知道你们是朋友。问题在于伊迪戈拉斯将军总喜欢在我背后耍手段。不过我向您保证，我们最终会互相理解的。"

元首微笑了一下，对这位危地马拉军人的回复表示满意。

"我只希望你在大权在握之后做三件事。"他一边打量着上校穿的便服，一边说道。

"全都照做，陛下。"卡斯蒂略·阿马斯打断了他。他一脸怪相，就像是在做鼓动性演说："我谨代表危地马拉和自由军，真诚地感谢您提供给我们的慷慨无私的帮助。"

"我一离开这里就收拾行囊，陛下，"阿贝斯·加西亚说道，"我去过危地马拉，在那里有些熟人。卡洛斯·加塞尔就在那边，就是那个在墨西哥帮过咱们的古巴人。您还记得吗？"[1]

这个场景中，略萨巧妙地使用了连通器法，以元首特鲁希略会见某人为连通器的连接点，将他召见手下阿贝斯·加西亚的场景与发生在之前的他与危地马拉叛军首领卡斯蒂略·阿马斯会面的场景联系到了一起，使读者如玩解谜游戏一般思考，在拼凑出全局后恍然大悟，既了解了两场见面各自的内容，又清楚了这两个事件

---

1 巴尔加斯·略萨：《艰辛时刻》，侯健译，人民文学出版社，2023 年，第 55—57 页。

之间的联系，即卡斯蒂略·阿马斯答应特鲁希略的诸多要求，换取后者对叛军的支持，希望以此推翻危地马拉政府，可在夺取政权后，卡斯蒂略·阿马斯却没有履行承诺，特鲁希略因而大怒，召见阿贝斯·加西亚，希望把后者派去危地马拉，执行铲除卡斯蒂略·阿马斯的秘密任务。连通器法的使用节约了篇幅，加快了叙事节奏，也推动了接下来情节的发展。

我们再来看看中国套盒法。所谓中国套盒法，实际上就是在一个故事中套着另一个（甚至多个）故事。"大套盒里容纳形状相似但体积较小的一系列套盒，大玩偶里套着小玩偶，这个系列可以发展到无限小。但是，这种性质的结构：一个主要故事生发出另一个或者几个派生出来的故事，为了这个方法得到运转，而不能是个机械的东西（虽然经常是机械性的）。当一个这样的结构在作品中把一个始终如一的意义——神秘，模糊，复杂——引入故事并且作为必要的部分出现，不是单纯的并置，而是共生或者具有迷人和互相影响效果的联合体的时候，这个手段就有了创造性的效果。"[1]

略萨对于这种手法的运用同样娴熟，如在《城市与狗》中，在塑造士官生们集体生活的同时夹杂着对不同士官生的私人生活的描写，甚至有时让读者难以猜到真正的叙事者是谁；再如《五个街角》中，政府高官蒙特西诺斯的故事、秘鲁中上层阶级糜烂私生活的故事、《大曝光》杂志的故事、潦倒表演家的故事相互交融、环环相扣。这些都是略萨对"中国套盒法"技巧应用的典型案例。

---

1 巴尔加斯·略萨:《给青年小说家的信》，第 113—114。

在《无休止的纵欲》一书中，略萨提到了"人格化的事物"在虚构文学创作中的作用："虚构的现实中的某些东西为什么像有血有肉的真人那么清晰，那么诱人地保留在记忆中呢？因为它们源于没有生气的、死气沉沉的世界，上升到了高位；它们具有无可猜疑的品格，譬如一种隐秘的心理，一种传递信息、激起感情的能力。"[1]略萨在这本分析《包法利夫人》的著作中列举了多个"人格化的事物"的例子：夏尔的鸭舌帽、婚礼来宾的服饰、鲁道尔夫的情书、包法利夫人偷情时乘坐的出租马车等。这些事物都如鲜活的角色一般，推动了故事情节的发展，给予了读者极深的印象。一个很好的例子就是《城市与狗》中的母狗玛尔巴贝阿达，它不仅在精神上成了士官生博阿的陪伴，甚至从作者的描写中我们可以猜到很可能博阿与这只母狗还发生过肉体上的关系（"隐藏的材料"的又一例证），可以说母狗玛尔巴贝阿达已经完全"人格化"了。

与"人格化的事物"相对应的是"事物化的人"的概念，略萨认为："在许多时候，当描写人的外部特征时，赋予人以一种物质的形式，一种平静而沉默的状态，把人变成了事物。但是，纯粹的肉体外表和内心的掩饰还不够；人的事物化主要是一种辅助的方法的结果。这种方法就是肢解人体，只描写人的一部分或几个部分，省略其他部分：那些零散物件——一般地说是面孔、头部，但是也有双手和躯干——由于叙述者的描写外科手术而脱离人的结构，作为占统治地位的个体或唯一的物质价值出现，它们不再生活，变

---

[1]　巴尔加斯·略萨：《无休止的纵欲·致青年小说家》，第110页。

成了没有生气的人，近乎无生命的东西。"[1]

《世界末日之战》开篇对劝世者的描写无疑是"事物化的人"的技巧的极佳体现。在那段描写中我们可以读到，劝世者"似乎让人看到的只是他的侧面"，"双眼里却燃烧着永不熄灭的火花"，而人们"很难猜出他的年龄、出身与来历"，即使他一言不发，他的身上却也"总有某种东西吸引着人们"。通过这样的描写，劝世者的人性特点被削弱了，似乎物化了、神化了，这也为书中劝世者最终能成为起义军精神领袖找到了合理的解释。

在《无休止的纵欲》中，略萨还将虚构文学中的时间分成了四类：简单时间或具体时间、循环的时间或重复的时间、静止的时间、想象的时间。限于篇幅，我们无法展开解释各种时间的作用，不过，我们在讲解博尔赫斯的《秘密的奇迹》时已经提及了想象的时间及静止的时间，在讲解马尔克斯的《百年孤独》时，也提到了循环的时间或重复的时间。值得注意的是，时间也好，空间也罢，在同一部作品中往往有多种表现形式，只有一种时间或空间存在的虚构故事还是很罕见的。在《绿房子》中，略萨在描写丛林中发生的故事时就主要使用了"简单时间"，也穿插使用了"循环时间"和"静止时间"来时不时地打断事件的进行，这种设置主要是为了突显丛林和皮乌拉的差异。

略萨认为，叙事空间的变化主要是通过叙事者的切换来实现的。如果用"我"，则叙事者处于空间之内，不断与故事中的人物

1　巴尔加斯·略萨：《无休止的纵欲·致青年小说家》，第114页。

进行交往；如果用"他"，则叙事者处在叙事空间之外，如万能的上帝，可以看到一切；如果用"你"，则这个你既可能是一个无所不知的叙述者，也可能只是这个叙述者一种分裂出来的意识。我们刚才已经指出了，叙事空间或叙事者在同一部作品中往往也具有多种形式，处于不断变换之中。我们来看看《酒吧长谈》的开头第一段部分内容中叙事人称的变化：

圣地亚哥站在《纪事》报社的门口，漠然地向塔克纳路望去：一辆接一辆的小汽车、参差错落的褪了色的建筑物，仿佛在浓雾中飘荡的霓虹灯广告架。这是一个灰蒙蒙的中午。**秘鲁是什么时候倒霉的？** 车辆在威尔逊路口的红灯下停了下来，几个报童在汽车中间转来转去叫卖晚报。圣地亚哥迈开脚步，朝哥尔梅纳路走去。他双手插在衣袋里低头走着，身前身后都是行人，这些人都是到圣马丁广场的。**小萨，你就像秘鲁一样，也是在某个时候倒霉的。** 圣地亚哥想道：**我到底是什么时候倒霉的呢？** 到了克利伊昂饭店对面，一只狗跑过来舔他的脚。**去，滚开，你要是条疯狗可怎么办？** 他想道：**秘鲁算是倒霉了，卡利斯托也倒霉了，一切全完蛋了，毫无办法。**[1]

在这段引文中，仿宋字体的文字表示常规的第三人称上帝视

1　巴尔加斯·略萨：《酒吧长谈》，孙家孟译，人民文学出版社，2022年，第23页。

角，楷体文字表示难以区分是上帝视角还是主人公小萨的第一人称视角，黑体文字则表示主人公小萨的内心独白，即第一人称视角。可以看出，短短几行文字，叙事视角就在不断变化，它就像摄像机镜头一样，把我们这些读者同故事的距离或拉近或拉远，让我们生出不同的阅读感觉。

略萨的文论作品数量多且质量高，且往往与其本人的虚构文学创作形成"设问—解答—运用"的良性循环关系。他本人对这些技巧的运用早已到了炉火纯青的地步，大家可以找来略萨的作品读一读，或对照我在 Bilibili 上录制的三期讲解小说叙事技巧的视频进行学习。就像前文指出的那样，这些技巧绝不仅仅属于略萨，而是被自福楼拜以降的小说家们普遍使用的写作方法，掌握了它们，对于我们理解现代小说而言有巨大的裨益。

推荐阅读

巴尔加斯·略萨：《给青年小说家的信》，赵德明译，人民文学出版社，2021 年

巴尔加斯·略萨：《普林斯顿文学课》，侯健译，人民文学出版社，2020 年

巴尔加斯·略萨：《略萨谈博尔赫斯：与博尔赫斯一起的半个世纪》，侯健译，人民文学出版社，2022 年

巴尔加斯·略萨：《略萨谈马尔克斯：弑神者的历史》，侯健译，人民文学出版社，2024 年

安赫尔·埃斯特万、安娜·加列戈：《从马尔克斯到略萨：回溯"文学爆炸"》，侯健译，生活·读书·新知三联书店，2021 年

阿玛斯·马塞洛：《写作之癖：巴尔加斯·略萨的人生与创作》，侯健译，生活·读书·新知三联书店，2024 年

16

现实与幻想的交织
卡洛斯·富恩特斯与何塞·多诺索

我们已经知道，对于"文学爆炸"的起源时间，存在多种看法，其中一种看法与我们之前讲述的不同，它认为"文学爆炸"产生于1958 年，是随着墨西哥作家卡洛斯·富恩特斯的《最明净的地区》的出版而发生的[1]。我们姑且不在这个尚无定论的问题上过多停留，但我们能从这样的论断中看出富恩特斯在拉美文坛的重要影响力。

富恩特斯出生于 1928 年，比马尔克斯小一岁，但是很多资料显示马尔克斯也出生于 1928 年，这是不准确的。据说略萨在出版研究加西亚·马尔克斯的著作《弑神者的历史》后曾经被马尔克斯的父亲责问，为何要把他的儿子的出生年份写成 1928 年，略萨自然是一头雾水，他说这个信息是马尔克斯本人告诉他的。许多人认为，马尔克斯曾刻意把自己的出生年份推后一年，以让自己在发生

1 Shaw, Donald L., *Nueva narrativa hispanoamericana: boom, postboom, posmodernismo*, Madrid: Cátedra, 2008, p. 108.

香蕉工人屠杀事件的 1928 年出生，毕竟这是《百年孤独》里的重要桥段，这样的巧合肯定更有噱头。不过，富恩特斯是真真正正出生于 1928 年的，他的生日是 11 月 11 日。

富恩特斯虽然是墨西哥作家，却出生在巴拿马城，因为他的父亲是墨西哥驻巴拿马使馆的外交官，换句话说，富恩特斯出身名门，家境优渥，这是与大多数拉美作家不同的一点。我们看"文学爆炸"四主将中其他三位的人生经历就会发现，虽然他们并非出自贫苦家庭，但都体验过贫困潦倒的生活。可富恩特斯不同，他从小就随父亲游历世界各国，拓宽视野，增长知识，而且年纪轻轻就展现出了极高的写作天赋，十二三岁时就创作了数篇短篇小说，并且发表在了智利国立学院的校刊上。1950 年，富恩特斯从墨西哥国立自治大学法律系毕业，赴日内瓦深造，同时作为墨西哥代表团成员，在国际劳工组织工作，从此开始外交官生涯，业余从事文学创作。由于在文学创作上的成就，他获得了包括罗慕洛·加列戈斯文学奖、塞万提斯文学奖在内的诸多重量级文学奖项。2012 年，富恩特斯病逝于墨西哥城，墨西哥以国丧礼遇向其致敬。

令富恩特斯一举成名的正是我们刚才提到的《最明净的地区》，这也是他的首部长篇小说，出版于 1958 年。所谓"最明净的地区"，实际上出自 19 世纪德国著名地质学家亚历山大·冯·洪堡之口。他在考察了墨西哥盆地后对那里明净的空气、宜人的气候赞叹不已，认为那里是举世无双的"最明净的地区"。富恩特斯以此语作为这部小说的书名，起到了强烈的讽刺作用。因为随着城市化和工业化的迅猛发展，生态污染日趋严重，"最明净的地区"早已不再明净，这是自然风貌上的问题。同时，这部小说借用了美国作家多斯·帕索斯的群像式写作方法，小说没有固定的核心人物，而是刻画不同阶层的不同人物，广泛展现了墨西哥城中上阶层的腐化风貌，揭露了墨西哥恶浊的社会风气。墨西哥的社会环境更无"明净"可言，政治投机分子和达官贵人们把它搞得乌烟瘴气。从外部环境，到内部本质，墨西哥都不再明净了，都污浊不堪了。正如富恩特斯本人所言，这部小说是"一个城市的传记，一部现代墨西哥的总结"。《最明净的地区》出版后不久，富恩特斯就公开表示："对于我们这些拉丁美洲作家而言，最基本的问题就是超越'pintoresquismo'的写法。"[1] "pintoresquismo"是何意呢？就是一种追求"如画、优美、生动"的写法，这恰恰是新小说出现之前的拉美小说所追求的东西。尽管新小说依然出现，尽管如奥内蒂、博尔赫斯、卡彭铁尔、鲁尔福等作家已经在小说领域进行了大胆的新尝试，但那样的写法彼时依然是拉美文学中根深蒂固的存在。这一与传统决裂的大胆宣言恰恰表现出了富恩特斯勇敢无畏的个性及敏锐的文学洞察力。他已经发现，所谓的传统已经成了束缚拉美小说发展的拦路虎，拉美小说要进步，就必须革新。

1962 年出版的《阿尔特米奥·克罗斯之死》是令富恩特斯获得爆炸性的国际声誉的作品，我认为这是一部超越了《最明净的地区》的高水平作品。与描写墨西哥社会群像的《最明净的地区》不同，

---

1 Shaw, Donald L., *Nueva narrativa hispanoamericana: boom, postboom, posmodernismo*, p. 109.

《阿尔特米奥·克罗斯之死》聚焦一个人物的命运，展现墨西哥革命中及革命后的墨西哥，通过描写阿尔特米奥·克罗斯的一生，概括 20 世纪墨西哥的历史进程。通过这两部小说我们已经可以看出，富恩特斯堪称 20 世纪墨西哥的最佳描绘者。同"文学爆炸"其他几位主将的代表作一样，《阿尔特米奥·克罗斯之死》在结构上也进行了大胆的创新。小说以倒叙的手法开始讲述故事，在临终前的十二个小时里，阿尔特米奥·克罗斯追忆了他一生的关键时刻。每个时刻他都面对几种选择，而他做出的每一种选择都要付出极大的代价。如果他在某个时刻做出相反的选择，他的将来就会非常不同。这似乎很有博尔赫斯《小径分岔的花园》的味道，但是更显悲壮。

这部小说的故事梗概如下：阿尔特米奥·克罗斯年出生在海湾附近一座咖啡园的一幢茅屋里，但被双亲抛弃，由舅父卢内罗抚养成人。墨西哥革命爆发后他参加了革命军，不久升为军官。在这期间，他同雷希娜有过一段短暂的恋情，但他后来被捕，再也没有和她重逢。在被处决前，他打死了上校，获得了自由。后来他按照他的战友贡萨洛·贝尔纳尔生前的意愿，去他家看望他的父母，把他的死讯告诉了他们。他受到贝尔纳尔一家的热烈欢迎，并很快博得他们的女儿卡塔利娜的好感和爱情。结婚后，他代替她父亲管理家产，随后又不择手段地占有了周围大片的土地，成为称霸一方的大地主。他不满足于地方上的权势，没过多久就变成了墨西哥城的巨商，当上了国会议员。他的儿子洛伦索是他的欢乐、他的希望、他的青春和精神的象征，但是洛伦索后来奔赴西班牙战场，与共和派并肩战斗，不幸阵亡。得知这一消息后，克罗斯一蹶不振，醉生梦死地消磨岁月。他的婚姻早已无爱可谈，夫妻之间的怨恨日深一日，卡塔利娜不得不带着女儿特雷莎离开他。他不甘寂寞，和情妇利莉娅一起到处抛头露面。对他来说，生活已毫无意义可言。他变得愈来愈不顾廉耻，愈来愈专横，结果人们连他的名字也不屑一提。事实上，对他来说，除了死亡，他已一无所有。最后他病魔缠身，等待死神的来临。[1]

　　我还记得有个故事，据说有一年，北京召开外国文学方面的研讨会，会上有位英语文学的学者表示，某位英语作家首创了在同一部小说里同时使用第一、第二、第三人称进行叙事的方法，结果西班牙语界的专家提出异议，表示这种写作手法早在 1962 年就被墨西哥作家卡洛斯·富恩特斯用在《阿尔特米奥·克罗斯之死》中了。说实话，当年阅读这部小说时，这种写法的确令我印象深刻。我们来看看下面三个片段，就能明白这样讲故事的巧妙之处了：

　　　　我醒了过来……把我弄醒的是同我的身体接触的这件冰冷的东西。我原先不知道，有时人是会不由自主地撒尿的。我眼睛仍然闭着。连最近处的人声也听不到。我睁开眼睛是不是就听得到呢？……但是我的眼皮沉重得很；是两块铅，舌头上是一些小钢币，耳朵里是槌子在敲打，呼吸当中有一种……一种像是生锈的银子似的东西。金属，这一切全是金属，又是矿物质。我不知不觉地撒了尿。（我曾经失去了知觉，现

1　朱景冬、孙成敖：《拉丁美洲小说史》，第 428—429 页。

在猛然记起来了）也许在这些钟点当中，我不知不觉吃过些东西。因为刚刚天亮时我伸出了手，把电话扔掉（也是无意中扔掉的），扔在地上，脸朝下扑在床上，胳膊下垂着：手腕上的血管痒痒的。现在我醒过来了，但我不愿睁开眼睛。[1]

你已经不知道了。你已经不认识你这天晚上打开了的心脏，你的打开了的心脏……他们说"手术刀，手术刀"……我可是听着的，你已经不知道时，你还未知道时，我仍然是知道的……我从前是他，今后就是你……我在玻璃的深处，在镜子后面，在你和他的深处、下方、上方听着……"手术刀"……他们把你打开了……他们把你烧灼……他们打开了你的腹壁……找到了肚子里的这种液体……他们分开了你的腹壁……[2]

（一九二七年十一月二十三日）他那一双碧绿的眼睛瞧向窗外，对方问他是不是要点什么东西，他只是眨眨眼，一双碧绿的眼睛又瞧向窗外。到这时候对方直保持着十分的安宁，现在却猛然从腰带上拔出那支手枪，啪的一声放在桌子上。他听到了玻璃杯和瓶子震动的响声，把手伸了过去，但是对方已经在微笑。他还没来得及体会这种突如其来的动作，来

1　卡洛斯·富恩特斯：《阿尔特米奥·克罗斯之死》，亦潜译，外国文学出版社，1983 年，第 1 页。

2　卡洛斯·富恩特斯：《阿尔特米奥·克罗斯之死》，第 325 页。

不及给这一碰击以及对于这些蓝玻璃杯和白瓶子起的作用在
他的胃里引起的肉体感觉取个名称，对方已经微笑起来。小
巷里，一辆汽车在嘘声和骂骂咧咧声中飞驰而过，车的前灯
照亮了对方圆圆的脑袋。对方把左轮手枪的子弹滚轮转了一
下，让他看清，只有两颗子弹，然后又把滚轮转了一下，手
指扣上扳机，把枪口对准自己的太阳穴。他努力想把视线移开，
但是这个小房间里没有一处可以把注意力固定的地点。[1]

我们在上一章中已经提到，叙事视角或者说叙事人称的转变
是现代小说最常用的写作技巧之一，它可以把读者的距离与故事内
容或拉进或推远，让我们更好地融入故事之中，这也是我们在欣赏
文学作品时应该留意的重要内容。对于创作文学作品来说，作家花
费心思最多的往往不是构思情节内容，而是斟酌包括叙事者在内的
叙事技巧。在《阿尔特米奥·克罗斯之死》中，随着"你""我""他"
叙事视角的变化，我们一会儿进入主人公主观的内心世界，近距离
感受他的喜怒哀乐，一会儿化身质问他、批判他、评价他的外部人
士，"你"这个呼语可能出自外人，也可能出自主人公自己，随着
叙事视角转为"他"，我们又化身成了无所不知的上帝视角，许多
主人公无法了解、无法说出的信息也就都可以被我们得知了。

除了《最明净的地区》和《阿尔特米奥·克罗斯之死》，就在近年，
富恩特斯的另一部重量级长篇小说，曾被认为很难被译成中文的

1　卡洛斯·富恩特斯：《阿尔特米奥·克罗斯之死》，第123页。

《我们的土地》也有了中文译本，这对于我们这些中国读者来说无疑是一大幸事。可以说，《我们的土地》是作者小说中最宏伟和最复杂的一部。中文版译者林一安曾坦言：

> 读富恩特斯的这部卷帙浩瀚的长篇小说（1968年动笔、1974年写毕、1975年面世），无论对我们中国的读者，还是对西班牙语国家的读者，抑或其他国家的读者，都是一个视觉、知识和耐心的巨大冲击和挑战。没有健康的眼力、丰富的知识和足够的耐心，是不可能卒读的。作家创作的小说以及译者完成的版本，当然衷心希望问津者多多益善。完成这项折合中文洋洋近百万字的巨大工程，译者必须面对三大挑战：语言文字的挑战（作品中，除了西班牙文原文，还有英文、法文、德文、希伯来文、拉丁文、哥特文，甚至墨西哥土著民族语言纳瓦特尔语以及文字游戏般的回文）；写作手法的挑战（作家要求读者，自然也包括译者，了解甚至熟悉世界文学和历史，特别是西班牙及拉丁美洲文学和历史，因为他在作品里引用或模仿了不少世界文学著名作家如塞万提斯、普鲁斯特、乔伊斯、雨果、卡夫卡、博尔赫斯、加西亚·马尔克斯、科塔萨尔、巴尔加斯·略萨、卡彭铁尔等的句型、段落乃至手法。作家甚至还多处引用了历史人物如阿兹台克皇帝蒙特苏玛当年向西班牙殖民军首领、墨西哥征服者科尔特斯说的话，等等。）；宗教（基督教、天主教、伊斯兰教、佛教等）、军事、宫廷、医药、狩猎、习俗、神话、圣经、文学、

哲学、绘画、历史、地理、数学、物理、天文、动植物等知识层面的挑战。[1]

　　《我们的土地》由三部分组成：旧大陆、新大陆、另一个大陆。分别对应欧洲、美洲和乌有之地三个地点，以及 1521 年、1492 年和 1598 年三个年份。此外，小说里还有三个"每只脚有六个脚趾，背上有肉十字"、在灾难角被发现的关键人物。按照卡彭铁尔的说法，《我们的土地》是"一部集古典、现代和有史以来西语文化所有关键因素于一身的巨制"。这部作品内容丰富，具有象征意义的事件和人物繁多，成为当代拉美兴起的新小说的一个典范。像我们在下文中将会讲到的智利作家何塞·多诺索的《淫秽的夜鸟》一样，《我们的土地》也是对不正常的世界秩序进行尖锐针砭的作品。"作者象征性地写道，基督、菩萨和自由神在每个时代都要重来，但也总是失败。不可能统一，没有一体，只有二元，处在永恒的斗争中。希望即使存在也是微小的，这正如小说最后描写的那样：一位雌雄同体的新亚当重新创造了人种。"[2]

　　此外，《我们的土地》还有浓郁的魔幻现实主义色彩，举个例子，作者在书中写到了疯女胡安娜，说她由于"残臂缺腿，总是待在一辆小推车上，让一个畸形的矮女人推来推去。有一次，费利佩国王派人把她封闭在墙壁里。过了几百年后，她仍然活着。这种荒诞不

1　卡洛斯·富恩特斯：《我们的土地》，林一安译，作家出版社，2021 年，第 1016 页。
2　朱景冬、孙成敖：《拉丁美洲小说史》，第 435 页。

经的描写，给人一种似是而非、扑朔迷离的感觉。作者描写这种
人鬼不分的现象，并非出于迷信或故弄玄虚，而是来自印第安人对
待生死的传统观念。根据这种观念，肉体虽死，灵魂仍在，它会
像幽灵那样活在世上，甚至以活人的形式出现和活动；生与死之
间并无绝对界限，生命仍然在死亡中延续"[1]。是不是很像我们在之
前的章节中讲到过的《佩德罗·巴拉莫》？不要忘记，富恩特斯和
鲁尔福都是墨西哥作家，都继承了墨西哥的文化传统和习俗信仰，
有评论家甚至将富恩特斯、鲁尔福和奥克塔维奥·帕斯并称为 20
世纪下半叶墨西哥文坛"关键三角"[2]。正像我们在前文中讲述的那
样，大家可以看到，魔幻和现实是拉美文学最重要的两条发展路径，
不过能同时将这两种写作风格都运用得炉火纯青的作家并不多见，
富恩特斯一定算是其中一位，他的《奥拉》《查克·莫尔》等也都
是带有魔幻现实主义色彩的名篇。

　　自 1987 年推出《克里斯托瓦尔·诺纳托》开始，富恩特斯开
启了所谓的"时间时代"（La Edad del Tiempo）的系列小说的创作，
这一计划也获得了墨西哥小说家阿古斯丁·亚涅斯的支持。富恩
特斯曾指出，此计划预计包含二十一部作品，这些小说之间不见
得有情节内容上的联系，但都紧扣主题，体现"时间"和"时代"
这两个关键词。有评论家指出，"时间时代"的命名十分准确，它
既指代历史时间，关注墨西哥乃至拉丁美洲充满鲜血、暴力和死亡

1　朱景冬、孙成敖：《拉丁美洲小说史》，第 435 页。
2　Oviedo, José Miguel, *Historia de la literatura hispanoamericana*, tomo IV , p.302.

的历史，也指代神话时间，在人类神话中，毁灭往往也意味着新
生[1]。带着这样的思想去阅读富恩特斯的作品，我们能够更加深入地
理解它们的精神内涵。

此外，我们还应该注意，与巴尔加斯·略萨一样，富恩特斯
还是位非常出色的文学评论家、散文家。他的代表性评论作品有：
《西班牙语美洲新小说》（1969）、《塞万提斯或阅读的批评》（1976）、
《勇敢的新大陆》（1990）、《伟大的拉丁美洲小说》（2010）等。早
在 1969 年，富恩特斯就凭借《西班牙语美洲新小说》给"文学爆炸"
或者说拉美新小说定了性，由此可以看出他老到的文学眼光。《勇
敢的新大陆》早在 19 世纪八九十年代就曾被列入云南人民出版社
的经典丛书"拉丁美洲文学丛书"，由于 1992 年我国加入国际版
权公约，包括这本书在内的两本文论作品在当时未能出版，不过这
部作品在近年已经被译成中文出版了，可以说弥补了富恩特斯译
介史上的小遗憾。另外，《塞万提斯或阅读的批评》也在不久前
推出了中文版，相信我国读者可以在未来更全面地读到富恩特斯
的作品了。

＊　＊　＊

我们一直在强调"文学爆炸"有四大主将，不过"文学爆炸"
还有第五把交椅，一会儿是阿根廷作家埃内斯托·萨瓦托来坐，一

1　Oviedo, José Miguel, *Historia de la literatura hispanoamericana*, tomo IV , p.303.

会儿是何塞·多诺索来坐。我们刚才还提到，富恩特斯是将现实与
幻想结合得十分出色的拉美作家，何塞·多诺索实际上也是这样
的作家，那么我们把目光从墨西哥移向南方的智利，看看何塞·多
诺索的创作情况。

尽管多诺索时不时会坐上"文学爆炸"第五把交椅，不过他
本人却曾声称自己是"文学爆炸"之子。他认为在自己的文学生
涯中最重要的事件就是在 1961 年阅读了富恩特斯的《最明净的地
区》，甚至有评论家认为可以将多诺索的作品以 1961 年为界，划
分为两个阶段。在这两个阶段中，多诺索作品最明显的差异不在
于内容或主题，而在于叙事技巧[1]。我们曾经在之前提到过记录"文
学爆炸"作家群体交往过程的《"文学爆炸"亲历记》，这部作品
是喜爱那段文学史的拉美文学爱好者的必读书，不过多诺索最重
要的身份还是小说家，他的第一部小说出版于 1956 年，题为《加
冕礼》，显然是技巧革新前的作品，但在文学史上依然占据重要地
位。乌拉圭著名文学评论家罗德里格斯·莫内加尔就认为《加冕礼》
和富恩特斯的《好良心》是西班牙语美洲最后两部加尔多斯式（指
西班牙著名现实主义作家贝尼托·佩雷斯·加尔多斯）的作品，或
者说狄更斯式的作品[2]。

《淫秽的夜鸟》是多诺索公认的最重要的作品，我们在前文讲

1　Shaw, Donald L., *Nueva narrativa hispanoamericana: boom, postboom, posmodernismo* , p.
　176.

2　Shaw, Donald L., *Nueva narrativa hispanoamericana: boom, postboom, posmodernismo* , p.
　177.

述《我们的土地》时曾经提到了这本小说。遗憾的是，由于种种原因，这部小说在被译成中文时，书名被改成了《污秽的夜鸟》，一字之差，意思大不相同。实际上，这本书的书名来自美国哲学家和心理学家威廉·詹姆斯写给两个儿子的信，他说："每个有头脑的少年都开始感到生活并非儿戏，也绝非一场高雅的喜剧，恰恰相反，生活是无数植根于悲惨深渊之中滋生的花朵和果实。对于每个具有精神生活的人来说，他所继承的天赋遗产是一片未经开发的原始森林，那里有野狼在嚎叫，淫秽的夜鸟在哀鸣。"[1]可以看出，这段引文与成长和精神生活息息相关，这实际上也是整本小说的重要主题。

这部具有魔幻现实主义风格的小说的情节是这样的："主人公翁贝托·佩尼亚洛萨出身卑微，早年丧母，成了孤儿，经常受人欺侮。为出人头地，长大后当了有钱有势的参议员堂赫罗尼莫的私人秘书。参议员和美如天仙的女人伊内斯结婚后没有子女。翁贝托总是陪伴着参议员，无论在他面临危险还是沉浸在幸福的时刻。他暗恋貌美的伊内斯，由于嫉妒而密切监视着她。在巫婆佩塔·蓬塞的蛊惑下，他终于在她家和她幽会。但是她只承认他是个男人，不承认他的身份和面孔。翁贝托不胜怨恨，再不开口讲话，成了哑巴。参议员和他妻子虽然容貌端正，却天不作美地生了个丑八怪：身躯佝偻，脸上有一道深沟，贯穿唇、腭、鼻，吓人地裸露着骨和肉。

1　赵德明等编：《拉丁美洲小说史》，第 409 页，转引自朱景冬、孙成敖：《拉丁美洲小说史》，第 484—485 页。

为了不让世人看到这个名叫博埃的丑孩子，参议员为他建了一座叫作林孔纳达的'天堂'。翁贝托在'天堂'里任职，拥有至高无上的权力。但是他这个正常人却被人们当成了丑八怪。为了报复翁贝托这个敢于吃禁果的家伙，参议员让一名巫医割去他的部分肉体，更换了他百分之八十的器官，丑八怪的器官被移入他体内。他被迫逃进修道院。多年后，赫罗尼莫精神失常，溺死在'天堂'的狄安娜水池里。伊内斯躲进修道院幽居，后来疯了，被逐出修道院。他们的儿子博埃长期与世隔绝，虽然过着逍遥自在的生活，但内心感到极度痛苦，宁愿做个没有脑子的植物人。"[1]

　　多诺索的作品十分关注"分裂"的主题，个体的分裂，被视为组成一个社会的核心单位的家庭的分裂，乃至于价值体系和信仰体系的分裂及崩塌。这一主题在《淫秽的夜鸟》中得到了较好的体现，此外，对朽坏的上层社会的批判也是这部作品的主题之一。在小说里，他以名为"天堂"实为"畸形世界"的林孔纳达为隐喻，批判的正是充满危机、日趋衰败、荒诞不经的上层阶级。小说《别墅》的主题也是如此，从某种角度上来看，《别墅》也像是部反乌托邦小说。小说讲的是本图拉一家的故事，故事地点不详，我们只知道本图拉家族拥有大量土地，还有一幢别墅和一座金矿。一天，家族中的大人们出远门旅行了，孩子们留在家里肆无忌惮地玩游戏，还在土著的帮助下在别墅里搞起了破坏，既有的等级秩序被打破了，一些孩子连同土著在别墅里建立起了平等和谐的新秩序。

1　朱景冬、孙成敖：《拉丁美洲小说史》，第485页。

但是当大人回归，两种理念的冲突不可避免地爆发了，最终，别墅恢复了往日的秩序，土著重新变成了奴隶。值得注意的是，这部小说创作于1973年智利皮诺切特军事政变之后，当时皮诺切特率领叛军推翻了阿连德民选政府，阿连德总统本人也在与叛军作战时身亡，所以许多学者认为这部作品是对智利政变的隐喻。不过，如果我们联想一下《百年孤独》的情况，我们似乎又会得出另一种结论：这部小说或许也是对走不出强人当政的恶性循环的拉美历史的隐喻。

多诺索的作品在我国被译介得并不多，除前文中提到的《"文学爆炸"亲历记》《淫秽的夜鸟》《别墅》，还有短篇小说集《避暑》，长篇小说《加冕礼》《周末逸事》《旁边的花园》和中篇小说《没有界限的地方》（又译《奇异的女人》）等。其中出版于1966年的《没有界限的地方》塑造了拉美文学史上的一个经典的人物形象：具有女子气质的男子曼努埃拉。这部作品与《佩德罗·巴拉莫》《没有人给他写信的上校》《崽儿们》等作品一道被视为拉美小说史上最重要的中篇小说。

推荐阅读

卡洛斯·富恩特斯：《最明净的地区》，徐少军、王小芳译，译林出版社，2012年
卡洛斯·富恩特斯：《阿尔特米奥·克罗斯之死》，亦潜译，人民文学出版社，
　　2011年

卡洛斯·富恩特斯:《我们的土地》，林一安译，作家出版社，2021 年

卡洛斯·富恩特斯:《墨西哥的五个太阳》，张伟劼、谷佳维译，译林出版社，
　　2012 年

卡洛斯·富恩特斯:《勇敢的新世界》，张蕊译，作家出版社，2021 年

卡洛斯·富恩特斯:《塞万提斯或阅读的批评》，张蕊译，作家出版社，2023 年

何塞·多诺索:《"文学爆炸"亲历记》，段若川译，人民文学出版社，2021 年

何塞·多诺索:《别墅》，段若川、罗海燕译，人民文学出版社，2022 年

何塞·多诺索:《污秽的夜鸟》，沈根发、张永泰译，人民文学出版社，2022 年

17

主将之外

"心理现实主义"大师萨瓦托及其他

危地马拉作家奥古斯托·蒙特罗索的《黑羊及其他寓言》中有一只当了作家的狐狸,它的前两部作品大获成功,可是"年复一年,它没再有任何东西发表",夸赞它前两部作品写得精彩的人们纷纷鼓励它再写一本,可是狐狸却想:"这些人真正希望的是我出一本坏书,不过,我是狐狸,才不会干这种事情呢。"于是它真的再也没有出书。据说蒙特罗索是用这只狐狸来暗指在出版《燃烧的平原》和《佩德罗·巴拉莫》之后就停笔不写的墨西哥作家胡安·鲁尔福,不过我们似乎同样可以用它来描述阿根廷作家埃内斯托·萨瓦托。在长达六十八年的创作生涯中,他只出版了三部小说。在凭借1948年出版的《隧道》震惊文坛后,萨瓦托直到1961年才出版第二部小说《英雄与坟墓》,该书立刻成为萨瓦托的重要代表作,可萨瓦托的第三部小说直到1974年才千呼万唤始出来,即《毁灭者亚巴顿》。

我们之前提到过,"文学爆炸"的第五把交椅,除了多诺索坐,阿根廷作家埃内斯托·萨瓦托也会坐。实际上，以"心理现实主义"大师的名号著称的萨瓦托出生于 1911 年，从年龄上看也许更该划入"文学爆炸"前一代作家之列，不过正如我们刚刚提到的那样，他一生只写过三部小说，其中两部出版于 19 世纪六七十年代，从这个角度来看，他被归入"文学爆炸"作家之列似乎也并无不可。

和蒙特罗索笔下的那只狐狸一样，萨瓦托丝毫不受舆论影响，只有在真正想进行小说创作时才会动笔，这种执拗的性格从萨瓦托的人生经历上也可见一斑。我曾经翻译过萨瓦托的回忆录《终了之前》，对这个充满正义感又无比固执的作家无比佩服。他天资聪明，锐意进取，于 1937 年获物理学博士学位，还曾赴法国在居里研究所从事放射性物理研究，回国后在拉普拉塔大学任教，在物理学国际顶级刊物上发表文章，被同行认为在物理学领域大有可为。可就在这时，准确地说是 1943 年，他下定决心弃理从文，辞去教职，带着家人搬到山区居住，致力于文学创作。当时，几乎没人理解他的决定，物理圈的人觉得他疯了，不断有旧时的同事同行来劝说他回头，包括他最亲密的好友们都对他的决定表示不解，甚至有诸多同行与之断交。文学圈的人也看不起他，认为一个搞物理的是写不出好的文学作品来的。1948 年，他的第一部长篇小说《隧道》出版，这是一部典型的心理小说，写的是画家卡斯特尔由于强烈的嫉妒而杀死了自己"唯一的知己"玛丽亚，并在被捕入狱后回忆两人交往过程的故事。萨瓦托最终借钱自费出版了《隧道》，后来这部小说被法国文豪加缪发现并极力推荐，萨瓦托因此才得以获得文学界的认可。

这部小说为什么叫《隧道》呢？我们来引用一段小说中的文字，萨瓦托这样写道：

> 相遇的时刻已经来临了！但是，难道通道真的会合了吗？我们的心灵真的相通了吗？这一切全是我愚蠢的痴想！不！通道还像以前一样，是平行的，虽然把它们隔开的是一堵玻璃墙，玛丽亚是一个我可望而不可即的沉默的身影。不！连这堵墙也不永远是这样的；有时候，它是一堵黑色的石墙，于是，在墙那边发生的事我就一无所知，在这些时显时隐的间断中，她是怎样的呢？发生了什么奇异的事呢？我甚至想到，在这些时间里，她的脸也变化了，是讥讽的表情改变了它，也许在她的笑声中还夹有其他人的笑声，所有这一切关于通道的想法是我自己可笑的创造和信念。在任何情况下，只有一条隧道，一条阴暗孤独的隧道：我的隧道。在这条隧道中有我的童年、青年和我的一生。在这堵石墙的某个透明地段我又见到了这位姑娘，我天真地以为她来自另一条平行的隧道，可是，实际上她却属于广漠的世界，属于那些不是来自隧道的人的广漠无垠的世界；也许她曾经好奇地走近我许多奇怪窗户中的一个，窥见了我无可挽救的孤独，无声的语言可能引起了她的好奇，这语言就是我画中的关键。于是，当我一直沿着通道向前的时候，她在外部正常地生活着，生活在外部那些人的不平静的生活中，这是有跳舞、节庆，有轻浮和喜悦的奇怪而又荒谬的生活。有时候，当我正在自己的

一个窗户前通过时，她正沉默并热忱地等待着我（她为什么等我？她为什么是沉默和热忱的？），但有时候，她不准时到达或者忘记了这个被禁锢着的可怜虫，于是，我就把脸紧贴在玻璃墙上，看到她远远地在微笑或无忧无虑地跳着舞，或者更糟糕的是，我一点也看不见她，想象着她正在我无法到达的或者是某个不堪的地方，于是，我感到自己的命运远比我想象中的还要更加孤独。[1]

是的，隧道是一种隐喻，当时的阿根廷社会问题巨大，各个阶层的人们互不信任，人与人之间隔阂骤生，仿佛每个人心里都有一条隐秘的隧道，人与人之间永远无法真正做到互相理解，哪怕是画家卡斯特尔和他唯一的知己玛丽亚也做不到。

《隧道》出版前后，萨瓦托还出版了几本文集：《个体与宇宙》（1945）、《人与齿轮》（1951）、《异端邪说》（1953）。他一生都没有停止撰写文章、出版文集。这些文集中的文章涉及文学、艺术、科学、哲学、心理学、宗教、美学等方方面面的内容，展现出作者广泛的阅读兴趣和渊博的学识。萨瓦托所著文集可被视为解读其小说作品的钥匙，因为在《隧道》之后出版的《英雄与坟墓》和《毁灭者亚巴顿》中，萨瓦托愈发不拘泥于传统的文学创作模式，逐渐将方方面面的知识融入小说创作中去。

1961 年，萨瓦托出版了第二部长篇小说《英雄与坟墓》，小说

1　埃内斯托·萨瓦托：《隧道》，徐鹤林译，译林出版社，2023 年，第 155—156 页。

描写拉瓦列将军家族的末代后裔亚历杭德拉和青年马丁的缠绵爱情及其遭受的精神折磨，同时插入拉瓦列同独裁者罗萨斯的残酷斗争及其失败后逃往玻利维亚的悲壮历程。故事最终以悲剧告终，亚历杭德拉亲手杀死了与自己有乱伦关系的父亲费尔南多，后纵火自焚。可该书在出版之后最受评论界关注的却是第三章，即由费尔南多撰写的《关于瞎子的报告》，该章节甚至曾多次以单行本的形式出版。尽管如此，这份《报告》真正的文学价值恐怕只有等到《毁灭者亚巴顿》出版之后才更加明晰。这部作品内容丰富、庞杂，构思宏伟，表现手法独特，心理描写深刻，被认为是当代拉美文学中的大师级作品。

　　1973 年，萨瓦托的最后一部小说《毁灭者亚巴顿》出版，这部作品连同《隧道》和《英雄与坟墓》，并称为"萨瓦托心理小说三部曲"。20 世纪拉丁美洲小说史上出现过多部"三部曲"，如阿斯图里亚斯反映危地马拉香蕉种植园生活的《强风》(1950)、《绿色教皇》(1954) 和《被埋葬者的眼睛》(1960)，又如奥内蒂"圣玛利亚小说系列"中最负盛名的三部作品《短暂的生命》(1950 年)、《造船厂》(1961 年) 和《收尸人》(1965 年)，可如果要选出一套真正意义上的拉美文坛"三部曲"来，萨瓦托的这三部小说一定当仁不让。相比较而言，它们更像是一脉相承的整体，正如萨瓦托本人 1971 年在接受访谈时所言："只用一部小说是无法穷尽一个主题的所有可能性的。也许作家后来的作品只不过是对之前作品中那些以肤浅的方式表现出的内容的充实和深化。"在《毁灭者亚巴顿》中，作为小说人物的萨瓦托也表达了类似的创作理念："你要在感觉自己无法再忍受、快要发疯时来写作,反复地去写'同一样东西'。这时的你能够调用更强大的资源,拥有了更丰富的经历,体验了更多绝望,因此可以从其他角度不断地去探索它。"在这种理念的支撑下,萨瓦托的三部小说如中国式套盒一般相互套嵌。如在《英雄与坟墓》的第三章《关于瞎子的报告》中,记录者费尔南多就提到了《隧道》主人公卡斯特尔杀害玛丽亚的事件,还发表了一番自己的看法;再如《英雄与坟墓》中的布鲁诺等人物在《毁灭者亚巴顿》中继续起着关键作用。使这种套嵌成为可能的黏合剂是"瞎子"主题。《隧道》中玛丽亚的丈夫阿连德就是个瞎子,此时"瞎子"还只是具体的人物;到了《英雄与坟墓》,费尔南多对卡斯特尔杀人案感兴趣的原因之一就是他知道玛丽亚的丈夫是瞎子,他进而分析认为卡斯特尔的犯罪行为是瞎子帮无情报复的结果;最后到《毁灭者亚巴顿》时,瞎子帮成了该书最重要的叙事线索之一。在萨瓦托看来,光明与黑暗就是善与恶的象征,而瞎子处于光明与黑暗之间,是撒旦的地狱和人类世界的联系者、中间人。无论是中国式套盒法还是以"瞎子"主题为代表的连通器法都是"文学爆炸"以降拉美作家常用的写作技巧,然而如萨瓦托般用三部小说来组成大型的套盒与连通器的作家恐怕绝无仅有。

从单部作品的角度来看,《毁灭者亚巴顿》似可被视为萨瓦托小说创作的集大成之作,创作该书时的萨瓦托无疑已经"能够调用更强大的资源,拥有了更丰富的经历,体验了更多绝望",因而"可以从其他角度不断地去探索"自己想写的那种小说。这部小说总共有四条故事线:"疯子"巴拉甘目睹七头喷火巨龙的异象;纳

乔发觉与自己有乱伦暧昧关系的姐姐阿古斯蒂娜与他最鄙视的有
钱人鲁文有染；青年人马塞洛因与游击队员保持友谊遭到警方迫
害，最终被折磨致死；布鲁诺与萨瓦托等人的叙述。作者在全书最
初数页就交代了上述四条线索，小说剩下的内容就开始回述过去，
然而这种回述几乎全部是以间接且无序的非传统方式呈现出来的。
作者插入了大量对话、回忆、信件、新闻等文本，这无疑大大增加
了小说的阅读门槛，却同时保证了此书深刻的思想内涵，正如萨瓦
托作品研究者切萨雷·塞格雷所言："我们这个时代的恐怖是无法
用传统的小说形式展现出来的。"

恐怖，这正是《毁灭者亚巴顿》的另一个一核心主题，这一
点从书名上便可管窥一二。据圣约翰所记《启示录》所载，当第五
位天使吹响号角时，天上的一颗星就会降临地上，打开通往地狱的
大门，然后以亚巴顿为首的蝗虫魔军就将从深渊出来，让人类饱受
折磨。卡斯特尔、费尔南多、纳乔、鲁文等人物犯满了傲慢、嫉妒、
暴怒、懒惰、贪婪、暴食、色欲等七原罪，从《隧道》到《英雄与
坟墓》再到《毁灭者亚巴顿》，罪恶的累积达到顶点，天使吹响号角，
亚巴顿业已降临。在萨瓦托笔下，死亡似乎变成了一种解脱方式，
只剩未死之人在受罪与苦熬中沉沦。"人要求死，决不得死。愿意死，
死却远离他们"，在《启示录》中，亚巴顿降临之后的世界便是如此。
庇隆主义、军人政府……熟悉阿根廷历史的读者能更好地理解萨瓦
托笔下的那个充满冷漠、暴力与恐怖的世界。要知道阿根廷血腥骇
人的"肮脏战争"是在《毁灭者亚巴顿》出版五年后的1976年才
开始的，萨瓦托不幸一语成谶。

"肮脏战争"早已成为历史，可谁能说萨瓦托的文字已经失去力量了呢？《毁灭者亚巴顿》的中文译者陈华在该书译后记中就曾指出："萨瓦托用该书表达了对物质主义的反感，对世纪末人类危机、地球生态环境的破坏等问题的忧虑，他认为不应该从欠发达的灾难转变为超级发达的灾难。如今看来，这些问题不仅没有得到缓解，反而有愈演愈烈的趋势，这些灾难早已与地球上的所有居民息息相关，这也正是萨瓦托文字的永恒价值之所在。"[1]"萨瓦托，你不认为天堂和地狱都是人类用语言杜撰出的东西吗？"博尔赫斯曾经这样问道。萨瓦托的回答是："那些都是现实。"他顿了顿，接着说道："只不过不像教堂里说的那么天真罢了。"

同鲁尔福一样，萨瓦托也仅凭三本小说就跻身拉美最重要的小说家之列，这是因为他们对自己的要求很高，就萨瓦托而言，他的许多小说手稿都因为不符合自己的要求而被他焚毁了，这些情况都被萨瓦托写入了回忆录《终了之前》。不过，正如我们在前文中介绍的那样，萨瓦托还曾写出过《个人与宇宙》《作家及其幽灵》《我老年日记中的西班牙》等文论和散文作品。1983 年，萨瓦托担任阿根廷全国失踪者调查委员会主席，负责调查阿根廷"肮脏战争"时期政府迫害知识分子的罪行，并撰写调查报告《永不》，这正是我们刚才提到的萨瓦托正义感强的体现。正义的萨瓦托始终保持对人类命运，尤其是个体命运的思考，这也是他的回忆录《终了之前》的重要主题。在荆棘遍布的人生中，在黑暗环绕的绝望中，

---

1 埃内斯托·萨瓦托：《毁灭者亚巴顿》，陈华译，四川文艺出版社，2021 年，第 566 页。

生与死很可能只有一线之隔。这也正是萨瓦托下定决心撰写并出版《终了之前》的最重要原因。在这本书里，我们能够读到萨瓦托对童年生活的惆怅追忆，对妻子孩子的浓浓深情，对职业生涯的回头思考。但对一本"回忆录"来说，这样的内容却并没有占据压倒性的比重，很多时候，萨瓦托都是通过回忆人生中的某个瞬间、某个片段，来对读者，尤其是年轻读者，进行引导和启发。在《终了之前》的前言中，萨瓦托已经对此进行了说明，人们对萨瓦托说："你有义务做这件事，因为年轻人绝望又焦虑，可他们信任你，你不能辜负他们。"萨瓦托在思考之后的回应是："我不想伤害他们的感情，我想用最婉转的方式告诉他们：在这样一个混乱的时代，他们需要对某些人抱有某种信念"，不过"他们无法在这本书里看到那些最残酷的真相，他们只会在我的虚构文学作品中找到它们。"[1]换句话说，读者可以在《隧道》《英雄与坟墓》和《毁灭者亚巴顿》中找到关于这个世界的最残酷的真相，但读者完全不必感到沮丧和绝望，因为我们还拥有萨瓦托的回忆录《终了之前》，它将带给读者新的勇气、新的信念。

* * *

至此，我们已经讲解了"文学爆炸"的五位"主将"，但我还想在结束前，提一提两位古巴作家、一位墨西哥作家、一位巴拉圭

---

[1] 埃内斯托·萨瓦托：《终了之前：萨瓦托回忆录》，侯健译，四川文艺出版社，2022年，第1—3页。

作家和一位乌拉圭作家。

第一位古巴作家是诗人、小说家何塞·莱萨玛·利马（José Lezama Lima），除了诗歌作品，莱萨玛·利马最重要的小说作品当属 1966 年出版的长篇小说《天堂》（*Paradiso*）。科塔萨尔和巴尔加斯·略萨称《天堂》是一部杰作，说作者和卡彭铁尔并列，是古巴两位同传统现实主义决裂的代表作家。小说以主要人物何塞·塞米为中心，描述了塞米一家和奥拉亚一家这两个古巴家庭的关系及其家庭成员的生活和命运。丰富的内容和追忆往事的风格，再加上莱萨玛·利马把诗歌般的语言融入小说情节之中，人们不由得联想到普鲁斯特的《追忆逝水年华》。小说之所以取名为《天堂》，是因为作品描述的是昔日的往事，是已不存在的伊甸园，是作者美丽的童年和青年时代，是过去的友谊和爱情，是彬彬有礼的土生白人的生活，还有可敬的长辈和平静的岁月，总之是失去的天堂。普鲁斯特怀着深情怀恋和追忆的盖芒特一家的生活和逝去的年华与此很相似。

另一位古巴作家是吉列尔莫·卡夫雷拉·因凡特，与一直居住在古巴的莱萨玛·利马不同，因凡特从 1960 年代开始便离开古巴流亡，此后再未回到古巴。他最有名的作品是长篇小说《三只忧伤的老虎》，同我们之前提到的《我们的土地》一样，这部作品在很长一段时间里也被视作不可能被译成中文的"天书"，不过它也在近年被译介出版了。在这部描写哈瓦那生活的小说中，因凡特使用了大量文字游戏和口语化的表达，作家决心要把纯粹的口语提高到艺术的高度、文学的高度。由于在语言方面进行了大量的探索和革新，因凡特获得了"语言的炼金术士"的美誉。

我们想要提到的墨西哥作家是小说家、剧作家埃莱娜·加罗，她是诺贝尔文学奖得主奥克塔维奥·帕斯的前妻，她的光芒因此长时间被帕斯的光环遮蔽，在与帕斯感情破裂后，她更是在墨西哥文坛遭受了诸多不公正的指责和攻击。1968 年特拉特洛尔科事件发生后，由于撰文批评左翼知识分子，埃莱娜·加罗的作品一度被学界封杀，种种原因，她的作品的文学价值曾常年为文学界忽略，但这种情况随着近年来女性主义运动的兴起而发生了改变。人们逐渐发现，原来"文学爆炸"中也有女性作家的声音，只不过在许多年里被人们忽略了。埃莱娜·加罗最重要的作品是长篇小说《未来的记忆》（*Los recuerdos del porvenir*），这部小说以一块巨石的视角描绘了墨西哥一座村镇和墨西哥社会的变迁，是魔幻现实主义的代表作，值得注意的是，这本书的出版时间（1963 年）还要早于《百年孤独》（1967 年）。

目前为止，我似乎还一直未提到巴拉圭作家。拉丁美洲是个过于广阔的概念，包含于其中的国家千差万别，千姿百态，其文学作品也堪称百花齐放。我们无意撰写一部大部头的文学史，也就总会遗漏掉某些作家和作品，这当然并不意味着某些国家的文学史上就没有任何值得我们讲述的作家，也许我能在未来更加全面地讲述拉美文学史的作品中弥补这种遗憾。此处我认为应当一提的巴拉圭作家是罗亚·巴斯托斯。巴斯托斯 1917 年出生在巴拉圭首都亚松森，比"爆炸"主将科塔萨尔还年长三岁。由于勇于揭露独裁政府腐朽统治的种种弊端，巴斯托斯流亡海外达四十二年之久，他的作品也大多关注巴拉圭乃至拉丁美洲的社会弊病。1960 年出版的长篇小说《人子》令巴斯托斯声名鹊起，这部小说的情节由位于红土地带中心、有三百多年历史的伊塔佩村中的马卡里奥老爹之口讲述而出，他讲述的内容从 19 世纪一直持续到 1947 年的巴拉圭内战。《人子》被评论界认为是史诗般的作品，堪称巴拉圭百年民族史，也被认为是拉美"爆炸文学"黎明时分的一抹晨曦，是爆炸文学那些不朽之作的一个路标[1]。巴斯托斯最重量级的作品当属 1974 年出版的《我，至高无上者》（*Yo, el Supremo*），所谓的"至高无上者"的原型实际上正是曾在 1814 年至 1840 年间执政的巴拉圭独裁者何塞·加斯帕尔·罗德里戈斯·德·弗朗西亚。这部小说符合"文学爆炸"小说的写作潮流，以意识流、内心独白、时空跳跃等写法写出了独裁者的暴戾和残忍，被认为是与《族长的秋天》《公羊的节日》等齐名的拉丁美洲反独裁小说代表作。

最后，尽管我们已经详细介绍了乌拉圭作家胡安·卡洛斯·奥内蒂，但还应该提及乌拉圭另一位文坛巨匠：马里奥·贝内德蒂。在乌拉圭，贝内德蒂与奥内蒂齐名，被认为是 20 世纪下半叶乌拉圭小说界最重要的代表人物。1959 年古巴革命的胜利震撼并团结了拉丁美洲知识分子群体，贝内德蒂从此在进行文学创作的同时积极投身政治活动。1973 年乌拉圭政变后，贝内德蒂和奥内蒂一样离开了祖国，开始流亡生涯。不同的是，奥内蒂从此再未回国，而贝内德蒂在流亡十二年后回到了祖国。贝内德蒂最重要的作品无

1　陆经生主编：《拉丁美洲文学名著便览》，第 182 页。

疑是日记体小说《休战》（又译《情断》），这部作品讲述了一段短暂但美好的爱情故事。日记的作者马丁·桑多梅四十九岁，他的妻子二十多年前因病去世，一双儿女同自己日渐疏远，他的工作和生活数十年如一日，平静而乏味。后来，马丁任职的汽车零配件进口商行新招入的三名职员中的年轻女子劳拉·阿维亚内达引起了马丁的注意，两人在日常的交往中互生好感，后感情升温，终于同居，就在马丁决心同劳拉结婚的时候，噩耗传来，劳拉不幸病逝，这段美好但短暂的爱情戛然而止。无论是日记体的写法，还是老年人的爱情主题，《休战》都不禁会令我们想到奥内蒂的小说《当一切不再重要时》，也许将这两位乌拉圭文坛巨匠的作品放到一起欣赏，才是理解他们的文学，并借之理解乌拉圭社会的最佳途径。

* * *

从第 10 章到本章，我们用了八个章节的篇幅介绍了"文学爆炸"的代表作家，谈及了他们取得的诸多伟大成就，不过"文学爆炸"也有一定的负面影响。例如人们长久以来忽视了以埃莱娜·加罗为代表的女性作家群体在那个时期为拉美文学做出的贡献，再如"文学爆炸"成了聚拢在后续作家头顶的巨大云朵，遮蔽着他们的光芒，例如我们在下一章要讲述的很多作家，就被冠上了"爆炸后"一代作家的头衔。这些都是我们在了解和学习"文学爆炸"时应当反思的问题。实际上，关于"文学爆炸"是好是坏的争论从未停息，但评论界乃至阅读界已经达成了这样一种共识：从"文

学爆炸"开始，拉美文学真正跻身世界文坛之林了，人们再也无法
忽视拉美文学了。

推荐阅读

埃内斯托·萨瓦托:《隧道》，徐鹤林译，译林出版社，2023 年

埃内斯托·萨瓦托:《英雄与坟墓》，申宝楼、边耀彦译，上海译文出版社，2022
　年

埃内斯托·萨瓦托:《毁灭者亚巴顿》，陈华译，四川文艺出版社，2021 年

埃内斯托·萨瓦托:《终了之前：萨瓦托回忆录》，侯健译，四川文艺出版社，
　2022 年

吉列尔莫·卡夫雷拉·因凡特:《三只忧伤的老虎》，范晔译，四川人民出版社，
　2021 年

马里奥·贝内德蒂:《情断》，刘瑛译，中国国际广播出版社，1990 年

马里奥·贝内德蒂:《休战》，韩烨译，作家出版社，2020 年

马里奥·贝内德蒂:《破角的春天》，欧阳石晓译，作家出版社，2020 年

马里奥·贝内德蒂:《让我们坠入诱惑》，朱景冬译，云南人民出版社，1999 年

奥古斯托·罗亚·巴斯托斯:《人子》，吕晨译，外语教学与研究出版社，2021 年

18

反叛"爆炸",但"爆炸"继续

　　始于 1960 年代初,结束于 1970 年代初的"文学爆炸"让拉美小说真正走上了世界舞台,从此再未谢幕,西班牙语文学成了世界文坛不可忽视的力量。不过,正像我们在上一章最后讲到的那样,有时候人们过于关注"文学爆炸",一定程度上忽视了后面数代作家作品的原创价值。一个例证就是在 19 世纪七八十年代涌现出的作家被冠上了"爆炸后"一代的头衔,几年前我在阅读一份西班牙文学杂志时看到一篇文章称呼西班牙语文学界年轻一代作家为"文学爆炸"孙子辈作家群,难怪后来有拉美年轻作家群体以"爆裂"和"麦贡多"为名,反叛"文学爆炸"[1]。所以在继续学习接下来的内容之前,我们首先要确定一个原则,所谓的"爆炸后"文学只是代表这一批作家的代表作品晚于"文学爆炸"鼎盛期,即 1960 年代,这个名号既不能证明他们的文学作品质量不如"爆炸"一代作家,

---

1　罗伯托·冈萨雷斯·埃切维里亚:《现代拉丁美洲文学》,金薇译,译林出版社,2020 年。

也不是说这批作家的年纪就一定比那一代作家小。

墨西哥作家费尔南多·德尔帕索就是一例。他出生于 1935 年，比"爆炸"主将巴尔加斯·略萨还大一岁，只不过他的代表小说出版于 19 世纪七八十年代，所以我们通常不把他归入"爆炸"作家之列。费尔南多·德尔帕索出生于墨西哥城，从小就喜欢写诗、作画，他本想当一名医生，不过最后在墨西哥国立自治大学读了文学和经济学专业。福克纳、乔伊斯、鲁尔福等作家对他产生过很大影响。1966 年，他推出了长篇小说处女作《何塞·特里戈》(*José Trigo*)，1977 年，后来荣获罗慕洛·加列戈斯文学奖的《墨西哥的帕利努罗》(*Palinuro de México*) 出版，1988 年出版代表作《帝国轶闻》，掀起了拉丁美洲"新历史小说"浪潮。2015 年，费尔南多·德尔帕索获西班牙塞万提斯文学奖，2018 年在墨西哥去世。

《帝国轶闻》是费尔南多·德尔帕索目前唯一被译介到我国的作品。小说叙述了奥地利哈布斯堡王朝的费尔南多·马克西米利亚诺大公奉拿破仑三世之命前往墨西哥建立第二帝国的经过及其悲惨的结果。1861 年，墨西哥总统贝尼托·华雷斯下令停止偿还外债。法国皇帝拿破仑三世以此为由发兵征服墨西哥，企图建立以欧洲天主教皇族成员为傀儡皇帝的帝国。马克西米利亚诺大公被选中担任这一角色。1864 年，他携带妻了比利时公主卡洛塔前往墨西哥。1867 年，法国侵略军被墨西哥政府击败，第二帝国覆灭，马克西米利亚诺大公被处决。小说通过卡洛塔自述的形式讲出了她跟随丈夫到墨西哥建立帝国的经过以及两年后她为筹集军饷又返回欧洲的故事。她没想到时间仅仅过去一年帝国就土崩瓦解，丈夫也牺牲了。在精神失常的情况下，她在欧洲一座海滨城堡里生活了六十年。她终日沉湎在对往日的回忆中，直到 1927 年逝世。作品借助她的独白既讲述了法军入侵墨西哥的历史，又娓娓道来欧洲的百年变迁。但是，作者并没有停留在讲述历史的层面，他凭着丰富的艺术想象力极力营造一个文学世界：贝尼托·华雷斯总统、马克西米利亚诺大公、拿破仑三世、卡洛塔公主等真实历史人物的故事确实占据了很大的篇幅，但是他们各自仅仅从一个侧面、一个视角看世界，仅仅构成历史上的一个点。恰恰是这样一个个大大小小人物的体验、观察和思考构成了历史的全景画面。[1]

再来提一提另一位墨西哥作家何塞·埃米利奥·帕切科。帕切科是 2009 年塞万提斯文学奖得主，比德尔帕索还早六年获奖，他被公认为是 20 世纪最重要的西语作家之一，与定居墨西哥的阿根廷大诗人胡安·赫尔曼以及诺贝尔文学奖得主奥克塔维奥·帕斯并称为当代墨西哥诗坛三巨头。除了诗歌，帕切科还创作了一系列脍炙人口的中短篇小说，这些小说同样大多源自作家对童年和少年时期经历的记忆，他借它们批判性地刻画出了 1950 年代墨西哥的社会风貌。正如这位墨西哥作家本人所言："我的文字里没有乡愁，因为所谓乡愁就是把往事进行迪士尼化加工而成的产物，可我总习惯带着批评的目光回首过去，所以我的文字里存在的只有记忆而已。"如果说故乡阿拉卡塔卡对马尔克斯而言是假想出的乌托邦的话，1950 年代的墨西哥城留给帕切科的则更多是苦涩的味

---

1 赵德明：《20 世纪拉丁美洲小说》，云南人民出版社，2003 年，第 555—556 页。

道。作家的好友、墨西哥作家埃莱娜·波尼亚托夫斯卡曾经表示："我认识帕切科五十年了，我确定他那和善谦逊的态度都是真的。从灵魂深处来看，他无疑是个'好孩子'。"不知是否受到内心深处的"好孩子"灵魂的感召，帕切科的小说世界里总是不乏孩童主人公的身影，可是那些单纯善良的孩童又往往会被污浊的世界拖垮，天真也好，童稚也罢，总会在故事结尾处化作哀怨与惆怅。帕切科最有名的小说作品《沙漠中的战斗》就是展现这一态度的绝佳范例。

《沙漠中的战斗》堪称墨西哥的国民小说，在墨西哥几乎无人不晓，被誉为"墨西哥的《麦田里的守望者》"。这部短小说讲述的是生活在罗马区的少年卡洛斯爱上自己最好朋友的母亲的故事，它入木三分地描绘出了懵懂少年情窦初开，却最终被世俗拖垮的过程，也深刻地反映出了那个年代墨西哥社会的权力构成及其经历的种种变革。此外，帕切科还在这个故事里成功塑造了玛莉亚娜这一女性角色，她虽然是被传统伦理道德所不容的"情妇"，可却是整篇故事中唯一真正理解卡洛斯并为他的成长着想的人。然而在故事结尾处，她却就那样"消失"了，仿佛从未在墨西哥的土地上生活过一般，玛莉亚娜的经历也是那个年代拉美女性低下的社会地位的缩影。

让我们来看看卡洛斯向玛莉亚娜示爱时后者进行回应的片段：

我当时以为她会嘲笑我，会对我吼叫：你疯了。或者是：滚出去，我会把这事告诉你的家长和老师的。这些正是我害怕的情况：这也是理所当然的。不过玛莉亚娜并没有生气，也没有嘲讽我。她只是十分忧伤地盯着我。她抓起我的手（我永远都忘不了她抓起我手的那一刻），对我说道：我明白，你不知道我有多么理解你的感受。现在你也必须理解我，你也应该注意到你是个和我儿子一样的小男孩，而我对你而言年纪太大了，我不久前刚过完二十八岁生日。所以无论是现在还是将来，我们之间都不可能发生什么。你真的理解我吗？我不想让你受到伤害。小可怜，将来还有很多磨难等待着你呢。卡洛斯，你就把今天的事当作生命中的一小段愉快的插曲吧，把它当成在将来回想起来能够会心一笑的那种经历，而不是感到痛苦难过。你还是和吉姆一起回家来，继续像以前一样对我，把我当成你最好的朋友的妈妈。你可不要不再来了呀，那样的话就好像真的发生了什么事情似的，这样你才能摆脱痴迷——对不起，应该说，爱恋——而且只有这样才能避免让这件事成为困扰你、伤害你一生的问题。[1]

　　理解和关心卡洛斯的玛莉亚娜最终被权力和世俗杀害了，墨西哥的纯真时代似乎也随之结束了，那个"最明净的地区"也许注定永难再次恢复明净。

　　帕切科曾经表示："卡洛斯就是我，因为作家能够使用的最大

1　何塞·埃米利奥·帕切科：《沙漠中的战斗》，侯健译，北京联合出版公司，2022年，第166—167页。

资源就是他的人生经历和回忆。不过那个故事并不带有自传性质，故事背景是其中唯一真实的东西。我很想拥有卡洛斯那样难忘的少年时期经历，但可惜我没有，那个年纪的我从未经历过多么不寻常的事情。"如今，这个"不寻常"的故事早已成了墨西哥各年龄段学生必读的文学经典篇目，还被改编成了电影、漫画、歌曲、戏剧……不过这种成功并没有冲昏帕切科的头脑，2011 年，在墨西哥学院接受阿方索·雷耶斯奖时帕切科指出：《沙漠中的战斗》已经不再属于他了，那些文字属于所有读者，尤其是女性读者。"我又怎么会因为某个不属于我的东西而感到自豪呢？"

如今大获成功的《沙漠中的战斗》最早并没有以单行本的形式出版，而是于 1980 年 6 月 7 日被作者发表在了《"一加一"报》文化副刊《周六》第 135 期上。彼时帕切科与埃拉出版社已经合作了二十个年头，为了纪念，出版社想让他写一本书出来，在当年出版，那时帕切科刚刚写完《沙漠中的战斗》，可是他对出版社说这个故事篇幅太短，得等他再写出两到三篇同样篇幅的故事出来才能结集出版。恰好在几乎同一时间，《周六》副刊也向帕切科约稿，可这时后者又觉得那篇故事太长，不适合发表在杂志上。"它会把你们的版面占满的。""我们不在乎。"于是《沙漠中的战斗》就先在杂志上被刊登了出来，与此同时埃拉出版社的女编辑纽斯·埃斯普雷萨特也读完了整篇故事，她强烈建议帕切科立刻把它以单行本的形式出版。她最终说服了他，于是《沙漠中的战斗》的单行本就在次年 4 月问世了。"我太幸运了，"帕切科后来说道，"要是我真的等着再写成几篇同样篇幅的故事再把它发表出来的话，我八成会把它搞丢。"

从那时起，这本书就成了墨西哥人，尤其是墨西哥年轻人最钟爱的读物之一，虽然它讲述的是发生在 1950 年代的故事，可它似乎对每一代墨西哥年轻人都有独特的吸引力。"你问我是怎么能在 1980 年就想到 2010 年的年轻人也爱读这个故事的？我想秘诀就是：永远不要为了追求成功而去写作。我甚至搞不清楚八十年代的流行文学是什么样的，如果怀着功利心去创作的话，这个故事必定不会取得这样的成绩。"帕切科并没有真正阐明这个故事成功的秘诀是什么，也许那个秘诀就是：无论时代如何变化，人的成长经历总是相似的，人们总能在故事中的人物身上看到自己的影子。就像格雷厄姆·格林说的那样："唯一真正不可能的爱情是孩童或老人的爱情，因为没有任何希望存在于其中。"正是在读到这句话后，帕切科生出了创作那样一篇故事的想法。

就在该书出版的 1981 年，作者的好友何塞·埃斯特拉达表示希望把《沙漠中的战斗》改编成电影，但帕切科对此抱谨慎的态度，他认为电影拍不成，因为那个故事涉及了权力、腐败等政治问题。然而充满热情的何塞始终没有放弃，终于，在五六年之后的某个周四，他给帕切科打去电话，说一切都搞定了，下个周一电影就要开拍了。可是到了周六，帕切科又接到一通电话，人们通知他何塞·埃斯特拉达去世了，死因是心搏骤停。后来，电影换了导演，那个本就悲伤的故事变得更加悲伤了。

* * *

　　让我们把视线从墨西哥移开，向南移动，看看南美洲的情况。我们在前面的课程中提到过1973年死于政变的智利总统萨尔瓦多·阿连德，他是作家伊莎贝尔·阿连德的伯父，政变发生后，伊莎贝尔·阿连德也不得不流亡国外，先是流亡到委内瑞拉，后来又到美国定居了。1982年的《幽灵之家》是阿连德最重要的作品，这部小说以庄园主埃斯特万·特鲁埃瓦的沉浮为主线，描绘了两大家族四代人的恩怨情仇，象征性地再现了当代拉美的社会现实。这部小说拥有浓郁的魔幻现实主义氛围，常让人想起我们之前讲解过的《百年孤独》，阿连德也因此得了"穿裙子的马尔克斯"的称号。这自然是种美誉，不过换个角度来看，这种做法似乎又把男性作家的光环凌驾到了女性作家的头顶，无益于人们关注拉美女性作家的独创性。不过，阿连德本身也是个很有争议的作家，评论界普遍把她视作畅销书作家，她写过儿童小说，也写过佐罗的故事，这些故事给她带来了丰厚的收入，但也使得争议之声更大了。

　　阿根廷作家曼努埃尔·普伊格也是这一时期的代表作家。他最重要的作品是1976年出版的小说《蜘蛛女之吻》，这本小说也是普伊格在中国最有名望的作品，许多电影方面的专家学者、从业人员也很关注小说中插入的六个电影故事，乃至普伊格的其他文学作品。在2023年出版的中译本《丽塔·海华丝的背叛》的底封上便印有戴锦华教授的一句话："曼努埃尔·普伊格不仅是当代阿根廷重要的后现代主义作家，而且是20世纪一位奇书频出的文坛奇人。他的写作令诸多后现代主义关键词幻化为灵动丰盈的文学事实。"无独有偶，在 2024 年出版的中译本《红唇》的封底上，则印有导演王家卫的溢美之词："对我拍电影产生最大影响的正是他（普伊格）……他最好的作品是《红唇》，很伟大的作品。"《蜘蛛女之吻》主要以对话的形式展开，这也是小说的故事背景决定的，因为这个故事的大部分背景都是单调的监狱牢房。小说的两位主人公是莫里纳和瓦伦丁，前者是个中年人，同性恋者，警察安插在牢房的密探；后者比较年轻，是因参加反独裁统治的革命活动而被捕入狱的。两人在狱中共同度过令人煎熬的日子，逐渐加深了认识和了解，甚至产生了同性之爱，最后莫里纳决心不为警方利用，反而接受了瓦伦丁的委托，出狱后为革命组织工作，结果为正义事业献出了宝贵的生命。[1] 对话的形式赋予了小说生动、简洁、快速的特点，删除大量不必要的描写，也就要求读者积极参与补全故事的行动，这不禁令我们想到了普伊格的同胞科塔萨尔的同谋读者理论。遗憾的是，普伊格英年早逝，1990 年逝世于墨西哥城时年仅五十八岁。

还有一位常被人忽略的作家，也是塞万提斯文学奖得主，于 1999 年得奖，他就是智利作家豪尔赫·爱德华兹。他 1931 年出生，2023 年去世。从生日上来看，同样比巴尔加斯·略萨大，实际上我们刚才讲到的普伊格出生于 1932 年，也比略萨大，这又印证了我之前所说的，所谓"爆炸后"一代，不能从年龄上去判断。爱德

1　赵德明：《20 世纪拉丁美洲小说》，第 544 页。

华兹之所以被人忽略，可能是因为他的作品数量众多，质量都很不错，但又没有如《百年孤独》《酒吧长谈》这样绝对意义上的代表作。一个奇怪的情况是，爱德华兹在我国至今没有任何作品被译介过来。爱德华兹在古巴革命胜利后曾代表智利赴古巴进行外交工作，他是一个作家、知识分子，因此不可避免地和古巴的同行走得很近，古巴政府对他的外交活动不甚满意，最终把他驱逐出了古巴。后来他根据自己在古巴的见闻写成了《不受欢迎的人》（*Persona non grata*）一书，对古巴 1970 年代初的社会、政治情况进行评析，当时引发了强烈反响，在我看来，这部作品至今仍有很高的文学和文献价值。

还有另一位重要的墨西哥作家，在我国同样没有得到应有的关注，她就是同样出生于 1932 年的埃莱娜·波尼亚托夫斯卡，我们在刚才讲述帕切科的时候已经提到过她了，实际上，我们在讲解拉丁美洲非虚构文学的章节中也提到过这位作家。她的姓氏很长，这是因为她的父亲是波兰王室后裔，她是波兰裔墨西哥人。波尼亚托夫斯卡不仅是作家，也是墨西哥非常有名的记者，还是墨西哥目前最知名的日报之一《每日报》的创始人。有学者认为："波尼亚托夫斯卡是社会底层人物，尤其是地位卑微的妇女的代言人，但同时也为大众传递着那些伟大女性对于生活激情的表达。"

波尼亚托夫斯卡的作品几乎包括所有体裁：长短篇小说、诗歌、散文、非虚构、访谈、儿童戏剧等。她最有名的非虚构作品当属 1971 年出版的以 1968 年特拉特洛尔科事件为背景的《特拉特洛尔科之夜》。在那次事件中，许多学生被墨西哥当局杀害，她因为那部作品荣获墨西哥的一个文学奖项，由墨西哥前总统颁奖，但她拒绝领奖，她说："谁为那些死者颁奖呢？"后来，凭借对墨西哥大地震和恰帕斯地区武装冲突的报道，她成为墨西哥第一个获得国家新闻奖的女性记者。至于她的小说作品，我国先后引进了《天空的皮肤》和《亲爱的迭戈，齐耶拉拥抱你》，前者曾在我国获得了"21世纪年度最佳外国小说奖"。波尼亚托夫斯卡很擅长以现实生活中的知名人物为原型进行小说创作，也很擅长描写女性人物。

* * *

可以注意到，自 1940 年代开始，拉美小说走出过度关注自身的大地主义和土著主义的禁锢后，优秀的作家和作品就如井喷般出现了，由于篇幅限制，如尼加拉瓜作家塞尔希奥·拉米雷斯，古巴作家塞维罗·萨杜伊，秘鲁作家布里斯·埃切尼克，哥伦比亚作家阿尔瓦罗·穆蒂斯，阿根廷作家胡安·何塞·赛尔和里卡多·皮格利亚等，我们无法一一详细讲解，不过他们都是值得深入阅读的优秀作家，塞维罗·萨杜伊目前没有作品被译成中文，布里斯·埃切尼克和胡安·何塞·赛尔的作品都是近期刚刚被译介到我国的，而塞尔希奥·拉米雷斯、阿尔瓦罗·穆蒂斯和里卡多·皮格利亚则都有多部作品被译成了中文，大家可以在本章最后的推荐书目中找到更多相关内容。

不过，如果说上述作家在西班牙语世界乃至于我国都已经被广大读者所熟知的话,有一位乌拉圭作家的情况就略显奇特了。无论是在西班牙语国家还是在我国,这位作家似乎一直处于不受关注的状态,在前些年突然进入读者的视线中,可是又在最近没了动静。这种现象之所以会出现,与他的作品的文学质量无关,似乎倒成了他的怪异文学中的组成部分了。他就是乌拉圭作家莱夫雷罗。我们在本章内容结束之前来看看他的情况。

在小说《科幻精神》中,罗贝托·波拉尼奥创造了一个怀揣作家梦的角色扬。扬几乎足不出户,终日沉浸在科幻小说的世界中,虽然他并没有发表过任何一部作品,但他坚信自己会在未来写出经典的科幻文学作品,成为一名"拉丁美洲科幻小说家"。扬不断给诸多知名美国科幻小说作家写信,表达着他的一些不切实际的想法,同时还不停地和好友莱莫分享他所做的与科幻有关的梦。扬以科幻为梦,最终现实也成了一种科幻。这部小说出版于 2016 年,彼时作者波拉尼奥已逝世多年,他自然不会想到,就在自己离开这个世界的第二年,一位如扬一般喜爱科幻小说、侦探小说的乌拉圭作家也会驾鹤西去,更不会想到他也会和自己一样,公认的巅峰之作在去世之后才会出版。这位作家就是马里奥·莱夫雷罗,而他的巅峰之作就是 2019 年被译成中文的《发光的小说》。

《发光的小说》主要由两部分组成:奖金日记和发光的小说。2000 年,马里奥·莱夫雷罗获得了古根海姆奖金,这使他有一年的时间可以专心致力于创作名为《发光的小说》的作品,出版后的《发光的小说》中的第二部分即为该作品正文,而奖金日记部分则以日记的形式记录了从 2000 年 8 月到 2001 年 8 月这一年时光中作家的生活点滴。值得注意的是，按中译本页数来看，原本应为小说主体的第二部分仅有近一百页的篇幅，而奖金日记部分则长达四百余页，并且无论是日记部分还是"正文"部分，都是以第一人称"我"的视角进行叙述，这使得读者不禁心生疑惑：究竟哪些是真实，哪些是虚构？这究竟是一本小说，还是一本日记？首先，这种文体上的模糊性是莱夫雷罗刻意为之，莱夫雷罗一生创作长篇小说十二部，短篇小说十余部，在最后创作的几本长篇小说中，他都刻意追求一种将散文、小说、回忆录等形式融合到一起的独特文体；其次，正如我们在《征服新西班牙信史》《法昆多》等作品中看到的那样，文体的模糊性也恰恰是拉美小说的传统特点之一。

从这个角度出发，《发光的小说》无疑是拉美小说传统的一种延续，然而这部作品最大的"发光点"并不在此，而在于对拉美小说诸多其他传统的彻底颠覆。出生于 1940 年的莱夫雷罗在 1968 年出版了自己的首部短篇小说集，又在 1970 年出版了首部长篇小说，这些时间点与"文学爆炸"的高潮期完全吻合，然而莱夫雷罗却走出了一条与众不同的文学道路。他不热衷与知名作家建立私交，也不像那个年代的大多数拉美作家一样费尽心思奔赴欧洲，他选择留在自己的祖国乌拉圭，终其一生也只在乌拉圭、阿根廷等国生活。他不追求复制其他作家成功的模式，只写自己真正想写的东西，与拉美介入文学传统背道而驰。

莱夫雷罗作品的英译者安妮·麦克德莫特曾经说过："乌拉圭盛产怪咖。莱夫雷罗就是这么一个怪咖，而且是级别最高的一位。"

持此观点的不止安妮一人，早在 1966 年，乌拉圭著名文学评论家安赫尔·拉玛就曾经出版《百年怪咖》一书，介绍了十五位乌拉圭怪咖作家，乌拉圭作家的血液里似乎天生就带着打破拉美文学传统的基因，此后莱夫雷罗也跻身此列，而且可能会是最石破天惊的一位。这些怪咖作家不在乎创立文学流派，也没有众多的追随者，他们坚持为自己写作。与"文学爆炸"代表作家们的群体化写作相比，莱夫雷罗进行的是截然相反的个体化写作，他更侧重从自己的个人生活中寻找创作素材。他倡导创作的极致自由，认为作家只有在对作品进行修改时才应该考虑技巧问题，而在写作时则应任由想象力自由飞驰，因此我们在《发光的小说》中看到的是他对作家 / 主人公琐碎的生活细节、梦境、思考的全方位记录，这正是莱夫雷罗强调的个体化写作和自由写作相结合的产物。

莱夫雷罗当过摄影师，还做过漫画脚本作家，也许是受此影响，他在多场访谈中都曾提及"图像"的概念。他认为文学的本质即"图像"，而小说之所以能够吸引读者，秘密就在于由一幅幅"图像"结合而构成的情节。莱夫雷罗同时指出"图像"并非单纯的描写，它与行动并无矛盾，例如照片不算"图像"，而镜中的自己则算，它是丰满可变的。可以说，"图像"是莱夫雷罗文学世界的核心概念之一，也是他对拉美文学传统的又 次反叛。他认为"图像"在拉美文学中是缺席的，因为拉美文学更关注修辞、善恶、情感和世界观，而这些元素从文学的角度来看并无太大意义，甚至会造成民族文学的退化。莱夫雷罗曾举例阐述"图像"的内涵，他指出，任何一个读者都不会忘记《无人亮灯》的作者埃尔南德斯笔下将吸管插入小孔吸食马黛茶的老妇的形象，而胡安·卡洛斯·奥内蒂的《短暂的生命》充满"图像"，是最杰出的作品之一。读毕《发光的小说》，读者脑海中也一定会浮现出那个或坐在电脑前，或吃着灵儿带来的美食，或在书摊挑选图书的老头的形象，这是属于莱夫雷罗的文学"图像"的胜利。

作为特立独行的怪咖，莱夫雷罗的作品在被读者阅读和接受的过程中很容易落入两种极端的境况：爱者愈爱，恶者愈恶。可莱夫雷罗对此并不在意，他说："当作家并不意味着写的东西有多好，有的作家写得很烂，例如罗伯特·阿尔特，有的作家使用的语言缺乏文学性，例如卡夫卡，但他们都是伟大的作家，因为他们一生都在通过写作为自己的内心'驱魔'。"莱夫雷罗提到的卡夫卡是他最为推崇的作家，有趣的是两人的文学之路也有相似之处：作为作家，他们在生前都没有获得应有的声誉。马里奥·巴尔加斯·略萨在《普林斯顿文学课》一书中指出，一部作品有怎样的价值、是否能够永远流传下去，除了自身的文学价值之外，在一定程度上也取决于未来的社会模式。卡夫卡笔下的世界充满恐惧、不安、惊悚和恐怖，他在世时，读者无法接受这样的世界，而在他去世二十年或三十年后，欧洲终于变成了他笔下世界的那副样子，尤其是中欧和东欧，他作品的价值也就体现出来了。莱夫雷罗的作品曾经鲜有读者，而如今不仅如《发光的小说》等作品有了外文译本，连塞萨尔·艾拉、亚历杭德罗·桑布拉这样的热门作家也纷纷坦承受到了莱夫雷罗作品的影响，如此看来，莱夫雷罗也和卡夫卡一样，是属于未来的作家，而他的未来，就是我们的现在。

推荐阅读

费尔南多·德尔帕索:《帝国轶闻》,张广森译,四川人民出版社,2019 年

曼努埃尔·普伊格:《丽塔·海华丝的背叛》,吴彩娟译,贵州人民出版社,2023
年

曼努埃尔·普伊格:《红唇》,李毓琦译,广西师范大学出版社,2024 年

曼努埃尔·普伊格:《蜘蛛女之吻》,屠孟超译,上海人民出版社,2020 年

伊莎贝尔·阿连德:《幽灵之家》,刘习良、笋季英译,人民文学出版社,2023 年

何塞·埃米利奥·帕切科:《不要问我时间如何流逝:何塞·埃米利奥·帕切科诗
选》,范晔译,北京联合出版公司,2022 年

何塞·埃米利奥·帕切科:《沙漠中的战斗:何塞·埃米利奥·帕切科短篇小说集》,
侯健译,北京联合出版公司,2022 年

布里斯·埃切尼克:《胡里乌斯的世界》,毛频译,上海译文出版社,2024 年

阿尔瓦罗·穆蒂斯:《马克洛尔的奇遇与厄运》,轩乐译,中信出版集团,2022 年

阿尔瓦罗·穆蒂斯:《拒绝所有的岸》,龚若晴译,中信出版集团,2023 年

阿尔瓦罗·穆蒂斯:《海洋与大地的故事》,费颖婕译,中信出版集团,2023 年

胡安·何塞·赛尔:《侦查》,陈超慧译,作家出版社,2023 年

里卡多·皮格利亚:《人工呼吸》,楼宇译,中央编译出版社,2019 年

里卡多·皮格利亚:《缺席的城市》,韩璐译,四川文艺出版社,2022 年

里卡多·皮格利亚:《烈焰焚币》,吴娴敏译,上海译文出版社,2024 年

楼宇:《里卡多·皮格利亚侦探小说研究》,中国社会科学出版社,2018 年

塞尔希奥·拉米雷斯:《天谴》,刘习良、笋季英译,上海译文出版社,2017 年

马里奥·莱夫雷罗:《发光的小说》,施杰译,湖南文艺出版社,2019 年

19

是天使，也是魔鬼
"现实以下"的罗贝托·波拉尼奥

我还记得在许多年前看到过一个奇怪的新闻，当时 NBA 的霸主还是拥有奥尼尔和科比·布莱恩特的洛杉矶湖人队，湖人队彼时的主教练、"禅师"菲尔·杰克逊有一天送给全队每人一本厚达一千多页的小说，小说叫《2666》，它的作者是当时已经去世的智利作家罗贝托·波拉尼奥。我已经不记得当时的新闻里所写的赠书原因是什么了，但我还记得自己当时的迷惑，为什么菲尔·杰克逊要送给球员一本这么厚的小说？而且还是西班牙语小说？实际上，波拉尼奥就像我们前面讲过的博尔赫斯一样，是先在西班牙语世界以外火起来的，虽然 1998 年的罗慕洛·加列戈斯文学奖让波拉尼奥声名鹊起，但真正开始狂热研究这位智利作家的似乎是美国人，据说美国至今仍有许多读书会在持续性地阅读和解析他的《2666》。

波拉尼奥 1953 年出生于智利，十五岁时就举家搬到墨西哥城居住了，所以除了祖国智利，墨西哥城也是波拉尼奥小说中最常见的背景地之一。我们在前文中曾经多次提及 1973 年智利军事政变，波拉尼奥与皮诺切特的政变也有联系。当年，二十岁的波拉尼奥决定回到祖国，多年之后，西班牙作家哈维尔·塞尔卡斯在小说《萨拉米斯的士兵》中让他在现实生活中的好友波拉尼奥作为人物出场，借虚构人物波拉尼奥之口回忆了后者当年回到智利，希望参加战斗、捍卫民主政府的经历。当年，萨尔瓦多·阿连德总统发表演说，表示不希望智利青年为了保卫他的政府而做无谓的牺牲。"他是个真正的英雄。"小说里的波拉尼奥这样说道。可是，政变结束几个月后，波拉尼奥还是被捕了，他在监狱里被关了八天，他以为自己就要被处死了，没想到被在监狱工作的老同学认了出来，老同学安排释放了他，于是他又一次离开了祖国，返回了墨西哥。在墨西哥城，青年波拉尼奥留着长发，与好友马里奥·圣地亚哥等人一起过着放荡不羁的文艺青年生活，他们发起了"现实以下主义"诗歌运动，反对官方文化及其代表、后来的诺贝尔文学奖得主奥克塔维奥·帕斯，甚至多次破坏帕斯出席的文学活动。那是一段勇敢无畏地追求理想的青春时光。

1977 年，波拉尼奥远赴欧洲，来到西班牙加泰罗尼亚地区小镇布拉内斯谋生，他做过露营地守夜人、洗碗工等各种各样的工作，艰辛生活之余还在不断进行文学创作。从 1980 年代开始，波拉尼奥转而进行小说创作，他在语言和想象力方面的天赋在小说这一文体中展现得淋漓尽致。波拉尼奥喜欢抽烟，几乎烟不离手，早早就得了肝病。正如我们刚才提到的那样，直到 1998 年，他才终于凭借小说《荒野侦探》斩获极负盛名的罗慕洛·加列戈斯文学奖，成了耀眼的文坛"新星"。他拿着奖金，在布拉内斯买了套房子，终于和老婆孩子有了固定的居所。但是留给波拉尼奥享受功成名就状态的时间只有五年，2003 年，由于未能等来移植的机会，波拉尼奥因肝功能衰竭死于布拉内斯，年仅五十岁。

据说，波拉尼奥在临终之前曾嘱托他的编辑伊格纳西奥·埃切巴利亚，希望后者在他死后把他的遗作《2666》分成五本小书，每隔两年出版一本，因为这样可以给他的遗孀和孩子带来最大收益。他去世后，埃切巴利亚与波拉尼奥的家人协商，还是把《2666》以完整单行版的形式出版了，因为这样可以最大程度地保留作品的文学价值。

目前，波拉尼奥的大部分作品已经被译成了中文，他也是近些年来在中国比较火的拉美作家。在他的中文版作品中，有两本短篇小说集是按照英文版的式样出版的，一本叫《地球上最后的夜晚》，封面是蓝色的，还画着轮弯弯的月亮，有一个代表波拉尼奥的首字母"B"，另一本叫《重返暗夜》，漆黑的封面，有一个代表罗贝托的首字母"R"。我记得曾经有朋友给出过这样的解读，她说这两本短篇小说集无论是从内容来看还是从装帧设计来看，都体现了波拉尼奥文学作品的两种风格：充满希望的光明波拉尼奥和充满绝望的黑暗波拉尼奥。有趣的是，我曾经在一部文学评论集里看到过一种类似的说法，我觉得非常恰当，它说波拉尼奥是个站在悬崖边写作的作家，有时他面朝深渊一侧，写出来的是深邃、压抑、绝望的故事，有时他转过身来，面朝坦途，写出来的则是充满青春激情，洋溢着朝气和希望的故事。我把这一章的标题起作"是天使，也是魔鬼"，就是从这里来的，当然我也借用了一部西班牙电视剧的名字，不过我认为这个标题以及我刚才提到的这几种说法能够更好地帮助我们理解波拉尼奥的文学世界。

最能代表天使波拉尼奥的当属我们刚才提到过的《荒野侦探》了，据说那是波拉尼奥写给失败一代的情书。波拉尼奥曾说过，他们那代年轻人总是不计后果地勇敢追逐梦想，现在的年轻人已经不再这么做了。《荒野侦探》全书由三部分组成。第一部分写十七岁的墨西哥法学院学生马德罗热爱诗歌，时常逃课参与诗歌班的讨论。他在那里认识了自命为"本能现实主义诗人"的贝拉诺和利马。他们与其他诗人和艺术家为伍，在酒吧争论诗歌，大麻、饮酒、性爱样样不缺。该诗派的精神领袖，女诗人蒂纳赫罗据传多年前在墨西哥城北面的索诺拉沙漠失踪了。第一部分的最后，这些年轻人们为了追寻理想，也为了躲避仇家，决定深入沙漠寻找蒂纳赫罗的踪迹，同行的还有妓女鲁佩。小说的第二部分时间来到了多年之后，由许多零碎的证词组成。这些证词表明，那群年轻人在离开墨西哥城后，被目击到在巴黎、特拉维夫、维也纳和巴塞罗那出没，干各种零工为生，却从未有人看过他们写的任何一行诗，读者们不仅心生疑惑：这群为了追逐文学梦想向索拉诺沙漠进军的年轻人到底经历了什么。波拉尼奥在小说的第三部分给我们揭开谜底，这一部分在时间上承接了第一部分，讲述了主人公们在索拉诺沙漠的遭遇。我们会看到，他们最终找到了女诗人蒂纳赫罗，可既然如此，他们又为何会变成小说第二部分呈现给我们的那副样子呢？我们在此不再过多剧透，不过我们可以觉察到，从小说的第二部分开始，波拉尼奥的笔触似乎就已经在从光明转向黑暗了。如果我们想要找到一本完全无涉黑暗的光明波拉尼奥之作，可能得选《科幻精神》。

在为《科幻精神》而作的《罗贝托·波拉尼奥的大箱子》（El arcón de Roberto Bolaño）一文中，墨西哥文学评论家克里斯托弗·多明戈斯·米歇尔（Christopher Domínguez Michael）写道："和费尔南多·佩索阿的大箱子一样，人们也在罗贝托·波拉尼奥的大箱子里不断发现在他生前未出版的书稿。"我们不知道波拉尼奥的大箱子里还藏着多少东西，可是像《科幻精神》这样的早期作品依然能带给喜爱波拉尼奥作品的读者足够多的惊喜。

根据波拉尼奥手稿留下的信息来看，《科幻精神》的创作始于1980年，"完稿"于1984年，是与《佩恩先生》《莫里森的学生给乔伊斯粉丝的建议》同时期的作品，是1977年离开墨西哥远赴欧洲的波拉尼奥对那段墨西哥岁月的追忆结出的硕果。波拉尼奥曾经说过："在墨西哥，我过着非常文学的生活。被作家们包围，处在不是作家就是艺术家的世界。在巴塞罗那，我开始进入没有作家的世界。"许多"自我流放"到欧洲的拉美作家之间有一种默契，认为远离故土才能够更好地理解那片土地。从这个角度来看，《科幻精神》就是波拉尼奥的一次回首和反思，是对与好友圣地亚哥等人共同推动"现实以下主义"运动、跑到奥克塔维奥·帕斯的讲座现场砸场子的那段无畏岁月的总结。

乍看上去，《科幻精神》的叙事结构十分简单，可实际上波拉尼奥对其进行了精心设计。小说包含两条主要的叙事线索，它们齐头并进，相互交织，在时间和空间的层面都创造出了更多的可能性。第一条主要线索是在某个不确定的时刻，某位小说家在获文学奖后接受采访，随着情节的展开，他会逐渐讲述那部获奖作品的情节内容。第二条主要线索则是爱好文学的智利青年扬·史瑞拉和雷莫1970年代在墨西哥城的生活经历。这条主线又可以拆分成四条辅线：雷莫与志同道合的文学青年何塞·阿尔科针对墨西哥城出版的文学刊物数量进行调研的活动；扬在他与雷莫租住的阁楼上做千奇百怪的梦；扬不停给他喜爱的科幻文学作家写信；雷莫和劳拉产生爱情。波拉尼奥文学宇宙的许多经典元素出现在了这两大四小叙事线索之中：追寻、激情、执着、勇气……在这部作品中，我们还很少能看到死亡、暴力、残酷、毁灭等后来频繁出现的那些让人心悸的主题。正像我们刚才提到的那样，这本书属于光明的波拉尼奥，这个波拉尼奥怀揣梦想，勇敢无畏，哪怕一再失败也在所不惜。它不属于另一个写出了《智利之夜》《2666》的波拉尼奥，那个波拉尼奥看透了人性的本质，如最终审判的记录官一般将人类之恶记录下来。

　　可能正因为《科幻精神》和《荒野侦探》在主题上的相似性，许多评论家认为前者是后者的"草稿"或"前身"，这自然有一定的道理。《科幻精神》对文学青年们在墨西哥城的生活的描写像极了微缩版的《荒野侦探》，而且结合遗存手稿显示的内容来看，波拉尼奥本想在现有故事的基础上扩展对雷莫、何塞·阿尔科等"摩托诗人"的描写，最后还会让雷莫和扬放弃文学、加入游击队。这种"文学梦起－梦碎"的设计也同样与《荒野侦探》有异曲同工之妙。然而，恰恰因为这些内容没有被创作出来，我们手中的《科幻精神》成了异于《荒野侦探》的文本，我们也许可以将前者视为后者的另一种打开方式，就如同七十回本和一百二十回本《水浒传》的关系一样，篇幅上较短的版本在读者的情绪被调动到顶峰的时刻给文本画上休止符。读毕此书，我们的脑海中不会萦绕着索诺拉沙漠的黄沙和蒂娜赫罗的鲜血，只会有类似如下的场景盘旋在眼前：一对青年男女没在蒙特祖玛公共浴室氤氲雾气中；诗人们骑着摩托飞驰在墨西哥城的街道上；一个身高一米七六的年轻人，穿着牛仔裤和蓝衬衫，顶着太阳站在美洲最长的大道边，眺望着他和友人的未来。

尽管有不少关于梦境、小说内容等虚构场景的描写，但《科幻精神》依然是一本更趋近现实的小说，而绝非科幻文学作品。上文提及的克里斯托弗·多明戈斯·米歇尔认为科幻对波拉尼奥而言更多意味着一种精神状态，是对逝去时光的逆向追寻。我赞成这个说法的前半句，却对后半句有不同看法。我认为科幻对于波拉尼奥来说还意味着对未来时光的无尽幻想。幻想也是科幻文学赖以生存的土壤，没有对未来的大胆想象，科幻文学也就不复存在了。所谓科幻精神，就是通过想象建构希望，进而追逐希望的过程，哪怕这种希望如科幻一般虚幻。这正是扬和雷莫一直在做的事情，也是何塞·阿尔科、安赫莉卡姐妹等"摩托诗人"一直在做的事情。希望美国科幻作家成立协会来支持第三世界国家尤其是拉丁美洲国家，甚至"在政治领域给予我们一定的支持"，诸如此类的幻想正如科幻文学般天马行空、异想天开，可我们真的愿意当那种终此一生都从未"异想天开"过的人吗？这也许也是"科幻精神"带给我们的启示。

波拉尼奥曾经说过，"在很大程度上，我的全部写作都是献给我们那一代人的情书或告别信"，如果说《荒野侦探》先被写成了情书又被改写成了告别信的话，《科幻精神》彻头彻尾就是一封单纯情书，可不管是情书还是告别信，它们都足以让我们心潮澎湃，进而再次鼓足勇气，心甘情愿地"奉献一切却不求回报"，心甘情愿地"既愚蠢又高尚"，心甘情愿地做那些也许注定会失败的事情。既然波拉尼奥的文字高明得多，那么请容我摘录书中的几句话，在我看来，这些话正是波拉尼奥"科幻精神"的浓缩：

> "我写了一整晚。"
> "你不冷吗？"
> "冷得很。妈的，我还以为在这里永远都不会挨冻呢。"
> "天快亮了。"[1]

*　*　*

在我看来，属于黑暗波拉尼奥范畴的小说在数量上要更多一些，其中最具代表性的就是菲尔·杰克逊送给湖人队全队的《2666》。我们刚才已经提到，波拉尼奥在临终时曾希望这部小说以五卷本的形式出版，2023 年，为了纪念波拉尼奥逝世二十周年、诞辰七十周年，"世纪文景"以五卷本的形式再版了《2666》中文版，也可以算是以另类的方式完成了波拉尼奥的遗愿。为什么是五卷本而

1　罗贝托·波拉尼奥：《科幻精神》，侯健译，上海人民出版社，2022 年，第 18 页。

不是六卷本或四卷本呢？这是因为这部小说由五个部分组成，每个部分都可以被视作独立成篇的故事，不过当我们把五部分内容组合起来，我们会看到更为宏大的墨西哥或拉丁美洲的社会图景，也可以更好地理解波拉尼奥在作品中对人类命运问题的思考。

我曾经看到过一种说法，它把《2666》比作了地地道道的充满洋味儿的《清明上河图》[1]，因为《2666》共有一千多页，约合中文八十万字，直接涉及的国家有德国、法国、英国、西班牙、意大利、美国、墨西哥、智利，主要人物多达近百人，其中有文学评论家、作家、教授、出版家、拳击手、杀人犯、军官、士兵、贩毒分子、警察、乞丐、贫民、妓女等。且不说把《2666》比作《清明上河图》合不合适，起码我们能够看出这是一部足够宏大、出场人物众多的巨著。

小说的第一部分《文学评论家》讲述四个来自欧洲不同地区，即英国、法国、西班牙和意大利的学者、文学评论家，因为共同喜欢及研究一位名叫阿琴波尔迪的德国作家而成为朋友，后来这三男一女的组合间又产生了暧昧的关系。几人得知阿琴波尔迪曾在墨西哥现身时，便共同前往。此部分的整体语调较为平缓，某些情节甚至让读者有读爱情故事般的轻松感，但进入尾声时，山雨欲来风满楼的感觉逐渐显现，换句话说，后面四个部分的色调开始在这里显现出来了。

第二部分《阿玛尔菲塔诺》是举家迁居到墨西哥的智利教授

1　罗贝托·波拉尼奥：《2666》，赵德明译，上海人民出版社，2012年，第864页。

的故事。在第一部分里他曾是几位评论家的向导，因为他宣称曾与阿琴波尔迪有一面之缘，从这里可以看出，我们不能孤立地看待《2666》的五个部分，它们是有机联系在一起的，这也是我们在之前章节中讲解过的中国式套盒的写法。在这一部分里，第一部分中的几位主人公已不再露面，最主要的人物就是这位智利教授，他不只能听到死人对自己说话，更是在某天效法杜尚，把一本偶然发现的几何学著作挂在自家的晾衣绳上，看风吹动书页。这部分也交代了教授的妻子迷恋上一位疯诗人抛家弃女的情节。和第一部分相比，这一部分的语调明显压抑了很多。

第三部分《法特》的主要人物成了纽约《黑色黎明》杂志的一位黑人记者，由于同刊的拳击记者遇害身亡，他接替遇害记者的工作，来到墨西哥报道一场拳击赛。在这里，他结识了许多人，还遇到阿玛尔菲塔诺的女儿。他逐渐地了解到在墨西哥北方城市圣特莱莎（其原型为墨西哥北部的胡亚雷斯市）发生了多起杀害妇女的案件，而且凶手手段残忍，无数女性被残害，并被抛尸荒野，这位黑人记者想进行报道，但困难重重。和全书其他部分一样，波拉尼奥在这一部分里也用到了故事套故事的"中国式套盒法"，写了法特的多点经历、多种历程。

第四部分《罪行》是《2666》全书的最高潮。这部分看上去像是警方的档案，按时间顺序记录了自1993年1月到1997年12月，每月甚至每周发生的一起或多起杀害妇女案件，记录内容十分详尽。在这一章节里，"中国式套盒法"再次出现，穿插讲述了警方故事，贩毒集团背景，政治人物干预，来自美国联邦调查局的侦探，亵渎教堂的"忏悔者"，能预言未来的女巫师，监狱中呼风唤雨的嫌犯，等等。这部分"警方报告"的罗列，既让读者震惊愤怒，又令我们失望无奈，因为我们只能接受这现实的残酷。这一部分的内容正是对墨西哥社会现实、残杀女性的恶性事件的纪实性描写，但它所揭露的种种问题又并非墨西哥社会独有，它属于拉丁美洲，也属于全人类。

第五部分《阿琴波尔迪》回归开篇引入的悬念人物，这种布局很像我们刚才讲到的《荒野侦探》。这个部分甚至可作为独立的小说阅读，讲述了阿琴波尔迪的一生，他的出生，成长，贵族家的用人生活，参军，"二战"，与家人失散，目睹酷刑，成为战俘，耳闻屠犹亲历，开始写作，汉堡一家出版社的社长对他高度认可，甚至提供资助，传闻其极有可能得到诺贝尔文学奖，他却隐姓埋名混迹于欧洲各地，再到遇见家人，直到决定去圣特莱莎那个充满死亡的墨西哥北方小城。全书的五个部分就这样串联到一起了。

光明波拉尼奥的作品中经常出现青春、激情、希望这些关键主题，黑暗波拉尼奥的作品中，常见主题则是暴力、死亡、绝望。此外，波拉尼奥还常常把个人非常痴迷的战争、纳粹等因素写入小说，在《遥远的星辰》《智利之夜》《帝国游戏》等作品中都能看到这些元素。更不用提《美洲纳粹文学》了，这部小说在某种程度上像是对博尔赫斯《恶棍列传》的致敬，波拉尼奥在书中虚构了一系列所谓的拉美纳粹文学家，甚至令某些评论家误以为其笔下的纳粹文学家都是真实存在的人物，后来才发现这是部伪装成文学史的小说，波拉尼奥的创作才华可见一斑。此外，如果大家对诗歌感兴趣，也可以看看诗人出身的波拉尼奥的诗集《未知大学》，也许可以发现他的诗歌与小说作品之间的内在联系与梦幻联动。

* * *

不过，我们也不必固执地在波拉尼奥的作品中区分何为光明，何为黑暗，就像我们在上文中看到的那样，《荒野侦探》中满是光明，但也不乏黑暗，《2666》以轻松的故事开篇，最后却愈发沉重。再如以秘鲁诗人塞萨尔·巴列霍为主要人物创作的小说《佩恩先生》，似乎就没有光明与黑暗的明显界限。我们不妨也来看看这部有些独特的小说。

"我会死在巴黎，在一个下雨天"，巴列霍亲手写下的诗句成了一个预言。1938 年 4 月 15 日，他果真在雨中的巴黎去世了。他不知道自己牵肠挂肚的西班牙内战最终以佛朗哥的胜利而告结束，也不知道自己最终会成为拉美现代诗歌的领军人物，更不会知道四十多年之后会有一位叫波拉尼奥的智利作家写出一本叫《佩恩先生》（1984 年初版时名为《大象之路》）的书，写的恰恰是他生命中最后的那段时光。

《佩恩先生》是波拉尼奥的第二本小说，不过却是他的首部独立署名的小说作品。小说以第一人称视角展开，讲述了皮埃尔·佩恩受友人所托试图用催眠术来治疗一位叫巴列霍的病人的故事，这位病人罹患不停打嗝的怪病，医生们都束手无策。然而佩恩却接受了两个神秘的西班牙人的贿赂，同意停止治疗巴列霍，尽管后来他曾试图再次诊治那位秘鲁病人，却最终无果，病人还是去世了。直到故事最后波拉尼奥才给我们揭示了病人的真正身份：一位名气不大、非常贫穷的秘鲁诗人。读者若对 20 世纪拉美文学有所了解的话，会很自然地得出结论：这位诗人就是塞萨尔·巴列霍。

波拉尼奥的大部分作品都是其个人经历的投射，在多部小说中出现的阿尔图罗·贝拉诺往往被看作作家本人的化身，而故事发生的场景也通常是墨西哥、智利、西班牙等波拉尼奥本人曾居住且极为熟悉的地区。那么，为什么要写巴列霍？为什么要写这样一则在巴黎发生的故事？《佩恩先生》是个例外吗？实际上，当我们对自己提出类似疑问的时候，我们就已经找到了解读这本小说的密匙。因为整部小说就像是面镜子，照出的依然是波拉尼奥本人的模样。

塞萨尔·巴列霍 1892 年出生于秘鲁安第斯山区小城圣地亚哥·德·丘科，后来辗转来到秘鲁首都利马生活，在那里，他曾因莫须有的罪名被捕入狱，最终在 1923 年永远离开了秘鲁，来到巴黎定居。就像《佩恩先生》中描写的那样，巴列霍在巴黎极度拮据，日子过得很惨淡，可也正是在巴黎，诗人生出了坚定的共产主义信仰，还加入了西班牙共产党。秘鲁文学评论家何塞·米格尔·奥维多认为完全可以按照这种地理位置的迁移来划分巴列霍诗歌创作的不同阶段，也就是家乡—利马—巴黎（欧洲）这三个阶段。巴尔加斯·略萨则在《悲剧诗人塞萨尔·巴列霍》一文中总结说，巴列霍的一生有两个关键词：不公和痛苦。这些无一不使我们联想到波拉尼奥：在智利出生，后移居墨西哥，1973 年皮诺切特政变时返回智利斗争未果被捕入狱，后远离故土来到欧洲，一生中的大部分时光都过着并不富裕的生活。

　　波拉尼奥在接受罗慕洛·加列戈斯文学奖的演讲中曾经引用了这样一句话："一个作家真正的祖国是他的语言。"波拉尼奥既像是智利人，又像是墨西哥人，还像西班牙人，或者说是无可争议的西语人，很可能正是这个缘故，在波拉尼奥于 2003 年去世后，墨西哥作家豪尔赫·博尔比会说"最后一个拉丁美洲作家去世了"。因为自波拉尼奥之后，似乎很难再找到一个可以像他那样完美体现拉丁美洲整体性的年轻作家了。从秘鲁到巴黎，最后投身西班牙的反纳粹斗争之中，塞萨尔·巴列霍的身上也散发着超脱国界的气息。有趣的一点是，巴列霍的文学贡献在其在世时远未得到应有的认可，可如今他已经成了西语文学史上最重要的诗人之一，这和卡夫卡的遭遇很像，因为二者所描写的东西不属于那个时代，而属于未来，他们的作品和读者的认知力之间有时间差。换句话说，巴列霍的诗作描写的不是秘鲁，不是拉美，更不是西班牙内战，而是人类共通的东西：是暴力，是贫穷，是死亡，是怯懦，是勇气……很可能塞萨尔·巴列霍是最早启发波拉尼奥认识到这些的人。我们在上文中提到过，波拉尼奥也写暴力，写死亡，写全人类共有的问题，幸运的是他和读者之间没有那么大的接受距离，因为我们人类就正处在这样一个暴力横行的时代。历史之悲，文学之幸。

　　或许《佩恩先生》中并非只有巴列霍是波拉尼奥本人的投射，主人公皮埃尔·佩恩身上也有波拉尼奥的影子。佩恩相信针刺疗法，相信催眠术，就像波拉尼奥对文学的执着一样，但是因为生活窘迫，他接受了贿赂，违背了医生（如果他算得上是个医生的话）的职业道德，同意中止救治巴列霍，波拉尼奥虽然从未放弃过文学创作，但也曾为了谋生做过许多卑微的工作。小说中有许多场景（例如几场梦境）描写佩恩的挣扎，这些挣扎无疑也是 1980 年代写作此书时的波拉尼奥本人的内心写照。

皮埃尔·佩恩在小说中有过蜕变和进化。小说中间部分有这样一个场景，急于回家寻找记有雷诺夫人电话的笔记本的佩恩拦下了一辆出租车，却被一个凶神恶煞的家伙捷足先登了，那人"眼眉上贴着一贴膏药，膏药边上露出了一些缝合的针脚"，一看就绝非善类。佩恩坚信那人不可能在自己之前先看到出租车，因为"出租车停下时，他根本就不在附近"。可是他并没有据理力争，而是求助似的望向司机，想让司机决定两个人中谁能够上车，但是司机只是耸了耸肩，意思是问题应该由他们自己解决。在事实和道理清楚无疑的情况下，作为旁观者的司机选择置身事外，而佩恩也无意维护自己的利益，他说："我很高兴把车让给你。"可是忍让换回的只是羞辱。那人给佩恩的回应是伸出两只手，揪住他的翻领，把他悬空提了起来，咒骂了一句，然后把他丢在了地上。佩恩感受到了自己的怒火，想要还击，但是他压抑了下来，在出租车开走后可笑地想要摆出一副随意的表情，试着走了几步，觉得不疼。

佩恩的举止像极了面对纳粹威胁的法国政府，实际上包括佩恩在内的知识分子的命运也确实与那场世界大战紧密地联系在一起。波拉尼奥特别擅长写这样的知识分子，甚至国内曾有学者总结说《2666》对知识分子的描写使他想起了一句话："百无一用是书生。"然而在 2013 年接受我的访谈时，波拉尼奥作品的主要编辑伊格纳西奥·埃切巴利亚就曾提出了相反的看法，他说："我太不同意这个观点。诚然，知识分子在波拉尼奥的作品中并没有什么很高大的形象，不过现实生活中的知识分子其实也有这一面。我们这些作家很多时候都是无足轻重的，总是会被他人遗忘，我们有时也会异常迷茫，当然也有些作家非常狂妄自大。文学的世界就是这样，浪漫又虚荣，波拉尼奥恰恰利用了这一点来影射生活本身、来展现人们的不幸与苦难，编出了一场属于世界的'闹剧'。"

《佩恩先生》似乎佐证了埃切巴利亚的观点。在小说的最后，佩恩证实了普勒默尔－博杜已成为佛朗哥的爪牙，他隐约推测出之前的行贿事件、自己被阻止接近巴列霍的事件都是由普勒默尔－博杜领导的西班牙人团体主导的阴谋，目的很可能是害死巴列霍。作为读者的我们知道，塞萨尔·巴列霍自西班牙内战爆发之初就坚定地站在共和国政府一边，他甚至是巴黎伊比利亚美洲人保卫西班牙共和国委员会的创始人之一，他在1937年出版的诗集《西班牙，我喝不下你这杯苦酒》起到了极大的支援西班牙共和国政府的宣传作用。佛朗哥对待异见知识分子一向手段毒辣，将加西亚·洛尔卡刺杀于格拉纳达就是个例子，这次对待塞萨尔·巴列霍只不过是故技重施罢了。皮埃尔·佩恩意识到自己无意中成了法西斯分子的帮凶，而更令他接受不了的是自己的信仰受到了普勒默尔博杜的践踏。普勒默尔－博杜对佩恩说："我将把跟催眠术有关的知识用在对俘虏和间谍的审讯方面。（这）是一件很有成效的事情，我向你保证。"

这次佩恩终于爆发了，他抄起对方面前掺了水的朗姆酒酒杯，猛地把酒泼到了普勒默尔—博杜脸上。这是作为知识分子的佩恩的爆发，就如埃切巴利亚所言，此时的佩恩将迷茫和虚荣转换成了一种浪漫。然而佩恩立刻又虚张声势地声称自己有把手枪，普勒默尔—博杜则马上识破了这个拙劣的谎言，他说："我同情你。你跟我一样老了，你还根本不知道自己站在哪一边。（……）我同情你，真的，真的，你值得同情，真的，真的，我同情你……"无足轻重、被人遗忘、异常迷茫、虚荣但又浪漫，这就是波拉尼奥笔下的知识分子，这就是波拉尼奥本人。

记得在多年之前，读完《佩恩先生》的中译本后，我在豆瓣网写下了一则短评，不妨就以它作为本章的结尾："波拉尼奥这颗药丸会使人上瘾，我在这种药力的作用下打了五星。这是一本渐入佳境的小说，当然要承认这不是波拉尼奥最好的作品，不过那些波拉尼奥后期作品中的经典元素都出现了：法西斯、寻找、暴力、艺术、"侦探"……要理解'波拉尼奥宇宙'，就得一本不落地读，正着读，反着读，也许还可以倒立着读。"或者说，我们要读的不只是某一本小说，还是那个小说之镜中的波拉尼奥。

推荐阅读

罗贝托·波拉尼奥的所有作品

20

历史的轻与重
加夫列尔·巴斯克斯与哥伦比亚的暴力

从本章开始，我们要关注拉美新生代作家群体和他们的作品了，我们在这里提到的新生代作家，主要指"七〇后"和"八〇后"作家。从作品的产出数量和引发的反响来看，这些作家是当今拉美文坛的主力军，当然我们也不能忽视之前讲过的重要作家中依然健在的如巴尔加斯·略萨、埃莱娜·波尼亚托夫斯卡、伊莎贝尔·阿连德等作家的新作，不过由于之前专门讲述过这些作家，我们这里就只看此前没有涉及的新一代作家。

经常会有人问我，当今拉美文学的发展趋势如何，呈现出怎样的特点，有没有什么规律可循。规律正是我们对拉美文学梳理至今时常出现的关键词，例如拉美小说在19世纪出现之初的规律是"模仿"，模仿流浪汉小说，模仿浪漫主义小说，等等；20世纪的前三十年，拉美小说的规律是"自我"，写别人没有而只有我有的东西，例如墨西哥革命小说，土著主义文学，大地主义文学，等等；进入19世纪四五十年代乃至"文学爆炸"时期，虽然拉美小说真正有了新意，迎来了蓬勃发展的时刻，不过似乎也有规律可循，那就是"整体性"，尤其在古巴革命胜利以后，知识分子们的拉丁美洲意识觉醒，大家的作品不自觉地要反映拉美的历史和现实，无怪乎许多知名作家曾动了合写一部反独裁小说的念头。科塔萨尔曾经说过，"对于拉美的小说家来说，世界就是各种写作主题的持续召唤"，他还说，"我们之间存在很大的差异是件幸运的事"，可以说，这种差异性在拉美新生代作家身上体现得更加明显。因此我认为，没有规律正是当今拉美小说发展的最大规律。如今的拉美已经不再是20世纪的拉美了，虽然依然存在着种种问题，但大部分拉美国家都进入了民主社会，经济和文化在稳步发展，作家们不必再受强烈的政治现实以及伦理道德的约束，拥有了更大的创作自由，因此拉美小说百花齐放，作家们各有各的特点。

　　在接下来的两个章节里，我们会遇见两位作品风格差异巨大，但都是当今拉美小说界重量级人物的男性作家。有朋友可能会问，我们为何要刻意区分男性作家和女性作家？实际上这样的区分方式恰好证明了我们的"不刻意"。近年来，拉美女性小说家已经逐渐摆脱了我们之前提到的、受到男性光环压抑的埃莱娜·加罗那样的写作困境，成了拉美小说界一股令人瞩目的力量，而且女性作家的写作风格、细腻程度的确与男性作家有一定的差异，这样来讲述就像我们按照流派去讲述拉美小说发展状况一样，都是为了突显不同群体的写作特点。

　　第一位我要提及的新生代男性小说家是哥伦比亚作家胡安·加夫列尔·巴斯克斯，国内已经引进了他的小说《名誉》《告密者》和《坠物之声》，他入选国际布克奖短名单的作品《废墟之形》(*La forma de las ruinas*) 也即将推出中文版。在我看来，巴斯克斯是新生代拉美作家中写作风格最趋近"文学爆炸"一代作家的，他立足哥伦比亚和拉美的历史及社会现实，作品探讨的大多是暴力、毒品、政治等宏大的主题。

我们以《废墟之形》为例。全书共九章，由巴斯克斯本人以第一人称进行叙述，他在小说中的身份与他的实际职业一致，也是一位小说家。小说一开始就设置悬念，主人公在电视上看到新闻，有一个名叫卡洛斯·卡瓦略的男子闯入 1948 年遇刺身亡的哥伦比亚总统候选人埃利塞尔·盖坦的故居，打破防护玻璃，试图抢夺盖坦遇刺时穿的衣服。主人公立刻就认出了卡瓦略，以此回忆起两人相识的过程。这部小说的主线就是通过激进男子卡瓦略的行动，引出对影响了哥伦比亚历史进程的两起刺杀案件的调查：1914 年，自由派领袖、哥伦比亚内战中的英雄人物乌里韦·乌里韦将军在哥伦比亚首都波哥大街头被两个木匠持斧砍死，三十多年后，即将毫无悬念地当选总统的埃利塞尔·盖坦又在办公楼下被枪手射杀，愤怒的人群当街打死了凶手，拖着凶手的尸体朝着政府办公地进发，引发了所谓的"波哥大动乱"。就像美国的肯尼迪总统遇刺事件一样，哥伦比亚历史上的这两起案件也成了悬案。

因为妻子难产，巴斯克斯在医院偶然结识了全国著名的外科医生弗朗西斯科·贝纳维德斯，并且和他成为朋友。在参加贝纳维德斯举办的家庭聚会时，巴斯克斯碰到了卡瓦略，后者是最受贝纳维德斯父亲青睐的学生，一直是贝纳维德斯医生家的常客。卡瓦略是个狂热的阴谋论者，认为政治事件的背后必然有看不见的阴谋。他深受贝纳维德斯父亲的影响，对 1948 年哥伦比亚自由党领袖豪尔赫·埃利塞尔·盖坦遇刺事件的迷恋达到了疯狂的程度。在得知巴斯克斯是何塞·玛利亚·维拉里尔的侄子后，卡瓦略变得警觉起来，认为巴斯克斯一定了解一些盖坦遇刺的内幕。在与卡瓦略发生争执后，巴斯克斯被贝纳维德斯带到楼上的书房，在那里他看到了已故的贝纳维德斯教授的秘密收藏品：盖坦的 X 光片、泡在甲醛中的盖坦的脊椎以及贝纳维德斯医生晚年时收集整理的关于肯尼迪遇刺的材料。贝纳维德斯医生的尸检证明击中盖坦脊椎的子弹与其他部位的子弹来自同一支手枪，意即凶手只有一个人，并不存在所谓的"第二个凶手"。在书房中，贝纳维德斯向巴斯克斯吐露心声。虽然卡瓦略看起来是这个家庭的朋友，但贝纳维德斯一直对卡瓦略怀有嫉恨之心，认为他抢占了自己在父亲心中的位置。贝纳维德斯请求巴斯克斯为他保守秘密，他不希望卡瓦略知道这些与盖坦有关的物品保存在他这里。

几年后，巴斯克斯在葬礼上再次碰到卡瓦略，后者仍然沉迷在自己的阴谋论中，巴斯克斯终于忍不住告诉他贝纳维德斯医生家里仍然保存着盖坦的一些重要物证，包括遇刺后拍下的 X 光片以及那截被子弹击中的脊椎。卡瓦略没有因此被说服，反而劝巴斯克斯写一本关于盖坦遇刺的小说。卡瓦略向巴斯克斯讲述了他对另一桩政治谋杀：1914 年 10 月拉斐尔·乌里韦·乌里韦将军遇刺事件的看法。慢慢地巴斯克斯也逐渐意识到，书写这样一本小说来对抗官方的说法也是他作为一个哥伦比亚小说家的使命。

整部小说中，真实与虚构交织在一起，读者很难分辨清楚哪一部分情节是实有其事，哪一部分内容是作者的想象和虚构，这似乎又是我们前面提到过的拉丁美洲文学文体模糊的传统的体现。无论是乌里韦·乌里韦将军遇刺，还是盖坦遭枪杀，都是对哥伦比亚历史产生巨大影响的悬案。可时至今日，这些历史疑团似乎只剩下了一片废墟，只剩下了贝纳维德斯家中保存的过去的遗物，或者说只剩下了残留在哥伦比亚民众心中的对于谋杀事件的创伤记忆。这些"废墟"究竟是震撼人心之物，还是已失去重量的往事残余呢？

* * *

这种对历史的轻与重的思考也在巴斯克斯的另一部名作《坠物之声》中有所体现。

我们不妨先把视线拉远，向欧洲旧大陆投去：在西班牙，关于1936年至1939年内战的讨论在佛朗哥独裁统治时期无疑是遭到限制的，后来，在佛朗哥的继任者胡安·卡洛斯国王的大力推动下，西班牙和平地从独裁走向民主，但这种和平过渡并非没有条件，它的前提是政府和佛朗哥分子间达成的"遗忘协定"：忘却内战及其影响，不再追究某些政府官员的法西斯背景，也放弃追忆战败一方的死难者。可是进入新世纪以来，西班牙文坛却出现了大量描写西班牙内战的优秀小说，并未亲历过内战的几代人开始不约而同地从不同角度反思那场战争对西班牙的意义和影响。如此看来，某些事件注定会成为令整个民族"着魔"的记忆，而这些记忆是无法永远被压制住的，对于有社会责任感的作家而言，这些事件就成了极佳的创作主题，西班牙内战之于西班牙作家是如此，而对哥伦比亚作家来说，那个永恒的主题也许就是"暴力"。内战、暗杀、毒枭……哥伦比亚近现代史成了不折不扣的暴力史，而"暴力小说"也成了哥伦比亚文学史上的一个重要名词，就像我们已经提到的那样，巴斯克斯从未回避这一主题，暴力始终是他所关注的主题，在他的笔下，暴力似乎成了哥伦比亚乃至拉丁美洲的历史向前发展的"驱动力"，《废墟之形》是如此，《坠物之声》也是如此。

1960 年，当时还未写出《百年孤独》的加西亚·马尔克斯发表了一篇题为《关于哥伦比亚暴力小说的二三事》的文章，他试图在那篇文章里回答两个问题。第一个是几乎每个哥伦比亚作家都会被问到的问题："他什么时候会写有关暴力的东西？……在十年里，哥伦比亚有三十万人死于暴力，小说家们对此视而不见是很不正确的。"第二个问题则是他自己提出来的："为什么哥伦比亚所有已出版的关于暴力的小说写得都很烂。"如今，五十年过去了，哥伦比亚作家们依然需要面对加西亚·马尔克斯文章中提到的第一个问题，因为哥伦比亚的暴力问题不仅没有得到解决，反而有愈演愈烈的趋势。和平监督机构（Jurisdicción Especial para la Paz, JEP）2021 年 1 月 26 日发布的安全风险检测报告指出："在签署和平协定以来，2021 年是哥伦比亚暴力问题最严重的年份，犯罪团伙和治安部队间已经爆发了十四次武力对抗，仅在 1 月 1 日至 24 日间，就已有十四位社会团体领袖遇刺，发生过六次屠杀，五位前哥伦比亚革命武装力量战斗人员遭到暗杀。"

然而我们却无法因此就赋予上述第一个问题以正当性，因为正如巴尔加斯·略萨所言："作家不能因为'道德'或'政治'原因去'选择'自己要写的主题，应当是那些主题去'选择'他们。"在哥伦比亚当作家，似乎天生就会被道德绑架，他们必须以暴力为主题进行创作，可这种并非源自内心的创作冲动往往会把作家推向"糟糕作家"的深渊。巴尔加斯·略萨在研究加西亚·马尔克斯的著作《加西亚·马尔克斯：弑神者的历史》中曾指出作家创作灵感来源的三种渠道，并将它们分别命名为：历史魔鬼、个体魔鬼和文化魔鬼，意为历史事件、个人经历和阅读体验等会如魔鬼一般纠缠着作家，使他们"着魔"，他们只有将之写出、创作成书才能完成"驱魔"。

对巴斯克斯而言，"暴力"主题既是他的历史魔鬼，又是他的个体魔鬼。正如前文所言，暴力这个历史魔鬼已经深入所有哥伦比亚人的集体意识，而出生于1973年的巴斯克斯又属于深受贩毒活动引发的暴力问题之苦的一代人。因此，巴斯克斯创作暴力小说并非是迫于外界压力，而是由于自身"驱魔"的需求，《坠物之声》正是这一"驱魔"行为的产物。正如作者借书中叙事者之口所说的那样："那些罪行……已然使我的人生有了内在的构架，抑或说为它标注了节点，如同一位远房亲戚让人无法预知的到访。"[1]再如故事结尾处对两位主要人物安东尼奥·亚马拉和玛雅·弗里茨少年时期（1982年）游览大毒枭巴勃罗·埃斯科瓦尔的那不勒斯庄园的描写，包括亚马拉的自白："我十二岁那年曾经去过一次，

1　胡安·加夫列尔·巴斯克斯：《坠物之声》，谷佳维译，上海人民出版社，2021年，第11页。

是在 12 月的假期里。我自然是瞒着父母的"[1]，以及玛雅所说的"可全班同学都已经去过了呀"[2]，这些很可能都是作者巴斯克斯当年的亲身经历（1982 年的巴斯克斯九岁）。

实际上，在 2015 年出版的《废墟之形》中也出现过类似的情节："突然，记忆涌上脑海。我开始回忆起自己在学校里的一位朋友及其父母的陪伴下到那不勒斯庄园游览的场景，那里就像是个童话世界……但是在那个时刻，在朋友及其父母的陪伴下从飞机的翅膀下面走过，还是让我感到童年时期常有的愧疚感，因为我很清楚我自己的父母是绝对不会允许我参观那个男人的庄园的，从几个月前开始，他就成了我们国家最有名的毒贩：从上一年的四月开始，这同一个男人还成了杀害司法部长的元凶，可是他却并未受到惩罚。"[3] 同样是在《废墟之形》中，作者还写道："我对自己的暴力反应也很吃惊，尽管我和我这一代人中的大部分一样，在内心深处都压抑着某种暴力倾向，这是因为在我们成长起来的那个时期，这座城市，我的城市，已经变成了满目疮痍的战场，枪击和爆炸等暴力行为以其隐秘的机制不断运转发生着。"[4] 我们可以用《坠物之声》中的一句话来略做总结："恐惧是我这一辈的波哥大人最为常见的症状。"[5]

回到加西亚·马尔克斯在他的文章中提出的第二个问题："为

---

1 胡安·加夫列尔·巴斯克斯：《坠物之声》，第 14 页。

2 胡安·加夫列尔·巴斯克斯：《坠物之声》，第 299 页。

3 Vásquez, Juan Gabriel, *La forma de las ruinas*, Ciudad de México: Alfaguara, 2018, pp.181-182.

4 Vásquez, Juan Gabriel, *La forma de las ruinas*, p.68.

5 胡安·加夫列尔·巴斯克斯：《坠物之声》，第 66 页。

什么哥伦比亚所有已出版的关于暴力的小说写得都很烂。"实际上，加西亚·马尔克斯本人已经在文章里做出了回答，他认为要写出好的暴力小说，只是经历过暴力还不够，还得有"足够的文学才华来将那些经历转化成文学材料"。他认为哥伦比亚传统暴力小说的作者们迷失在了对以下事物的描写之中："斩首，阉割，强奸，被破坏的性器官和被拉出身体的肠子"，却忘了"小说的核心不在死人身上……而在那些躲在某处冷汗直冒的活人的身上"。所以正确的做法并非刻画和描写暴力本身，而是要去写它引发的后果，写那些罪案引发的"恐怖的氛围"。当然，加西亚·马尔克斯的论断未免有武断之嫌，以上述直接的方式未必就创作不出经典的暴力小说，不过巴斯克斯的文学作品倒确实为加西亚·马尔克斯的观点提供了佐证。

以《坠物之声》为例。这部小说采用第一人称进行叙事，名唤安东尼奥·亚马拉的叙事者在台球室结识了里卡多·拉韦德，后者在街头被枪手袭击身亡时，安东尼奥·亚马拉也在场，并受了枪伤。暴力行为不仅造成了他身体上的创伤，更让他的精神饱受摧残，甚至连女儿的降生都没能帮他摆脱阴影。后来他偶然听了拉韦德死前所听的录音带，又结识了拉韦德之女玛雅·弗里茨，于是把拉韦德的一生拼凑完整的念头给予了他新的人生意义。从小说的内容梗概就可以看出，这部作品中没有波澜壮阔的战争描写，也没有太多血肉横飞的残酷场面，作者希望通过对个体命运的展现来暗喻持续被暴力伤害的整个哥伦比亚社会。作者花大篇幅描述的安东尼奥遭受的"创伤后压力症""跟之前炸弹肆虐的年代对我们造成的摧残有着莫大的关联"[1]，它实际上是全体哥伦比亚人共有的病症。对于以巴勃罗·埃斯科瓦尔为代表的贩毒团伙所施行的暴力行为，如对司法部长罗德里戈·拉腊·博尼利亚等人的暗杀等，作者有过直接的描写，但大多一笔带过，转而用更多的笔触来讲述亚马拉还原拉韦德人生经历的过程。直到全书末尾我们才会发现，整本小说最大的几个悬念（为何枪手要杀死拉韦德？他的过去是怎样的？）实际上也与贩毒活动有关，"贩毒—暴力—死亡"成了一条完整的逻辑链。正如中译本腰封上的文字所说的那样：作者明写的是"一段家族命运沉浮"，实际要写的却是"一部哥伦比亚当代秘史"。

　　小说开头有两处引言，一处出自奥雷利奥·阿图罗的《梦之城》（"我梦中的城墙在倒塌中燃烧，正如一座城市正吼叫着倾颓！"），象征的是波哥大的"城毁"，另一处则引自安东尼·德·圣埃克苏佩里的《小王子》（"这么说你也从天上来！你是来自哪个星球？"），寓意正是波哥大人的"坠落"。需要注意的是，安东尼·德·圣埃克苏佩里正是在执行飞行任务时失踪的，我们不知道他最终的命运如何，却可以隐约想象得出，这本小说想要传递出的信息也是一样，它需要读者把坠落的结果想象出来。

　　坠落之物是不分大小的：全书开头的那只一吨半重的河马中枪倒地而死，恰如"一颗刚刚坠落的陨石"[2]，而"拉韦德进监狱时我才刚刚学会走路，其后我成长，上学，发现了性这件事，可能还

1　胡安·加夫列尔·巴斯克斯：《坠物之声》，第65—66页。
2　胡安·加夫列尔·巴斯克斯：《坠物之声》，第4页。

发现了死亡这件事(一只苍蝇的死,后来是一位祖父的,比方说)"。[1]
有趣的是,尽管没有言明,但苍蝇之死本身就暗含着"坠落"的意味。
大毒枭巴勃罗·埃斯科瓦尔就如同那只本就由他圈养的河马,他们
的坠落倒地会引起巨响和震动,而普通人的死则像苍蝇坠落一般悄
无声息。这部小说主要关注的无疑是后者,或者说想在前者和后者
之间建立起一种互动关系。从这个角度看,中译本的封面设计就显
得意味深长了:外封是坠落的苍蝇,内封是颠倒的河马。在这里,"坠
落—死亡"的结构最终被建立了起来。

　　然而书中提及最多的并非动物的坠落,而是飞机的坠落。为
庆祝波哥大建城周年而举办的那场空军检阅活动必定会令《坠物之
声》的读者们印象深刻。在那场空军检阅中,可能是"哥伦比亚史
上最棒的轻型飞机驾驶员"塞萨尔·阿巴迪亚上尉驾驶的飞机"仿
佛橡胶做的一样从中间弯折……朝着地面坠落,并在坠毁时刮倒
了外宾观礼台的木制顶棚,卷走了总统观礼台的阶梯,最后在草
坪上撞成了碎片"[2]。那场事故总共造成五十七人死亡,死者大多是
在场观礼的达官贵人。然而"坠落"如同暴力一样,造成的终归
是无差别伤害。在小说情节发展方面起到重要作用的美国航空 965
次航班坠机事件就是一例,坠毁在艾尔迪卢比奥山的那架民航航
班,上面大多是"甚至目的地都不是卡利,只是想要换乘最后一
班夜间航班到波哥大去"[3]的普通乘客。不过在那架航班上确实有一

1　胡安·加夫列尔·巴斯克斯:《坠物之声》,第 16 页。
2　胡安·加夫列尔·巴斯克斯:《坠物之声》,第 153 页。
3　胡安·加夫列尔·巴斯克斯:《坠物之声》,第 41 页。

位"特殊"的乘客，她就是拉韦德的妻子埃莱娜·弗里茨。波哥
大、哥伦比亚就像是无情的黑洞，把万物吸入其中，从此再难逃离。
多年之前，美国人伊莱恩·弗里茨（即埃莱娜·弗里茨）也是搭
乘飞机来到波哥大的，当时的她还是个怀揣理想的"和平队"志
愿者，在来到哥伦比亚时还在不断思索美国发生的种种暴力事件
产生的根源，还在不断问自己："美利坚合众国几时开始变成了这
样？……美利坚合众国：是谁让他们走向迷失？是谁该对他们梦想
的破灭负责？"[1] 在波哥大，她与热爱驾驶飞机、同样志向远大的拉
韦德坠入爱河，彼时的拉韦德声称："我将要摆脱这平庸的生活……
我要让拉韦德这个姓在空中重振雄威。我要比阿巴迪亚上尉更加优
秀，让全家都以我为荣。"[2] 然而埃莱娜首次飞赴波哥大的旅途就像
是一个预兆，"一阵阵疾风将他们的航班吹得摇摇晃晃"[3]，在"摇晃"
与"坠毁"之间存在的其实是"堕落"。面对贩毒活动的高额回报，
拉韦德放弃了理想，开始驾驶飞机运送毒品，而埃莱娜也轻易接受、
默许了丈夫的这种选择。随着拉韦德被抓，他们的家庭随之破裂。
多年之后，埃莱娜正是在从美国返回哥伦比亚试图与拉韦德再次
相聚的途中遭遇坠机事件身亡的，不久之后拉韦德也在街头惨遭暗
杀，这起暴力事件为这个家庭的系列悲剧画上了休止符。坠落有声，
坠落无声，坠落即堕落，坠落即死亡。

　　当然，也有评论家质疑，巴斯克斯想通过《坠物之声》反映

1　胡安·加夫列尔·巴斯克斯：《坠物之声》，第 182 页。

2　胡安·加夫列尔·巴斯克斯：《坠物之声》，第 203 页。

3　胡安·加夫列尔·巴斯克斯：《坠物之声》，第 177—178 页。

暴力或贩毒这样宏大的主题，但使用的材料却只限于一两个家庭的故事，单薄的材料与他的野心很不相称。然而亚马拉和拉韦德不只代表各自的家庭，他们实际上是万千哥伦比亚家庭的缩影，因为他们的遭遇可能出现在任何一个哥伦比亚人身上。在自传色彩更浓的《废墟之形》中，巴斯克斯记录了一个让人毛骨悚然的事件："我突然想起了位于同一街区的另一侧街道上的一家小书店，实际上那家小书店开在一家学生用品店里面，我想先到那里去碰碰运气。我那时不记得学校刚刚开启了新的学年，等走到那家书店的玻璃橱窗前时，我撞上了一大群用尽全力喊叫的小孩子，他们在自己母亲的裙摆中间穿行，这让我很是厌烦。不行：还是改天再来吧。我继续走着，拐过街角，开始朝东走去，……就在那时我听到了之前从未听过的巨响，不过我立刻就反应过来那是什么响声了，我旁边的墙壁开始摇晃。我很庆幸那幢建筑没有倒塌下来，因为爆炸声太响了，我们很多人都在想炸弹是否就是在我们所处的位置爆炸的。……只是在后来看到晚间新闻时我才知道，那次爆炸导致了数十人伤亡（还在人行道上炸出了一个大深坑），许多受害者是在附近一家学生用品商店购买文具的母亲和小孩。……我记起了那一天，记起了鼓膜的疼痛感，也记起了在得知真相时的那种心酸，……我自己本可能成为那些死者中的一员。"[1]

然而《坠物之声》中描述的贩毒活动难道就是哥伦比亚暴力问题的根源吗？答案显然是否定的。我们再回想一下巴斯克斯在

---

[1] Vásquez, Juan Gabriel, *La forma de las ruinas* , p.117.

《废墟之形》中对这一问题的探索：他从一截嵌着子弹的脊椎骨入手，调查 1948 年引发"波哥大动乱"的总统候选人埃利塞尔·盖坦遇刺事件之谜，进而又接触到了自由派领袖乌里韦·乌里韦将军于 1914 年在波哥大街头遭斧劈身亡的迷案……那么这些事件是否就是哥伦比亚的暴力之源呢？也许答案依然是否定的，但好在比起提供答案来，文学更重要的职责是提出问题。

我们期待着巴斯克斯用他的作品来不断发问、不断"驱魔"。

推荐阅读

胡安·加夫列尔·巴斯克斯：《坠物之声》，谷佳维译，上海人民出版社，2021 年

胡安·加夫列尔·巴斯克斯：《告密者》，谷佳维译，人民文学出版社，2012 年

胡安·加夫列尔·巴斯克斯：《名誉》，欧阳石晓译，人民文学出版社，2019 年

21

与读者"共谋"

亚历杭德罗·桑布拉的盆栽

　　我们在上一章中曾经提到，胡安·加夫列尔·巴斯克斯所关注的主题、运用的写作技巧、作品的风格等都像是"文学爆炸"的一种延续，但这并不是说拉美文学在 21 世纪也依然更加关注宏大主题。在这一章中，我们就来看看另外一位和巴斯克斯风格完全不同的作家，智利小说家亚历杭德罗·桑布拉，他曾在 2016 年来过中国。2020 年出版四百余页的长篇小说《智利诗人》(Poeta chileno) 之前，桑布拉一直喜欢写中短篇幅的小说，他以擅长描写智利现代社会中的私人生活闻名，喜欢写家庭主题、爱情主题。另外，幽默也是桑布拉作品中常见的元素。这些都是拉丁美洲新生代作家群体很关注的东西，也是他们与 20 世纪大多数拉丁美洲作家所不同的地方，换句话说，在拉丁美洲各国进入现代化发展阶段后，拉美作家的写作主题似乎也更加趋近当代欧美作家。

　　既然已经提到了《智利诗人》，那么我们不妨在这一章中采取倒叙的方式，先来看看出版于 2020 年的《智利诗人》到底是怎样一部作品。在我看来，《智利诗人》之于桑布拉就如同《百年孤独》之于马尔克斯，这两部作品都是对两位小说家此前作品的总结与升华。全书共四章，以第三人称进行叙述，通过一个轻松、愉快的故事诠释了书中人物对智利诗歌的热爱。在小说中，主人公贡萨洛从青少年时就梦想着成为一名诗人。在与少年时期的女友卡拉分开九年以后，贡萨洛重新进入卡拉的生活。贡萨洛与卡拉那沉迷于猫粮的儿子维森特建立了亲生父子般的深厚感情。从此，贡萨洛的生活目标不再只是成为诗人，他更希望做一名合格的继父。多年后，离开卡拉母子，贡萨洛搬到纽约学习生活。待维森特长成少年，与母亲卡拉还有致力于收集玩具车的生父莱昂的意愿相悖，他和继父年轻时一样，也梦想成为一名诗人。与此同时，年近四十的贡萨洛回到智利，但此时的他已不再梦想成为伟大的诗人了。可是当贡萨洛在少年维森特身上看到自己年轻时的影子，二者因为对诗歌的共同喜爱而又变得亲近起来。这就是小说的大致情节，似乎与我们之前讲过的波拉尼奥的《荒野侦探》有些许异曲同工之妙。

不知何故，在桑布拉的作品中，总是存在不确定性和悬念有待解决的情况，父亲永远不会完全是父亲，作家永远不会完全是作家。在本书中，桑布拉写道："在智利，文学评论家可以成为诗人，文学编辑可以是诗人，教授、记者、翻译都可以是诗人。"桑布拉通过贡萨洛和维森特两代人的视角来描绘当地的诗歌世界："许多智利人相信自己是一位诗人，敢于成为一名诗人，最重要的是，决定成为一名诗人。"《智利诗人》谈论梦想成为诗人的勇气，也谈到成为诗人路上做的蠢事。贡萨洛唯一以文学的方式给卡拉留下深刻印象的是剽窃艾米莉·狄金森和贡萨洛·米兰的一些诗歌。他大声朗读，自欺欺人的贡萨洛表现得仿佛那些诗歌是他自己的。他的第一本也是唯一的原创诗集，是自己承担了近一半的费用才得以出版的，极具幽默讽刺意味。

《智利诗人》还谈到父子的身份及关系问题。虽然贡萨洛不是维森特的生父，但他以柔和的态度，与孩子建立起感情。与生父的不负责任相比，贡萨洛更像个父亲：他睡前给儿子读故事、买圣诞礼物、理解维森特的悲喜。亲密的父子关系一直持续到贡萨洛与卡拉的关系破裂。贡萨洛半自费出版了第一本也是最后一本原创诗集，准备离开圣地亚哥，前往纽约攻读硕士，以便将来致力于学术事业。正是在这一时间点上，贡萨洛卸下了维森特父亲的身份，与此同时他放弃的还有成为一名伟大的原创诗人的理想。

初看之下，桑布拉是在向我们介绍何为"智利诗人"，但是我们清楚贡萨洛或维森特都没有成为真正的智利诗人。贡萨洛和维森特更像是多维的肖像，桑布拉以看似轻松幽默的方式给我们描绘着热爱诗歌的智利人生活，但其关于人与理想关系的主题的探究又是深刻而沉重的。

* * *

倒叙结束，我们再回到桑布拉更早的作品上去，也以他的这些作品为例，来看看拉美文学与读者之间关系的发展情况。

青年桑布拉曾在智利大学学习西语文学，毕业后前往马德里攻读硕士，后在智利天主教大学获得文学博士学位。2007 年，桑布拉被选为"波哥大三九人"，也就是三十九岁以下最佳的拉丁美洲作家之一。桑布拉生于 1975 年，成长于皮诺切特独裁统治时期，因而桑布拉称自己和同龄人为"独裁时代的孩子"。虽然我们提到桑布拉擅长写私人生活的故事，但如果我们考虑到皮诺切特统治对智利社会留下的影响，我们可能会更好地理解他的作品。

在讲解波拉尼奥时，我提到了对西班牙文学评论家埃切巴利亚的专访，当埃切巴利亚提到当今最有潜力的西班牙语作家时，桑布拉的名字也赫然在列。桑布拉在 2006 年推出首部小说《盆栽》，引起了世人的瞩目。在这部不足百页的小说中，桑布拉不仅通过多视角描写了一段悲剧恋情，还将元小说的写作技巧融入其中，通过主人公胡里奥的嘴，说出了作者本人对文学创作的看法："文学作品应像盆栽一样精致，留给读者想象、参与的空间。"在桑布拉之后的创作过程中，无论是《树的秘密生活》（*La vida privada de un árbol*, 2007）还是《回家的路》（2011 年），都以简短的篇幅描写了深刻的故事，令读者回味无穷。在《多项选择》（2015 年）中，桑布拉更是以智利大学入学考试试卷题型为范本，创作出了一部另类的小说，将与读者的互动推向了极致。

事实上，纵观西班牙语文学史，"作者写、读者读"的传统文学创作模式早在 20 世纪初便受到了挑战，先锋派文学把对传统的颠覆推向了高潮。在西班牙，由于受到内战和佛朗哥统治的影响，革新的进程有了一段时间的停滞，但作者、读者共谋的新小说模式种子已深深根植于西班牙文学的土壤中，因此从 1960 年代起，以《和马里奥在一起的五小时》（*Cinco horas con Mario*）和《与特雷莎共度的最后几个下午》等为代表的开放式小说将西班牙小说创作推向了又一个高潮。同时在拉丁美洲，"文学爆炸"的主将们更无一不是小说创作技巧的革新者，胡里奥·科塔萨尔更是明确提出了"读者是作者的同谋"的理论。同样是在1960年代，联邦德国康斯坦茨大学的汉斯·罗伯特·姚斯和沃尔夫冈·伊瑟尔创立了接受美学理论，将读者纳入了文学研究的范畴，将研究重心由文本转向读者。这种种时间上的巧合说明，无论是从世界范围来看，还是具体到西班牙及拉丁美洲文学来看，读者参与文学创作的传统早已有之。从这个角度看，桑布拉的"盆栽小说"似乎标志着拉丁美洲新生代小说家对于"读者共谋"理论的继承和发展。

从拉丁美洲小说发展过程来看，自《癞皮鹦鹉》，到高乔小说，到浪漫主义小说，再到以墨西哥革命小说、大地小说和土著小说为代表的地域主义小说，无疑都仍处于传统小说的范畴中，说理的性质要大于文学技巧上的革新。1930年代开始的拉美先锋派小说可以视作拉美作家在文学技巧改革上的一次大胆的借鉴和尝试，这一时期的拉美作家从欧洲现代派文学中借鉴了很多艺术技巧，如意识流手法和对梦境的描写等。"在作品的结构上，作者不再设置一个无所不知的叙述者，作品中的人物只负责讲述自己的感受，人物性格的塑造主要依赖人物自己的意识流动，无需第三者出面介绍"。[1] 我们可以认为，作者在此将自己的部分权力下放给了文本，

---

1 赵德明、赵振江、孙成敖、段若川：《拉丁美洲文学史》，第324页。

全知的叙述者逐渐让位给了文本中的人物。尽管如此，"同欧洲先锋派作家的艺术技巧相比，拉美作家在语言和结构上的改革是十分有限的，因为正如米盖尔·安赫尔·阿斯图里亚斯所说，他们'没有条件去平心静气地剖析复杂的个人心理，严酷的环境使拉美小说首先成为一门新大陆的社会经济地理学，它的使命是搜集资料，作出评价，给予批判。'"[1] 也因此，拉美文学对于小说创作技巧的革新只可能发生在政治上相对稳定的时期，也只可能由远离本土、流亡或"自我流放"的作家们担起这一重任，在一定程度上，这也可以被视为拉美"文学爆炸"出现的原因之一。

* * *

抛开文化教育事业的发展和出版部门的积极推动不提，只从文学本身来看，拉美"文学爆炸"新小说之所以"新"，是就其新奇独特的艺术技巧而言的，这一点我们在之前的章节中已经讲解过，在这一时期，作家们已经在有意无意地将权力由文本向读者转移。我们应该还记得卡洛斯·富恩特斯的例子，在《最明净的地区》中，作者将全知视角赋予了作品中的具体人物伊克斯卡·西富恩戈斯，作者通过西富恩戈斯能透视一切的目光，揭露墨西哥社会生活的各个侧面。如果将《最明净的地区》视为作者将权力转移给文本和人物的代表的话，那么在《阿尔特米奥·克罗斯之死》中，卡洛斯·富

1　赵德明、赵振江、孙成敖、段若川：《拉丁美洲文学史》，第 324 页。

恩特斯则真正完全地将解读文本的权力交给了读者。在这部作品中，作者除了采用逆时和顺时交错的写作手法，还交替使用了第一人称视角、第二人称视角和第三人称视角，甚至各种视角的混合视角进行描写，如果读者不自行进行联想，则不可能理解故事的发展脉络。

巴尔加斯·略萨的作品更是从结构层面上将完成文本的权力交给了读者。如在《绿房子》中，五条故事线索齐头并进，在故事之间切换，甚至讲话人物切换时不作任何提示，梳理线索的任务完全交给了读者。在《酒吧长谈》《潘上尉与劳军女郎》等作品中，"中国套盒""对话波"等写作技巧的应用层出不穷，读者需要依靠自己解决一个又一个谜团。在巴尔加斯·略萨的诸多作品中，最常用的布局技巧是单双数章节讲述的故事不同，在全书最后合为一线。时至今日，读者们对这种结构布局已经相当熟悉了，可以说，在拉美文学的发展过程中，拉美文学的读者们也在不断地进步。

在诸多拉美文学爆炸的革新者中，胡里奥·科塔萨尔真正把读者在文学创作中的作用上升到了理论高度。正如马利安赫雷斯·费尔南德斯（Mariángeles Fernández）所说："在《跳房子》所作出的无数文学贡献中，必须提到它在改变读者地位方面的革命性意义……读者第一次从一本书的开始就掌握了决定权。"在《跳房子》中，胡里奥·科塔萨尔在正文开始前就设置了一个导读表，并指出根据结构和读法，《跳房子》包括许多本书，但主要包括两本：（1）按照传统小说的阅读顺序去读，至第56章终结；（2）按照导读表来读，从第73章开始，至第131章结束。两种读法的最大不同在于后一种读法所包含的莫莱里的文学笔记，科塔萨尔借小说人物莫莱里之手，阐释了自己的文学观点。

在全书的第 79 章，莫莱里（科塔萨尔？）阐述了自己对读者作用的看法：

> 一般的小说似乎总是把读者限制在自己的范围内，而且越是一个好的小说家，这个范围也就越明确，因而寻求也就失败了。必须在戏剧、心理、悲剧、讽刺和政治方面的各个程度上停下来，要努力使得文本不要去抓住读者，而是在常规叙述的背景下向读者悄悄地指出一些更为隐蔽的发展方向，以便使读者不得不变成一个合作者。带有一种与仿古文字模模糊糊地相对立意味着的通俗文字是为雌性读者准备的（一般来说，这类读者总是读了头几页就不读了。坦率说来，这些读者是不可救药的，是被带坏了的，总是因为看书太吃力而大骂不止）。[1]

科塔萨尔借莫莱里之口表示，新小说的一个任务就是不去抓住读者，而是要给予读者有限的线索，暗示故事的发展方向，由读者去抓住故事。科塔萨尔继续写道：

> 要促成，并敢于写出一种不完整的、松散的、不连贯的

---

[1]　胡里奥·科塔萨尔:《跳房子》，孙家孟译，重庆出版社，2008 年，第 413 页。

文本……每次写作时，都要注意使作者和读者都进行写作……
要把文学看作人与人之间活的桥梁……读者的情况：一般来
说，所有的小说家都希望读者能理解自己，分享自己的生活
体验，或能获得一定的信息并使之变为自己的东西。浪漫主
义小说家想通过自己的人物使自己了解自己，古典主义小说
家则想进行训诫，在历史的道路上留下自己的足迹。还有第
三种可能，那就是造就一个合谋者，一个同路人，使之与自
己同步，因为阅读会把读者的时间取消，把它移到作者的时
间里去，这样读者最终就会在作家的经历中，在同一时刻，
以同一方式，与作家同甘共苦……最好只给读者一个门面，
门窗的后面正在发生的神秘事件，合谋的读者应该自己去
寻求。[1]

科塔萨尔提出的"共谋读者"的理论从理论层面上将完成文
学作品的权力转移到了读者身上。自《跳房子》开始，"共谋读者"
的概念逐渐被作者和读者接受，这一点从"后爆炸"时期作家，如
马努埃尔·普伊格、赛维罗·萨尔杜伊、费尔南多·德尔帕索等人
的作品中得到了极好的体现。哪怕是在巴尔加斯·略萨、罗贝托·波
拉尼奥所追求的"全景小说"中，也有无数的空白需要读者自行
填补，从这种意义上来看，"全景小说"在追求全面和完整的同时，
也是在追求作品的"不完整"，而连接这追求"完整"的目标与所

1　胡里奥·科塔萨尔：《跳房子》，孙家孟译，重庆出版社，2008 年，第 413—415 页。

使用的"不完整"的技巧结构的桥梁则是"共谋读者"。在新世纪，当拉丁美洲不断涌现出出生于 19 世纪七八十年代的优秀的年轻作家之时，对于"共谋读者"，即读者参与文学创作理论的应用也在不断地发展之中，其中的代表作家之一就是桑布拉。

* * *

桑布拉的首部小说《盆栽》继承了科塔萨尔"共谋读者"理论，留下了诸多的空白给读者自己来填补。

这部讲述主人公胡里奥和艾米丽娅爱情故事的小说正文部分不到百页，却被分为了五个章节。在篇幅仅有十余页的第一章中，作者致力于描绘胡里奥和艾米丽娅爱情的开始和发展。这短短的正文却又被作者分割成了四个小部分，分别介绍了两人爱情的开始、艾米丽娅的爱情经历、胡里奥的爱情经历和两人爱情的发展。小说的第二章节描述了对文学的共同喜好成了胡里奥和艾米丽娅的爱情纽带；第三部分中，叙述视角发生了变化，作者从艾米丽娅的闺蜜安妮塔的角度描述了儿时艾米丽娅、艾米丽娅和胡里奥的分手以及移居马德里后艾米丽娅的悲惨生活；第四部分又重新聚焦于艾米丽娅出走马德里后胡里奥的生活，以及他决定写一部名为《盆栽》的小说的经过；最后一个章节，通过胡里奥的情人玛利亚的眼睛描写了艾米丽娅在马德里的自杀，又通过安妮塔丈夫安德烈斯之口将这一情况告知胡里奥，而此时的胡里奥正致力于种植实体盆栽。

在这样一部简短的小说中，叙述视角在胡里奥、艾米丽娅、安妮塔、玛利亚等角色之间不停转换，读者在抓住不同视角的同时面临的是一幅幅略显支离破碎的画面。有的片段看上去毫无意义，篇幅却较长，如："胡里奥对艾米丽娅撒的第一个谎是他读过马塞尔·普鲁斯特……胡里奥说，他十七岁时就埋头在奶奶家苦读《追忆似水年华》，自然，那只是个谎言。他那个夏天确实去过金特罗，也确实读过许多人的书，他读杰克·凯鲁亚克，读海因里希·伯尔，读弗拉迪米尔·纳博科夫，读杜鲁门·卡波特，读恩里克·林，但没有读马塞尔·普鲁斯特。那同一个晚上艾米丽娅也第一次对胡里奥撒了谎，同样是关于普鲁斯特的谎言。那时，她只是接着说道：'我也读过普鲁斯特。'"[1]有的信息看似值得作者大费笔墨，却被一笔带过："安妮塔是在艾米丽娅和胡里奥分手前两个月发现自己怀孕的。"[2]作者用一句话交代了男女主人公的爱情结局，具体的分手原因作者并没有提及，读者需要自己通过文本中对胡里奥和艾米丽娅性格的描写，自行猜想二人分手的原因。用前一个例子，桑布拉在暗示我们，这对情人之间相互撒的第一个谎是关于文学的，是关于普鲁斯特的，是关于《追忆似水年华》的，读者们应该产生这样的疑问：为什么是文学？为什么是普鲁斯特？为什么是《追忆似水年华》？读者们通过自己的理解，应该可以解读出桑布拉通过这部小说真正想传达的不是 个简单的爱情故事，而是对文学问题的讨论。

---

1 Zambra, Alejandro, *Bonsái*, Barcelona: Alfaguara, 2006, pp.23-24.

2 Zambra, Alejandro, *Bonsái*, p.48.

事实上，从小说的伊始桑布拉便明确地展示出这部小说的元小说特点：

> 最后她死了而他则孤身一人，尽管事实上他在她，也就是艾米丽娅，死前已经独自生活过许多年了。我们假设她叫艾米丽娅或叫过艾米丽娅，而他现在叫、过去叫过而未来也会继续叫胡里奥。胡里奥和艾米丽娅。最后艾米丽娅死了而胡里奥没死。剩下的就是文学上的东西了。[1]

也就是说，作者在全书一开始就对读者做出了两点暗示：首先，这是一本关于爱情的小说，其次，这是一部关于文学的文论。于是，这全书的第一自然段就像是《跳房子》中的导读表一样，给了读者两种选择：将此书当作爱情故事来读，或者根据作者的提示发掘出文学层面上的潜在内容。我们可以视这些潜在内容为桑布拉自己的文学理论，也就是"盆栽小说"理论。正如小说中所提到的那样："照顾一株盆栽就像写作，胡里奥想。写作就像照顾一株盆栽，胡里奥想。"同样是在小说的末尾，作者用介绍盆栽的方式向读者暗示了他对小说的看法：

> 一株盆栽就是一棵树的小型艺术复制品。它包含两部分：活的树和容器。二者必须协调。为小树选择容器本身就是一

1　Zambra, Alejandro, *Bonsái*, p.13.

项艺术。所谓小树，实际上可以是藤蔓植物，可以是灌木，也可以是树，但我们提到盆栽时通常会想到一棵小树。容器通常是花盆或形状奇特的石料。盆栽从来不叫做盆栽树。因为盆栽这个名字本身就带有生命力。当植物一离开容器，它也就不再是一个盆栽了。[1]

在桑布拉看来，"写作就像照顾盆栽，写作就像为盆栽修剪枝条"，作者负责修剪枝条，负责搭配花盆，而之后盆栽会自由生长，盆栽的美需要观赏者自己去发现，就小说而言，观赏者自然就是读者。事实上，科塔萨尔曾经提出过类似的比喻："文学就像一棵树，枝条的分岔有时意味着一种发展，而有时则仅仅是创造出一种空隙，等待着人们透过空隙去探索和发现。"盆栽与大树相比，更加的细致，而留下的背景空白则更多，这就像将《盆栽》与《跳房子》相对比，需要读者进行填补的空白和在脑海中对故事发展的推测也更多，我们是否可以这样理解：拉美文学在经历了三十年的发展后，依旧在探索着、同时进一步发展了读者参与文学创作的无限可能。

桑布拉对"共谋读者"理论的实践不止于此。2015年，桑布拉推出了《多项选择》一书，在西班牙文版的图书介绍中写着这样一句话："与其说《多项选择》是一本小说，倒不如说他是一本桑布拉式的书更合适。"桑布拉用智利大学入学考试试题为范本，自己编写了一本涉及文学、美学、社会、政治、生活等方方面面的"习

1　Zambra, Alejandro, *Bonsái*, p. 86.

题集"，而这套"习题集"却没有答案，也不可能有答案，对于书中内容的理解完全依赖读者自己。试举一例[1]：

第二大题：为下列句子排序

第 27 小题：孩子

1. 你梦到自己把孩子丢了。2. 你醒了。3. 你哭了。

4. 你把孩子丢了。5. 你哭了。

（A）1-2-4-3-5 （B）1-2-3-5-4 （C）2-3-4-5-1

（D）3-4-5-1-2 （E）4-5-3-1-2

　　按照桑布拉给出的答案，读者有五种理解这句话的可能：(A)你梦到自己把孩子丢了。你醒了。你哭了。你把孩子丢了。你哭了。(B)你梦到自己把孩子丢了。你醒了。你哭了。你哭了。你把孩子丢了。(C)你醒了。你哭了。你把孩子丢了。你哭了。你梦到自己把孩子丢了。(D)你醒了。你哭了。你把孩子丢了。你梦到自己把孩子丢了。你哭了。(E)你把孩子丢了。你哭了。你哭了。你梦到自己把孩子丢了。你醒了。故事的发展是怎样的？孩子是真的丢了还是一切只是一场梦？孰真孰假？故事是喜剧还是悲剧？桑布拉给我们展示了阅读的多重可能，不同的读法带来的故事情节、结局乃至故事的韵律都截然不同。此时，完成作品的人不再是作者，而是阅读文本的读者们。

1　Zambra, Alejandro, *Facsímil*, Madrid: Sexto piso, 2015, p. 23.

* * *

让我们再来总结一下：在拉丁美洲小说的发展过程中，由1930年代的先锋派文学开始，作家们开始注重借鉴欧美先进的写作技巧，发掘文本的无限可能。1960年代，拉美"文学爆炸"的代表作家们开始运用更加新颖的写作技巧，并开始关注读者在文学创作中的作用，无论是卡洛斯·富恩特斯还是巴尔加斯·略萨都在这一方面做出了大胆的尝试。然而真正将读者在文学创作中的作用发展成理论的是胡里奥·科塔萨尔，他提出，在小说创作中，读者应成为作者的共谋。在拉美小说之后的发展历程中，"共谋读者"的理论得到了极大的发展。2006年，智利作家桑布拉出版了小说《盆栽》，在其中进一步发展了科塔萨尔对于读者作用的理论。与科塔萨尔认为文学如一棵大树不同，桑布拉认为文学应该是一株盆栽，需要作者的精心雕琢布局和读者的审美理解相结合。桑布拉在2015年出版的小说《多项选择》更是将读者参与文学创作推向了极致。

可以看出，拉美文学在近五十年的发展过程中一直在不断发展和实践着"共谋读者"理论。时至今日，这一理论已广泛地被作家和读者所接受，成为双方的共识。但正如马利安赫雷斯·费尔南德斯在其研究科塔萨尔的文章中所提到的："《跳房子》在被大部分与科塔萨尔同时代的读者所拒绝的同时却被我们这些当时只有二三十岁的读者迅速地接受了。"在"共谋读者"理论被提出之初，它并没有得到广泛的接受，尤其是对于多年用传统方法进行阅读的读者们来说，要求读者参与文学创作的想法是一个巨大的挑战。从《跳房子》刚出版时不被大部分读者所接受，到如今"共谋读者"理论被广泛认可，拉美文学中读者作用的发展过程对于我国读者也有一定的借鉴启示意义。就像科塔萨尔所说的，对于作者而言，"要促成，并敢于写出一种不完整的、松散的、不连贯的文本"，同样，对于读者而言，则要敢于阅读这样的文本，并参与对这种文本的再创作。我国先锋派文学的起源与发展比拉丁美洲晚了近五十年，这样看来，在拉丁美洲"共谋读者"理论发展已逾五十年后的今天，我国读者参与文学创作的意识应该也已到了觉醒的时刻。

推荐阅读

亚历杭德罗·桑布拉：《盆栽》，袁仲实译，人民文学出版社，2016年
亚历杭德罗·桑布拉：《回家的路》，童亚星译，人民文学出版社，2018年
亚历杭德罗·桑布拉：《我的文档》，童亚星译，人民文学出版社，2016年

22

幻想再现·现实重临
施维伯林、恩里克斯等新生代女性作家

这一章的标题是"幻想再现"和"现实重临",实际上就揭示了当今拉美新生代女性作家群体的两大创作风格。我们在之前的课程中提到过,幻想文学和现实文学是拉美小说的两大支柱,可能会有朋友说,每个国家的文学中都有这两种风格,不过在我看来,能像拉美小说这样让这两条线索齐头并进、不偏不倚地良性发展的,还真是不多。可以说,拉美新生代女性作家很好地继承了这两大传统,并且有所突破。

先来看看幻想一支。我们曾在之前的章节里专门讲解了好几位幻想文学的代表作家,他们大多来自拉普拉塔河地区,所谓拉普拉塔河地区,实际上在我们的讲解里主要指乌拉圭和阿根廷这两个国家,从文学史的角度来看,这两个国家出了许多幻想文学的代表作家。我们今天提到的"幻想再现",代表性的女作家们恰好也来自这一地区,她们是阿根廷女作家萨曼塔·施维伯林和玛丽安娜·恩里克斯。我们曾经提到智利女作家伊莎贝尔·阿连德有"穿

裙子的马尔克斯"的绰号，虽然这样的绰号有压抑女性作家文学原创性之嫌，但它倒也可以帮助我们理解作家的文学风格。萨曼塔·施维伯林也有个类似的绰号，叫"穿裙子的科塔萨尔"，我们一听就能明白，她也是写幻想故事，尤其是幻想性的短篇故事的好手。

施维伯林已经有四部作品被译介到我国了，分别是《吃鸟的女孩》《营救距离》《七座空屋》和《侦图机》，其中《吃鸟的女孩》和《营救距离》是施维伯林两次入围国际布克奖长名单的作品。和科塔萨尔一样，施维伯林非常擅长从日常生活中的事件和物体出发，写出让读者感到惊异、恐惧、后怕的作品。我们来看看《吃鸟的女孩》中收录的故事《蝴蝶》，一群家长在学校门口准备接孩子们放学，施维伯林这样写道：

> "你马上就能看到，我家的丫头今天穿得有多漂亮。"卡尔德隆对柯利蒂说，"她那身衣服，颜色跟她杏仁样的眼睛有多衬；还有那些小缀片……"
>
> 他们跟其他孩子的父母站在一起，正焦急地等待放学。卡尔德隆滔滔不绝地说着，但柯利蒂只顾盯着眼前紧闭的大门。"你会看见的。"卡尔德隆说，"站这边，站得近一点儿，他们马上就要出来了。你家孩子怎么样？"对方做了一个痛苦的表情，呲出牙齿。"不会吧。"卡尔德隆说，"你给他讲过老鼠的故事吗……啊，不，跟我家这位来这招儿可行不通。她太聪明啦。"柯利蒂看了下手表。校门现在随时可能打开，孩子们会叫嚷着、笑着一窝蜂地冲出来，他们穿着五彩斑斓

的花衣服，上面有时候还粘着颜料和巧克力酱。但不知为什么，下课铃声迟迟没有响起。家长们等待着。一只蝴蝶停到卡尔德隆的肩膀上，他一把将它扑住。那只蝴蝶挣扎着想要逃走，但他拎起蝴蝶两端的翅尖，把它们并拢到一块儿。他紧紧抓住那只蝴蝶以防它飞走。"你可以看看，如果我家姑娘看见这个，"他一手着不断静扎的蝴蝶，一边对柯利带说，"她肯定会喜欢的。"但也许是他将蝴蝶捏得太紧了，此刻他感到蝴蝶的翅尖都粘在了他的手上。他往下移开手指一看，果然变得黏糊糊的了。那只蝴蝶还在努力挣扎，它猛一用力，一边的翅膀像纸片一样从中间裂成了两半。卡尔德隆不禁感到有些可惜，他试着固定住那只蝴蝶看看伤势，但这下子，蝴蝶的整半片翅膀全都粘在了他的一根手指上。柯利蒂带着一脸嫌恶的表情看着，做了个手势让卡尔德隆把蝴蝶扔掉。卡尔德隆松开手，蝴蝶跌落到地上。它笨拙地在地上扭动，试图重新飞起来，但无济于事。最后蝴蝶终于放弃了；它躺在地上，一动不动，只有一边的翅膀每隔一阵子会抽一下。柯利蒂建议卡尔德隆给它一个痛快的了结。为了让蝴蝶早日解脱，卡尔德隆用力地一脚踩了下去。

但还没等他挪开脚，卡尔德隆忽然意识到有什么奇怪的事情发生了。他望向校门。仿佛此刻突然刮起一阵狂风，所有的门锁同时被撞开，校门忽然统统打开了，成百上千只色彩缤纷、大小各异的蝴蝶朝着等待中的家长们飞扑过来。卡尔德隆还以为他们被蝴蝶攻击了；他甚至想到了死。但其他家长似乎并不害怕，蝴蝶围绕在他们的身边盘旋飞舞。最后一只掉队的蝴蝶也飞出来，加入了它的同伴。卡尔德隆看着那些敞开的大门，透过中央大厅的彩色玻璃，凝视着里面寂静的大厅。有几个家长还聚集在门边，喊着自家孩子的名字。于是在几秒钟之内，所有的蝴蝶分别向着不同的方向飞去，那些家长则试着要捉住它们。相反，卡尔德隆一动也不动。他不敢从他刚踩死的蝴蝶身上抬起脚。他生怕也许，在那只死去的蝴蝶的翅膀上，会看见自家女儿身上衣服的颜色。[1]

我们常常谈论家长对孩子过度的关爱给孩子带来的压迫感，也常常谈论家长之间互相攀比的问题，这些普遍存在的社会问题写成文学作品会不会枯燥乏味呢？施维伯林用幻想文学的方式给了我们很好的回应。此外，我们在讲解科塔萨尔时提到，他特别擅长加工生活中常见的元素，为之增添幻想的色彩。从《蝴蝶》这个短篇中，我们似乎也能看到施维伯林对这种创作风格的继承，不过相比科塔萨尔，她的视角显得更加细腻，所描写的场景和主题也更具当代气息。

我们刚才提到的另一位阿根廷小说家玛丽安娜·恩里克斯的风格又不一样，如果说施维伯林是"穿裙子的科塔萨尔"，那么恩里克斯可能更像"穿裙子的基罗加"，或者"穿裙子的爱伦·坡"，我们不得不再次强调，这样的比喻只是为了帮助大家更好地理解这

---

1 萨曼塔·施维伯林：《吃鸟的女孩》，姚云青译，上海文艺出版社，2013 年，第 23—25 页。

些作家的风格。玛丽安娜·恩里克斯1973年出生于阿根廷首都布宜诺斯艾利斯，她的小说作品充满戏剧张力，内容新颖，构思大胆，极富地域文化特色。她擅于借助民间传说、都市怪谈以及边缘人物的自白，呈现现代城市的贫困与暴力、拉美独裁统治的后遗症，以及当代人的生存和心理困境。同胡安·加夫列尔·巴斯克斯和萨曼塔·施维伯林一样，她也曾入围国际布克奖。近年来，恩里克斯在西班牙语文坛声名鹊起，受到极大关注。在接受《南方人物周刊》采访时，《床上抽烟危险》的译者周好婳表示自己在巴塞罗那读书期间，在校园里随时可能看到有人手里拿着一本恩里克斯的《火中遗物》。目前国内已经引进出版了她的两部短篇小说集《火中遗物》和《床上抽烟危险》，以及长篇小说《属于我们的夜晚》。

　　大家如果读过爱伦·坡的《鄂榭府崩溃记》，就知道恩里克斯的写作风格了，如果没有读过的话，也可以把两位作家的短篇小说一起读读，一定能获得足够好的阅读体验。我们一般把这些故事的风格叫作哥特式恐怖小说。所谓哥特小说，是戏仿通俗文学中惊险神秘小说的一种，它常出现的元素包括恐怖、神秘、超自然、厄运、死亡、颓废、鬼魂、黑暗、癫狂、诅咒等，这些也正是恩里克斯小说中常出现的元素。"哥特式"这个词本身就会让我们想到黑暗的中世纪，这些哥特式小说也往往能带给我们原始怪诞的感觉。不过，就像我们刚才举的《蝴蝶》的例子一样，如果把阿根廷曾经经历的军政府统治，即所谓的"肮脏战争"，1990年至2000年的经济危机，如今仍然在经历的经济衰退和社会问题丛生的状况考虑在内的话，我们就会发现恩里克斯依然是在用哥特式恐怖小说的方式在展现自己祖国的现实问题。而且，正如我们在此书中始终强调的那样，我们不应该把一位作家束缚在某种单一的写作风格中，贴标签有时是为了便于我们学习，但是在阅读文本时完全不需要始终想着"哥特式""魔幻现实主义""结构现实主义"之类的风格。

我们恰好可以借助这个巧妙的语言游戏把这一讲的内容从幻想过渡到现实上来。在拉美新生代女性作家中，也有许多走的是纯正的现实主义道路，她们的作品大多与神魔幻想无涉，以现实写现实。我用了"大多"这个词，因为我想到我马上要提的这位作家也写过和生死、幽灵等主题相关的故事，她就是墨西哥小说家瓦莱里娅·路易塞利。那本和幽灵相关的故事叫《没有重量的人》，已经出了中文版。不过根据作家本人的说法，她从来都没想过要写一个鬼魂故事。但是她最喜欢的墨西哥作家之一就是我们之前讲过的胡安·鲁尔福，她认为鲁尔福的《佩德罗·巴拉莫》精彩无比，但是她没有兴趣把鲁尔福的书改写成自己的版本。可是在创作《没有重量的人》时，路易塞利又恰好在重读鲁尔福的作品，也因此受到了鲁尔福作品的直接影响。在这个故事中，我们似乎能够看到我们刚才提到过的"传承"问题。学界认为，文学领域普遍存在着"弑父情结"，也就是否定父辈、回归祖辈的做法。20 世纪中叶拉丁美洲新小说出现至今，已经过去了五六十年，也许这一代作家已经到了回归新小说的时刻了。

瓦莱里娅·路易塞利的中译本作品还有《我牙齿的故事》和《假证件》，此外，她的名作《失踪的孩童》（*Los niños perdidos*）也即将推出中译本。路易塞利久居美国，她做过的其中一份工作就是口译员,《失踪的孩童》就来自她为偷渡到美国的墨西哥孩童担任法庭翻译的经历。我又想到了我们之前讲过的阿根廷作家马丁·卡帕罗斯的非虚构作品《饥饿》。人人都知道这个世界上存在着饥饿问题,但包括正在读这本书的所有朋友在内,我们都感觉饥饿问题离我们很遥远,因饥饿而死去的人们在我们眼中似乎也只是一个数字。偷渡问题也是一样。在美墨边境,偷渡活动一直存在,却不仅仅是一群人从一个国家偷偷潜入另一个国家这么简单,我们也许从来没有真正思考过,每一个偷渡者都是一个鲜活的生命,更不用说偷渡者是弱小的孩子了。2019 年我国还翻译出版了另一位墨西哥女作家珍妮弗·克莱门特的小说《兔子洞女孩》,写的也是同一个主题。也许《失踪的孩童》更能证明我们提到的路易塞利是一个倾向现实风格作家的观点。

还有位智利女作家,2018 年曾到上海书展参加过活动,东方卫视的《今晚我们读书》节目曾经利用其来访的机会对她进行过专访,这期节目在网上还可以搜到。我因为翻译过她的几个短篇故事,所以对她比较熟悉,她叫保丽娜·弗洛雷斯,师从我们在上一章节中重点讲到的亚历杭德罗·桑布拉,目前国内出版过她的短篇小说集《最后假期》。保丽娜·弗洛雷斯以写智利中下层的生活状况见长,她特别喜欢从孩童或女性的视角出发来讲述故事,作家本人曾解释说:"青少年时期发生过的某些小事最后会被证明对你的人生影响深远,而且这中间存在着某种游戏,很多时候成年人会通过青少年的视角来审视自身。"

《最后假期》包含九篇故事,原版书名 *Qué vergüenza* 取自书中另一短篇《奇耻大辱》，不过在西班牙语中，"vergüenza"这个单词含义众多，可以理解为羞辱、羞愧、廉耻、害羞、羞怯、窘急、窘困、耻辱等。实际上，"vergüenza"一词的这些含义遍布在整本书中，是贯穿所有九个短篇的关键词，因此选择任何一个释义或者直接套用《奇耻大辱》作为中译本书名都会显得美中不足。于是当年在经过多方商讨之后，出版方最终决定选取书中另一则短篇《最后假期》的标题作为全书的书名，因为本书的另一个核心主题是成长，而《最后假期》这则故事的主人公通过自己的选择告别了最后的假期、告别了青少年时代，似乎也是对全部九篇故事这一共有线索的总结。

《最后假期》的九篇故事分别是《奇耻大辱》《特蕾莎》《塔尔卡瓦诺》《忘记弗莱迪》《娜娜阿姨》《美利坚精神》《莱卡》《最后假期》及《幸运如我》。正如上文所言，这些故事围绕着书名中的"vergüenza"以及作为核心主题的成长展开叙述，但是细细品来这些故事又各有不同，作者细腻笔触下描绘出的智利社会中下阶层的众生相让人回味无穷。在《奇耻大辱》中，两个女孩本来试图帮助自己的父亲摆脱窘境，却使他陷入了新的"奇耻大辱"；《特蕾莎》讲述了一段关乎欲望、诱惑及权力掌控的故事，却在结尾处迎来了出人意料的逾越和反转；在《塔尔卡瓦诺》中，看上去勇敢无畏又肆意妄为的"忍者"少年们终究摆脱不掉悲惨现实的阴影；《忘记弗莱迪》中的女主人公则注定无法忘记生活中的诸多痛苦经历，只能"如同干涸的河底的石头"一样被掏空身心；《娜娜阿姨》在短短十数页纸中讲述了一个关于亲情、成长、离别、死亡的故事；《美利坚精神》像是微缩版的《酒吧长谈》，通过两位前同事的对话揭示出二人共同经历中的重大秘密；《莱卡》给孩子们纯真的生活蒙上了一层情色的阴影；《最后假期》中，主人公在两种天差地别的人生道路中做出了自己的选择；也许我们每个人都能在篇幅最长的《幸运如我》中看到童年时期的自己，并在成年主人公身上感受到那种似曾相识的孤独感，乃至无可奈何地发出"幸运如我"的自嘲和感慨。孤独、挫败、失落、彷徨、羞愧……保丽娜·弗洛雷斯描绘出了智利中下阶层的悲剧性现实，而且在她的笔下，这种悲剧性似乎是天生的、不可逆的，生于悲惨世界的人们无论如何挣扎都难以摆脱命运的束缚。不过就像作家本人所言："我的故事会让人感到难过，不过我却认为在这种悲伤难过之中存在着某种美。"

我们还是一起读读《最后假期》这个故事的开头和结尾，来感受保丽娜·弗洛雷斯的写作风格吧。保丽娜在故事开头写道：

> 我现在要讲的是关于我童年时期最后一个夏天的故事，或者说要讲的是我对自己童年的理解，这些描述都是在一种本能而非刻意的状态中进行的，那个夏天之后，我的人生发生了改变，甚至可以说是出现了决定性的变化。在我哥哥失去他的左脚之前我就搬去和妈妈一起住了，我从中学辍学了，之后发生的一切都牵引着我的人生，使它成为早就注定要成为的那副样子。而这也是我身边所有的人都早就预料到的——而且他们早就料到了事情不会往好的方向发展——，但是不管怎么说，这条路是我自己选择的。所以来讲讲那个暑假中

发生的事情对我来说是有意义的。我认为恰恰是那些事情在很大程度上，当然也是在无意中，促使我做出了决定。我说的是 2010 年的暑假，那时我只有十岁。[1]

故事最后写道：

在后来的岁月中我又曾面对过无数比我在十岁那年遇到过的更巨大的困难。但我总是和妈妈在一起，尽我最大的努力去照顾她，这对我而言也是一种安慰。而我也继续保持着阅读的习惯，我总是想象着等到某个时刻到来的时候，我已经做好了迎接它的准备。[2]

读过这两段文字，相信大家对保丽娜·弗洛雷斯的写作风格已经有所了解了，细腻、流畅、简单却又深刻。

2010 年，极负盛名的英国《格兰塔》杂志评选出了二十二位年纪小于三十五岁、极具潜力的西班牙语年轻作家。在当时，这份名单里的作家作品尚未被引入我国。八年之后的 2018 年，不仅当年位列名单之内、我们在上一章节中讲述的亚历杭德罗·桑布拉的几乎全部叙事文学作品被译介了过来，如今甚至连其门下弟子的作品都同样被译成了中文。要知道，保丽娜·弗洛雷斯出生

1　保丽娜·弗洛雷斯：《最后假期》，裴枫、侯健译，人民文学出版社，2018 年，第122 页。

2　保丽娜·弗洛雷斯：《最后假期》，第 149 页。

于 1988 年，也许是目前有中译本的拉美作家中年轻最轻的，而上文中提及的墨西哥女作家瓦莱里娅·路易塞利也仅比保丽娜年长五岁。出生于 1980 年代的西语年轻作家们在各自国家崭露头角的同时也在遥远的中国拥有了自己的读者，这在西语文学汉译史上还是首次。这种同步性使中国学者和读者能够更好地了解西语文学作品的最新特点，走出拉美文学只有"文学爆炸"、"文学爆炸"只有魔幻现实主义的思维误区。

以保丽娜·弗洛雷斯为例，她本人就曾坦陈自己并不喜欢"文学爆炸"，她认为"文学爆炸"给许多拉美新生代作家带来了巨大的压力。她说："比起'文学爆炸'的作家们，我更喜欢读波拉尼奥的作品，读过波拉尼奥我才真正放松了下来，因为我发现并不是所有拉丁美洲作家都要写魔幻现实主义。我喜欢波拉尼奥，因为他具有强烈的反叛精神。"虽然参加过亚历杭德罗·桑布拉的写作培训班，但是保丽娜·弗洛雷斯认为自己更多的是从女性作家身上学习的写作技巧，而她本人最推崇的作家则是艾丽丝·门罗。如果说波拉尼奥使保丽娜·弗洛雷斯在写作风格上"放松了下来"，那么艾丽丝·门罗则让她在文体类型方面卸下了重担："我周围的人都认为只有创作出长篇小说的人才算得上真正的作家，是门罗让我发现事实并非如此。"同时，保丽娜还认为专注于描写团体、集体的"文学爆炸"时代已经一去不复返了："个体才是如今这个新自由主义世纪的核心，我们已经不再属于集体的时代了。20 世纪最伟大的小说大多是描写整个民族、整个集体的，而我们这个时代是属于个体的，是极为自恋的。"也许考虑到这一点，我们可以更好地理解保丽娜的那本短篇小说集，也能更好地理解拉丁美洲新生代作家群体的创作理念。不过正如我们在之前的文字中提及的那样，如今的拉美文坛，作家风格迥异，作品类型五花八门，思想各不相同，这一点从我们在这几章里提及的新生代作家对待"文学爆炸"的不同态度上就可见一斑，也许正像我们说的：没有规律才是当今拉美文学的最大规律。

值得注意的是，2024 年 3 月，当年布克国际文学奖公布了长名单，十三位入围作家中有四位来自拉丁美洲，分别来自阿根廷（塞尔瓦·阿尔马达，Selva Almada）、秘鲁（加布里埃拉·维纳，Gabriela Wiener）、委内瑞拉（罗德里戈·布兰科·卡尔德隆，Rodrigo Blanco Calderón）和巴西（伊塔马尔·维埃拉·儒尼奥尔，Itamar Vieira Junior）。评委会指出，这份入围名单预示着拉丁美洲文学的"再次繁荣"，我国媒体甚至写出了"拉美文学迎来二次爆炸？"的标题。不论这种判断是否准确，拉美文学的确自"文学爆炸"开始就成了国际文坛上的一股重要力量，这一点不容置疑，它值得我们投入持续的关注。

推荐阅读

萨曼塔·施维伯林：《吃鸟的女孩》，姚云青译，人民文学出版社，2021 年
萨曼塔·施维伯林：《营救距离》，姚云青译，人民文学出版社，2018 年
萨曼塔·施维伯林：《侦图机》，卜珊译，北京日报出版社，2021 年

萨曼塔·施维伯林:《七座空屋》,姚云青译,北京日报出版社,2021 年

玛丽安娜·恩里克斯:《火中遗物》,陈芷、李碧芸译,外语教学与研究出版社,
　　2020 年

玛丽安娜·恩里克斯:《床上抽烟危险》,周妤婕译,外语教学与研究出版社,
　　2022 年

玛丽安娜·恩里克斯:《属于我们的夜晚》,谷音、田园译,外语教学与研究出版社,
　　2023 年

瓦莱里娅·路易塞利:《我牙齿的故事》,郑楠译,上海人民出版社,2018 年

瓦莱里娅·路易塞利:《假证件》,张伟劼译,上海人民出版社,2018 年

瓦莱里娅·路易塞利:《没有重量的人》,轩乐译,上海人民出版社,2018 年

保丽娜·弗洛雷斯:《最后假期》,裴枫、侯健译,人民文学出版社,2018 年

23

诺贝尔文学奖与拉美文学拾零

　　我们基本完成了对拉美文学发展过程的简单梳理，但在这个过程中，总有些作家和作品会被"遗漏"。这种遗漏有时是本书作者刻意为之，因为篇幅所限，我们只能选择最具代表性的作家和作品进行介绍，不过既然有选择，就意味着它受到本书作者自身的学识和对拉美文学的理解的限制，自然难以称得上十全十美。不过这种遗漏有时也是无可奈何之举，因为本书的主要内容还是以拉美小说的发展脉络为线索而写，因此有时如诗人、剧作家等文学家很难恰当地插入行文叙事之中。虽然我们也讲解了如索尔·胡安娜、鲁文·达里奥等诗人，但依然有许多不可不讲的作家没有在前文中出现。因此，我决定加入本章节。以"拾零"为题，并不真正意味着本章提到的作家和作品是"零碎的"，我们可以将之视作补遗，也可视作对博尔赫斯《文稿拾零》标题的致敬。

　　在思考有哪些不得不讲却被我们"遗漏"的作家时，我想到了诺贝尔文学奖，既然这一奖项至今仍被大多数人视作世界文坛最重要的文学奖项之一，那么与该奖项相关的作家自然是不得不提的。西班牙语美洲的六位诺贝尔文学奖得主，我们已经讲解过了三位：米格尔·安赫尔·阿斯图里亚斯、加西亚·马尔克斯和巴尔加斯·略萨，另外三位加夫列拉·米斯特拉尔、巴勃罗·聂鲁达和奥克塔维奥·帕斯最主要的身份都是诗人，因此有必要对拉丁美洲诗歌的发展情况进行简单的概述。

我们在之前的章节中已经讲述过了以鲁文·达里奥为代表的现代主义运动，拉丁美洲现代主义运动主要是一场诗歌运动，它追求"为艺术而艺术"，喜爱高雅象征，颇有脱离现实之感。鲁文·达里奥于 1916 年逝世，但是在他去世之前，现代主义已经走上了下坡路。学界普遍认为，1910 年到 1930 年是拉美诗歌从现代主义向先锋派过渡的时期，诗人们开始注重用朴实无华的形式来描绘现实、表达内心。1910 年，诗人恩里克·贡萨雷斯·马丁内斯重新发表诗作《扭断天鹅的脖子》，而鲁文·达里奥有"天鹅诗人"的美誉，所谓"扭断天鹅的脖子"，实际上是告别现代主义的宣言。

值得注意的是，这一时期涌现出了不少值得关注的女诗人，她们才华横溢，但大多未得善终，她们的文学创作与人生经历可以让我们更深入地理解拉丁美洲的社会环境和女性文学家在彼时彼地艰苦的生存状况。德尔米娜·阿古斯蒂尼就是其中的代表人物，她于 1886 年出生于乌拉圭首都蒙得维的亚的一个富裕家庭，从小就表现出对诗歌的热爱。1913 年结婚后，她细腻的情感和对文学的追求，尤其是爱情诗歌方面的创作得不到丈夫的理解，两人于同年分居，次年，丈夫将女诗人杀死，并在她身边自杀身亡。

在阿古斯蒂尼结婚的前一年，也就是1912年，她见到了鲁文·达里奥，后者对她不吝溢美之词："在今天诸多写诗的女性中，没有任何人在我的脑海中留下像德尔米娜·阿古斯蒂尼这样的印象，她具有坦荡的灵魂和花一样的心。"[1] 德尔米娜·阿古斯蒂尼生前只出版了三部诗集，死后又有两部诗集出版，这些诗歌多以生死、梦幻和爱情为主题。尽管作品不多，但已足以令阿古斯蒂尼在20世纪初的拉美诗坛留下印迹，这很像我们之前讲述过的胡安·鲁尔福、埃内斯托·萨瓦托等作品不多却声名显赫的作家。有学者指出，阿古斯蒂尼"作为一个杰出的女诗人，她却具有叛逆性，以及追求自由的渴望。然而，当她意识到能把艺术和生活在同一个人身上结合起来时，已经为时过晚。她的悲剧是时代的产物，因为当时的社会，不但男子对她这种新型妇女没有认识，连她自己也认识不足。尽管如此，她在近百年前就有如此勇气去争取妇女个性解放，那也确堪为人称道了"[2]。从索尔·胡安娜，到德尔米娜·阿古斯蒂尼，到其后的阿尔丰西娜·斯托尔尼，再到之后的诸多女诗人，抗争命运、追求自由是她们表现出的共同追求，这是值得我们关注和赞许的。

加夫列拉·米斯特拉尔是智利杰出的女诗人，于1945年获诺贝尔文学奖，是拉丁美洲第一个诺贝尔文学奖得主。米斯特拉尔十四岁就开始发表诗作，十六岁时与一位名唤罗梅里奥·乌雷塔的铁路职员相爱，可后者却因为郁郁不得志而自杀，她为此而创作的

---

1 赵德明、赵振江、孙成敖、段若川：《拉丁美洲文学史》，第371页。
2 于凤川：《二十世纪拉美著名诗人与作家》，新华出版社，1992年，第28页。

三首抒情诗以《死的十四行诗》为题，后来在 1914 年获得了圣地亚哥百花诗歌大赛首奖，米斯特拉尔因而名声大振。米斯特拉尔于 1922 年出版了诗集《绝望》，这部诗集突破了现代主义风格的束缚，专注描写有血有肉的人物和美好的自然事物。自此开始，米斯特拉尔就引领了拉丁美洲现实主义诗歌风潮的发展，对包括聂鲁达在内的诸多拉美诗人产生了重要影响。在后续出版的诗集《柔情》《塔拉》和名作《葡萄压榨机》中，米斯特拉尔还表现出了对自然、母亲、儿童、教育事业和祖国的热爱以及对受压迫者的同情。译者、学者赵振江曾经以"柔情似水，壮志如山"来形容米斯特拉尔的生平与创作[1]，这一总结是相当恰当的。

第一次世界大战期间，欧洲的文学艺术发生了史无前例的变革。历史视野的开阔，现代科技的发展，世界各国的分化，精神危机的加剧，这些使人类的意识和情感产生了戏剧性的变化。在这样的形势下，一代年轻的知识分子倡导文学艺术与资产阶级现存秩序、古典主义的传统模式彻底决裂。在此期间，立体主义、未来主义、表现主义、意象主义、达达主义、超现实主义等反对理性和现实主义的流派纷纷出现。这一系列新兴的艺术流派在拉丁美洲统称为先锋派或先锋主义[2]。先锋派诗歌对拉美诗坛产生了深刻的影响，以比森特·维多夫罗为代表，认定诗人的天职"第一是创造，第二是创造，第三还是创造"，倡导挣脱流派束缚、打破既有传统的创造主

---

1 卡夫列拉·米斯特拉尔：《卡夫列拉·米斯特拉尔诗选》，赵振江译，河北教育出版社，2004 年，第 1 页。

2 赵德明、赵振江、孙成敖、段若川：《拉丁美洲文学史》，第 386 页。

义，以及以博尔赫斯等诗人为代表，以"极端"为口号的极端主义，是先锋派诗歌在拉美的代表。我们在讲述罗贝托·波拉尼奥的《佩恩先生》时提及的秘鲁诗人塞萨尔·巴列霍，也是这一时期拉美诗歌的重要代表人物，他的诗歌追求语言的创新，认为语言创新是追寻真理的必要途径，他擅长书写的主题是时间、生死、历史、家庭、故乡等。

智利诗人巴勃罗·聂鲁达 1904 年出生，于 1971 年荣获诺贝尔文学奖，再次为智利诗歌、拉美诗歌正名。1923 年，他出版了第一部诗集《黄昏》，可真正令智利文坛开始关注到这位年轻诗人的诗集是次年出版的《二十首情诗和一支绝望的歌》。"这部诗集是少男少女纯真的恋歌，它活跃在过去与现在、黑暗与光明、失去与占有之间。"[1]这两部诗集的主题——自然与爱情，正是聂鲁达早期作品最热衷描写的。1927 年起，聂鲁达在智利外交部门任职，在东西方多国的履职经历使诗人陷入了精神危机。从自身的情况来看，他的薪酬微薄，生活不尽如人意，从外部的情况来看，他在那些国家看到了诸多悲惨景象，被剥削人民的贫穷与凄苦给他留下了深刻的印象，《大地上的居所》是聂鲁达这一时期的代表诗集。1936 年，西班牙内战爆发，聂鲁达参加了保卫共和国的战斗，始终坚定地同西班牙人民站在一起，此后又奔走于巴黎和拉美之间，号召人们声援西班牙人民的反法西斯斗争，这些经历彻底改变了聂鲁达的诗歌风格，他的诗作有了更加明显的战斗精神。1945 年，

---

1 赵德明、赵振江、孙成敖、段若川：《拉丁美洲文学史》，第 417 页。

聂鲁达获智利国家文学奖，还加入了智利共产党，1950年出版的诗集《漫歌》通常被视作聂鲁达最重要的作品，如《马丘比丘之巅》《伐木者醒来》等名篇都收于该诗集中。

　　我们来看看《二十首情诗与一支绝望的歌》中的《情诗（第十五首）》和《漫歌》中的《马丘比丘之巅》的片段，便能看出聂鲁达诗歌风格上明显的变化。前者如此写道：

> 你沉默时令我欢欣，因为我身边似乎没你这个人，
> 你从远方听我说话，却又接触不到我的声音。
> 你的眼睛好像已经飞去
> 又好像一个亲吻合上了你的双唇。
>
> 由于万物充满我的灵魂
> 你浮在万物之上，也充满我的灵魂，
> 梦的蝴蝶啊，你就像我的灵魂
> 就像与"忧伤"同义谐音。
>
> 你沉默时令我欢畅，好像是在遥远的地方。
> 飒飒作响的蝴蝶啊，你似乎在将我埋怨。
> 从远方听我讲话，可我的声音到不了你的身旁，
> 请用你的沉默让我也不声不响。
>
> 让我也用你的沉默跟你交谈，

它就像戒指一样纯朴，像灯盏一样明亮。

你是沉默不语、繁星满天的夜色。

你的沉默就是星星的沉默，遥远而又平常。

你沉默时令我喜欢，因为你似乎不在我身边。

那么痛苦，那么遥远，好像已经离开人间。

这时一个单词、一丝微笑就足够了，

我会心花怒放，因为你就在我面前。[1]

后者这样写道：

美洲的爱，请你和我一起登攀。

请和我一起将这神秘的石头亲吻。

乌鲁班巴河的银流

使花粉飞上它的金冠。

空虚的藤蔓，岩石的植物，

坚硬的花环

飞上寂静的山巅。

细小的生命从大地的翅膀之间来吧，

1　赵振江编：《拉丁美洲历代名家诗选》，云南人民出版社，1988 年，第 333—334 页。

同时，结晶和寒冷，震动的空气
将争斗的碧玉分开，
啊，野蛮的水，从雪中下来。

爱情啊，爱情，从安第斯山响亮的燧石
直至严峻的夜晚，
面向红色膝盖的黎明
将白雪失明的儿子观看。

啊，琴弦咆哮的维卡玛尤河，
当你将自己的雷鸣
化作浪花，宛似受伤的白雪，
当你强劲的狂风
歌唱、惩罚、惊醒天空，
你在将什么样的语言
送入刚刚脱离安第斯山浪花的耳中？

是谁捕获了寒冷的闪电
并将它锁在高空？
让它在迅猛的刀剑上颤动，
在寒冷的泪水中消融，
打击它身经百战的雄花，
将它引向武士的床，

让它在自己岩石的结局中担惊受怕。[1]

　　除诗歌作品，聂鲁达的自传《我坦言我曾历尽沧桑》也是一部值得阅读的佳作。

　　进入19世纪四五十年代，拉丁美洲小说界出现了所谓的新小说，新小说最大的贡献就在于抛弃了或模仿或专注自我的极端做法，真正将技巧与内容恰到好处地结合在一起，如阿斯图里亚斯、卡彭铁尔等作家，最初醉心欧洲超现实主义，后来恍然大悟，发现了拉丁美洲的神奇现实。有趣的是，这一时期的拉美诗歌似乎也出现了类似的态势。拉丁美洲诗人停止了对欧洲诗人的模仿，也不再在乎自己究竟属于何种"主义"，为艺术而艺术的诗歌被具有社会内涵和意义的诗歌所取代。

　　学界普遍认为，在第二次世界大战后，拉美诗歌在艺术形式上是先锋派的继续，换句话说，进入了后先锋派时期。后先锋派诗歌有以下三个特点：首先，具有开放式的结构，要求读者积极参与补全诗歌、"创作"诗歌，这与我们在前文中讲解的拉美新小说的读者理论有相似之处；其次，语言上兼收并蓄，不再仅仅关注修辞，而是运用不同时代的各种各样的语言，包括日常生活中的口语，使诗歌和散文互相渗透、融为一体。这一点也与我们前面讲述过的拉美小说领域的文体模糊特点有相通之处；最后，在题材上以现实为出发点，同时掺入大量历史、社会、政治和批评的成分，通过幽默、

1　赵振江编：《拉丁美洲历代名家诗选》，第351—352页。

讽刺和诗歌的概括来反映、揭露和改变现实[1]。这一时期的代表诗人有墨西哥诗人奥克塔维奥·帕斯、智利诗人尼卡诺尔·帕拉、尼加拉瓜诗人埃内斯托·卡尔德纳尔等，我们在讲解拉美小说时提及的墨西哥作家何塞·埃米利奥·帕切科也是这一时期的代表诗人。其中，帕拉的《诗歌与反诗歌》于1954年出版，引起诗坛注意，有人评价说帕拉的"反诗歌"是"叙事题材的传统诗歌在喝了几杯超现实主义的酒之后，变得头朝下"了，"四脚朝天观察日常生活的世界，便显得荒诞不经"[2]。实际上，帕拉诗歌中的这种荒诞感一方面表现出了他的诗作的悲观主义色彩，另一方面也表现出了其中深刻的批判精神。帕拉的诗选已于2023年被译成中文，对于我们了解这位拉美诗坛怪才的诗歌创作来说是件值得庆贺的事情。

不过，这一时期拉美诗坛最重要的人物也许还得算是1990年诺贝尔文学奖得主奥克塔维奥·帕斯，实际上，我们在前面各章节的讲解中曾经多次提到过这位作家，他与"文学爆炸"的主将们互有交往，还是墨西哥著名作家埃莱娜·加罗的前夫。由于家庭构成方面的原因，帕斯自幼接触土著文化和欧洲文化，这对他成年后的诗歌创作产生了巨大的影响。在诗歌领域，较早对青年帕斯产生影响的应当是西班牙"二七一代"诗歌群体以及法国的超现实主义诗歌群体。1937年，正值西班牙内战期间，帕斯受邀参加了在西班牙举行的反法西斯作家代表大会，这段经历对他的思想变化也产生

1 　赵德明、赵振江、孙成敖、段若川：《拉丁美洲文学史》，第426—427页。

2 　赵德明、赵振江、孙成敖、段若川：《拉丁美洲文学史》，第435页。

了决定性影响，同聂鲁达相似，帕斯也写出了不少讴歌西班牙人民抵抗运动的诗篇。同样与聂鲁达相似的是，帕斯也有丰富的外交官经历，曾在法国、瑞士、印度、日本等国使馆任职。不过，总体来看，帕斯的诗歌风格与聂鲁达很不相同，帕斯主张恢复诗歌的原始魅力，语言虽然朴实，但关注"眼睛看不见的事物"，注重探索超越生死界限的可能，此外，帕斯还很注重对诗歌结构的探索[1]。

帕斯最有代表性的诗歌作品当属 1957 年写成的《太阳石》(Piedra de Sol)。帕斯在参观过被展览在墨西哥著名的人类学博物馆中的阿兹特克人的太阳石后，灵感涌现，仿照有日历功能、把一年分成 584 天的太阳石的形式，写成了这首描写爱情、现实、生活、时令、死亡的 584 行长诗。这首长诗似乎在与墨西哥诗坛前辈索尔·胡安娜的长诗《初梦》遥相辉映。有趣的是，帕斯还写过一部剖析索尔·胡安娜的人生和诗作的文论作品《索尔·胡安娜，或信仰的陷阱》(Sor Juana Inés de la Cruz o las trampas de la fe)。在巴尔加斯·略萨看来，这是帕斯写得最精彩的文论作品，不过从评论界的总体评价来看，帕斯的《孤独的迷宫》应是帕斯公认最具代表性的文论作品。

《孤独的迷宫》写于 1950 年，全书分为八章和一个附录。前四章为"帕楚科和其他极端""墨西哥人的面具""万圣节、亡灵节""女叛徒的子孙"，在这四个章节里，帕斯在冷静思考和深刻分析的基础上，揭示了墨西哥人的特征，墨西哥人孤独性格的根源，

1　赵德明、赵振江、孙成敖、段若川：《拉丁美洲文学史》，第 440—441 页。

对宗教和生死的态度，墨西哥人的人生观、处世方法和伪装的表象，以及他们那种胆怯和多疑的心理。后四章为"征服与殖民""从独立到革命""墨西哥人的智慧""我们的日子"，可以被视作一部浓缩的墨西哥史[1]。如今，《孤独的迷宫》被认为是了解墨西哥国民性的必读作品。

拉丁美洲的诗歌传统源远流长，我们怀着拾零补全的目的对其加以介绍，却必然会遗漏更多值得介绍的作家和作品，例如富有人格魅力、成就巨大的女诗人阿莱杭德娜·皮扎尼克等，不过对于文学作品来说，最能打动读者、吸引读者的必然是阅读原作的过程，诗歌尤其如此，也许对于诗人进行再多的介绍，都比不上大家真正捧起一部诗集来得有用。

在本章开头我们曾提到，想要以诺贝尔文学奖为线索来进行本章的讲解，实际上，在拉美诗歌发展的几个阶段，我们重点讲述的也正是三位诺贝尔文学奖获奖者：米斯特拉尔、聂鲁达和帕斯。近年来，每到临近 10 月诺贝尔文学奖公布评奖结果之时，各大赔率榜就会在读者之间流传，我们注意到，有两位拉美作家经常出现在这些赔率榜的前十位中，他们是阿根廷作家塞萨尔·艾拉和墨西哥作家奥梅罗·阿里德基斯。其中，艾拉的多部作品已于近年被译介到我国，我国读者对他的情况已经有了一定的了解。1949 年出生的艾拉创作力惊人，迄今已经出版了上百部小说、文论等作品，他的作品前卫而大胆，风格兼具惊悚、悬疑、夸张等诸多特点，有

---

1 陆经生主编：《拉丁美洲文学名著便览》，第 179—180 页。

"博尔赫斯的嫡系传人"的美誉。奥梅罗·阿里德基斯是我国读者
尚不熟悉的作家，他出生于 1940 年，以诗歌创作闻名，也创作小
说和戏剧，同样有外交官任职经历，被认为是墨西哥现当代最重
要的作家之一。和艾拉相似，奥梅罗·阿里德基斯也是位高产作家，
迄今已经创作了八十余部作品，他的写作风格与任何文学流派的主
流风格均不一致，具有极强的创造性，其文学语言精雕细琢，富
有表现力，爱情、女性等是他偏爱书写的主题，他还十分关注印第
安古文明与欧洲文明的碰撞及交融问题，也擅长对日常生活进行反
思，这些都体现在了他的作品中。他的小说《兵是游戏的灵魂》(*Los
peones son el alma del juego*) 以在墨西哥城生活学习的文学青年为
主人公，是与《荒野侦探》有异曲同工之妙的佳作。

　　介绍的作家和作品越来越多，"遗漏"的作家和作品也就越来
越多，借用塞缪尔·贝克特的话："再试一次。再失败一次。失败
得更好一点。"对于这样一部希望普及拉丁美洲文学"不止魔幻"
想法的作品来说，也许已经到了收笔的时候。

推荐阅读

巴勃罗·聂鲁达:《二十首情诗和一首绝望的歌》，陈黎、张芬龄译，南海出版公司，
　　2014 年 / 盛妍译，南海出版公司，2023 年 / 李晓愚译，台海出版社，2024 年 /
　　李佳钟译，浙江文艺出版社，2024 年
巴勃罗·聂鲁达:《漫歌》，赵振江、张广森译，南海出版公司，2021 年

巴勃罗·聂鲁达:《大地上的居所》,梅清译,南海出版公司,2020 年

巴勃罗·聂鲁达:《我坦言我曾历尽沧桑》,林光、林叶青译,南海出版公司,
　　2020 年

卡夫列拉·米斯特拉尔:《卡夫列拉·米斯特拉尔诗选》,赵振江译,河北教育出版社,
　　2004 年

加夫列拉·米斯特拉尔:《孩子的头发》,朱金玉译,江苏凤凰文艺出版社,2017 年

奥克塔维奥·帕斯:《帕斯选集》,赵振江译,作家出版社,2006 年

奥克塔维奥·帕斯:《孤独的迷宫》,王秋石等译,北京燕山出版社,2014 年

尼卡诺尔·帕拉:《反诗歌:帕拉诗集》,莫沫译,江苏凤凰文艺出版社,2023 年

鲁文·达里奥等:《拉丁美洲诗选》,赵振江译,云南人民出版社,1996 年

塞萨尔·艾拉:《音乐大脑》,孔亚雷译,浙江文艺出版社,2019 年

24

拉美文学在中国

在结束本书之前，我认为有必要再同大家一起聊聊拉美文学在中国这个话题，由于这个话题并非本书关注的重点，我尽量进行简短的介绍，而且使用的文字可能更偏感性一点，权且当作漫长学习或讲授过后的休憩。

其实，拉美文学在中国读者面前出现的时间不能算晚，目前看到的、最早专门介绍拉美文学的文章是 1921 年 2 月《小说月报》上的《巴西文学家的一本小说》，作者是茅盾。目前所知、最早翻译成中文的拉美文学作品是鲁文·达里奥的《女王玛勃的面绸》，译介时间是 1921 年 11 月。有学者研究指出，1959 年是我国译介拉美文学数量最多的年份，熟悉拉美历史的朋友肯定会明白，那正是古巴革命胜利的年份[1]。没错，所以拉美文学汉译在很长时间里

---

1 滕威:《"边境"之南：拉丁美洲文学汉译与中国当代文学（1949—1999）》，北京大学出版社，2011 年。

是与政治因素息息相关的。曾几何时,《小说月报》和《文学》这类杂志曾以"被损害民族的文学号"和"弱小民族专号"等为名发表专刊,刊登拉美文学作品,我们和拉美国家都属于所谓的第三世界国家,似乎有着天然的亲近感,这个话题我们在前面的课程讲述马尔克斯时也提到过。正因为这种亲近感,马尔克斯在1982年获得诺贝尔文学奖的消息传来,我们才会如此震惊。在政治因素的影响下,我们在很长时间里对拉美文学的理解是片面的,我们已经在前面的章节中梳理过了拉美小说的发展过程,大家一定还记得我们提到的现实小说、幻想小说,还记得那一个个如雷贯耳的名字,但是在数十年前,国内在译介拉美文学时,把很多作家当作革命或进步作家来翻译和介绍,例如智利诗人、诺贝尔文学奖得主聂鲁达,我们现在知道,聂鲁达最有名的诗作大多是情诗,可是在历史上很长一段时间里,我们只翻译聂鲁达的政治诗、革命诗,以至于到后来,聂鲁达的情诗展现在中国读者面前时,很多人惊掉了下巴。

1960年后,在国家支持下,北京大学、南京大学、上海外语学院、广州外语学院、北京第二外国语学院、北京外贸学院、西安外国语学院、北京外语学校等陆续成立西班牙语专业,这就逐渐解决了西班牙语文学总是需要借助其他语种转译过来的问题,例如英语、俄语和日语。不过在此后十余年里,文学翻译并不是这批西班牙语学习者的主要任务。所以对于拉美文学汉译而言,在我看来,最重要的年份应该是1979年,因为这一年10月,中国西班牙葡萄牙拉丁美洲文学研究会,也就是后来的中国外国文学学会西葡拉美文学研究分会,在南京成立,这是国内最早成立的少数几个文学研究会之一。研究会成立的同时举办了第一届学术研讨会，议题为"西班牙、葡萄牙、拉丁美洲文学"。从此，拉美文学汉译走上了系统化、学术化的道路。我们译介的作家更全面，也更具代表性了，更重要的是，作品的文学价值逐渐成了我们译介拉美文学时考虑的首要因素。

我认为，拉美文学汉译自 1979 年至今经过了三个发展阶段：1979 年至 1992 年是繁荣期，1993 年到 2008 年是低谷期，2009 年到现在是爆炸期。先来看 1979 年至 1992 年的繁荣期，在这个时期，改革开放开始，外国文学译介的大环境得到了改善，同时由于本国文学长期处于空档期，无论是作家还是读者，都渴望且需要阅读外国文学作品。另外，就像刚才提到的那样，西葡拉美文学研究会的成立也在客观上促进了拉美文学汉译事业的发展，一批专家学者和翻译家出现，他们和出版机构、报纸杂志合作，推动了拉美文学汉译的繁荣。在 1979 年第 6 期《外国文艺》杂志上，笔名绍天的赵德明老师发表了《秘鲁作家略萨及其作品》一文，这是我国最早介绍略萨的文章，1982 年，马尔克斯获得诺贝尔文学奖的消息刚刚传来，《世界文学》杂志就发表了《百年孤独》前六章的译文。拉美文学汉译繁荣期就这样拉开了序幕。

这一时期，各种各样关于拉美文学的学术会议逐渐增多。西葡拉美文学研究会每两年召开一次会议，1983 年还专门在我目前工作的西安外国语大学召开了"全国加西亚·马尔克斯与拉美魔幻现实主义研讨会"。就在 1986 年在昆明召开"全国西班牙文学研究暨加西亚·洛尔卡逝世五十周年纪念会"期间，学会与云南人民出版社达成了翻译出版"拉丁美洲文学丛书"的协议,该丛书共计出版了近六十部拉丁美洲的经典作品。西班牙语文学界人士习惯将这套丛书称为"菱形本",因为每一本的封面上都画着一个菱形图案,辨识度很高,大家现在依然能在旧书店和旧书网站上买到这套丛书中的作品。这套丛书共出版六辑,外加"拉美作家谈创作丛书"十种,文体涉及长短篇小说、诗歌、散文等,堪称前无古人、后无来者,是最具代表性的拉美文学书系。

不过,我们刚才提到"拉美作家谈创作丛书"共计划出版十种,最终却只出版了八种,计划中列出的《勇敢的新大陆:卡洛斯·富恩特斯谈创作》和《米格尔·安赫尔·阿斯图里亚斯谈创作》都没有出版。这后来成了历史谜团,我们在前文中曾经提到过,这两部书最终没有出版的主要原因,部分应该是受到了 1992 年我国加入世界版权公约的影响。在此之前,我们国家出版外国文学作品不受版权限制,也不付版税,因此才有了马尔克斯看到自己的书被盗版翻译后勃然大怒,声称不卖给中国版权的传言。传言真假我们姑且不去辨析,不过加入版权公约确实对拉美文学汉译造成了巨大的影响,再加上读者群体对外国文学的热情降低,云南人民出版社由于受到拉美文学丛书在 1980 年代热销的刺激,盲目加大了巴西作家亚马多的《弗洛尔和她的两个丈夫》的印量,造成巨额亏损,种种因素共同作用,造成拉美文学汉译在 1992 年到 2008 年间陷入低谷。

不过我们也不能说这一时期的拉美文学在中国没有重量级的作品问世,实际上,在刚刚加入版权公约之初,打擦边球的行为时有发生,也有出版社出资购买了拉美作家的版权。例如时代文艺出版社就曾以一万美金拿下了略萨全集的版权，并在1996年和2000年分别出版了两辑十八卷作品。此外，《博尔赫斯全集》《博尔赫斯文集》等也是在这一时期出版的。但是这些作品均没有引发应有的反响。

转机出现在2009年左右，这也正是《百年孤独》的版权谈判期。我们前面在讲述拉美"文学爆炸"时提到过，"文学爆炸"的发生是多重因素综合作用的结果，其中不得不提的就是超级文学代理人卡门·巴塞尔斯女士的作用，她恰恰负责作家作品版权输出的事宜。据说她曾提出，为了判断哪家中国出版社有出版《百年孤独》这本该公司压箱底图书的实力，她希望参与竞争的中国出版社先出版其他西班牙语作家的作品，然后她再根据那些作品出版后的情况决定把《百年孤独》的版权签给哪家中国出版社。我们同样无从判断这个故事的真假，但是在2009年左右，的确又有一批拉美作家的作品出现在了中国的图书市场。例如略萨的作品，既有《城市与狗》《绿房子》等已经有中文版的作品再版，也有《公羊的节日》《天堂在另外那个街角》这样新翻译过来的作品出版。巧合的是，2010年略萨就获得了诺贝尔文学奖，他本人也在2011年来华参加活动，同样是在2011年，《百年孤独》中文版正式获得授权出版发行，这一系列事件使拉美文学汉译的热度持续上升。

本书一直在讲述拉美文学的发展历程，相信大家一定也已经发现了拉美文学的魅力。大概从2009年开始，我国的各大出版社或出版公司也已经发现了这一点，世界文学领域好读的、经典的作品不只出自英美文学、法德文学、日语文学或俄语文学，还出自西班牙语文学，尤其是拉丁美洲文学。因此借由《百年孤独》出版前后的一系列契机，拉美文学汉译真正在近年迎来了"爆炸时期"。

"爆炸"体现在哪里呢？举几个例子。首先，许多重要作家的作品以全集或作品集的形式出版，可以让我们更全面地掌握这些知名作家的写作动态和创作发展规律。例如我们的此书中讲析过的马尔克斯、略萨、波拉尼奥、博尔赫斯等，他们的重要作品基本已经在近年来全部被译介到了国内，数十年来从未有中译本出现的科塔萨尔的短篇小说，也已经以四卷本的形式出齐了。其次，丛书越来越多，例如拉美思想译丛、西语文学补完计划、西班牙语文学译丛、西葡拉美幻想经典译丛、西葡拉美现实经典译丛等，它们接过了"拉丁美洲文学丛书"的接力棒，让我们得以更加系统地了解拉美文学的发展脉络。再次，拉美文学被译介的种类越来越多，涉及的文体形式也越来越多了，近年来，拉美文学中的公版书，也就是作者去世满五十周年的图书，受到了出版方的青睐，这样的作品出了很多，如我们讲过的阿尔特的《七个疯子》等作品就属于此类。还有许多非虚构文学也被译介过来，例如我们同样讲解过的马丁·卡帕罗斯的《饥饿》等，作家的文论作品也被译介得越来越多了，1990年代未能出版的《勇敢的新世界：卡洛斯·富恩特斯谈文学》也已经被翻译出版了，我们曾经提到过多次的略萨的博士论文《加西亚·马尔克斯：弑神者的历史》也即将和中国读者见面。此外，正如我们在前面的章节中讲述的那样，近年来，我们不仅在持续译介如马尔克斯、略萨、博尔赫斯等经典作家的作品，也在实时跟进拉美新生代作家的作品，有潜力的作品往往在国外一经出版，我们的出版社就买走了版权，甚至有的作品在国外也没有出版，国内也已经把版权买走了。加西亚·马尔克斯的遗作《我们八月见》于 2024 年 3 月 6 日全球同步发行，简体中文版本自然也未缺席，而且由于时差，简体中文版的读者甚至能比西班牙语读者更早读到这部作品，也算是拉美文学汉译史上的一桩趣事。

促成拉美文学汉译爆炸的还有其他一些因素，例如近年来，我国开设西班牙语专业的高校已经达到了三位数，译者数量不断增加，足以应对拉美文学翻译出版的需求。虽然前面提到的西葡拉美文学研讨会在 2021 年因为种种原因已解散，但中国外国文学学会西葡语文学研究分会在 2023 年 7 月 6 日成立了，我相信新的学会也能在拉美文学汉译方面发挥同样重要的作用。

总而言之，翻阅本书的读者朋友生活在了一个可以很方便地找到拉美文学译本的时代。这种"方便"，既是指渠道层面，如今书店众多，网上购书的渠道也同样便利，此外，也是就拉美文学汉译"爆炸"而言的。如今已是多年之后，面对这么多的拉美文学作品，我真的回想起了上大学时只能在校门口等待卖旧书的小推车出现的那个遥远的下午，我们有一门课程，开学第一课就告诉我们那门课的结课作业是结合《百年孤独》的内容写一篇小论文，但是有的同学一整个学期都没有找到，也当然就没有读到《百年孤独》。现在这样的情况已经不会再出现了。

我经常会在一学期的拉美文学课结课时对我的学生们说，这门课大家真正学到的东西，不在于笔记上记录了多少作家和作品的名字，也不在于考试考了多少分，而在于几个月后甚至几年之后，你依然能记得的作家的风格，你依然能记得的作品的片段。要做到这一点，最好的方式就是打开书本，去阅读，去体验。大家手中的这本书，可能是一份纲要，也可能是一份书单，拉美文学的大门已经打开了，在那片天地中遨游驰骋的车票，就是那一部部等待大家去阅读的作品。

推荐阅读

滕威:《"边境"之南:拉丁美洲文学汉译与中国当代文学（1949—1999）》，北京大学出版社，2011 年

楼宇:《图说拉美文学在中国》，朝华出版社，2024 年

邱华栋:《大陆碰撞大陆:拉丁美洲小说与 20 世纪晚期以来的中国小说》，华文出版社，2015 年

莫言等:《我与加西亚·马尔克斯》，华文出版社，2014 年

侯健:《拉美文学汉译史（1915—2020）》，Ciudad de México : Editorial de la Universidad Veracruzana，2020 年

《普林斯顿文学课》译后记

我为什么热爱巴尔加斯·略萨

提笔之时，想到了几位朋友。

第一位朋友非常喜欢阿根廷作家里卡多·皮格利亚，曾经不远万里到阿根廷拜访作家本人，她说在自己收到皮格利亚同意她到访请求的时候"激动地哭了"，2017年作家去世，我很难想象那几天她的心情是怎样的。不久前她发来信息，说她翻译的皮格利亚的小说《人工呼吸》就要出版了，"终于实现了自己的心愿和完成了对他的承诺"，她这样说道，语气中透着些许沉重的轻松。第二位朋友喜欢"酷酷的"和"怪怪的"文学，例如恩里克·比拉－马塔斯的作品，他在2015年的上海书展上第一次见到比拉－马塔斯，当时他对作家喊了一声"回头我翻译你的书哦"，作家回了句"哦"，后来他竟真的成了比拉－马塔斯的译者，而且翻译了他最喜欢的一本书，他会在豆瓣关注读者们的评论，对于一些失之偏颇的评论会刨根问底，这一切都是而且只可能是源于他对比拉－马塔斯作品的真挚热爱。第三位朋友喜爱诗歌，译过许多诗。诗歌翻译是极难的，不是凭借语言水平或是翻译技巧就可以译好的，我甚至觉得诗歌翻译压根就不能被称作翻译，因为你要和诗人产生绝对的共鸣、要变成诗人本人（又也许文学翻译皆该如此）。前些天，这位朋友新的译作付梓，她写下了这样一句话："我完成你以完成我。"

我身边还有很多做文学翻译的朋友，于是我常常问自己，我们做文学翻译是为了什么？我给自己的答案有很多，但金钱或名声一定不是最主要的目的，因为你的投入和回报在绝大多数时候并不成正比。我想，一个好的文学翻译必定首先是一个好的读者，而一个好的读者总是会迫切地想把自己读到的好书分享给更多的人，这可能就是每个坚持做文学翻译的人共有的最朴素的出发点。不过同时，作为读者的我们又必然会有一位自己最喜爱的作家，他一定曾给予过我们某些不同寻常的体验，这种体验是在阅读其他作家时感受不到的，这也使得把身份切换成文学翻译后的我们暗自生出了一个最大的梦想：由自己来翻译他的作品。这是一种莫大的幸福，是对文学译者最大的褒奖，上面提到的三位朋友就是很好的例子。那么对我而言，这位特殊的作家就是马里奥·巴尔加斯·略萨。

"五岁时学会阅读，是我的生命中所发生过的最重要的事。"略萨在他的诺贝尔文学奖致辞《阅读与虚构颂》中这样说道。对我而言，与此类似的重要之事可能就是发现略萨的作品。

2008年我读大三时，精读课的任课老师陶玉平教授在课上提到说前面几年的西班牙语专八考试总喜欢出巴尔加斯·略萨的文章，建议我们有时间去读读略萨写的东西，熟悉一下他的写作风格，可能会对考试有好处。于是我一下课就跑去图书馆找略萨的书，那时西外图书馆并没有太多西语文学作品,大概只有一两个书架,可倒真被我找到了一本略萨的小说,书名是《城市与狗》,蓝色封面上画着两个军官模样的人,一个趾高气扬,一个手舞足蹈,背景是白描的城市轮廓。我当时觉得很有意思,因为直觉告诉我书名里的狗肯定不是真的狗。就这样,在功利心和好奇心的驱使下,我把那本小说借走了。

我真的是一口气把那本小说读完的,用一句很俗的话说,那是我第一次发现"小说还可以这么写"。尤其是读到最后的部分,我发现自己被骗了,因为我一直以为小说的叙事者是某个人物,但到最后才发现竟是另一个人物,这样一来整个小说值得回味的东西就变得更多了。在那之前,我读得最多的是武侠小说和古典名著,早就习惯了章回体小说的写法,习惯了线性叙事,可是《城市与狗》第一章的最后竟然出现了一个长达数页的段落,不同人物的声音和动作交叉在一起,模糊而混乱,似乎在描写某件不合常理的事情,出场人物是谁?他们在干什么?我带着这两个问题反复阅读那个部分,慢慢抽丝剥茧,待到终于明白发生了什么的时候,体验到了前所未有的阅读快感。

说来惭愧,那是我第一次感受到外国文学带来的震撼。在接下来的一段日子里,我又读了《绿房子》,又再次被震撼了:一部小说竟然可以有这么多条主线齐头并进,最后再汇到一起,这真是太奇妙了!读《潘上尉与劳军女郎》,原来连电报、广播、悼词都可以嵌入小说里去!读《酒吧长谈》,情节可以由一场场对话引出,读者就像是在做拼图游戏一样,阅读、动脑、娱乐、体验快感……

我去查阅略萨的资料，了解到了"文学爆炸"，了解到了许多原本陌生的名字。于是我去读《百年孤独》《阿尔特米奥·克罗斯之死》《跳房子》、博尔赫斯的短篇小说……在略萨的引领下，我完全入进入了西语文学的世界中去，我一边疯狂阅读着所有自己能找到的西语文学书，一边不断寻找着未曾读过的略萨作品。那时，西班牙语专业的毕业生，尤其是男生，是很容易找到极好的工作的，而我的学长们也大都选择了进入企业做外派的工作。大学前两年，我对未来很迷茫，我依然记得大一时，老师问大家毕业后想做什么工作，我当时说自己想开家旅行社，但其实那是假话，很可能只是受到了西安旅游氛围的感染。阅读略萨改变了一切，我想继续阅读略萨、了解略萨、研究略萨，想做些和西班牙语文学有更密切关联的事情。于是后来我选择继续读书，继而进入高校成了西语教师，再后来又做起了文学翻译。

2011 年上半年，也就是在略萨获得诺奖之后不久，我得知略萨要来华做交流活动了，地点是上海和北京。当时正在读研究生的我立刻向系里请了假，把略萨的书塞满了整个书包，还准备了西班牙语版的《红楼梦》作为礼物，并且写了一封信讲述他对我的影响，然后忐忑地搭火车赶到了上海。

上外的讲座现场人山人海，我虽然找到机会把礼物和信一起交给了当时略萨的妻子帕特丽西娅，却一直没有办法和略萨本人有近距离接触。讲座结束后，人群疯了似的向略萨涌去，保安努力拦截，我手里拿着略萨的书，好不容易挤到了非常靠前的地方，可终究是无法近身。种种尝试以失败告终，略萨的身影消失在了报告厅后门。

我有些失落，但也无可奈何，只好随着人群离开了报告厅。

走出报告厅后，我想碰碰运气，便绕到了报告厅后门，果然看到略萨来时乘坐的那辆面包车停在后门的一个隐蔽处，而略萨就坐在靠窗的座位上，周围没有中方人员陪伴，他似乎正在休息。我那时也顾不了太多，立刻飞快地跑了过去，敲了敲车窗玻璃。略萨看到了我，做了个不要着急的手势，开始从车里试着打开窗子，那扇窗子是推拉式的，似乎有段时间没打开过了，略萨试了一阵子，终于把窗子拉开了。我很激动，伸出手去，略萨也很配合地和站在车外的我握了手。

"我是您的忠实读者，您写的所有小说我都看过！"

"啊，是吗？"略萨的微笑很有亲和力。

"我给您带了份小礼物，已经托帕特丽西娅交给您了。"

"啊，真的吗？她已经拿到了是吗？"

"是的，在她那儿了。我还带来本您的小说，能给我签个名吗？"

"当然没问题！"

略萨显然是经验丰富，立刻从衬衫兜里抽出了一支签字笔，在我从书包里抽出的第一本书（西语版的《凯尔特人之梦》）上写下了这样一句话："Un cordial saludo de MVLl（来自马里奥·巴尔加斯·略萨的诚挚问候）。"

这时天空飘起了小雨，我心满意足地向略萨道了别，高兴地离开了，回到宾馆才反应过来自己没有和略萨合影，这成了我最大的遗憾之一，因为略萨之于我实在是太特殊了。

后来我成了西语文学作品的译者，出版社的编辑老师们在知道我对略萨作品的喜爱之后，相继把《五个街角》和《普林斯顿文学课》的翻译任务交给了我，我终于感受到了前面提到过的那种"莫大的幸福"。2019年8月，在西葡拉美文学研讨会召开期间，两位朋友（正是前面提到的比拉－马塔斯的译者和诗歌译者）问我："除了给你的人生带来的影响之外，你喜欢略萨还有什么别的原因吗？"

　　这个问题的答案我思索了很久，因为十几年来我从未想过除了对我人生的影响和高超的文学技巧之外，还有什么别的原因使我能如此持续地热爱略萨。后来我发现，答案也许就藏在《普林斯顿文学课》之中：略萨从来不重复自己，哪怕已经功成名就了也不断保持思考，他从不畏惧权力阶层，既批判别人，也审视自己。《普林斯顿文学课》正是这样一本思考之书，它记录了略萨对政治、文学、历史、社会、恐怖主义等领域中出现的诸多问题的深入看法。我习惯读略萨每隔两周在《国家报》"试金石"专栏上写的文章，跟随着他不断思索在我们这个时代发生的大小问题。没错，这就是我热爱略萨的又一个原因，他就像位从不露面的老师一般，始终教导着我该如何去理解周围的一切。也因此，翻译《普林斯顿文学课》比翻译《五个街角》更令我兴奋，因为这位隐形的老师终于露了面，真的走上了讲台，我期待着国内的读者也能暂时跳出略萨的小说世界，从另一个角度去发现略萨的智慧。

　　除了略萨与鲁文·加略以及菲利普·朗松的精彩对谈之外，在《普林斯顿文学课》中同样值得我们赞叹的还有普林斯顿大学参与这门文学课的十几位学生，他们不仅展现出了卓越的信息搜集能力和广泛的阅读基础，而且始终坚持独立思考并勇于提出自己的见解。我对那位叫作拉腊·诺加德的同学与略萨进行的下面这段讨论《酒吧长谈》中阿伊达这个人物的对话的印象尤其深刻：

拉：阿伊达是小说里唯一既跟资产阶级没关系，同时又不是妓女的女人。

略：她是个政治狂热分子，想要改变很多东西，在一个男权社会中不断挣扎着。

拉：对，但她同时也像是个物化的人物，圣地亚哥爱她，雅各布也爱她。她在小说中最重要的作用就是让两个男人同时爱上了她，然后二人开始较劲，看谁最终能拥有她。阿伊达似乎是整部小说中最强大的女性角色，可最终也物化了，成了两个男性角色争夺的对象。

略：我们谈到一个很有争议性的话题了。阿伊达这个人很清楚在自己国家发生着哪些不好的事情，她想要行动起来，于是她变成了一个狂热分子。好了，我们现在来讨论下，这影响她恋爱了吗？

拉：当然不。她可以恋爱，而且她确实坠入爱河了。但有意思的是小说里所有的女性角色都爱上了某人，但男性角色则并非如此。有一些男性角色在整本小说里都没有爱上过谁。

略：就阿伊达的例子而言，有两个男人同时爱上了她，最后她选择了其中之一。

拉：对。

略：那我们就祝他们幸福吧！

在这里，略萨显然知道他们在讨论较为敏感的女性地位问题，也表现出了想早早结束对话的态度，可拉腊却步步紧逼，丝毫没有因为对方是诺贝尔文学奖得主而将自己的想法藏在心里。我想，略萨是绝对不会感到不快的，因为挑战权力本就是他一向的态度。

我一向有给自己翻译的书写译后记的习惯，可是在刚译完《普林斯顿文学课》时，我决定不写，因为阅读这本书给读者们带来的启迪已经足够多了，我担心自己的任何文字都是画蛇添足。不过后来在本书责编老师的鼓励下，我改变了主意，却没想到比预计要写的长了不少，因为这次我着实难以在书迷、译者和研究者这几个身份之间自由切换。

2019 年 6 月 24 日，我收到了来自略萨秘书菲奥莱娅女士的邮件，略萨同意 10 月 29 日在他位于马德里的家中接受我的专访，正准备入睡的我激动得从床上跳了起来（向那一晚被我吓到的家人道歉）。不过就和此时一样，我压根不知道该以哪种身份去做这场专访。不过管他呢，略萨仍然未停止文学创作，我们追逐略萨文学的脚步也未停下（也将永不停歇），也许这才是最重要的。

《从马尔克斯到略萨：回溯"文学爆炸"》译后记

回头见，巴尔加斯·略萨先生

"来了！"我和张琼对视了一眼，不约而同地小声说了一句。张琼是我的同学、妻子、"好战友"，多年之前就曾和我一同从西安跑到上海，怀着忐忑的心情想要见马里奥·巴尔加斯·略萨一面，这次她也陪我一起来到了马德里，在作家本人的家中等待他的到来。

我们先是隐约听到了别墅外的大铁门缓缓开启的声音，大约两个小时之前，我们也是从那里进来的。紧接着是汽车发动的声音，没过几秒钟我们就看到那辆黑色轿车缓缓停在了房门前，管家塞萨尔从不知道哪个房间里闪了出来，匆匆跑去开门。我和张琼赶忙从书房／待客室的沙发上站起身子，也往房门处走去，却不知道该站在哪里迎接作家。我的心一阵乱跳，既紧张又兴奋，我又要见到自己的偶像了，又能和他近距离交谈了。我曾经想象过无数次这样的场面，却一直以为那终究永远只能是幻想而已，毕竟对方是诺贝尔文学奖得主，要得到和他见面交流的机会实在难如登天。

可这竟然马上就要变成现实了！5秒，10秒或是15秒钟后他就要出现在我的面前了！

现在想来，如果当时时间静止，我一定会再次回想起我和巴尔加斯·略萨的文学世界结缘的点点滴滴。

……

2013年硕士毕业后，我如愿成了高校教师，继续追随着巴尔加斯·略萨文学创作的脚步。我在西班牙维尔瓦大学的导师罗莎早就知道我的喜好，于是建议我博士论文做巴尔加斯·略萨作品在中国的汉译传播方面的研究，我自然立刻表示了同意，我对这个主题简直再熟悉不过了，毕竟那些书已经陪伴我度过了五个年头。可是这依旧不算是个轻松的任务，我搜寻着略萨在中国的一切"印迹"：图书、报纸、杂志、访谈、简讯……那着实是一段"痛并快乐着"的时光。2015年夏天我去西班牙进行博士论文的撰写工作，这样可以和导师保持近距离的高效沟通，也正是在那段时间中的某一天，我惊讶地在网上看到了略萨和帕特丽西娅分手的消息。帕特丽西娅是略萨的第二任妻子，是他的表妹，两人在不久前刚刚庆祝过金婚。文中提到略萨的新女友叫伊莎贝尔·普瑞斯勒，这对当时的我而言是个陌生的名字。

没过几天，我在约定的时间到学校去见罗莎，还没走到办公室，我俩就在走廊上遇到了。她一把拉住我说："你知道了吗？你知道那事了吗？"

西班牙人的好奇心比较强，这时已经有几个老师从办公室里探出头来了，似乎是想看看有没有什么热闹可以参与。

　　我知道罗莎说的不可能是别的事情，于是点了点头，答道："我知道了，真是不可思议。"

　　罗莎是个很有气质的女性，她的父亲是位画家，在佛朗哥统治时期受到过迫害，这也使她有很强的正义感。那是我第一次看到她有些失态。她继续说道："那是个什么样的'神奇的女人'啊，好像一切男人都逃不出她的手心。歌手、贵族、部长……这次轮到了诺贝尔文学奖得主！"

　　原先只是探身观察的老师们纷纷走出办公室，大家围在一起，七嘴八舌地议论了起来，那无疑是个所有人都感兴趣的话题。听了他们的讨论，我才知道菲律宾裔的伊莎贝尔在西班牙是个家喻户晓的社交名媛，曾经有过三段婚姻，已经有了五个孩子、两个孙子，她的第一任丈夫是情歌王子胡里奥·伊格莱西亚斯，她还是流行歌手安立奎的母亲！我回想起四年前帮我代交礼物的帕特丽西娅，心中多了一丝不平和不解。

　　2017 年，我顺利进行了博士论文答辩，实际上从本科到硕士再到博士，我的学位论文做的全都是针对略萨的研究。同年，出版社的朋友们送给了我一份大礼，我接受委托，开始翻译当时略萨的最新小说《五个街角》，我认为翻译偶像的作品是一个文学翻译所能收到的最好的礼物了。小说不长，我译得很快，它让我感觉既熟悉又陌生，熟悉的是作家的文笔风格，陌生的是那本小说表现出了作家之前很少流露的对秘鲁和拉丁美洲未来的乐观态度。2018 年，我又翻译了略萨的《普林斯顿文学课》一书，那是他在美国普林斯顿大学和鲁文·加略教授一起开展文学课的内容实录，我很喜欢这本书，因为它就和略萨其他的文论作品一样，可以激发我们对许多问题的思考，我想这也是支持我持续关注略萨、研究略萨的最大动力之一。

进入 2019 年，距离我上一次跑到上海去见作家本人已经过去将近八个年头了，我从略萨作品的读者、粉丝，慢慢变成了研究者、译者，不过其实这几种身份并不矛盾，而且实际上是交织在一起的。所以再次见到作家、能和他再更深入地交流一次的想法越来越浓烈，我认为是时候做出更进一步的努力了。在朋友们的热心帮助下，我得到了略萨作品外国版权方负责人特蕾莎女士的联系方式，我写了封邮件过去，介绍了自己，表示希望能对作家做一次专访，如果作家愿意，我可以飞到西班牙或是秘鲁去，我同时在邮件里附上了自己的简历和博士论文。

在经过几周无果的等待后，我几乎已经不抱什么希望了，不过这也是意料之中的事情。我曾经读过一本记录略萨士官生生涯的专著，那本书的作者在书里详细描写了见到作家本人的不易，他在遭受到无数次拒绝之后才最终在一次研讨会上得到了见面机会。这么看来，我怎么可能仅凭一封邮件就能见到如今已贵为诺贝尔文学奖得主的略萨呢？可是转念一想，我做出的努力似乎也不仅仅是一封邮件那么简单，这十年的坚持，人生道路的改变，之前提及的身份的变化，其实都是寄出这封邮件的基础，我就是在这种矛盾的心情中等待着那封不知会不会到来的邮件的。

2019 年 5 月 23 日周四 23 时 55 分，我刚躺下准备要睡觉，手机就震动了一声，提示有新邮件到了，我有种奇怪的预感，于是拿起手机，打开邮箱，发现邮件正是特蕾莎女士发来的。在预览状态下，我只能看到"尊敬的侯健，我们有个好消息要告诉您……"。我几乎不敢相信自己的眼睛，立刻点开了邮件："尊敬的侯健，我们有个好消息要告诉您。马里奥·巴尔加斯·略萨将在 10 月 29 日在他位于马德里的家中接受您的专访。请给他的秘书菲奥莱娅女士写信，以确认具体事宜，她的邮箱是……。"我大叫着从床上跳了下来，跑到书房，还在工作的张琼一脸惊恐地看着我，她可能觉得发生了什么不好的事情，可实际上那是我人生中最奇妙的时刻之一。

　　第二天，我立刻给略萨的秘书菲奥莱娅女士发去了邮件，再次介绍了自己，并对略萨同意我的请求表示了感谢，请她告知我具体的时间和地点。此后又是漫长的等待。我担心上一封邮件没有发送成功，于是又重写了一封。6 月 24 日 21 时 11 分，我终于收到了菲奥莱娅的回复邮件："尊敬的侯健，很感谢您的来信，很抱歉回信有些晚。马里奥·巴尔加斯·略萨非常高兴能在 10 月 29 日 17 点在下面的地址与您见面……"，后面写着马德里的一处地址。我悬着的心终于放了下来，梦想成真啦！

　　接下来的四个月是极为忙碌的，我在重读略萨的作品、准备采访问题的同时，还在筹办 8 月份的全国西葡拉美文学研讨会，我成功邀请到了和略萨一起在普林斯顿大学授课的鲁文·加略教授前来参会，他也是《普林斯顿文学课》一书内容的整理者。鲁文是墨西哥人，在美国学习工作已经接近 20 年了，他为人乐观幽默，好奇心很强，曾经在 1990 年代初独自游历了大半个中国。我给他说了我即将在 10 月份去马德里和略萨见面的事情，他问我是不是在太阳门广场附近的一个地点，说那里是作家的办公室，我说不是，然后给他念了一下邮件中的地址。他说："哦，那是普瑞斯勒的家。"天啊，那个"神奇的女人"的家！我突然回想起了罗莎的话，想起了一堆文学教授聚在走廊上谈论巴尔加斯·略萨和伊莎贝尔·普瑞斯勒恋情的场景，不禁又多生出一些好奇。

10 月 24 日，我们从上海浦东机场出发，搭乘东方航空公司的航班抵达了马德里。朋友们把我们从机场接到了酒店，并表示愿意在 29 号当天把我们送去略萨的住处，因为那里是富人区，公共交通并不方便。接下来的几天时间里，我们买了不少略萨的西语原版书，准备替朋友们请他签名，我们把这些书和我们带来的礼物装到了一个大折叠袋里，袋子被撑得鼓鼓的。我准备的礼物有包含略萨所有汉译本作品封面的自制画册、数本 1980 年代的略萨译本、牡丹国画、我的博士论文、送给伊莎贝尔和菲奥莱娅的常州梳篦，以及北京手工艺特产兔儿爷等。严格说来，兔儿爷是我代送的礼物，在得知我要和略萨见面后，一位同样崇拜略萨的年轻作家托我把兔儿爷和她刻的版画送给略萨，我们因此交上了朋友，我也不辱使命地把这两份礼物都带到了马德里，交到了作家手上。

29 日中午，我又收到了菲奥莱娅的一封邮件，她说由于作家下午要看医生，希望把见面时间推迟到 17 时 30 分，我立刻回信表示同意。为避免迟到，我们 16 时 30 分就从酒店出发，可实际上作家住处离酒店并不远，我们 17 时就来到了邮件里写的地址。

一分钟前我们经过了一个转盘，在那之前车窗外还是一片常见的景象，住宅小区、小商店、加油站、大商场……可经过转盘拐到作家住处所在的街道上后，就完全是另一番天地了：道路两旁是一幢幢独立的别墅，都被大铁门和外界隔开，到处是郁郁葱葱的树木，就像是回到了我的故乡青岛的八大关一样，一股既熟悉又陌生的感觉在我心底油然而生。时间还早，朋友先把车开到了附近的一家商场，我们喝了点东西，又赶在约定的时间回到了略萨家门口，朋友祝我们好运，还让我们在结束之前给他发微信，他可以再来接我们，然后就开车走了。

我和张琼拎着那一大包礼物和书来到了略萨家的大铁门前，门右侧的石墙上有一个对讲机，左侧斜上方则是监控探头。礼物包装得满满的，我的肩膀上还背着三脚架，张琼则背着那幅国画，我觉得我们两人在监控镜头中一定就像是两个劫匪。我按了一下对讲机，短暂的音乐声后，一个男声传了出来："您好。"我答道："您好，我和马里奥·巴尔加斯·略萨先生有约。""当然，当然。"对方话音未落，大铁门就缓缓开启了。

门内是一条大约不到百米的石板路步行道，道路两边是高高的树木，我们走到道路尽头就看到了位于左手边的别墅，管家站在门口迎接我们，他叫塞萨尔，一看就是拉美人，我想很可能是秘鲁人。一同出来迎接我们的还有一条金毛犬，她嗅了嗅我，大概发现不是主人，而且我手里没有食物，就转身悻悻地钻回到屋里去了。塞萨尔把我们引到了进门左手边的书房／待客室中，他说作家还没有看完医生，请我们在那里等他一会儿。我们把手上的东西放下，塞萨尔给我们端来两杯水，然后又消失不见了。

　　那里空间很大，摆着略萨的写字桌，桌上有纸、笔、电脑，还摆着一些书。书桌下面铺着一张地毯，地毯下有电线露出，我想应该是取暖装置。整个房间的四面墙壁全都做成了书柜，一开始我们有些拘束，在把摄影设备调试好后就呆坐了下来，可随着时间的流逝，有些无聊的我们逐渐"大胆"了起来，我走到书柜跟前，浏览着上面摆放的书籍，有西语书，也有英语书，还有法语书，内容则不仅局限在文学上，还有许多关于艺术、哲学、政治之类的图书。此外，房间里壁炉的上方还挂着一幅很大的肖像画，画中人是年轻时的伊莎贝尔·普瑞斯勒，优雅端庄。我们把准备好的礼物摆在茶几上，又拍了些照片，透过窗户能看到花园中的景色，那里还有一个巨大的游泳池。

　　在这期间，我又收到了菲奥莱娅发来的两封邮件，分别把见面时间改成了 18 时和 18 时 30 分，我表示我们正在略萨家里耐心等待，请他们不必着急。我们就在那间巨大的书房里观察着、聊着。正对着写字桌的会客区摆着个茶几，那正是我们摆放礼物的地方，茶几旁边摆着长沙发，再旁边还有一张单独的沙发椅，按我的设想，我应该坐在长沙发靠近单独座椅的一边，而略萨则坐在单独的沙发椅上，我们的摄像镜头也是这样摆的。在等待的时候，我突然对略萨的身体状况有了些担心，因为在前一天，我们受邀在马德里美洲之家出席了略萨新书的发布会活动，当时作家是拄着拐杖走上发言台的，此时又因为就医而接连推迟见面的时间，这不由得使我把这两件事情联系到了一起。

当那辆黑色轿车停在房门前时，时间已经接近 19 点了。我和张琼最终在书房和门厅的交界处停下了脚步。作家出现了，这次没有拄拐，10 月末的马德里日夜温差很大，他穿着件粉色衬衫，衬衫外套了件大红色毛衫，最外面还有一件浅棕色外套，脚上穿着一双黑皮鞋，裤子则是白色的。没有客套和寒暄，作家就像对待多年的老朋友一样和我握着手，一个劲儿地道歉："我从来都没有让别人等过我，更别说等这么久了。"他表示自己每周都会到诊所打针，但通常只需要很短的时间，可是那天医生出乎意料给他做了全身检查，因此耽误了时间。实际上我丝毫没有不快，反而喜滋滋的，因为自己成了等待他的独一无二的那个人。和我设想的不一样，进屋之后，略萨坐到了长沙发上，还招呼我坐到了他旁边，他还是和几年前给那两个学生拉车窗时一样亲切，没有任何架子。

我和张琼开始给他送礼物，他对每样礼物都充满好奇，可最感兴趣的似乎还是与自己作品的汉译本相关的东西，他捧着那本画册，一页一页翻看，我则在旁边做着解说，在听说自己的作品在中国曾以"世界十大禁书"的名头出版的时候还哈哈大笑了起来。他说他知道自己的作品有汉译本，但没想到有这么多。"您的小说全都被译成中文了。"我补充道。"全部吗？你瞧瞧，我之前完全没有想到！"略萨感到十分惊讶，可是那惊讶之中也透着 一股喜悦。专访就在这样一种轻松的氛围中开始了，我的第一个问题就是他为何决定接受我们的来访，因为我知道他的行程是很满的。他没有丝毫犹豫，答道："是这样：中国是个幅员辽阔的国家，有着非常重要的地位。还很少有来自中国的文学翻译到我家做客。所以我想接受这次访谈最主要的目的就是认识一下你们，我也想听你们讲讲我的文学、我的作品在中国的传播和接受的情况。"我给他说我带来的博士论文也是关于这个主题的，他把论文捧在手里，点头说道："我看到了，我想我肯定能从中知道很多有趣的事情。"

在接下来的两个多小时时间里，我们聊了他本人的文学创作、西班牙和拉美文学、文学批评、文学翻译、教学生涯、世界政治等诸多方面的话题。在此期间，在询问过我们的意愿后，他请塞萨尔端来两杯红酒和一杯橙汁，我们碰了杯，互相祝贺，然后继续进行访谈。那只金毛也在中途进来转了一圈，略萨和我一起摸了摸她的头，却没有停止攀谈。有时我们会跳出我准备好的问题，即兴聊起其他话题，例如鲁文·加略的两次中国之旅，巴尔加斯·略萨自己的中国之旅和对中国文学的看法，我们甚至聊到了中国的红酒，因为略萨说他现在除了红酒之外已经不喝其他饮料了。

拉美文学最吸引我的就是"文学爆炸"，《从马尔克斯到略萨：回溯"文学爆炸"》中描写的作家之间，尤其是巴尔加斯·略萨和加西亚·马尔克斯之间的恩怨情仇，对于所有拉美文学爱好者而言都是最难以忘怀的东西。我曾经想过询问略萨挥拳击向马尔克斯的原因，但我知道自己不会得到明确的回答。多年之前，曾经有记者问过略萨同样的问题，略萨表示不愿回答，认为"那可能是传记作家的任务"，还曾表示双方分道扬镳不是出于政治原因。那么也许是私人原因？又或者是原因过于复杂，很难用三言两语说清楚。所以我克制住了自己的好奇心，转而问出了另一个与之相关但更加温和的问题："在您创作的诸多文学评论作品中，有一本很特殊，即《加西亚·马尔克斯：弑神者的历史》。众所周知，您后来和加西亚·马尔克斯的关系并不好，那么您会允许这本书被翻译成中文吗？"尽管相对温和，但这个问题依然令我忐忑，因为在1971年出版之后，略萨曾经在长达三十多年的时间里禁止该书再版，直到2006年读者们才惊喜地发现该书被收入了《略萨全集》的第六卷中。略萨会不高兴吗？他会拒绝回答我的问题吗？他会中断这场对话吗？

出乎我意料的是，略萨依然保持着微笑，也保持着他那一贯的亲切态度，他非常自然地回答道："当然，没有任何问题。不过那本书并没写完，因为我只分析到了加西亚·马尔克斯在《百年孤独》之后出版的第一本短篇小说集。后来他还写了许多书。"看到曙光的我试图打消他的顾虑："尽管如此，您的这部作品仍然具有很高的价值。"略萨答道："我希望它有价值，不过自从我们的关系破裂后我就再也没读过这本书了。"我决定步步紧逼："所以我提出了刚才的问题，因为你们两人之间的关系问题，外界揣测不到您是否在意那本书被翻译成其他语言。"这次略萨再次给出了肯定的回答："不，不，不。我对此完全不介意，毕竟那本书已经出版了。不过就像我说的，那本书并没有分析完加西亚·马尔克斯的所有作品，我曾经想过要把它写完，但很显然我不会去写了。"我总算确信此书有机会和中国读者见面了。在禁止此书再版多年之后，略萨不仅同意将其收入全集，还表示愿意让此书译成中文，这意味着什么呢？是如略萨所言，作品出版后的命运不由作者决定，应该允许它以当年的样子被阅读，还是说实际上两人之间的恩怨早就随着时间而化解了？在那一拳挥出近四十年后，略萨是否想通了一些曾经困扰他的事情？我没把这些困惑问出口，因为也许这种凄美的结局才更适合"文学爆炸"。

时光飞逝，就在我把准备好的问题基本问完的时候，门口有一阵响声传来。略萨反应很快，说道："应该是伊莎贝尔回来了，我来让她和你们打个招呼。""神奇的女人"回来了，我心里想道。于是我们一起起身，略萨先走了出去，不一会儿就带着伊莎贝尔回来了，"看啊，两位中国的西班牙语学者到咱们家做客了。你瞧瞧他们给我带来的礼物！"，略萨介绍道。伊莎贝尔和略萨一样，有一股天然的亲切感，说话时一直面带笑容，尽管已经过去了几十年，可她依然和画像中那位女子一样高雅、有气质。我观察着他们，我想我已经从他们望向彼此的眼神中得到了那个问题的答案，空气中弥漫着爱情的味道。

我也和张琼交换了一个眼神，时候不早了，他们应该也要开始享用晚餐了，已经到了离别的时刻。不过我一直记着自己要弥补那个持续了八年的遗憾，于是提出可否四人一起合影。伊莎贝尔赶忙摆手："不不不，我刚做完美容，脸上还敷着东西，也没化妆，绝对不能拍照，"可是她又坏坏地一笑，说道，"不过我可以给你们拍！"她给我们三人拍了很多张照片，"马里奥，笑一个"，看来她对拍照很在行。三人合影结束后，张琼又给我和略萨拍了多张合影，那个遗憾终于彻底消散了。

我们没有再让朋友来接我们，因为略萨让塞萨尔给我们叫了辆出租车，在等待出租车到来的时候，虽然想到作家应该有些疲惫了，但我还是很不好意思地从包里掏出了一摞书，问他能否给我签名,因为"知道我来见您的朋友实在太多了"。出乎我意料的是,作家非但没有表现出不悦,反而极为耐心地一一问我要赠书的朋友的名字,我给他念着朋友们名字的西语拼法,他则一笔一画地写着,显得对汉语名字十分感兴趣,后来我实在有些过意不去,对他说只需要签名即可。最后,我递过去一本西语原版的《五个街角》,我对他说那是我做翻译时用的书,他想了片刻,写下了这样的赠言:"向本书的中国译者、我的好朋友侯健献上我最诚挚的问候,马里奥·巴尔加斯·略萨,2019 年 10 月于马德里"。

这时塞萨尔出现了,他表示车已经在门口等待我们了,于是我们一起往外走去。令我意外的是,略萨一直把我们送到了车跟前,我们再次握手道别。我说:"再见。"作家却回了一句:"下回见。"我若有所悟,立刻答道:"下回见!在中国见!"略萨则应道:"在中国见!为什么不呢?"

车子发动了,缓缓地朝那扇大铁门开去,大门也在慢慢开启。我转头从车后窗望去,意外地发现略萨依旧站在原地,挥着手。我有些感动,也挥了挥手,我知道我们谁也看不到谁,却也知道这并不重要。

"回头见,巴尔加斯·略萨先生。"我想道。

附录3

拉美文学地图

意大利

| 哥伦布（Cristóbal Colón） | 《航海日记》（*Diario de navegación*） |

西班牙

埃尔南·科尔特斯（Hernán Cortés）	《奏呈》（*Cartas de relación de la conquista de México*）
贝尔纳尔·迪亚斯·德尔·卡斯蒂略（Bernal Díaz del Castillo）	《征服新西班牙信史》（*Historia verdadera de la conquista de la Nueva España*）
巴托洛梅·德·拉斯卡萨斯（Bartolomé de las Casas）	《西印度毁灭述略》（*Brevísima relación de la destrucción de las Indias*）
阿隆索·德·埃尔西亚·伊·苏尼卡（Alonso de Ercilla y Zúñiga）	《阿拉乌戈人》（*La Araucana*）
佚名	《小癞子》（*Lazarillo de Tormes*）
马托雷尔（Joanot Martorell）	《骑士蒂朗》（*Tirante el Blanco*）
加尔西·罗德里格斯·德·蒙塔尔沃（Garci Rodríguez de Montalvo）	《阿玛迪斯·德·高拉》（*Amadis de Gaula*）
费尔南多·德·罗哈斯（Fernando de Rojas）	《塞莱斯蒂娜》（*La Celestina*）
米格尔·德·塞万提斯（Miguel de Cervantes）	《堂吉诃德》（*El ingenioso hidalgo don Quijote de la Mancha*）
	《训诫小说集》（*Novelas ejemplares*）

路易斯·德·贡戈拉（Luis de Góngora）	《孤独》（Soledades）
弗朗西斯科·克维多（Francisco Quevedo）	《骗子外传》（Historia de la vida del Buscón）
洛佩·德·维加（Lope de Vega）	《羊泉村》（Fuenteovejuna）
卡尔德隆·德拉·巴尔卡（Calderón de la Barca）	《人生如梦》（La vida es sueño）
阿道夫·贝克尔（Adolfo Bécquer）	《诗韵集·传说集》（Rimas y leyendas）
何塞·索里亚（José Zorrilla）	《堂胡安·特诺里奥》（Don Juan Tenorio）
贝尼托·佩雷斯·加尔多斯（Benito Pérez Galdós）	《福尔杜娜塔和哈辛塔》（Fortunata y Jacinta）
米格尔·德·乌纳穆诺（Miguel de Unamuno）	《迷雾》（Niebla）
巴列-因克兰（Valle-Inclán）	《暴君班德拉斯》（Tirano Banderas）
哈辛托·贝纳文特（Jacinto Benavente）	《利害关系》（Los intereses creados）
安东尼奥·马查多（Antonio Machado）	《西班牙的田野》（Campo de España）
皮奥·巴罗哈（Pío Baroja）	《知善恶树》（El árbol de la ciencia）
阿索林（Azorín）	《堂吉诃德之路》（La ruta de don Quijote）
胡安·拉蒙·希梅内斯（Juan Ramón Jiménez）	《银儿与我》（Platero y yo）
加西亚·洛尔卡（García Lorca）	《吉普赛谣曲》（Romancero gitano）
	《贝尔纳达·阿尔瓦之家》（La casa de Bernalda Alba）
路易斯·塞尔努达（Luis Cernuda）	《现实与欲望》（La realidad y el deseo）
	《致未来的诗人》（Antología）
弗朗西斯科·阿亚拉（Francisco Ayala）	《惨死如狗》（Muertes de perro）
托伦特·巴列斯特尔（Gonzalo Torrente Ballester）	《欢乐与阴影》（Los gozos y las sombras）
	《J.B. 们的神话传说与逃亡》（La saga/fuga de J.B.）
布埃罗·巴列霍（Antonio Duero Vallejo）	《楼梯的故事》（Historia de una escalera）
卡米洛·何塞·塞拉（Camilo José Cela）	《蜂巢》（La colmena）
	《帕斯夸尔·杜阿尔特一家》（La familia de Pascual Duarte）
米格尔·德利维斯（Miguel Delibes）	《和马里奥一起的五个小时》（Cinco horas con Mario）
	《无辜的圣徒》（Los santos inocentes）

卡门·拉弗雷特（Carmen Laforet）	《空盼》（*Nada*）
马丁·桑托斯（Luis Martín Santos）	《沉默的时代》（*Tiempo de silencio*）
胡安·马尔塞（Juan Marsé）	《蜥蜴的尾巴》（*Rabos de lagartija*）
安娜·玛丽亚·马图特（Ana María Matute）	《第一记忆》（*Primera memoria*）
卡门·马丁·盖特（Carmen Martín Gaite）	《后面的房间》（*El cuarto de atrás*）
爱德华多·门多萨（Eduardo Mendoza）	《一桩疑案》（*La verdad sobre el caso Savolta*）
胡安·何塞·米利亚斯（Juan José Millás）	《未完成的世界》（*El mundo*）
安德烈斯·特拉彼略（Andrés Trapiello）	《堂吉诃德·现代西班牙语版》（*Don Quijote de la Mancha*）
哈维尔·马里亚斯（Javier Marías）	《如此苍白的心》（*Corazón tan blanco*）
	《明日战场上想起我》（*Mañana en la batalla piensa en mí*）
	《你明日的面孔》（*Tu rostro mañana*）
恩里克·比拉-马塔斯（Enrique Vila-Matas）	《便携式文学简史》（*Historia abreviada de la literatura portátil*）
	《巴托比症候群》（*Bartleby y compañía*）
	《似是都柏林》（*Dublinesca*）
哈维尔·塞尔卡斯（Javier Cercas）	《萨拉米斯的士兵》（*Soldados de Salamina*）
	《解剖时刻》（*Anatomía de un instante*）
穆尼奥斯·莫利纳（Antonio Muñoz Molina）	《里斯本的冬天》（*El invierno de Lisboa*）
	《如日影偏斜》（*Como la sombra que se va*）
罗莎·蒙特罗（Rosa Montero）	《女性小传》（*Historias de mujeres y algo más*）
豪尔赫·卡里翁（Jorge Carrión）	《书店漫游》（*Librerías*）
	《西班牙语非虚构作品选》（*Mejor que ficción*）
玛丽亚·杜埃尼亚斯（María Dueñas）	《时间的针脚》（*El tiempo entre costuras*）
卡洛斯·鲁伊斯·萨丰（Carlos Ruiz Zafón）	《风之影》（*La sombra del viento*）
阿尔穆德娜·格兰德斯（Almudena Grandes）	《伊内斯与欢乐》（*Inés y la alegría*）
克里斯蒂娜·库巴斯（Cristina Cubas）	《诺娜的房间》（*La habitación de Nona*）

墨西哥

索尔·胡安娜（Sor Juana Inés de la Cruz）	《诗选》（*Antología*）
利萨尔迪（José Joaquín Fernández de Lizardi）	《癞皮鹦鹉》（*El periquillo sarniento*）
马里亚诺·阿苏埃拉（Mariano Azuela）	《在底层的人们》（*Los de abajo*）
胡安·鲁尔福（Juan Rulfo）	《佩德罗·巴拉莫》（*Pedro Páramo*）
	《燃烧的原野》（*El llano en llamas*）
	《金鸡》（*Gallo de oro*）
卡洛斯·富恩特斯（Carlos Fuentes）	《阿尔特米奥·克罗斯之死》（*La muerte de Artemio Cruz*）
	《最明净的地区》（*La región más transparente*）
	《阿尔特米奥·克罗斯之死》（*La muerte de Artemio Cruz*）
	《我们的土地》（*Terra nostra*）
	《克里斯托瓦尔·诺纳托》（*Cristóbal Nonato*）
	《好良心》（*Las buenas conciencias*）
	《被埋葬的镜子》（*El espejo enterrado*）
	《墨西哥的五个太阳》（*Cinco soles de México*）
	《短篇小说全集》（*Cuentos completos*）
埃莱娜·波尼亚托夫斯卡（Elena Poniatowska）	《特拉特洛尔科之夜》（*La nocche de Tlatelolco*）
	《天空的皮肤》（*La piel del cielo*）
	《亲爱的迭戈，基耶拉拥抱你》（*Querido Diego, te abraza Quiela*）
埃莱娜·加罗（Elena Garro）	《未来的记忆》（*Los recuerdos del porvenir*）
萨尔瓦多·埃利松多（Salvador Elizondo）	《法拉贝》（*Farabeuf o lu crónica de un instante*）
费尔南多·德尔帕索（Fernando del Paso）	《何塞·特里戈》（*José Trigo*）
	《墨西哥的帕利努罗》（*Palinuro de México*）
	《帝国轶闻》（*Noticias del Imperio*）
何塞·埃米利奥·帕切科（José Emilio Pacheco）	《不要问我时间如何流逝》（*En resumidas cuentas: antología*）
	《沙漠中的战斗》（*Las batallas en el desierto*）

塞尔希奥·皮托尔（Sergio Pitol）	《记忆三部曲》（*Trilogía de la memoria*）
劳拉·埃斯基韦尔（Laura Esquivel）	《恰似水之于巧克力》（*Como agua para chocolate*）
瓦莱里娅·路易塞利（Valeria Luiselli）	《没有重量的人》（*Los ingrávidos*）
	《我牙齿的故事》（*La historia de mis dientes*）
	《假证件》（*Papeles falsos*）
	《失踪的孩童》（*Los niños perdidos*）
珍妮弗·克莱门特（Jennifer Clement）	《兔子洞女孩》（*Prayers for the Stolen*）
奥克塔维奥·帕斯（Octavio Paz）	《太阳石》（*Piedra de Sol*）
	《索尔·胡安娜，或信仰的陷阱》（*Sor Juana Inés de la Cruz o las trampas de la fe*）
	《孤独的迷宫》（*El laberinto de la soledad*）
豪尔赫·博尔皮（Jorge Volpi）	《追寻克林索尔》（*En busca de Klingsor*）
胡安·比略罗（Juan Villoro）	《水平眩晕：记墨西哥城》（*Horizontal Vertigo*）
奥梅罗·阿里德基斯（Homero Aridjis）	《兵是游戏的灵魂》（*Los peones son el alma del juego*）
安德烈斯·纽曼（Andrés Neuman）	《世纪旅人》（*El viajero del siglo*）
豪尔赫·科门萨尔（Jorge Comensal）	《突变》（*las mutaciones*）

阿根廷

克劳迪亚·皮涅伊罗（Claudia Piñeiro）	《埃莱娜知道》（*Elena Sabe*）
埃斯特万·埃切维里亚（Esteban Echeverría）	《屠场》（*El matadero*）
何塞·马莫尔（José Mármol）	《阿玛利娅》（*Amalia*）
多明戈·福斯蒂诺·萨米恩托（Domingo Faustino Sarmiento）	《法昆多》（*Facundo*）
何塞·埃尔南德斯（José Hernández）	《马丁·菲耶罗》（*Martín Fierro*）
里卡多·吉拉尔德斯（Ricardo Güiraldes）	《堂塞贡多·松布拉》（*Don Segundo Sombra*）
罗伯特·阿尔特（Roberto Arlt）	《七个疯子》（*Los siete locos*）
豪尔赫·路易斯·博尔赫斯（Jorge Luis Borges）	《布宜诺斯艾利斯的激情》（*Fervor de Buenos Aires*）
	《虚构集》（*Ficciones*）
	《沙之书》（*Libro de arena*）
	《阿莱夫》（*El Aleph*）

阿道夫·比奥伊·卡萨雷斯（Adolfo Bioy Casares）	《莫雷尔的发明》（*La invención de Morel*）
	《英雄梦》（*El sueño de los héroes*）
鲁道夫·沃尔什（Rodolfo Walsh）	《屠杀行动》（*Operación masacre*）
马丁·卡帕罗斯（Martín Caparrós）	《饥饿》（*El hambre*）
	《对抗变革》（*Contra cambio*）
	《西拉美洲》（*Ñamérica*）
	《那时的世界》（*El mundo entonces*）
胡里奥·科塔萨尔（Julio Cortázar）	《跳房子》（*Rayuela*）
	《装配用的 62 型》（*62/ Modelo para armar*）
	《曼努埃尔之书》（*Libro de Manuel*）
	《追求者》（*El perseguidor*）
	《短篇小说全集》（*Cuentos completos*）
埃内斯托·萨瓦托（Ernesto Sábato）	《隧道》（*El túnel*）
	《英雄与坟墓》（*Sobre héroes y tumbas*）
	《毁灭者亚巴顿》（*Abadón, el exterminador*）
	《终了之前》（*Antes del fin*）
曼努埃尔·普伊格（Manuel Puig）	《蜘蛛女之吻》（*El beso de la mujer araña*）
	《丽塔·海华丝的背叛》（*La traición de Rita Hayworth*）
	《红唇》（*Boquitas pintadas*）
胡安·赫尔曼（Juan Gelman）	《试探黑夜：胡安·赫尔曼诗选》（*Tantear la noche*）
胡安·何塞·赛尔（Juan José Saer）	《侦查》（*La pesquisa*）
里卡多·皮格利亚（Ricardo Piglia）	《人工呼吸》（*Respiración artificial*）
	《烈焰焚币》（*Plata quemada*）
	《埃米利奥·伦齐日记》（*Los diarios de Emilio Renzi*）
塞萨尔·艾拉（César Aira）	《音乐大脑》（*El cerebro musical*）
萨曼塔·施维伯林（Samanta Schweblin）	《吃鸟的女孩》（*Pájaros en la boca*）
	《营救距离》（*Distancia de rescate*）
	《七座空屋》（*Siete casas vacías*）
	《侦图机》（*Kentukis*）
玛丽安娜·恩里克斯（Mariana Enríquez）	《火中遗物》（*Las cosas que perdimos en el fuego*）
	《床上抽烟危险》（*Los peligros de fumar en la cama*）
	《属于我们的夜晚》（*Nuestra parte de noche*）

智利

布莱斯特·加纳（Alberto Blest Gana）	《马丁·里瓦斯》（*Martín Rivas*）
比森特·维多夫罗（Vicente Huidobro）	《宇宙来我手中啄食：维多夫罗诗选》（*El universo viene a picotear en mis manos*）
路易斯·塞普尔维达（Luis Sepúlveda）	《读爱情故事的老人》（*Un viejo que leía novelas de amor*）
何塞·多诺索（José Donoso）	《"文学爆炸"亲历记》（*Historia personal del boom*）
	《淫秽的夜鸟》（*El obsceno pájaro de la noche*）
	《加冕礼》（*Coronación*）
	《别墅》（*Casa de campo*）
	《没有界限的地方》（又译《奇异的女人》）（*El lugar sin límites*）
豪尔赫·爱德华兹（Jorge Edwards）	《不受欢迎的人》（*Persona non grata*）
玛利亚·路易莎·邦巴尔（María Luisa Bombal）	《最后的雾·穿裹尸衣的女人》（*La última niebla/ La amortajada*）
尼卡诺尔·帕拉（Nicanor Parra）	《反诗歌：帕拉诗集》（*Obra selecta*）
罗贝托·波拉尼奥（Roberto Bolaño）	《科幻精神》（*El espíritu de la ciencia ficción*）
	《荒野侦探》（*Los detectives salvajes*）
	《2666》（*2666*）
	《遥远的星辰》（*Estrella distante*）
	《智利之夜》（*Nocturno de Chile*）
	《帝国游戏》（*El tercer reich*）
	《美洲纳粹文学》（*Literatura nazi en América*）
	《未知大学》（*Universidad desconocida*）
	《佩恩先生》（*Monsieur Pain*）
亚历杭德罗·桑布拉（Alejandro Zambra）	《智利诗人》（*Poeta chileno*）
	《盆栽》（*Bonsái*）
	《树的秘密生活》（*La vida privada de un árbol*, 2007）
	《回家的路》（*Formas de volver a casa*, 2011）
	《多项选择》（*Facsímil*, 2015）

保丽娜·弗洛雷斯（Paulina Flores）	《最后假期》（*Qué vergüenza*）
加夫列拉·米斯特拉尔（Gabriela Mistral）	《诗选》（*Antología*）
巴勃罗·聂鲁达（Pablo Neruda）	《二十首情诗和一支绝望的歌》（*Veinte poemas de amor y una canción desesperada*）
	《大地上的居所》（*Residencia en la tierra*）
	《漫歌》（*Canto general*）
伊莎贝尔·阿连德（Isabel Allende）	《幽灵之家》（*La casa de los espíritus*）
本哈明·拉巴图特（Benjamín Labatut）	《当我们不再理解世界》（*Un verdor terrible*）

哥伦比亚

豪尔赫·伊萨克斯（Jorge Isaacs）	《玛丽亚》（*María*）
何塞·欧斯塔西奥·里维拉（José Eustasio Rivera）	《旋涡》（*La vorágine*）
加西亚·马尔克斯（Gabriel García Márquez）	《百年孤独》（*Cien años de soledad*）
	《我们八月见》（*En agosto nos vemos*）
	《枯枝败叶》（*La hojarasca*）
	《没有人给他写信的上校》（*El coronel no tiene quien le escriba*）
	《格兰德大妈的葬礼》（*Los funerales de la Mamá Grande*）（中译本《礼拜二午睡时刻》）
	《恶时辰》（*La mala hora*）
	《纯真的埃伦蒂拉和她残忍的祖母令人难以置信的悲惨故事》（*La increíble y triste historia de la cándida Eréndira y de su abuela desalmada*）（中译本《世上最美的溺水者》）
	《族长的秋天》（*El otoño del patriarca*）
	《一桩事先张扬的凶杀案》（*Crónica de una muerte anunciada*）
	《霍乱时期的爱情》（*El amor en los tiempos del cólera*）
	《迷宫中的将军》（*El general en su laberinto*）
	《一个海难幸存者的故事》（*Relato de un náufrago*）
	《梦中的欢快葬礼和十二个异乡故事》（*Doce cuentos peregrinos*）
	《爱情和其他魔鬼》（*Del amor y otros demonios*）
	《活着为了讲述》（*Vivir para contarla*）
	《两种孤独》（*Dos soledades*）

阿尔瓦罗·穆蒂斯（Álvaro Mutis）	《马克洛尔的奇遇与厄运》（*Empresas y tribulaciones de Maqroll el Gaviero*）
	《拒绝所有的岸：瞭望员马克洛尔集》（*Summa de Maqroll el Gaviero*）
	《海洋与大地的故事》（*Relatos de mar y tierra*）
阿尔弗雷多·莫拉诺（Alfredo Molano）	《混乱时代》（*Los años del tropel*）
费尔南多·巴列霍（Fernando Vallejo）	《巴比伦娼妓》（*La puta de Babilonia*）
埃克托·阿巴德·法西奥林塞（Héctor Abad Faciolince）	《我们将被遗忘》（*El olvido que seremos*）
威廉·奥斯皮纳（William Ospina）	《肉桂之国》（*El país de la canela*）
胡安·加夫列尔·巴斯克斯（Juan Gabriel Vásquez）	《名誉》（*Las reputaciones*）
	《告密者》（*Los informantes*）
	《坠物之声》（*El ruido de las cosas al caer*）
	《废墟之形》（*La forma de las ruinas*）
皮拉尔·金塔纳（Pilar Quintana）	《雌犬》（*La perra*）

秘鲁

印卡·加西拉索·德拉维加（Inca Garcilaso de la Vega）	《印卡王室述评》（*Comentarios reales*）
里卡多·帕尔马（Ricardo Palma）	《秘鲁传说》（*Tradiciones peruanas*）
西罗·阿莱格里亚（Ciro Alegría）	《广漠的世界》（*El mundo es ancho y ajeno*）
何塞·马里亚·阿格达斯（José María Arguedas）	《深沉的河流》（*Los ríos profundos*）
	《山上的狐狸，山下的狐狸》（*El zorro de arriba y el zorro de abajo*）
塞萨尔·巴列霍（César Vallejo）	《永恒的骰子：巴列霍诗选》（*Los dados eternos: poemas selectos de César Vallejo*）
布里斯·埃切尼克（Alfredo Bryce Echenique）	《胡里乌斯的世界》（*El mundo de Julius*）
胡里奥·拉蒙·里韦罗（Julio Ramón Ribeyro）	《话语》（*La palabra*）
古斯塔沃·法维隆·帕特里亚乌（Gustavo Faverón Patriau）	《向下而生》（*Vivir abajo*）
圣地亚哥·隆卡格里奥罗（Santiago Roncagliolo）	《红色四月》（*Abril rojo*）
	《如此近乎生》（*Tan cerca de la vida*）

巴拉圭

奥古斯托·罗亚·巴斯托斯 (Augusto Roa Bastos)	《我，至高无上者》(*Yo, el Supremo*)
	《人子》(*Hijo de hombre*)

乌拉圭

奥拉西奥·基罗加 (Horacio Quiroga)	《爱情、疯狂和死亡的故事》(*Cuentos de amor, de locura y de muerte*)
费利斯贝托·埃尔南德斯 (Felisberto Hernández)	《无人亮灯》(*Nadie encendía las lámparas*)
德尔米娜·阿古斯蒂尼 (Delmira Agustini)	《诗歌全集》(*Poesías completas*)
伊达·维塔莱 (Ida Vitale)	《诗歌选集》(*Poesía reunida*)
胡安·卡洛斯·奥内蒂 (Juan Carlos Onetti)	《造船厂》(*El astillero*)
	《井》(*El pozo*)
	《当一切不再重要时》(*Cuando ya no importe*)
	《欢迎，鲍勃》(*Bienvenido, Bob*)
	《短暂的生命》(*La vida breve*)
	《收尸人》(*Juntacadáveres*)
爱德华多·加莱亚诺 (Eduardo Galeano)	《拉丁美洲被切开的血管》(*Las venas abiertas de América Latina*)
	《火的记忆》(*Memoria del fuego*)
	《爱与战争的日日夜夜》(*Días y noches de amor y de guerra*)
	《颠倒看世界》(*Patas arriba: la escuela del mundo al revés*)
马里奥·贝内德蒂 (Mario Benedetti)	《休战》(又译《情断》)(*La tregua*)
马里奥·莱夫雷罗 (Mario Levrero)	《发光的小说》(*La novela luminosa*)

巴西

欧克利德斯·达·库尼亚（Euclides da Cunha）	《腹地》（Os sertões）
马沙多·德·阿西斯（Machado de Assis）	《布拉斯·库巴斯死后的回忆》（Memórias póstumas de Brás Cubas）
吉马朗埃斯·罗萨（João Guimarães Rosa）	《广阔的腹地：条条小路》（Grande Sertão: Veredas）
若热·亚马多（Jorge Amado）	《弗洛尔和她的两个丈夫》（Dona Flor e seus Dois Maridos）
克拉丽丝·李斯佩克朵（Clarice Lispector）	《星辰时刻》（A hora da Estrela）
保罗·柯艾略（Paulo Coelho）	《牧羊少年奇幻之旅》（O Alquimista）

尼加拉瓜

鲁文·达里奥（Rubén Darío）	《蓝》（Azul）
塞尔希奥·拉米雷斯（Sergio Ramírez）	《天谴》（Castigo divino）

委内瑞拉

罗慕洛·加列戈斯（Rómulo Gallegos）	《堂娜芭芭拉》（Doña Bárbara）
乌斯拉尔·彼得里（Uslar Pietri）	《时间中来访》（La visita en el tiempo）
罗德里戈·布兰科·卡尔德隆（Rodrigo Blanco Calderón）	《和谐与交感》（Simpatía）

玻利维亚

阿尔西德斯·阿格达斯（Alcides Arguedas）	《青铜的种族》（Raza de bronce）
埃德蒙多·帕斯·索尔丹（Edmundo Paz Soldán）	《逃亡河》（Río fugitivo）

厄尔多瓜

豪尔赫·依卡萨（Jorge Icaza）：厄尔多瓜	《养身地》（Huasipungo）

危地马拉

神话	《波波尔乌》（Popol Vuh）
米格尔·安赫尔·阿斯图里亚斯（Miguel Ángel Asturias）	《总统先生》（El Señor Presidente）
	《玉米人》（Hombres de maíz）
	《危地马拉的传说》（Leyendas de Guatemala）
奥古斯托·蒙特罗索（Augusto Monterroso）	《公羊及其他寓言》（La oveja negra y demás fábulas）

古巴

西里洛·比利亚维尔德（Cirilo Villaverde）	《塞西莉亚·巴尔德斯》（*Cecilia Valdés o la Loma del Ángel*）
阿莱霍·卡彭铁尔（Alejo Carpentier）：古巴	《人间王国》（*El reino de este mundo*）
	《方法的本源》（*Los recursos del método*）
	《光明世纪》（*El siglo de las luces*）
	《追击》（*El acoso*）
	《时间之战》（*Guerra del tiempo y otros relatos*）
何塞·莱萨玛·利马（José Lezama Lima）	《天堂》（*Paradiso*）
	《诗集》（*Antología poética*）
吉列尔莫·卡布雷拉·因凡特（Guillermo Cabrera Infante）	《三只忧伤的老虎》（*Tres tristes tigres*）
	《神圣的烟草》（*Holy smoke*）
塞维罗·萨杜伊（Severo Sarduy）	《弥勒》（*Maitreya*）

萨尔瓦多

奥拉西奥·卡斯特利亚诺斯·莫亚（Horacio Castellanos Moya）	《错乱》（*Insensatez*）

哥斯达黎加

卡洛斯·丰塞卡（Carlos Fonseca）	《南方》（*Austral*）
	《动物博物馆》（*Museo animal*）

秘鲁 / 西班牙

	《我把沉默献给您》（*Le dedico mi silencio*）
	《城市与狗》（*La ciudad y los perros*）
	《首领们》（*Los jefes*）
	《绿房子》（*La casa verde*）
	《崽儿们》（*Los cachorros*）
	《酒吧长谈》（*Conversación en La Catedral*）
	《潘达雷昂上尉与劳军女郎》（*Pantaleón y las visitadoras*）
	《胡莉娅姨妈与作家》（*La tía Julia y el escribidor*）
	《世界末日之战》（*La guerra del fin del mundo*）
	《叙事人》（*El hablador*）
	《利图马在安第斯山》（*Lituma en los Andes*）
	《坏女孩的恶作剧》（*Travesuras de la niña mala*）
	《天堂在另外那个街角》（*El paraíso en la otra esquina*）
	《五个街角》（*Cinco esquinas*）
	《公羊的节日》（*La fiesta del Chivo*）
马里奥·巴尔加斯·略萨（Mario Vargas Llosa）	《艰辛时刻》（*Tiempos recios*）
	《普林斯顿文学课》（*Conversación en Princeton con Rubén Gallo*）
	《略萨谈博尔赫斯》（*Medio siglo con Borges*）
	《塔克纳小姐》（*La señorita de Tacna*）
	《琼加》（*La Chunga*）
	《凯蒂与河马》（*Kathie y el hipopótamo*）
	《阳台上的疯子》（*El loco de los balcones*）
	《美丽的眼，丑陋的画》（*Ojos bonitos, cuadros feos*）
	《一千零一夜》（*Las mil y una noches*）
	《想象的火焰》（*El fuego de la Imaginación*）
	《一个野蛮人在巴黎》（*Un bárbaro en París*）
	《加西亚·马尔克斯：弑神者的历史》（*García Márquez: historia de un deicidio*）
	《为骑士蒂朗下战书》（*Carta de batalla por Tirante el Blanco*）
	《永远的纵欲：福楼拜与〈包法利夫人〉》（*La orgía perpetua*）
	《古老的乌托邦：何塞·玛利亚·阿格达斯与土著主义文学》（*La utopía arcaica*）
	《不可能的诱惑：雨果与〈悲惨世界〉》（*La tentación de lo imposible*）
	《虚构之旅：胡安·卡洛斯·奥内蒂的文学世界》（*El viaje a la ficción*）

参考文献

Armas Marcelo, J.J., *Vargas Llosa: el vicio de escribir*, Barcelona: Debolsillo, 2008

Bellini, Giuseppe, *Historia de la literatura hispanoamericana*, Madrid: Editorial Castalia, 1985

Hamilton, Carlos, *Historia de la literatura hispanoamericana*, Madrid: Ediciones y Publiicaciones Españolas, 1960

Ortiz Aguirre, Enrique, *La lieratura hispanoamercana en 100 pregunta*, Madrid: Nowtilus, 2017

Oviedo, José Miguel, *Historia de la literatura hispanoamericana*, Madrid: Alianza, 2012

Shaw, Donald L., *Nueva narrativa hispanoamericana: boom, postboom, posmodernismo*, Madrid: Cátedra, 2008

Vargas Llosa, Mario, *Elogio de la lectura y la ficción: discurso ante la Academia Sueca*, Madrid: Punto de lectura, 2011

Vargas Llosa, Mario, *Obras completas VI: ensayos literarios I*, Barcelona: Galaxia Gutenberg, 2006

E. 布拉德福德·伯恩斯、朱莉·阿·查利普：《简明拉丁美洲史》，王宁坤译，世界图书出版公司，2009 年

阿图罗·托雷斯—里奥塞科：《拉丁美洲文学简史》，吴健恒译，人民文学出版社，1978 年

埃内斯托·萨瓦托：《终了之前：萨瓦托回忆录》，侯健译，四川文艺出版社，2022 年

安赫尔·埃斯特万、安娜·加列戈：《从马尔克斯到略萨：回溯"文学爆炸"》，侯健译，生活·读书·新知三联书店，2021 年

巴尔加斯·略萨：《给青年小说家的信》，赵德明译，人民文学出版社，2021 年

巴尔加斯·略萨：《普林斯顿文学课》，侯健译，人民文学出版社，2020 年

巴尔加斯·略萨：《无休止的纵欲·致青年小说家》，施康强、赵德明译，时代文艺出版社，2000 年

陈众议、范晔、宗笑飞：《西班牙与西班牙语美洲文学通史 2》，译林出版社，2018 年

陈众议：《西班牙文学：黄金世纪研究》，译林出版社，2007 年

胡里奥·科塔萨尔：《文学课》，林叶青译，南海出版公司，2022 年

加西亚·马尔克斯、巴尔加斯·略萨：《两种孤独》，侯健译，南海出版公司，2023 年

李春辉：《拉丁美洲史稿》上卷（二），商务印书馆，2009 年

李德恩：《拉美文学流派与文化》，上海外语教育出版社，2010 年

李德恩：《墨西哥文学》，外语教学与研究出版社，2001 年

陆经生主编：《拉丁美洲文学名著便览》，上海外语教育出版社，2009 年

罗伯托·冈萨雷斯·埃切维里亚：《现代拉丁美洲文学》，金薇译，译林出版社，2020 年

盛力：《阿根廷文学》，外语教学与研究出版社，1999 年

索萨：《拉丁美洲思想史略》，云南人民出版社，2003 年

滕威：《"边境"之南：拉丁美洲文学汉译与中国当代文学（1949—1999）》，北京大学出版社，2011 年

吴守琳：《拉丁美洲文学简史》，中国人民大学出版社，1985 年

亚历杭德罗·格里姆森：《阿根廷迷思》，侯健、张琼译，北京大学出版社，2022 年

于凤川：《二十世纪拉美著名诗人与作家》，新华出版社，1992 年

赵德明、赵振江、孙成敖、段若川：《拉丁美洲文学史》，北京大学出版社，2001 年

赵德明：《20 世纪拉丁美洲小说》，云南人民出版社，2003 年

赵振江：《西班牙语与西班牙语美洲诗歌导论》，北京大学出版社，2002 年

赵振江编：《拉丁美洲历代名家诗选》，云南人民出版社，1988 年

郑书九：《胡安·鲁尔福小说〈佩德罗·巴拉莫〉中对天堂的执著寻找》，外语教学与研究出版社，2015 年

陈众议：《西班牙语小说发展史》，浙江工商大学出版社，2022 年

朱景冬、孙成敖：《拉丁美洲小说史》，百花文艺出版社，2004 年

望 MOUNTAIN
登自己的山

主　　编｜谭宇墨凡
策划编辑｜谭宇墨凡

营销总监｜张　延
营销编辑｜狄洋意　许芸茹

版权联络｜rights@chihpub.com.cn
品牌合作｜tanyumofan@chihpub.com.cn

野望 SPRING
MOUNTAIN

Room 216, 2nd Floor, Building 1, Yard 31,
Guangqu Road, Chaoyang, Beijing, China